有爱的青春陪伴者

赵轻寒 著

江苏凤凰文艺出版社
JIANGSU PHOENIX LITERATURE AND ART PUBLISHING

图书在版编目（CIP）数据

给你一杯升糖特调 / 赵轻寒著. -- 南京 : 江苏凤凰文艺出版社, 2022.6
ISBN 978-7-5594-6533-7

Ⅰ. ①给… Ⅱ. ①赵… Ⅲ. ①言情小说—中国—当代 Ⅳ. ①I247.5

中国版本图书馆CIP数据核字(2022)第004371号

给你一杯升糖特调

赵轻寒 著

责任编辑	王昕宁
特约编辑	不 夏 年 年
责任校对	言 一
出版发行	江苏凤凰文艺出版社
	南京市中央路165号，邮编：210009
网　　址	http://www.jswenyi.com
印　　刷	长沙鸿安印刷有限公司
开　　本	880mm×1230mm 1/32
印　　张	10
字　　数	306千字
版　　次	2022年6月第1版
印　　次	2022年6月第1次印刷
书　　号	ISBN 978-7-5594-6533-7
定　　价	39.80元

目录

CONTENTS

目录

CONTENTS

1

江棠棠今天中午约了一位私人卖家当面交易相机。

去年，她大学毕业跟舅舅回到明市，在这条隐匿于闹市一隅的中古街上开了家二手胶片相机店。

这条中古街平日人流量不大，步行道两边开的店铺大多卖一些小众又边缘的商品，比如二手电器、文玩首饰、孤品善本，空气中弥漫着一股老旧亲厚的气息。

这片地界算是市中心里的“贫民窟”，周围随处可见将拆未拆的老房子棚户区，和不远处高楼鲜亮林立的城市新貌比起来，存在感低到不行。

虽然存在感低，但租金可一点儿也不低。当初租下这里后，她辟出一间小暗房做冲扫服务，再往店里布置几个相机展示柜，一切准备妥当，她和舅舅程陆一击掌，然后高兴地转个圈儿，还没转起来就磕柜角上了。腰上的瘀青跟盖上个猪肉章似的，历时三个月才消退。

程陆问她：“跟人约了在哪儿碰面？”

虽然江棠棠叫他一声舅舅，但其实他不过大她四年零三个月。

江棠棠的妈妈去得早，外婆四十多岁的高龄生的舅舅，病危通知下过三次，后来身体虽无大病但当初损耗的元气难补，把舅舅拉扯到十来岁，外公去世后，她一人实在力不从心，江父就主动提出把程陆带到身边和女儿做个伴。

江父提溜着俩小孩儿全国各地跑，小打小闹地做些生意，盈亏难计，倒是结识了各行各业的三教九流。等俩小孩儿相继上大学后，他一人跑去尼泊尔博卡拉和人合开滑翔伞俱乐部去了，一年到头见不着几回面。

江棠棠把扫好的片子拷进网盘，将底片封进底片袋，标好客户信息，说：“不远，君禾艺术中心那儿，好像是里面的工作人员，午休的时候出来。”

“男的女的？”

“男的。”

“我陪你去。”

“不用。”江棠棠拿起背包，“又不是晚上，青天白日的还怕人把我拐了啊？”

程陆斜飞过来一眼。他长得清隽，眉目在整张脸上尤为出彩，显得这个白眼还挺灵动。

“啧，我说棠棠你这个安全意识很淡薄啊。舅舅告诉你，阳光总在风雨后，坏人可不总在阳光后。”他一指手边的老皇历，“看见没？上面写着今日不宜出行，指不定就碰上什么幺蛾子，我和你一起去，还能帮你挡挡煞。”

这本被程陆从地摊上花五块钱买来的皇历，上面一年三百六十五天里至少有两百天都不宜出行，江棠棠可不相信。

“不指望你挡煞，别给我引煞就行。”她看一眼时间，懒得和程陆掰扯，从柜台后边起身，“想出去放风就直说，走吧。”

店里来的基本都是熟客发烧友，今天没什么生意，她索性在微信上出个通知闭门两小时。

君禾艺术中心是君禾集团的总部，由芬兰著名建筑师亲自操刀设计，建在这座城市最为金贵的地段上。

江棠棠是头一回来这里，第一感觉是这地方选址很妙，隐在核心商务区里，和市立美术馆隔街对望，周围围绕着的是大大小小的文物保护单位，底蕴浑然天成，隔绝喧嚣，闹中取静。

难怪能一跃成为明市新晋地标建筑。

当时的落成仪式上来了不少中外名流、资深藏家，各大媒体和电视台都出了新闻。普罗大众大多对艺术品拍卖行业并不熟悉，最能引起讨论的还是照片里那个外貌履历都很出众的男人——君禾创始人谢知行的孙子，集团现任负责人谢申。

君禾集团的官方微博一度很热闹，雨后春笋般的“谢太太”在下面留言寻夫，还有人分享不知真假的谢申的行程单。要不是官博里发的内容格调太高，还真挺容易让人误以为这是哪个当红男星的粉丝后援会。

可惜那位正主似乎是朵高岭之花，不回应不处理，让大家的热情无处安放，生生蒸发成了水蒸气。

江棠棠和卖家约在君禾的北门碰面。她到了之后给对方发微信，和程陆一块儿等了十来分钟才见着人从里面出来。

对方姓陈，四十出头的模样，一身职业装，客客气气地说：“不好意思，手头有点儿工作没交代完，让你们久等了。”

江棠棠不在意：“没事，我们也刚来。”

相机的大致使用状况之前在微信上已经沟通过，她拿到实物细致检查一番。

八十年代的半自动胶片机，外部品相和机械装置都没什么大问题，只是这个型号存世量不算少，他们店里就有一台现货，真要收购也给不出太高价钱。但她注意到，这台相机的镜头光圈刻度是错位的。

手工制造的胶片机出现这样的“意外”就跟错版邮票一样，反而变成物以奇为贵，收藏价值也随之提高。

这位陈先生显然是个外行，完全没有提及这一点，在江棠棠主动提出多加钱给他的时候还颇为诧异。

“这台相机是我爸买的，他去年中风，两只手不听使唤拍不了了，就让我转手出去，让有这爱好的人能继续用。你要不说我还不知道有这么一回事。”

物品一旦有了“前世”，有了寄望，就容易衍生出生命感。程陆用食指暗戳一下她后背，生怕她一个瞎感动又给人提价。

江棠棠递给程陆一个“我有分寸”的眼神，对陈先生道：“就当交个朋友，您或者您朋友要是有兴趣，空闲时可以去我们店里看看。”

瞧这小姑娘年纪轻轻为人倒自有一套态度，陈先生挺欣赏，笑说正巧有熟人玩胶片，改天介绍去他们店里。

交易完毕往外走上一小段后，程陆开始叨叨。

“棠棠，舅舅跟你声明这店有我一半股份啊，下次给人加钱前必须经过我同意。”九月中旬的正午日光还是晃眼，他拉着江棠棠往廊檐下的阴影里走，顺便把他那副“风骚摇曳”的大墨镜架鼻梁上，“你看你交一个朋友把咱俩半个月盒饭钱交出去了。”

“程陆，就你这鼠目寸光用不着这么大的镜片遮，做好口碑才有细水长流。”江棠棠也把挂在T恤上的墨镜摘下来戴上，毫不在意。

程陆重点一转：“你刚刚是不是叫我全名了？没规矩，叫舅舅！”

江棠棠乐了，偏反其道而行之：“程陆程陆程陆，小陆子，程大傻！”

两人年纪相仿，舅舅也不端长辈架子，顶多虚张声个势，江棠棠从小就不怕他。

“嘿！我说你……”他佯装生气，刚起个调，忽见一辆别致的超跑从北门外的地下车库缓缓驶出。

深灰车身侧腰线流畅，修长的发动机舱配上弧度圆润的双尾灯，一派复古高雅。

程陆对车没有太多研究，不过男人的天性使然，看到这样难得一见的车型立马被吸住视线。

君禾今年的秋拍全球藏品征集历时两个多月终于收尾，谢申前两天刚从多伦多分公司回来，几乎一刻未歇地投入到后续工作计划当中。

这段时间拍卖行各个部门暂停一切非重点项目，专心投入到拍品图录制作以及各项审核环节。君禾在业内享有盛誉，春秋大拍是重中之重，谢总的严谨作风集团上下都有所耳闻，越是临近大拍的时间，所有人越是把皮绷紧丝毫不敢懈怠。

今天是谢知行的八十大寿，谢申给自己空出半天时间回谢家夏园给老爷子庆生。

大概是连日疲惫，从地下车库盘上来的时候，他右眼皮没来由地突突跳了两下。

没来由？

不存在的。

车刚开出来，就被人横向拦住。

秦缈一字肩明黄连衣裙轻薄笼身，细高跟蹬得生风荡起裙摆的小涟漪，走到谢申车门前，伸手去拉，没拉开。

她敲紧闭的车窗，里面的男人岿然不动，于是又将车门把赌气似的重拽了几下，正要出声喊时，车窗缓缓降下。

那张五官甚是到位的脸上毫无波澜，他抬眸看她一眼，对她刚才无理的行为也没有表现出任何反应。

于是，秦缈更气了。

就是这样，这人就是这样，无比冷淡！

“我有话和你说。”

“说吧。”

“我上车还是你下车？”

谢申收回视线，打了一把方向盘将车停好，伸手解开安全带。

谢申在秦缈面前站定，江棠棠和程陆恰好隐在他们的视线盲区里。

程陆把人看清了：“那是谢申？”

江棠棠没听清：“谁？”

“应该没看错，”程陆给了个肯定句，“谢申。”

江棠棠听过这个名字，自己站的这个君禾集团就是他家的产业，在这儿见着再正常不过。

“说起来他家老爷子和我爸还认识，小时候有一年咱俩还去过他们家的避暑园林过暑假呢。”程陆忽然想起这么一茬，“你忘了？”

江棠棠茫然摇头：“哪一年啊？”

“差不多你六七岁的时候吧，我那时候上小学三年级。”因为过完那个暑假，他有个特要好的同桌转学去了邻市，所以对这个时间节点印象深刻。

时隔十几年，江棠棠这人忘性又大，别说六岁，十六岁的事情她都记不得了，只感叹六度分离理论诚不欺我——世界上任何两个人平均通过每六个人就能产生联系。

想想有点儿小神奇。

她随便感慨一番，迈出步子往外走，几滴细雨忽地坠到肩上，随之一阵太阳雨猝不及防地裹挟着周身的热气簌簌而下。

她赶紧收回脚步，同时听得转角处的对话声近了。

“谢申，我是真的喜欢你。难道这么多年你觉得我就是闹着玩的吗？”秦缈的尾音微颤。

江棠棠侧头和程陆对视一眼，心忖这话题可真有点儿小刺激，而他们两个算是名副其实的听墙脚了。

“到处造谣我们在一起了就是你表达爱意的方式？”谢申声音低沉冷然，透着股莫名的震慑力，“敬谢不敏。”

秦缈是他发小秦笠的妹妹，父母离异，她从小和妈妈在国外生活。有一年她回国，谢申跟着秦笠去接机，在人头攒动的航站楼里，她就这么对哥哥身旁的人一见钟情。

秦笠提起这事儿就痛心疾首，用他的话来说：“作孽哟。”

秦缈觉得很冤枉，她不过是在别人问她是不是和谢申在一起的时候没有否认而已，哪知话传话愣是在熟人圈里衍生出两人关系的各种版本，一直传进了谢老爷子的耳朵里。

然而这各种版本里，没有一个是她编造的，怎么就造谣了？

一个女孩子旷日持久地单恋，表白过那么多次都被果断打回，她也会觉得委屈。只是在那些人揣着看好戏的心态问询的时候，她心思稍偏，纵容了一下自己的虚荣心，哪知道会演变成这样。

密雨斜侵，打得她光洁的小腿湿冷，人心里那点儿孤注一掷的念头被放大。

秦缈望着谢申高高眉骨下一道深邃的目光：“我承认在这事上做得有失分寸，但我是因为什么你比谁都清楚。这么多年了，谢申，这么多年了，你就不能……”她稍作停顿，暗吸一口气，“回应我一点点吗？”

谢申眉心微皱，沉默半晌，缓声道：“这世上不是所有事都有呼有应。秦缈，谢谢你的欣赏，但这事儿我早就跟你表过态，你真的别再浪费心思。”

这话说得决绝，还把人家的深切情感偷换概念成轻描淡写的欣赏，真是不留一点儿念想给对方。

程陆手肘蹭江棠棠：“手机没电了，你的借我用下。”

她从口袋里掏出手机递过去，见他打开备忘录打字，用气音问："干吗呢？"

程陆头也没抬地小声回："摘一下好词好句。这哥们儿一看就没少拒绝人，我摘录一下他的话，要是以后碰上死缠烂打的，能派上用场。"记完抬头，"哎，我说你这是什么眼神？"

"反正不是觉得你这辈子都可能用不到的眼神。"

"江棠棠，能不能对你的长辈表现出应有的尊重？"

"如果你的智商能和辈分能成正比的话。"

"和你说一回话我起码减寿五十年。"

"你是怎么确定自己还有五十年寿命可以减的？"

程陆气得不行："就地绝交吧江棠棠，我没有你这样的侄女！"

情绪联动肌肉组织，他手一抖，把她刚买的新手机砸到地上，钢化膜瞬间震出裂纹。

紧接着，那头传来一声质问："谁在那里？"

2

出声问话的是秦缈。这样的场面本来就够尴尬，倏地听到那头出的动静，想到还可能被别人听了全程去，心情一下更是说不出的怪异。

这阵暴雨来得急去得也快，雨势骤停之下她的声音格外清晰。

程陆原本正准备俯身去捡手机，却听得这声质问之后那头脚步声已近。

北大门这儿劈一道偏门，进不去集团一楼的电子门禁，只连着自动快递柜的收件室。

于是，江棠棠就眼见她舅以迅雷不及掩耳之势退进了偏门里……

这样的人吧，放古代战场，绝对是第一个倒戈跑路的。

她对程陆的叛逃行为始料未及，反应两秒，那头的两个人已经在自己面前站定。

女孩儿是个小美女，一身明黄亮眼，眼底鼻尖微红，衬得气质楚楚。站她身旁的男人眉目深刻沉静，身形利落，西裤裤线笔直熨帖，不见一丝褶皱。

江棠棠这一眼瞧得全面，余光又顺着那条严于律己的裤线，瞄到那二人脚中间横躺的手机。

谢申先注意到脚下的东西，支离破碎的手机屏幕亮着光，停留在备忘录的界面。

他俯身拾起，贴膜裂出数道交错细纹，但不影响阅读效果。上面记录的都是他刚才对秦缈说的话，字字不落……

抓个现行。

“这手机是你的？”他问。声调平，没染任何情绪，但搭配他那一身凌厉气场，这话一入江棠棠耳朵就有了质问的意味。

是，也不是。

她在背锅的边缘徘徊，脑内已经把程陆那狗贼五马分尸，又想起老皇历上的“今日不宜出行”，看来老祖宗的智慧还是不可轻视。

江棠棠平生最怕尴尬场面，雨后空气湿热，惹得思绪焦灼，她胡乱否认：“不是，是我朋友掉的。”顿了顿，为了彻底撇清自己不被追究，也不知打哪儿冒出的灵感，她指指鼻子上的墨镜，“我眼睛看不见，用盲人机。”

秦缈登时松了口气。

她从大三开始经营一个微博账号，得益于家里经营画廊的便利，分享一些美术与相关艺术的内容以及展览介绍，语言深入浅出加上本人形象清丽，几年下来累积了不少粉。

虽说没到红得发紫的程度，但大小算个名人，万一被人听到刚才的对话还认出人，实在不是什么好事。

这头谢申手里江棠棠的手机屏幕暗下，他动了动手的角度，手机再次亮屏时变成了桌面壁纸。

一张照片——眼前的这个女人坐在摆满相机的柜台后对着镜头展颜，一双杏眸神采奕奕。照片颗粒感明显，像是胶卷扫的，右下角还有拍摄时间，前天下午三点二十六分。

也不知是怎样一场事故，能让她在三天内火速失明。

照片里，江棠棠穿的T恤宽松，堪堪露出锁骨。左边的凹窝里，一枚一元硬币大小的浅红色圆形胎记像投在碟底的小莓果。

说是圆形，边缘又有那么点儿不规则，看上去很特别。

谢申记起第一次见到这枚胎记的时候，大概只有五毛钱硬币那么大。

她的墨镜快挡住半张脸，现下对比照片，五官和小时候比倒没有翻天覆地的变化，只是都像那枚胎记一样长开了而已。

是江家那小孩儿吧。看样子也不记得自己了，要不是那枚胎记独特，他也认不出来她。

“你朋友呢？”

“刚才还在呢，这会儿不知跑哪儿去了。你有看见吗？个子挺高一男的。”

“没有。”

“噢……”江棠棠故作沉思片刻，“那麻烦你把手机给我吧，我去找找他。”

谢申将手机递给她：“拿好。”

因着这个动作，他衬衫袖口微提，肌肉匀称的小臂稍显。腕上戴的是一块纯黑表盘机械表搭一串佛珠。

江父早些年在西藏拉萨和山南地区倒腾过一阵藏饰藏香，江棠棠耳濡目染多少认得些串珠品种。这男人手上戴的是蜜蜡，隔着些距离也能看出色泽温润祥和，云纹奇特，该是上乘的老坑料。

当然，她这一番判断纯属多余，看这人通身的气派，怎么也不可能弄串次等货戴手上。

江棠棠嘴角一弯：“谢谢。”

她伸手去接，却看他那只手腕轻巧一转，不动声色将手机反向收了回去。

她本能地往前一倾去捞，然后，隔着茶色镜片，只见男人眉峰一挑，戳穿的意味再明显不过。

江棠棠反应过来，想拿铁锤捶死自己。

他放下一个小鱼钩，她就这么傻不愣登一口咬上。唉，常年和舅舅待一块儿，智商很是受影响的。

场面显而易见陷入心照不宣的尴尬，那只手半空悬停，不知何去何从。

秦缈不解谢申这个动作：“怎么了？”

虽然已被识破，江棠棠还是用她最后的倔强跟着问：“怎么了？”

谢申瞟一眼手表。老爷子的寿宴设在夏园，离市区远。谢母盛佩清有意把这八十寿宴办得隆重，从一个多月前就开始给家族旁亲同行好友派发请柬，此前也再三叮嘱儿子今天再忙也要早点儿到，别跟个宾客似的踩点进场，又惹老爷子责怪。

他没空再观赏这死小孩儿的拙劣演技，也懒得和她计较备忘录里的东西是怎么回事。在江棠棠把手往回缩的半途中，他大掌一翻控住她的手背，另一只手将手机一把塞进。

“拿好吧。”

较之前一句的“拿好”，这次多了个“吧”。听者有心，颇有放过一马的意思。

他的掌心炽热，熨得江棠棠手背肌肤一阵痒。

未及思索，廊下雨后的水珠滑凝到一处，聚成硕大一颗直直坠到她的后颈上。人一个激灵，缓过神来连忙又道声谢，攥紧手机就转身。

还没走两步，身后的秦缈突然喊住她：“等等。”

她心口再次一提。

秦缈此刻已平复情绪，见她年纪轻轻双眼失明心生怜惜：“用不用扶你去里面的咖啡厅等你朋友？”

“不用不用，谢谢啊。”江棠棠的良心短暂动荡，不好意思地说，“我……照原路摸回去就行。”

谢申闻言神情依旧矜淡，轻不可闻一声哂笑。

过了马路，站在市立美术馆旁的景观树下，四下无人，江棠棠一把摘下墨镜。

“程陆，过来受死！”

程陆赔笑：“对不起，对不起，舅舅这不是一时紧张嘛。”

江棠棠把手机扔过去：“别和我道歉，和它说。”

程陆觍着脸接过：“宝贝儿，真不好意思，没摔疼吧？”

SIRI：“抱歉，我听不懂您在说什么。”

程陆：“没什么，听你情绪这么稳定我就放心了。”

晚上回江棠棠外婆家吃饭，程陆自知理亏，把江棠棠爱吃的蟹脚都扒她碗里。

“棠棠乖，别气了啊，女孩儿生气容易老。”

江棠棠叼着蟹脚含糊：“今天我的胶原蛋白被你气掉三斤呢。”

“那必须再吃个鸡爪补补。”

“皱纹都气出来了。”

“来来，再吃块红烧肉撑平它。”

外婆刚才进厨房看炖汤，现在端着一锅熬煮入味香气四溢的姜母鸭汤出来。江棠棠起身要去帮忙，被程陆一把摁下：“坐着，这活儿该男人干。”

啧，极力挽回形象呢。

外婆叫陆小玉，舅舅的名字就是取的外公外婆各自的姓氏组合。她生程陆的时候落下一身小毛病，江棠棠和程陆为了顾店在那附近租了套小复式公寓，一直说要把老人家接过去一起住，但她舍不下这个老宅。

说舍不得一处地方，其实是舍不得丈夫在世时那些共同生活过的记忆。人年岁越长，越是依赖熟悉环境带来的安全感。

虽然她老人家视力不大好，但耳朵格外灵敏，在厨房就听到儿子和外孙女的对话。

“小陆，你又干什么事惹棠儿不高兴了？”

“妈，瞧您这话说的。我就是看咱家小江同学最近瘦了，给她补补呢。”

“你是舅舅，得有个长辈样。”陆小玉才不信他的话，“棠儿，你舅要是欺负你，一定和外婆说啊。”

江棠棠真不客气，一头栽进她怀里：“外婆，罄竹难书，字字泣血呢！”嘴角分明挂着挑衅的笑。

陆小玉的大女儿也就是棠棠的妈去世早。一个小女孩从小没妈怪可怜，她也就格外疼这个外孙女，于是直接略过取证环节下判决：“罚你舅舅不许喝汤。”

程陆一口老血贯穿十二指肠。

陆小玉女士厨艺一如既往的高超，江棠棠和程陆吃了个十分饱，思维都变迟缓，收拾完碗筷从里屋搬了藤椅去后巷乘凉消食。

这里是老城区里的巷子楼，邻里住户大多是和陆小玉差不多年纪的老一辈，习惯了一处地方不舍得挪，也相熟有话聊。

老巷逼仄，风却来去自由，携着麻石板细缝里的青草淡香穿堂而过，拂得人心底一片沉醉。

陆小玉在他们藤椅旁的小竹凳上放上一盏陈皮灯。

这灯的前身是种在院子里的橘子树上橙灿灿的果实。江棠棠嗜甜，每年果期一到陆小玉就摘下橘子捣碎熬酱，余下的果皮也不浪费，铺在太阳底下晒作陈皮，来年夏天制成一盏盏的陈皮灯，天然驱蚊。

老人家心思巧敏，手工做出的灯形态各异，兔子大象小猴可爱有型。她从口袋里掏出火柴盒，划拉出火星子点燃，淡淡的橘皮香气轻轻柔柔绕进鼻尖。

江棠棠用随身带的相机对焦抓拍下这一幕，然后用手括出微突的小肚形状："外婆，小江我严肃建议啊，您做菜的水平不能再高了。我每回来吃顿饭回去，第二天上称得重两斤。两斤复两斤，转眼两百斤。"

程陆从躺椅里半起身："妈，别听她的，学无止境继续深造。我就爱吃您开发的新菜式。"

"你就是顺带的。棠儿要不来，我才不做给你吃。"

"隔代宠啊这是，唉，抱抱孤独的我自个儿。"

江棠棠嘲笑他："舅，以你的手臂长度抱自己有难度，改拍肩得了。"

"妈，妈，您看，她是不是越来越过分了？您赶紧给她找个人家嫁了转移对我的伤害值。"

"这都说的什么。"陆小玉嗔怪一声，倒是像捕捉到关键词，"不过说到找对象，我这里倒有个不错的人选。"

3

江棠棠的视线正被一只在对面铁板棚顶上舔爪的野猫吸引，仰头托着相机，一时没听清："啊，什么？"

陆小玉又道："刘阿姨说她有个远房表亲的儿子年纪和你差不多大，姓孙，家里开海鲜连锁的，问我要不要介绍你们认识认识。"顿一下，"我就想啊，我们家棠儿爱吃海鲜，这还挺合适哈？"

江棠棠这下听明白了，逗逗她："外婆，其实我还喜欢翡翠玛瑙呢。"

"噢，那些东西嘛去店里看看就行了。"陆小玉转身进门，"我去看看绿豆汤熬好了没有，待会儿给你们两个装回去喝。棠儿你看看什么时候有空，我和你刘姨说。”

待陆小玉进屋，程陆爆出一阵笑：“我算看出来了，咱家的女人是一个比一个狡猾。棠棠你跟你基因的源头耍小聪明，不可能有胜算。”

“是哦。”江棠棠沉默了下，转头扒着门框往屋里喊，“外婆，舅舅说你狡猾！”

“你个小兔崽子！年纪不小咧，还成天胡说八道，没有姑娘要的！”

程陆一口老血从十二指肠直冲天灵盖：“我以舅舅的身份命令你赶紧和那个海鲜小王子发展发展，别再留我身边祸害我。”

“发展就发展，还没有我江某人发展不出的关系，但祸害你是我毕生的事业，不以任何事情为转移。”她把相机往他怀里一塞，哼着小曲步调轻晃进去，“外婆，小孙他们家有没有卖梭子蟹啊？”

“有的有的！”

夏园是谢家祖辈在清鄞山置下的产业，离市区两三个小时车程。清鄞山山势不高，植被茂盛，连绵幽静。当初选址讲究，取北麓一处山环水抱的风水佳地而建。世代变迁一度易主，谢知行将这里重新归置到名下后，用来当夏季的避暑庄园。

这场寿宴宾客众多，林臻和父亲林明远也受邀其中，她把车停稳，远远看到溪桥上几个收藏圈的老前辈正谈笑风生被侍者引往庄园，林明远也在。

她把车钥匙往包里一掷，连同继日加班的疲惫一起抛下，踩着细高跟快步上前，扬起标准笑容弧度：“爸，匡叔，祁叔，梁伯伯。”

林明远：“下班了？”

“嗯。”

那位匡叔应道：“小臻来了，正和你爸爸说到你呢。”

今年君禾的秋季拍卖会举槌在即，几位圈子里的前辈聚到一起聊起上半年的春拍盛况。林明远在场，话题就绕到他女儿林臻在君禾负责的当代艺术部在春拍时策划出的几场专题拍卖，每一场成交率都极高，连着刷新好几位艺术家的个人作品成交额纪录。

“小臻这是青出于蓝，让我们这几个老人家都刮目相看。”

“匡叔过奖了，不是我一个人的功劳。”

“话是这么说，但是你进君禾之后的表现有目共睹。这次秋拍收官之后得让谢老爷子好好嘉奖。”

一旁的梁修与谢知行关系甚笃，知他两年前做过心脏冠脉搭桥手术后一直养着身体，现在集团事务基本全权放手给他的孙子谢申。梁修笑道：“谢老爷子现在修身养性着，要嘉奖还得谢申那小子来。”

林臻眼睫轻轻一掀，有意将话题绕回：“听说梁伯伯最近对一批新晋的东南亚艺术家很感兴趣，这次秋拍我们策划里有您关注的那几位印尼、越南艺术家的作品，到时一定来捧场。”

“还是侄女消息灵通啊。别人我不知道，我是一定不会缺席的。”

此话一出，另几位随即表示也会出席。

林臻嘴角的笑意又加深一些：“好，等拍品图录做出来我让人送到各位叔伯府上。”

一行人言谈间过了溪桥。这里翻修时外部承袭了原先的徽派风格，黛瓦白墙马头翘角独有古韵，入口处悬着“夏园”二字。

内部格局稍改，南厢房上下两层变成了谢知行的收藏间，以前也办过一些私展，邀请范围仅限于老友挚交。

盛佩清早就在门口迎客，谢申在她身旁长身而立，和受邀而来的人颔首示意。恰有相熟的家族同辈过来，他与人聊上几句，不知说到什么兴致处，勾着笑拍了一下对方的肩。

林臻目光落在他身上。这段时间他都在超负荷运转，工作状态里像满弓的弦。此刻忽见他难得神色松快的一笑，灯光映在轮廓分明的侧脸，散出的落拓气质很吸引人。

她思绪停滞几秒，不觉间落下林父他们几步。

身后忽然有人出声：“再看就要被发现了。”

林臻措愣转头，见秦笠单手插兜，另一只手抓着罐可乐垂在腿边。

谢申的朋友当中，她最看不惯这个秦笠，出现时总是一副散漫样。

秦笠刚才走在他们几人后面，听了一耳朵，话锋一转道：“晚点有的是机会社交，又不是工作时间，卸一卸劲头，放松点儿。”

“工作时间内的工作是职责，之外的才是优势。”林臻扫一眼那罐可乐，轻嗤，“何况，放松过了头容易成吊儿郎当。”

秦笠捕到她的目光，毫不在意：“用词还挺精准。”他用食指轻敲罐身，“你们女人是不是都喜欢那种精英范儿？”说话间微抬下巴，目光所及之处不言而喻。

林臻并不想和他就这个话题深聊，只对“你们女人”这个用词敏感一下，联想起秦缈，问：“你妹呢？”

秦笠一乐：“别骂人啊。”

她无语半秒：“我是问你妹妹没有和你一起来吗？”

平时这种能见到谢申的场合，秦缈绝对是缠着她哥要一起来的。

“酒吧买醉去了。”

“怎么？”

“还能怎么，又在某人那儿找不痛快了呗。”

“那你不去看着她？”

“你见过哪个少女情伤买醉还带家属陪同？再说我对自己的定位又不是二十四孝哥哥。”

林臻细眉轻挑：“看出来了。”

今年是谢知行的八十整寿，两年前老爷子做了心脏搭桥，虽是微创，但毕竟高龄，术后一直吃药将养，减少了许多的交际往来，时间一长人的精气神难免低落。盛佩清就想着趁此机会热闹热闹。

谢申父亲是谢知行的独子，在盛佩清怀谢申五个月时出交通事故去世。老爷子中年丧子，操劳大半生，实属不易。今晚也是难得见他高兴，在席上与众人小酌几杯，宴后还邀大家去收藏室赏他新得的字画藏品。

秦笠个高，与谢申齐肩：“你家老爷子今天兴致高啊，刚才吃饭连‘87年’的铁盖茅台都开了。”

那箱茅台是几年前君禾一场拍卖会上的拍品，谢申以个人名义拍了下来送谢知行。可惜老爷子后来发病动手术养身体没有机会开，以为要一直珍藏下去，没想到今天让他找到不容反驳的由头给启了。

谢申单手插兜：“我看喝得最高兴的是你。”

“三十多年的陈酿，兑着新酒嘬一口，滋味真是……又纯又欲。”秦笠双眼微眯，意犹未尽，“也不知道秦缈今晚喝的什么酒，肯定是没她哥这个口福。”

身旁的男人斜睨他一眼。

“别这么看我。我知道，要不是看兄弟面子，你都懒得再搭理她。”秦笠扶着脖颈松一松，又道，“小姑娘做事说话确实欠考虑，但这年纪的女孩儿哪个没点儿虚荣心。好说也把你放心上那么多年，为了你死活要回国。谁知道你这块骨头这么难啃，这又找谁说理去。”

谢申声音沉淡：“行了。这事翻篇，以后别再提。”

“翻篇好，希望秦缈那儿也赶紧翻篇，瞎跟你一块顽石耗什么。”秦笠刚才喝了不少，饶是酒量好也染上几分醉意，“你没有妹不知道，操心着呢。”

谢申见他这副忧国忧民的样子，闷笑一声：“是不知道。”

“以后你要有女儿就懂了，操的心只多不少。别说女儿，就是女朋友都够呛。话说回来，我也是真好奇，你到底喜欢什么样的女人？”顿了顿，他确认道，“你是喜欢女人吧？”

“喝的是好酒，问的是废话。”谢申眼神示意人过来，“送秦先生回去。”

“下逐客令呢？”

秦笠纸醉金迷惯了，对这样的场合其实不甚感兴趣，来这一趟纯粹为了给谢老爷子祝寿，目的达成，本也不打算多作停留。这下被谢申赶人倒有点儿不爽，他哼声：“没劲。谁看上你谁瞎。”

看来真是喝多了，把自个儿妹妹都连带编派进去。

众人已经进了南边的收藏室。谢申漆黑锃亮的皮鞋尖在地上一点，抬脚踢上他小腿肚：“滚蛋。”

脑中却顺着他这句话，一闪而过某个身影——今天那个装瞎的小傻子。

江棠棠和程陆租的公寓有两层，她住楼上，程陆住楼下。她的房间自带个小洗手间，回到家后洗个澡，全身舒爽，正打算躺床上，忽然鼻间一痒，接着打出个惊天大喷嚏。

大夏天的，没理由啊？

她想了想，出房门扒着扶栏往下喊：“程陆，你刚刚是不是骂我了？”

4

程陆正在客厅盘腿看综艺节目哈哈笑呢，被楼上这突如其来一喊，吓得一口气差点噎在胸腔上不去。

“江棠棠你没毛病吧，谁骂你了？”真是人在楼下坐，锅从楼上来。

楼上的人有理有据：“你没骂我，我怎么会打喷嚏？”

“你打喷嚏也赖我，那我要是有脚气是不是能赖你？”

“你居然有脚气。”她捏起鼻子，故意怪腔怪调，“难怪外婆说你没人要。”

“没大没小，我的鸡毛掸子呢？”程陆站起身，两手叉腰，“下来！”

江棠棠皱鼻：“脚气一个传染俩，我才不下去。”

他放下手，神色认真起来：“跟你说正事，下来下来。”

江棠棠下楼，坐进沙发：“什么事？”

程陆把电视声调小：“你真的要去相亲？”

她从茶几果盘里拿个苹果啃：“就这？”

“晚上我妈提这事儿我还以为你会回绝呢，没想到你还真跟她敲时间。二十出头的大好青春你跟老人家瞎凑什么热闹玩相亲？”

江棠棠嘴里嚼着苹果：“舅舅您这是舍不得侄女出嫁，还是怕我先你一步脱单？”

程陆“嘁”一声：“我恋爱谈得风生水起的时候，你连言情小说的字都没认全呢。”

这倒是实话，舅舅也算时尚的弄潮儿，十几岁搞的初恋到现在都念念不忘，弄得外婆不敢给他介绍对象，这才把火力转移到外孙女身上。

“没准让我后来者居上。你谈得早有什么用，被霖姐甩的时候没少哭吧？”

“江棠棠。”

“好好好，不说不说。”这不是他起的话头嘛，江棠棠正经道，“舅，你看你妈我外婆年纪也大了，外公走之后她把重心都放我们两个身上。偶尔给我提这么个小要求，我要是拒绝那多残忍。”

“话是这么说没错，但是……”

“放心，我没有愚孝到为了让老人家高兴随便找个人结婚的地步。不过就是去跟人碰个面吃个饭，聊得来先当朋友，道不同各回各家，谁

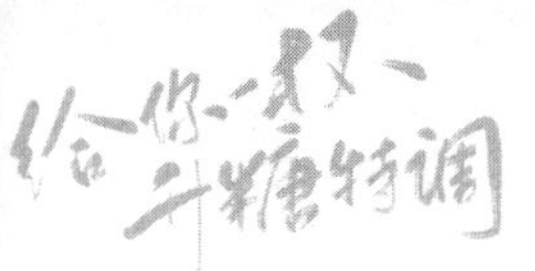

也少不了一块肉不是？”

程陆安静片刻，抬手摸她脑袋：“咱家棠棠也是长大了，道理说起来一套套的。”

她不为所动：“松手。”

“啧，夸你一下还害羞呢？”

“我刚在楼上看你用这只手抠脚了。”

程陆尴尬了下，生硬地转移话题：“对了，今天在君禾那儿，谢申和你说什么了？”

那会儿，他隔着玻璃门，只能隐约偷看到一角，听不见他们的对话。

“还能说什么。”江棠棠拒绝回想那段窘迫的经历，“女人，你的美貌引起了我的注意。我会持续关注你，直到你深深陷入我七彩闪光的美眸不可自拔。”

程陆笑得不行，两条盘起的腿朝天去：“我信你的邪。谢申那种男人能看上你，我程某人直播吞珠穆朗玛峰。”

外婆如实向介绍人刘阿姨阐述江棠棠的职业：和她舅舅合开一家卖二手相机的小店。

出于“传统”惯例，刘阿姨转述给相亲对象孙先生一家时将其包装成女方是一位相当有格调的摄影师。

孙先生表示他就喜欢有艺术素养的女孩儿，遂把相亲地点定在美术馆，约会内容是看一场装置艺术展。

江棠棠刷朋友圈看到孙先生把两张门票以各种角度拍成九宫格，内心隐隐有些不祥的预感。

程陆饶有兴趣一张张点开看，宽慰她：“或许人家只是有强迫症，不发九张图难受。”

“还有美图秀秀的特效。”

“爱美之心人皆有之。”

“那你说我要不要把自己那张门票钱先 AA 了？”

“这方面舅舅也没有经验，不过还是可以给你肯定的回答。”他把手机递还给她，“他来找你要了，两百块。”

“哦。”

“我搜过票务网，单票正价一百五，两张再打九折。”

江棠棠看到对方迅速领取了两百元整的红包：“你为什么不早说？”

程陆神情高深，声线缥缈：“贫僧虽看透一切，但不可去改变历史的进程，阿弥陀佛。”

……

简单殴打过舅舅一顿之后，江棠棠怀着被中间商赚差价的郁卒感出门赴约。

下午两点，市立美术馆。

对面就是君禾集团，记忆的浪潮翻滚，上回她来这儿还是个失明少女，这回就是要观赏艺术展的女摄影师。

女人，你到底有多少不为人知的面孔？真是美丽又神秘。

一条微信消息跳进江棠棠手机：“江小姐，不好意思，我还有点事，你先进去。”

说实在的，她此刻已经没什么期待，回复：“那你把电子票发我吧。”

“不好意思，没有电子票。”

“那我怎么进去？”

“那你就先别进去，我差不多再过两个小时就能到，你在外面等等。”

？？？

江棠棠刚坐进附近一家咖啡厅就收到程陆的进度询问：“见到人了？帅不帅高不高？是不是‘照骗’？温馨提示：别拿你舅舅我当参照，这样看谁都丑。”

她直接把刚才的对话截图发过去。

程陆：“真是出师未捷身先死，一行白鹭上青天。”

江棠棠：“借问酒家何处有，两只黄鹂鸣翠柳。”

程陆：“可恶，又让你押到了韵。”

江棠棠：“承让承让。”

江棠棠一抬头，落地玻璃窗外，一个大概五六岁的小男孩在太阳底下茫然四顾，白嫩的小脸上满是焦急，周围不见大人。这地方清净人少，有一两人经过也没注意到。

她拎起包往外走，到小男孩身边蹲下：“小朋友，你爸爸妈妈呢？”

小男孩皱巴巴一双眉毛下的乌瞳瞅她两眼，积压的小情绪瞬间倾泻出尼亚加拉大瀑布。

江棠棠措手不及：“乖，别哭啊，姐姐请你吃好吃的。”

还好她爱吃甜食，包里常备小糖果，她翻出一把塞小孩儿手心：“全给你，可好吃了。”

小孩子对五彩斑斓的糖果没有抵抗力，哭声顷刻间转小。江棠棠这才循循善问：“找不到爸爸妈妈了？”

小男孩委委屈屈点点头。

她四下望了望，还是拿出手机搜索附近的派出所：“是个小可怜呢，姐姐带你去找警察叔叔。”

谢申把拍品图录样稿合起反扣到桌上，修长的手指交叠看向咖啡厅外的二人。

江棠棠今天穿着一条款式简单的白色连衣裙，此刻蹲在那儿与小男孩平视说话，裙摆在地上蹭来蹭去也浑然不觉。

秦笠携着女伴过来的时候，见他正眺望窗外，问：“这是等我等得望眼欲穿？”

谢申闻声收回目光：“迟到一个小时，你最好是有重要的事。”

“重要。我爸从巴西回来带了点礼物让我捎给你妈和你家老爷子，非让我亲自交你手上。在我车里，等会儿拿给你。”

秦笠落座后，身旁的女伴身若无骨地吊在他肩上，白皙手背上绘着海娜，捻着指尖玩。

谢申看不得女人这股黏糊劲儿，跟梅雨季永远晾不干的衣服似的湿哒哒贴在人身上。他偏了偏眼，刚才目光所及之处已经空无一人。

“对了。尤，去点两杯喝的，我要冰美式。”秦笠对女伴说。

女孩儿拽着他的胳膊：“一起去。”

“看见那吧台小哥没？从我们进门开始就盯着你瞧。我就不过去了，给人一个心无旁骛欣赏美的机会。”

这话说得轻佻，可听的人受用，笑着起身走开。

秦笠拿起谢申放桌上的图录样本翻看：“你们公司也有咖啡厅，我

把你约这里是让你出来透透气，合着你还把工作带出来？”翻了两页没什么兴趣，“劳逸要结合，要不要学学我，多去探索探索不同的领域？”

谢申无动于衷：“这次又是哪个领域？”

“这个啊，”秦笠往回看一眼，“明市美院版画系系花，他们学校毕业展上认识的，现在是我们画廊签约画手。”

“上回那个呢？”

“分了。女明星脸是好看，但没法儿进行精神层次的交流。”

谢申以指节叩桌面，示意他停止这个话题，拿起图录继续看。

这时，忽听吧台那儿传来争执声。秦笠回头一看，一个浓妆艳抹的女人正和一个穿着白色及膝裙的女孩儿相持不下。声响多半是前者发出的，那女人声音尖厉惹人注意，与她相向而立的女孩儿倒是一脸淡定，说了句什么，隔着距离听不见，只引得那女人愈加愤慨。

还有个小屁孩，跟一颗溜溜球似的坠在两人中间。

小尤原本站在一旁点单，见秦笠投来目光，和他对视一眼，耸了耸肩继续看热闹。

谢申也听到了动静，只是不感兴趣，直到秦笠自言自语道：“那个是……江家小棠儿？”

秦笠一把翻下谢申手上的图册：“哎，你看看，那个穿白裙子的是不是当年放狗咬你的江棠棠？”说着照自己锁骨上比画，“就这儿，那枚胎记，跟防伪标志似的。”

5

十分钟前，江棠棠准备带着小男孩去片区派出所，刚走没几步，小孩儿含着糖闹说口渴非要喝水。她只好把人带回咖啡厅弄杯凉白开给他。

店里的人见是个小朋友要喝，还特地用试喝装的小纸杯倒了水。江棠棠接过来还没递进小孩儿手里，纸杯就被人从一旁“啪”地打落，溅她一脚背。

与此同时，听那小男孩喊了对方一声“妈妈”。

一个大约三十出头妆容浓重的女人厉声道：“和你说过多少次了，不要吃陌生人给的东西！”说着从吧台上扯出张纸巾贴上儿子下巴，“嘴

里的东西吐出来！”

小孩儿愣是把糖咬在嘴里不肯吐，一边朝江棠棠看。

这女人一看非善类，江棠棠本不想管闲事，见小男孩一双圆乎乎的眼睛扑闪着向她发求救信号，到底还是软了心，说：“这糖是我给他吃的，还有水是刚才店员倒的，都没问题。”

女人看向她：“你是谁啊？你说没问题就没问题？把我儿子带到这里来，还给吃给喝，谁知道你是好人坏人？”

江棠棠眉心微蹙，舌尖抵了抵牙关，压下满腔脏话蹲下身对小男孩扯出个笑。

“小朋友，你妈妈说得也没错。以后不认识的人给的东西记得不要吃，就算是像小姐姐我这么漂亮的也不行哦。”

“我们家小孩用不着你教，”女人转又低头训斥，“我就走开那么一会儿，是不是让你乖乖在门口等着，啊？你乱跑什么？别人一勾就跟着人走了，小狗都比你聪明！”

小男孩情绪终于崩溃，又哇哇放声大哭起来。

一个中年男人寻着声着急忙慌地进门，将他抱起：“什么事儿啊？别吓着孩子。”

“你再晚来几分钟你儿子都让人拐走了。”

“人不是好好的嘛，哪就那么严重了？”

“得，你亲生的你都不在意，我一外人瞎担心什么。你俩赶紧走，别碍我眼！”

男人莫名被劈头盖脸一顿骂，气得抱着儿子转身就走。那女人骂完两场口干舌燥，余气未消地冲吧台小哥喊：“给我做一杯香橙拿铁！”

话音一落，一条细润白皙的手臂横到她身前。

“不好意思，我先来的。”不等她反应，江棠棠转身，“麻烦先给我一杯香橙拿铁。”

这款是夏季限定饮品，选用的伏令夏橙。现在已值初秋，今天是最后一天售卖，剩下材料不多。服务生回头和同事确认过一遍说：“刚好，还可以做两杯。小姐现金还是支付宝？”

江棠棠指尖轻敲台面：“那帮我再加一杯，一样的。”

“你故意的是吧？”背后的女人扯她手臂，迫使她侧身，“我今

天还就要喝跟你一样的，你以为咖啡厅你家开的啊，故意点两杯不让别人喝？”

江棠棠垂眼，对方指骨使着暗劲，指甲盖在她白皙的皮肤上压得顶端泛青。

江棠棠冷下声，缓缓道：“这位大姐，高速公路也不是我家开的，你要不要上去躺躺看？”

秦笠把玩着手里的打火机，貌似不经意地走过来靠到小尤身旁，听到江棠棠这句，憋笑憋得一时难受。

“你！”女人气得发抖，“你嘴巴怎么这么毒？”

“嗯，从小用鹤顶红泡澡呢。”

不远处的谢申表面无澜，继续有一搭没一搭翻着手里的东西，听到这里，嘴角勾起个几不可见的弧度。

秦笠一下没忍住，笑出声来。这么多年未见，江家小姑娘的火力越发生猛啊，当年放狗咬人，今日一见，一张嘴就把对方怼得七窍生烟。

他心念一转，也不知道这要是和谢申那厮吵起架来谁会赢？

江棠棠侧头，见一个一身休闲装的男人把手搭在身旁女人肩上笑得不遮掩。秦笠眼梢生得微上扬，此刻饶有兴致地盯着她瞧。

他看够热闹，对抓着江棠棠不放的女人懒声道：“闹呢？”

那头闻言飞来一记白眼：“你又是谁啊？”

“刚才好像听你问这位美女这儿是不是她开的。”秦笠搭着眼皮瞅人，“巧了，我朋友开的。刚刚他让我过来转达一句，这里不是农场，不能呱呱乱叫的呀，还烦请您移步。”

他这话半真半假。转达一说子虚乌有，但这家咖啡厅是谢申大学室友开的，当初谢申友情投进一笔钱，确实能算半个老板。

江棠棠顺着他的目光往一处角落看，正巧碰上谢申放下手上的图录抬眸，那眼神很明显是认出了她。

谢申的眼睛不同于秦笠，深邃如墨，专注看人时，自带审视效果。

视线于无声处撞了个噼里啪啦。

江棠棠心好累，今天这一桩桩一件件的连环惨案，真是大写的“不宜出行”啊。那什么，现在翻白眼装瞎还来得及吗？

店里的员工都认识谢申和秦笠，刚才就想出声阻止那位喳喳叫的女

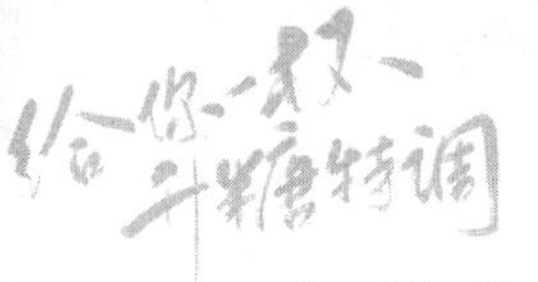

士，现下更是多了底气，连拉带拽把人弄了出去。

“小棠儿，不认识我了？”秦笠问。

江棠棠听他叫自己名字，茫然回神：“你是……”

“看来是真不认识了。小时候我们还一块儿玩呢，”秦笠意料之中，“你、我，谢申——就是坐那儿那个男的。对了，还有你舅舅，跟我同岁吧，抄了我一暑假的作业。一点儿印象没有了？”

江棠棠想起程陆之前说的，外公和谢家的人认识，应该确实是有这么一段童年往事，只是可能彼时她年纪太小，没留下什么记忆。

“记不起来也没事。”秦笠说，“要不是你这个胎记，我也一时半刻认不出你。碰到就是缘分，走，哥请你喝咖啡。”

一旁的小尤识趣，朝吧台小哥眨眨眼：“香橙拿铁。”

江棠棠还在琢磨呢，就被秦笠带进了他们的座位里。

秦笠自报姓名后又主动介绍：“谢申，我哥们儿；尤璟，我女朋友。这是江棠棠，谢申，你应该没忘这是谁吧？”

江棠棠捂心口，这位大哥，拜托别问。

她坐在谢申身边，谢申微微侧头看她，薄唇微启：“记得。”

呵呵，求忘记。

服务员端来几杯咖啡。

尤璟抱歉道：“不好意思江小姐，忘记问你要热的还是冰的。”

江棠棠：“没事没事，今天挺热的，喝冰的正好。”

香橙拿铁果香清甜，上头浮着颗粒冰块，水汽凝成珠从杯沿一道道缓缓下坠。

谢申从摆架上抽了一张纸巾单手撑平滑到她面前。

干燥修长的手指，视线沿着分明的骨节往后走，虎口处有一道淡色疤痕，两三厘米长。上次只注意到他左手上戴的表和珠子，倒没有留意到这道疤。

江棠棠微愣片刻：“谢谢。”

用纸巾裹着杯子，手不会弄湿。江棠棠心想，这人还是蛮绅士嘛，当即松下心神，端起咖啡品尝起来，忽地听他低声问道：“眼睛这么快治好了？”

差点噎死。

她捏着杯身咕噜噜灌冰咖啡，放下时强装淡定："嗯……最近枸杞吃得多。"

谢申也是没想到这女人能胡说到这份上，一点儿不见被人撞破的窘态，一时无言，食指碰了碰眉尾。

秦笠目睹他俩低声交谈，问："你们说什么呢？"

谢申："枸杞。"

"很别致的话题。"秦笠对谢申的脑回路无法理解，转问江棠棠，"棠棠现在是在上学还是工作了？"

江棠棠如实答："去年大学毕业，现在和我舅一起开店。"

"经营什么？"

"胶片相机。"

"有意思。这年头玩胶片的少见，你还开店卖这个。"秦笠拿出手机，"小尤没事也喜欢拍照，改天我们去你店里看看。来，加个微信。"

尤璟也主动加她。三人互换完号码，秦笠顺手把她名片推送给谢申。

谢申捞起手机看了看，把人加上。

几人又聊了一会儿，主要是秦笠在那儿说。时间差不多，他看一眼手表："棠儿，我和小尤还得去看美术馆的展览。我们就先过去，改天再约空出来聚。小时候的玩伴再碰着那是缘分，你不记得没事儿，现在有联系方式，以后有的是机会碰面。"

秦笠这人善交际，不是那种带着目的性的与人来往，纯粹就是爱结交朋友，跟谁都聊得开。

他掏出车钥匙抛给谢申："我的车停你们公司车库，B 区 2。我爸让带的东西都在后备厢，你自个儿去拿，回头把车钥匙放大堂前台就行。"说完又想起什么，对江棠棠说，"小棠儿你喜欢橙子是吧？我那儿刚搬了客户送的澳洲橙，也在后备厢，你跟着你谢哥一起去拿。"

江棠棠连忙摆手："不用不用。"

"客气什么，两大箱我们也吃不完。你带一箱回去和程陆一块儿吃。要拿不动让谢申帮你搬回去。"

可不敢劳烦……

江棠棠还想说什么，只听谢申淡声道："愣着干什么，走吧。"随即起身。

江棠棠跟着谢申到了地下停车场。天且热着，停车场没有冷气，闷得江棠棠脖颈后出了一层细密汗珠，尤其怕谢申跟她秋后算账，毕竟偷听人说话还记下来这行为真的挺猥琐，虽然真凶不是她。

她精神紧张，灌过大杯冰咖啡的肚子也隐隐抽动，一阵阵的。

还好一路上谢申都没说话，找到秦笠的车，黑色保时捷的后备厢塞得满满当当。

他从里面拎出一箱橙子，掂了掂分量，出声问："自己拿还是我帮你？"

"我、我自己拿就行。"

他不多说什么："嗯，伸手。"

江棠棠递出双手准备接过，小腹蓦然间一阵大抽动，右手赶紧往回捂住肚子，一股熟悉的感觉冲上脑门。

谢申见她面色惨白，额头渗出汗水，皱眉问："怎么了？"

"我……"江棠棠艰难片刻，咬牙道，"哪儿有厕所，快带我去！"

6

江棠棠从下停车场开始小腹就在一阵阵泛冷，心知应该是闹肚子，只是一下一下间隔的时间还算长，觉得自个儿还能再忍忍，等回刚才的咖啡厅再解决。

谁知……

她捂着肚子弓身，一手死死抓着谢申的小臂："肚子疼……想上厕所……"

这个节骨眼什么面子什么尊严通通不存在了。眼前人就是救命稻草，能带她去释放体内被禁锢渴望自由的神秘力量。

江棠棠一张惨白小脸蛋不由分说埋进谢申臂弯里，他略一低头就看到她梳起马尾的后颈上冷汗涟涟，看上去真不是装的。他手里还抬着装橙子的纸箱，正准备放回后备厢后带她上去，忽又被她一把扯回。

江棠棠急火攻心，谢申的手一往外撤，她就下意识觉得他要抛弃自己："申哥，我错了，真错了，那天不该搞欺骗行为，一时脑抽别见怪。

您大人不记小人过，带我进你们大楼里边上个洗手间行吗？”

谢申被她紧紧拽着西装衣袖，进退不得，沉着脸道：“江棠棠，你再不放手……”

“救救孩子！”

他低头凑到她耳边一字一句：“你不松手，我怎么把东西放回去？”

他嗓音低沉，刻意压着声说话的时候有种说不出的蛊惑力。

江棠棠心神一恍，根本没有听清他在说什么，只是死死抓着他的衣袖。

谢申耐心耗尽：“我说最后一次，松手我就带你去洗手间。否则就这么耗着。”

江棠棠这回听清，触电一般迅速放开。

谢申将后备厢关上，瞥一眼那只被蹂躏过微褶的衣袖，问她：“还能走吗？”

“能能能！”江棠棠点头如捣蒜。

还好秦笠挑了电梯附近的停车位，谢申按电梯领江棠棠上一楼。

君禾集团的内部设计简约高雅，处处透着匠心，楼层不多，但面积广，中庭高阔极具纵深感。从不见天日的停车场一上来，江棠棠被这通透明亮的大厅一晃，身体更难耐了……

前台两位女接待见人起身：“谢总。”

谢申走近两步交代：“你带她去一下女厕。”说着侧身瞄一眼不远处那团不明白色蜷缩物。

前台抱歉道：“谢总，一楼的洗手间现在正好在维修，我带这位……”她辨认一番，“这位小姐去二楼吧。”

江棠棠的意识临近崩溃边缘，身子像丢进沸水里的虾越来越卷，停下后根本没力气再挪动一步。

谢申回望一眼，眉心浅皱：“算了，我带她去。”说完便长腿阔步过去，伸手托起她整个人往自己身上靠。

他的手臂力度很够，江棠棠瞬间觉得被人提了起来，还有了依靠。这感觉，怎么说，暖暖的，很贴心。

“申哥，你真是个好人……”

“闭嘴。”

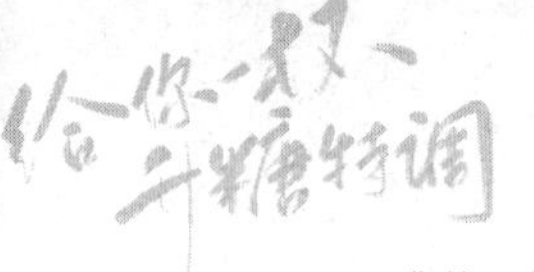

“嗷。”

林臻刚从医院回来，助理已经等在门口，见她人出现赶紧小跑过去：“林经理，严副他们等着你开会。”

她脚步不停：“知道了，会议资料都准备好了吗？”

“嗯，都备妥了。”

助理加快脚程跟上林臻，见林经理步履生风，神色无虞，心中稍稍放心。

上午，她去办公室给林臻送预展策划书，见林臻浑身绵软地埋头趴在办公桌上，吓得赶紧上前询问，林臻缓缓侧出半张脸，平日里凌厉干练的面容此刻毫无血色，唇白如纸。

助理知道林臻有低血糖的毛病，忙起来三餐不继时不时就发作，只是这回比之前的看上去都要严重。她赶紧拿巧克力给林臻吃，又劝林臻去医院做个仔细检查，可惜还是和以往一样，劝不进。

她跟着林臻在当代艺术部工作两年有余，知林臻工作一向拼命。尤其今年谢总任命严昊为副经理之后，林臻就更是铆着一股劲。

林臻点点头，绕进旋转大门时又道：“下次没经过我的允许，不许再私自打电话给我家人。”

助理当时是真担心林臻，见林臻补充完糖分面色还没完全缓过来，自作主张打了林明远的电话让他劝女儿去看医生。

会被责备是意料之中，她不辩解，只应道：“嗯，林经理我知道了。”

林臻的父亲林明远颇有威望，林臻作为家中独女其实大可以做个闲散白富美。艺术品拍卖这一行，专业固然重要，但带有业务性质的部门，高阶的人脉才是决定你能否吃得开的关键。

得益于家里的背景，加上林臻自己的努力，短短几年时间就坐上了现在的位置。

那位严副经理是谢申上半年从另一家同行那里挖角来的，同样自带背景资源，专业度也挑不出毛病，只是为人乖张，对林臻责权范围内的事也惯插一手。

林臻不质疑谢申的任何决定，只是自此更加拼命做出成绩，连林明远都看不下去，劝过她好几回，这次把她送进医院，更是又气又忧。

从旋转门转出来，林臻才稍稍沉一口气，对助理说:“谢谢你的关心，但在工作时间记得以我这个上司的意思为第一准则。这是我第一次也是最后一次允许你把私人情感带进工作里来。以后要是再把这两件事混为一谈，你去需要你关心的部门经理那里报到。”

助理没想到林臻会对这事严肃至此，心里虽有委屈，嘴上也应道以后绝不会再犯。

两人一前一后走去坐电梯。

助理先看到那里站的人，收神温声喊道：“谢总。”

林臻闻言望去。

谢申长身微微后仰，把一个穿白色裙子的女孩儿揽在胸前，对这声“谢总”并没有回应，像是没有听见。那女孩儿一颗脑袋东倒西歪地贴在他下颌处。从她们的角度看去，两人像是胸贴着背地抱在一起。

江棠棠憋得快厥过去：“电梯怎么还不来……”

谢申仰头看一眼跳动的数字：“快了。”

真的吗？为什么觉得已经过了几个世纪。

“这电梯上辈子肯定是只蜗牛……哇，我真的不行了！”又是一股冲劲，江棠棠眼眶都湿润起来，“申哥我真不行了！”

她下半身扭动，力图将体内那股横冲直撞的力量左右倒一倒缓冲点儿时间。谢申此刻在她背后撑住她整个人，身体相碰处，被她扰得一股无名火上来。

“江棠棠，你安分点！再动就把你丢出去！”

7

江棠棠觉得她的名字像是被他从齿间碾出来的。电梯厢门是镜面，刚才没注意，现在被谢申一个低吼，她再凝神一看，自己这七颠八倒的丑态真是相当不得体。

视线下移，似乎理解了他为什么好像有点儿生气……

谢申感觉到身前的人霎时绷直身体，头顶的发丝蹭过他的下巴，一阵酥痒，本能地收了收下颌，正好瞧见她小巧饱满的耳垂染上淡淡绯色。

“叮——”电梯到达一楼。

助理见林臻忽然站定在原地，心中一时疑惑，目光又投向和谢总在一起的女孩儿，隔着些距离看不真切，但应该不是公司里的人。两人的姿势看上去倒很亲昵，大概是私人交情。

说到私人交情，其实林经理一家和谢家的交情也颇深，但先前她已经被训斥过一番，此刻眼观鼻鼻观心，她不敢再多问一句八卦闲事，站在林臻后侧，目送谢总他们进去。

二至四楼是展厅楼，白灰相间的主体色调饱和度低，显得极其纯净。走廊上挂着名家画作，南北面各有一个大展厅，现在没有展览活动，四下无人，偌大的空间极为安静。

谢申带江棠棠往就近的A区洗手间走，把人扶至门口："自己进去。"

她点点头，扶着墙壁往里挪两步又回头："你别走。"顿了顿，"万一里面缺纸……"

谢申闻言默上一默，单手拂开西装外套搭到紧窄的腰际，再瞧她一脸深思熟虑后急等他回话的模样。憋红的鹅蛋脸上满是焦色，两条眉毛快挤到一处去。

气笑了。

他阖了下眼，抬起另一手食指中指并拢隔空做了个驱赶动作。

虽然看着很不耐烦的样子，但应该是答应的意思，江棠棠放下心继续步履维艰往里挪。

洗手间很高级，白色大理石铺就的洗手台上镜面明亮几净，薰香清浅。她进了第一个隔间，掀起裙摆。

刹那间，天边升起五彩祥云，百鸟于林间纵情鸣唱。

江棠棠忍不住傻笑一声，嘴角的弧度弯到一半戛然而止，另一个不好的预感涌上心头。

洗手间外，谢申的手机弹出微信消息。

江棠棠："你还在吗？"

他拧了拧眉，指尖轻敲："没纸？"

江棠棠："不是……"

谢申："所以？"

半分钟的"对方正在输入"过后，江棠棠发了一条过来："我生理期了……能不能，劳烦再帮我买一包卫生棉？"

发出这句话，江棠棠把手机垫到额头上，绝望地闭上双眼。她的生理周期一向很准，这次也不知道怎么了，赶着提前整整一周，而且来势还蛮汹涌。

真是屋漏偏逢连夜雨，实在让人很无语。

迟迟没有收到回复，她把手机拿到眼前确认，真的没有新消息进来。

嗯，一定是被抛弃了！

思绪乱撞间，一条新回复弹进来："等着。"

一瞬间，她感动得快哭。不愧是儿时玩伴呢，情分还是有的。

刚才在咖啡厅聊天的时候，秦笠说起他们几人的渊源。

江棠棠的外公程致远和谢知行是旧时同学，两人脾性相投关系甚笃。现今明市最大的市中心公园原址就是他们那时上的路桥三中，上下铺的同学情谊刻在艰苦岁月里，后来程致远毕业后没有继续深造，被分配到北方参与机建工作。

那时候不像现在，通讯不便，同学们天南地北散开，渐渐便断了联络，直到四十多年后当年的班长张罗的一场同学会才让当时还能联系上的十几位老同学聚到一起。

程致远彼时已经调回明市，重聚之时谢老爷子听说江棠棠的妈妈生病，程家人为此奔波，无暇照看放假在家的两个小孩儿，就主动提出让棠棠和程陆在夏园过一个暑假，反正保姆和管家人手够，本就要照看谢申、秦笠两个男孩子，再多两个也不嫌多。

其实要说不记得，经秦笠提点，江棠棠隐约还是能回想起一些模糊片段，比如池塘里含苞待放的新荷上头停的小蜻蜓，木莲冻的薄荷香气，几个小屁孩打闹的场景。只是那些记忆虚虚实实，都是些很微小凌乱的视觉点，让人也辨不清是不是因为先设定出结果才展开的联想。

谢申沿着走廊回到电梯前，站定后觉得自个儿有毛病，放着案头一堆没处理的工作，巴巴地跑去给人买什么卫生棉？

他抬起左手看一眼表上的时间，余光瞥见虎口那道疤。

十几年前夏园还有门卫，一个小老头姓李，养了一只田园犬，白天用细铁链拴在岗亭边上，晚上换班带回去遛。

江棠棠那时候就跟那只小土狗虐恋情深，见天往岗亭跑，蹲那儿跟它对吠。人小鬼精，蹲的位置还刚好是小狗再怎么挣都咬不到她的距离。

老李见小姑娘长得粉嫩细白怪可爱，又是老爷子的客人，也不赶她，每回都是见日头毒起来才劝她回屋和谢申、秦笠他们一块玩。

有一回，老李有事离开片刻，江棠棠又跑来找狗聊人生，人狗殊途聊得不太愉快吵起来。那只小狗呼呼叫唤着，竟然挣着挣着把细链给挣断了。

江棠棠万万没想到，一秒㞞，拔腿就跑。

撞上被老爷子委派来找她回去的谢申，一个缩身躲到他身后。

为这事，谢申进医院打疫苗，又缝了三针。

谢老爷子独子早逝，对谢申这个孙子格外严苛。这事儿一出，谢申也不辩解，只说是自己把狗给惹着了，于是谢知行不由得盛佩清劝说执意罚他关禁闭，锁在房里每天练毛笔字收心，到开学那天才放他出来。

这事他除了跟秦笠提过一嘴，其他谁也没说过。

谢申轻哂一声。

从小就是个惹祸精，长大了也不消停，细想回回碰见她都没什么好事。

手机又进来一条微信消息。

江棠棠发来一个表情包——磕头谢恩。表情滑稽的卡通小人把头磕得很有节奏感。

算了，和一个小破孩儿计较什么。

最近的便利店也离这里有十分钟步行路程，一来一回耗时耗力。

君禾集团高层几楼是星级酒店，谢申在顶层有一间专属客房，就近原则，平时不回谢家老宅时就住那里。

他想了想，还是改按往上的按钮。酒店设施齐全，客房部应该会有那东西。

电梯门开，上来的林臻和助理在里面。

“谢总。”助理见到他进来，赶紧再次打招呼。

林臻也随其后喊了声“谢总”，声音微哑。

谢申微微颔首，又抬腕看表：“现在应该是你们部门的例会时间。”

林臻愣怔一瞬：“是，我有事推迟了一会儿。”

谢申不再多言，淡淡“嗯”一声算作回应。

助理在一旁听得心惊胆战。谢总的严谨业内是出了名的，刚才的话虽然语调平平，听上去只是一句普通问询，细品起来颇有质疑她们没有时间观念的意思。而林经理明明是因为给自己揽了太多工作导致身体抱恙去看病，却也不解释，真是轴得不行。

林臻见他按了顶层酒店的数字，从轿厢的镜面里不动声色瞄他，思忖半刻，还是忍不住出声："刚才好像看到谢总带了位朋友过来？"

谢申闻言侧肩看她，像是想到什么。

"你们有带……卫生棉吗？"

8

林臻一时没听清，或者说没想到他会突如其来问这个。

"什么？"

谢申刚才是想到酒店客房部也未必有江棠棠要的东西，正巧碰着人顺口一问，被她这一确认性地反问，当即反口："没什么。"

林臻的助理倒是听清了，讷讷道："谢总是要借……"说着从包里掏出个小包，"我这儿有。"

谢申犹豫一瞬接过，包里头装的东西捏着触感软绵。

他身形挺括，两条长腿往那儿一撑就气势凌人，此刻手里却捏着只玫红色小"卫生包"，说不出的违和。

大概他自己也感觉到，不动声色地背起手，顺便道了声谢。

林臻垂眼："是帮刚才那位小姐借的吗？"

谢申点头。

等他按下最近一层打算回去，她又脱口问："谢总，要不要我帮你送？"顿了顿，"女孩儿面子薄。"

面子薄？

谢申想起江棠棠那时候一脸淡定在他面前装瞎，今天又一本正经地胡说八道，还扯着他衣袖非要他带她去方便的模样，实在瞧不出薄在哪里。

倒是他，掌心收着那只"卫生包"，像揣了个烫手山芋。

最后助理先一步回部门召集人员准备会议，林臻得个时间差和谢申一起回二楼。

助理觉得这闲事管得真不像林经理的作风。

到了洗手间外，林臻进去前问："怎么称呼？"

谢申只道："姓江。"

第一隔间落着锁，林臻在外轻叩一下："江小姐。"

刚才江棠棠就听到高跟鞋踩进来的声响，听到对方喊自己，讷讷回应："啊？"

"谢总让我给你送卫生棉。"林臻说，"我从门下面给你塞进来，方便拿吗？"

"好，谢谢你。"

一只莹白的手把东西递进，指甲盖规整圆滑，淡淡豆蔻色。

江棠棠整理完毕出来，见林臻还在。

手如其人，林臻五官不是艳丽型却耐看，细长眼型，唇线弧度优美，女式白衬衫一丝不苟扎进及膝湖蓝西装短裙，勾勒出姣好身段。

仅这一眼时间，林臻也在微不可察打量这位江小姐。

是柔美好看的相貌，除此之外也看不出其他什么。

林臻弯了弯唇点头示意，又转回头对着镜子补口红，小拇指指尖轻点嘴角，自然问道："江小姐是谢总朋友？"

江棠棠洗着手："算是吧。"

林臻扣上口红："走，一起出去。"

原以为谢申找女同事来送，自己应该先走了，一过拐角，见他竟然还在外面，抄着手来回踱步。

后知后觉的羞赧感立马淹没江棠棠，她想到自己方才在极端情况下展现的种种窘态，简直无地自容。

她一个缩身，躲了回去。

谢申侧身睨一眼那个稍纵即逝的身影，像只被人捶了一头缩进洞里的地鼠，𡚒包不减当年。

林臻发现身旁空了，正要回头，听谢申对她说："你先去开会吧，谢了。"

林臻唇线微抿，点头走开。

与江棠棠一个拐角之隔，谢申松开手臂："还打算在里面常驻？"

尾音落下，墙角才探出个脑袋："那个，能跟你商量个事儿吗？"

"说。"

“把往前二十分钟的记忆删除吧，哈哈。”

两声干笑在空气中旋一圈儿换来三个字：“做不到。”

她不屈不挠：“只要用心，一定可以做到。”

他扭头：“原来是‘鸡汤’喝多了拉肚子。”

“我先走了……”

“嗯。”

一道铃声响起，谢申接起手机边说边往外走，没有再理会后面那只小地鼠。

江棠棠又跑回洗手台前冲了把脸，等热气散得差不多才照原路回去。下到一楼大堂时，前台接待小姐见到她还冲她笑，笑得人怪不好意思。

回到店里，程陆正倚在柜台前和隔壁店老板向爷的女儿向小园聊天。

向爷是北京人，早些年在潘家园卖古玩和仿古家具，辗转定居明市以后到中古街开店，还是老营生，只是有了像样的店面。生意算不上兴隆，够养老婆和现在在明市五中刚升高三的向小园。

向小园见江棠棠回来，兴冲冲地说：“棠棠姐，陆哥刚给我看手相，说我以后会嫁入豪门呢！”

江棠棠把包往柜台后一挂：“哟，可喜可贺。顺带一提，你陆哥对豪门的定义是能吃得起人均一百块的自助餐。”

“别听她瞎说。”程陆手肘抵着台面，“再瞧你这下巴长得也好，方圆兜拢。下巴主掌晚年运势，你就等着飞黄腾达。”

江棠棠在一旁补充：“苟富贵莫相忘。几十年后要是碰见你陆哥在街上要饭，你开法拉利过去的时候记得慢点儿开别溅他一身水。”

向小园“扑哧”一声笑出来。

程陆别过头去瞪她：“你这是相亲未遂拿我开涮呢？”

向小园耳朵尖：“棠棠姐你去相亲了？难怪下午不在店里。”

提起这茬，江棠棠兴致不高：“没，我就是去神秘组织开了个会。”

“扯。”程陆笑眯眯地对向小园说，“园园，陆哥教你个真理：掩饰就是事实，并且是结果不太理想的事实。”

“园园，你还是用法拉利碾死他吧。”江棠棠转身拿镜头纸，“对了，还没到放学时间吧，你怎么就回来了？”

“今天我生日，我爸帮我跟老师特批了半天假。”

“高三学业重，你们老师肯让你偷懒半天过生日？”

“我爸给我请的病假。”

江棠棠边擦镜头边问：“病假条哪儿弄的？”

“不知道，反正我爸那路数，弄个病假条也没多难。”向小园小得意，“羡慕吧？”

江棠棠摇头：“不羡慕。以前我上学那会儿过生日我爸都帮我请一整天。”

这话不假，江父这人骨子里带着不羁，对江棠棠和程陆也管得宽松，还生怕他们两个学习学傻了，偶尔帮着翘翘课美其名曰劳逸结合。

程陆瞄一眼墙上挂钟：“棠棠，你回来了我就走了啊，约了人打球。”

向小园不乐意了：“陆哥你不吃我生日蛋糕了啊？我爸去蛋糕店取了。”

“不吃了，他们都等着我呢。”程陆直身，拍拍她头顶，“向小姑娘生日快乐啊。”

向小园手心向上一摊：“生日礼物呢？”

程陆明显没准备：“让你棠棠姐给你拍套写真，她拍我修，包你满意。”

向小园努努嘴：“好吧。”

谢申刚从一场决策会议下来，回到办公室，落地窗外暮色四合。

他把激光笔往宽大的办公桌一掷，升起遮挡帘，脱下外套松了领带，整个人从严谨审慎的状态里稍稍释放出来，眉目间攀上慵懒神色。

他从烟盒里磕出根烟衔在嘴里。火柴盒是酒店供的，红头于磷皮处一刮，霎时在指尖外腾起明黄小火。

傍晚下过一场雨，斜倚在窗前，瞥见残留的细密水滴在外墙玻璃上一道道滑下。

人的精神一松懈下来，思维就容易信马由缰，没来由地，联想到江棠棠的那杯冰咖啡，杯壁也是凝出这样的水珠子，下坠再下坠。

晚上还有个视频会议，一根烟的工夫他又要回到备战状态。

桌上手机铃声响起，他走过去接起，是秦笠。

秦笠：“我车钥匙你没放大堂这儿？”

谢申半坐在桌沿，食指戳了戳眉尾，下午被江棠棠那一通折腾，后来又忙着开会，倒是把这事给忘记，要拿的东西也都原封不动在秦笠车里。

他长臂一伸，将桌角的烟灰缸捞来，掸烟灰："忘了。"

"得，贵人多忘事。"秦笠说，"刚好我和小尤也喝了点儿酒不能开车，本来想叫个代驾。钥匙就先放你那儿，车里的东西拿了没有？"

"没有。"

"小棠儿的橙子也没让她带走？"

"嗯。"

"这不太好吧，我都说要送人家，你又不拿给她，况且水果闷后备厢太久容易烂，你抽空给人送过去，反正我看她那店离你公司挺近。"未等谢申回话，秦笠那头安抚了下小尤扯着他的手，"不说了，我们还有下半场，先挂了。"

他和谢申不同，谢知行对谢申的严苛是他从小就见识到的。不像他，家里经营的画廊也就是挂着虚衔，他家老头儿不指望他掌控大局，又惯于为他兜底，也就养出他这样的闲散性子。

谢申挂下电话将手机反扣，按灭烟头。

下午那一通折腾不够，还给她送橙子？

当自己跟他一样闲得没事干吗？

Chapter 02 非常规心跳

1

明市最有名的酒吧街，与白天的平和静谧人流稀疏不同，一入夜，空气里尽是纵情的味道，从大大小小的夜店里轰出的电音交织成一张迷眩的网。

秦笠搂着尤璟如鱼入海一般自如穿梭：“带你去我朋友开的店。”

尤璟将白天穿的宽松衬衫挽起于腰侧打个精巧的结，堪堪露出一截腰。她说：“你朋友可真多，下午见的谢总也算一个。”

尤璟好看，自是引来不少目光。秦笠毫不在意，手掌往下轻捏她腰上软肉：“朋友分很多种，有利益关系驱使的，也有酒肉来往的。”

“那我猜猜，等下要见的是酒肉朋友。”尤璟侧身避了避路过酒吧拥出来的一拨人，顺势往秦笠怀里钻，“谢总呢，利益关系驱使的？”

利益关系自然是有的，秦家在明市经营的几家画廊与君禾有过不少合作。君禾在业内享有极高话语权，一件画作在拍卖会上竞拍出高价，同位艺术家的作品在画廊的价值自然也就水涨船高。与此同时，彼此之间也存在竞争。每一行往里深究，水都不浅，生意场上，亦敌亦友的关系并不少见。

秦笠摸着后颈想了想：“我们家和他们家有利益关系，但我和他没

被驱使过。”停顿一下，又道，“是兄弟。”

尤璟笑了声：“我见你朋友多，但能被你称作兄弟的这还是头一回听到。”

秦笠带她熟门熟路地拐个弯，一时间喧闹更甚：“是吗？”

“嗯，但是总觉得你们两个个性看上去南辕北辙，竟然也能做兄弟。”

“你学画画的不知道对比色？谁说脾性相投才能当兄弟，差异也能产生美。”

尤璟眉眼一勾：“你敢跟别人产生美？”

秦笠哈哈笑：“哟，打哪儿来的醋坛子，连我兄弟的醋都要舀一口喝。”

这条道走到底就是他朋友开的酒吧，大门敞着，里头光影暧昧，人影交织。

相熟的侍应冲他打招呼，他一边回应一边往舞池瞧：“看见没？”

音乐声大，尤璟一时没听清：“嗯？什么？”

瞬息万变的镭射灯下，那些男男女女扭动的身躯像是一大兜渔网里紧紧贴着又奋起跳跃的鱼。

“这些人，”秦笠带她往高台去，贴近她耳朵说话，“平时可能是办公楼里朝九晚五的白领，或是教书育人的老师，总之，一张纸都有两面。人啊，尤其是男人，你别以为就是你第一眼看到的那样。”

尤璟听明白了：“那你的意思是，你那兄弟也有不为人知的一面？”

“他啊，说好听是克己，有事业心，实则是把自个儿逼得太紧，跟蓄满水的大坝一样。我就等着看他哪天泄洪。”

“我怎么觉得你有种等着看好戏的心态？”

“那可不是。我妹被他伤得都快上峨眉山出家为尼了。要不是我跟她说当尼姑天不亮就得起床，她这会儿已经在四川境内了。”秦笠带人来到吧台前。

调酒师是熟人，见他这次带的美女和上回一起来的非但不是同一个，还不是同一款，朝他暧昧一笑。

秦笠接过自己的特调，又将一杯 Mojito 平滑到尤璟面前。

“其实我觉得你妹妹和谢总挺搭的。”尤璟见过秦缈几回，统共没说上几句话，但是基本观感还是有的。

秦笠轻晃酒杯：“感情的事除了当事人谁能说明白到底搭不搭，也

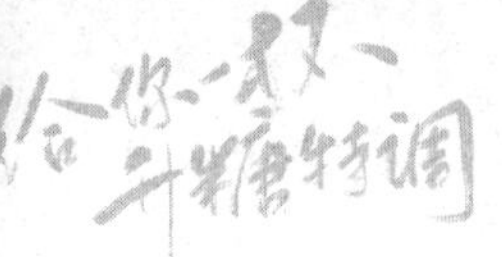

不知道秦缈这死心眼是随谁。”

尤璟举杯和他轻碰一下：“反正不随你。”

“哈哈哈！”秦笠侧过身搂着人亲昵，耳鬓厮磨，“难说，搞不好她显性遗传我隐性遗传。”

说话间有人过来，个头不高，穿得挺潮：“笠哥来啦？”

秦笠扭头：“臭小子，我都进来多久了现在才过来。”说着和人介绍，“这是尤璟。这我哥们儿小伍，这里的老板。我们今晚吃喝都记他账。”

“那有什么问题。”小伍和秦笠相识多年，一瓶瓶喝出来的感情特别坚固，“美女，还要什么尽管点。”

“你眼里就只有美女。”秦笠踢他一脚，“交代人给我留一份象拔蚌刺身，晚点我带走。”

这里的象拔蚌刺身是一绝，每日限量供应。

“给秦缈带的吧？”小伍知道这道是秦缈的最爱，“不用那么麻烦了，她人就在这儿呢。”说着下巴一扬，朝着靠角落的一个弧形卡座。

半圆形的卡座里，秦缈和几个年纪相仿的男女坐在一起。今天有一家网络媒体承办的红人盛典，她作为网上排得上号的艺术博主，也受邀其中，结束后跟着另外几个博主过来酒吧。

其中一人叫郑岩，碰巧还是她在国外上学时同校的学长，大她一届。他不同于那些草根博主，自己家里有点背景，人也狂傲，玩微博纯属玩票性质，不屑于和那些所谓红人为伍。这次是听说秦缈也会出席，才一同前来。

两人在国外上学那会儿都还是半大不小的孩子，当时郑岩也没注意过秦缈，后来是在网上看到照片和视频才起了兴趣，借着各种机会接近，就是不招待见。

他们这群人，最擅长玩数据搞人肉搜索。秦缈对谢申一头热的事情，他也早知道。

郑岩靠着秦缈坐：“谢申嘛，我见过一回，一个慈善拍卖会上。说实在的，看不出哪儿有什么过人之处。缈缈，我觉着你就是太单纯，多出来拓宽拓宽眼界就把他忘屁股后边了。”

秦缈往一旁挪了挪，眉头深锁：“关你什么事？”

“怎么不关我事？”他腔调轻浮，“我就看不顺眼他一个大男人让女人伤心伤肺，算什么东西！”

“我说了这和你没关系。”

这人在上学时就是个校霸，仗着家里有钱集结一帮不学无术的男同学成天惹事，还专挑中国学生霸凌，挺让人恶心。秦缈懒得理他，此刻见他话越说越露骨，更是想起身走人。

“我喜欢你你看不出来？”刚才他喝了不少烈酒，说话带着醉腔，嘴里吐出的酒气引得她有些生理性不适，“你告诉我看上他哪儿，啊？那张臭脸？我给他划烂喽！”

环境嘈杂，但这一声也够大，旁边几人过来打圆场缓和气氛，被他用力一把推开，他嘴里依旧不干净：“给我滚远点！”

秦缈忍着恶心站起来，对众人道：“我有事先走了，你们慢慢喝。”

“你走？不许走！”郑岩还想去拉她裙子，被一只手从卡座靠背后面用力按回原位。

秦笠挑眉：“你在老子眼皮底下也敢对她动手动脚？”

秦缈诧异扭头：“哥？尤姐。”

尤璟走进来揽着她肩膀往外走。秦笠不想在小伍店里动手，朝他做个眼色，小伍就叫出保安把人请走了。一同来的其他几人见状也意兴阑珊，不过多时陆续走人。

郑岩被拉出去时还在那儿不断挑衅：“秦缈你给我记着，我找人弄死他！”

秦笠叫了车，顺着路线先送尤璟回家，再送秦缈。

这一晚，秦缈挺难受的，把尤璟送到家，只剩他们兄妹在后座时才开口：“哥，我觉得我挺失败的。”

秦笠按下车窗：“怎么说？”

“喜欢一个人这么久，在别人眼里就是个傻子。”

“那我不是傻子她哥？”

“哎。”她推搡秦笠一把，“你知道吗，昨天我和妈通视频。她说等我十年后回头看，会觉得自己特别特别傻，为一个根本不可能喜欢自己的人浪费青春消耗精力。”

秦笠想了想，说：“你是现在的你，又不是十年后的你。”

秦缈闻言愣了愣，半晌问：“那你是觉得我应该继续喜欢他？”

“喜欢这事儿是别人说一句不支持你就能放下的？你如果非要听我意见，我肯定不支持。”

“为什么？”

“我比你认识谢申的时间长，觉得他这人，挺奇怪的。”秦笠想着措辞，片刻安静后又道，“就像一个设计精密的匙孔，你拿一百一千把各式各样的钥匙都未必能打开。可哪天有把齿符恰好合上的，随意那么一转，冷不丁就能开了。”

秦缈云里雾里：“我不明白。”

“我也不明白。”

秦笠觉着自己可能也是喝多了，只是方才一瞬，想起白天在咖啡厅遇上江棠棠时的场景。

谢申和她坐在对面，谢申递了张纸巾过去，然后靠近她低语。秦笠那时其实听到了一问一答间的内容，猜想他们大概在此之前就有过交集，在他面前装阔别多年初次见面呢。

像是两人的暗语，旁人不知前因自然猜不出意思，他也就假装没听清。

可是在谢申不动声色问话的那么几秒钟里，他看到谢申眼里有种从未见过的情绪，是好奇，或者说，探究。

2

听完汇报关掉视频会议的界面，谢申拔掉笔记本电脑的插头，端起秘书两个小时前拿进来的咖啡，已经凉透，未抿一口，带上资料往外走。

总裁办外面的办公区域已经空无一人，明亮宽阔的空间安静得落针可闻。在工作上他虽然严格但并不崇尚加班文化，在大拍临近的节骨眼上大家自然不可避免需要延长工作时间以应对繁重的任务，但无论如何忙碌，此刻也都下了班。

他将咖啡倒进茶水间的水槽，放水冲杯子，抬眼看，一览无余的玻璃窗外是城市最繁华处的光影，同时倒映出他略显疲惫的神色。

回到顶层住处，他想起秦笠车里的东西，给酒店客房部经理打了个电话。不消半刻，有人按铃取走他给的车钥匙，没过多久，大箱小箱的礼品就被搬上来整整齐齐码在玄关处。

谢申已经脱下外套甩在长沙发上，垂眸看那些东西，手指摸到领带轻轻一松，目光落到最底下那箱澳洲橙时，思忖片晌，又将领带结往上一束。

中古街平日里晚上也未见多热闹，今天隔壁的小吃步行街正在举办美食展，此刻依旧灯火通明，大锅翻滚着炸物吱吱冒烟腾出直白的香气，色彩鲜丽的果汁饮料随处可见，人头攒动着，倒也顺带引流不少到一旁的中古街上。

谢申降下车速，再往里不方便开，他将车停进主干道的临时停车位，从后备厢拿出装橙子的纸箱。

由步行道出来的几个学生模样的女孩儿见到从跑车里下来的男人，长相身材实在吸睛，不由自主地打量几眼，互相低语推搡几下，最终嬉笑着从他身旁小跑而过。小女生心思作怪，其中一个过去时有意无意地用侧肩擦过他手臂。他轻轻一避，紧了紧手里的东西，目不斜视地抬步往里走。

这头郑岩被人从酒吧赶出来后愤懑难消，手里夹着烟，狠吸一口，一脚踢开塑料椅，往里一瘫。

旁边两个流里流气的小混混唯他马首是瞻，顶着一头绿毛那个将啤酒启开递上："岩哥，喝一个。"

郑岩吊着眼瞧那罐冒出白沫的廉价啤酒，又是一脚猛踹绿毛坐的椅子："就拿这种货色招待我？你把罐子啃了！"

绿毛人精瘦，被他这么一踢差点儿没稳住身往侧边倒，眼中的恼火在转头回来的一瞬又换上讨好神色："岩哥，我妈这儿只有这个。要不我让她给你去买两瓶好的？"说着往对面展位扯嗓子喊，"妈！"

"滚滚滚！"郑岩烦躁打断，"你妈知道个啥。"

绿毛摸了摸脖子："岩哥，不就是个女人嘛，你要喜欢我现在就打电话给你弄一群来。"

另一个混子道："你懂个啥。那些随便一叫就来的咱岩哥还能看上眼？就是要搞不到的弄上手才带劲！那姓秦的不识货，放着我们岩哥这一表人才不要，偏看上那什么……谢什么来着？"

郑岩将嘴里的烟拿下，烟头往他手上招呼，引得一阵痛呼。

"你再说一遍，谁搞不到谁？"

“我……我说错话了！”

郑岩将按灭的香烟往地上一丢，越发烦躁，撸了把头顶，手落下的间隙，瞥见不远处那个男人。

呵，眼熟得很，真叫一个不是冤家不聚头，上赶着送人头。

江棠棠送出两个买了胶卷的客人，坐回柜台后面看摄影杂志。

向小园要等爸妈一起回家，在她这儿写作业，写了一会儿又分神，笔帽戳着下巴问：“棠棠姐，你下午相亲的对象长得好不好看？”

江棠棠的脸隐在大本杂志后：“别瞎问，作业写完了吗？”

向小园转了转笔：“还没，待会儿再写，劳逸结合嘛。”

江棠棠将杂志罩在挺翘的鼻尖上，露出上半张脸：“劳逸结合？我看你是‘劳逸逸逸’结合。”

“你就和我说说嘛！”

“不说。”

“说说嘛！”

“不说。”

“说说啦！”

“都没见着人，有什么可说的？”

“你被人放鸽子了？”向小园不可置信，“我棠棠姐这么漂亮也会被人放鸽子？噢，我的上帝，社会人的世界真残酷。”

江棠棠放下杂志：“你这什么乱七八糟的结论。”

“我是替那人惋惜，错过我们棠棠姐这么好的对象。”

“啧，小嘴挺甜。”

“我这叫实话实说。”向小园煞有介事地安慰她，“姐，你别灰心，一定是上帝给你安排了更好的在后头。”

江棠棠笑意盈盈：“这位同学，你是上帝秘书吗，他还把他的安排告诉你了？”

向小园冲她眨眨眼：“人家是小天使嘛。”

江棠棠听了乐不可支：“你是天使，那我还是巴啦啦小魔仙呢！”说着即兴卷起杂志扬手朝门口悬空一指，“瞧好了啊，巴啦啦能量，沙罗沙罗小魔仙，全身变！”

咒语一出，所指处蓦然现出一个高大挺拔的身影。

谢申两手抬着纸箱，被她突如其来的动作和台词定在原地，正用一脸看智障的冷漠表情看过来。

3

这个时间点，来光顾的客人已经寥寥无几。向小园年纪小性格欢脱，和江棠棠他们也认识挺长时间，江棠棠在她面前自然无所顾忌，万万没想到这无所顾忌的一面会同步呈现到另一个人眼前。

那个人还是谢申。

江棠棠的笑容凝在嘴角，先前种种叠到眼前，觉得自己在他面前的形象可能有些难以挽回。非要概括一下的话，大概就是一个装瞎的肠道不好的女神经……

思及此，她怏怏地收回手，摊开杂志罩住自个儿整张脸，默默蹲进柜台下面。

谢申目睹全程，脚下未动，想到小时候盛佩清瞒着谢知行偷偷买过几只寄居蟹给他，养在一个透明鱼缸里，其中有一只螯脚和前甲都是深褐色的，但凡有人盯着多看一会儿就会产生应激反应缩进螺壳。

倒是很像某人现在这个行为。

向小园看了看门口那个似笑非笑的男人，一时疑惑，从椅子里半起身往柜台后面探："棠棠姐？有人来了。"

那位先生跨进两步，将箱子放到台面上，居高临下对着单方面下线的江棠棠道："你就是这么接待客人的？"

他声音低沉，偏又很具存在感，让人无法忽略。江棠棠将杂志下移，露出一双眼睛，见谢申正垂眸瞧她，角度错落所致，第一次发现他的睫毛很长，在眼睑下端投下淡淡的弧形阴影。

"还不起来？"他的视线依旧停在她身上。

江棠棠也是要面子的："我……练深蹲呢。"

向小园快笑死："棠棠姐，你这深蹲蹲得也太深了点儿，快蹲进海底两万里了。"

谢申睇江棠棠一眼，忽然饶有兴致地将手臂交叠撑在台上："是吗？那你继续。"

隔壁传来向母的声音："小园，作业写完了没有？回家了。"

向小园胡乱把作业本和笔收到一起塞进书包，抱进怀里："我妈喊我，我先回去了。"想了想，又扭头问谢申，"你们两个认识？"

谢申侧肩，点了点头。

向小园从未见过此人，理所当然地猜测："我知道了，你是不是下午和棠棠姐相亲那个？"

因为下午没见到面，所以找到这里来了。

谢申闻言略微思忖，由此得知今天在咖啡厅碰到江棠棠的前因。

"小园！"

"哎呀，来了来了！"向小园未等他回应，径自小跑回隔壁。

江棠棠刚才听见向小园的问话。按理说相亲这事稀松平常，她本也不以为意，却又不知为什么，总觉得被谢申这样一个还并不非常熟悉的异性知道并且还被误会自己就是那个对象，是有些尴尬的。

她这人平时嬉笑怒骂，其实女孩子该有的小心思不少。

思绪偏移间，谢申不知何时已经绕到她的身侧。

两条长腿高塔一般伫立，离得近，差不多一抬脚就能踩死她的距离。江棠棠下意识往后仰，"扑通"一声倒地。地板硬，磕得她屁股生疼。

谢申原本抱臂的双手瞬间放下。

江棠棠见他这个动作，立马递出自己的手，等着他拉她一把。

然后，她眼睁睁看到他把手插进了裤袋里。

这就过分了，还玩假动作？

原本她摔倒的时候，谢申是想扶的，却在她主动伸手的片刻改了主意。不知为何，他想挫挫她的锐气，看她这一脸吃瘪的模样，没来由地舒心。

他这人面冷，江棠棠还是头一回在他脸上读取出毫不掩饰的看好戏表情，嘴角朝她勾了一下，大有嘲笑之意。

哎呀，好气。

她一抬手，指尖隔空点他："不许动！"说着从兜里掏出手机解锁，"我这就拍下你这个冷漠男孩的丑恶嘴脸。"

谢申见她将手机镜头向上对准他，一个俯身利落抢走。他修长手指在屏幕上滑动："上次偷偷记我的话，还没和你算账。"

江棠棠手撑地起身去抢：“还我！”

谢申仗着身高优势轻而易举躲掉她的进攻。

江棠棠只得在他身后扯他西装外套：“我都删了，你以为你是鲁迅啊，我还留着背诵？”

谢申：“谁知道。”

她寻到空隙处，伸手去捞，被他长臂一挡，又没抢着，气急败坏地挂在他手臂上嚷嚷：“你这是侵犯我隐私权！”

“谁先侵犯谁？”谢申倏地侧过头对上她的视线，沉声道，“嗯？”

太近了。

早就超出安全距离的两个人，因为他这一转头，鼻息瞬间交织。

江棠棠甚至闻到他身上淡淡的男士香，像雨后的森林，空旷幽远，又令人沉醉。她手里攥着的劲霎时松懈，不自然地撇开头。

谢申显然也意识到不妥，喉结微不可察地轻滚了下，将手机递还给她：“拿回去。”

江棠棠收了收神取回手机，思忖片刻后又打开备忘录显示给他看：“你看，真删了。我没骗你。”

谢申瞥过一眼，上面果真空空如也，淡声道：“行了。”

江棠棠这才注意到柜台上放的纸箱：“你是给我送橙子来的？”

“嗯，”他平了平被她拽过的袖子，“东西送到，先走了。”

“那，我送你。”

差不多也到关门时间，江棠棠干脆熄灯锁门。落外面一道卷帘时，谢申先她一步，两手一伸一落，轻松搞定。

程陆先前给她发了微信说打完球要和几个很久没碰面的哥们儿一起去吃夜宵，就不回来和她一起回家，交代她自己一个人走夜路多注意周边，别光顾着低头玩手机。

两个人往外走上一段，见前方一大群人围在那里，声响很大。地上排着一大圈心形蜡烛，一对男女站在其中，男方正单膝下跪。

很明显的求婚桥段，声势还挺浩大，蜡烛阵外围一圈亲朋好友，再外几圈则是看热闹起哄的路人，大家纷纷拿起手机拍照录像。不断有从旁边步行街闻声而来的人，越挤越多，把本就窄的路口堵得严严实实。

江棠棠对这种当众求婚的方式并不热衷也无兴趣围观，私心里还是觉得求婚是件很私密的事，要两个人做才有意思。

她停下脚步，问谢申："你的车停在哪里？"

谢申报了个地方。

江棠棠指向不远处另一条路："往那条小路拐出去再走一段也能到，走吧。"

谢申点头，随她一起。

人都聚在那处，这条更窄小的路上出奇的安静。

江棠棠走在谢申左侧，目光落到他左手虎口的伤疤："你这里是怎么弄的？"

在咖啡厅，趁谢申出去接电话的时候，秦笠兴味盎然和她说起谢申手上这道疤痕，非说是她小时候放狗咬的。怎么可能，她才不信自己以前是这种反社会人格。

谢申斜她一眼，随着她所指之处动了动手腕："不记得了？"

真和她有关？

"你当年放狗咬的。"

"缝了三针。"

她会这么问，谢申就猜到是秦笠和她提了这事，毕竟人身上有这么一道小疤稀松平常，一般人不会想着去问来由。

其实若真计较，当年也不会顺势替她背下黑锅，现下坦言，就是突然有些好奇她的反应会是如何。

可江棠棠静默半晌，没再搭腔。

谢申忍了忍，又问："有什么想说的？"

闻言，她抬眸："对不起啊。"虽然她是真不记得了。

谢申睨她一眼："就这样？"

"啊？那不然，"江棠棠考虑一番后伸出手到他眼前，"你也咬我一口？先说好，不许咬动脉啊。"

谢申一把拍掉那只挡住视线的手："毛病。"径直往前。

江棠棠追上去："你放心，这算我欠你的。为表歉意，以后一定会好好呵护你，再也不让你受伤害。"

"你再说一次，好好什么？"

"呵护。"

“过来。”

“嗯？”

谢申手掌带风，作势要往她后脑勺去，江棠棠忙改口：“守护，守护行不行？”

“尿包。”

昏黄的路灯照出两个拉长的影子。

两人并肩而走，谢申的影子明显投得比江棠棠远，腿的长度也被拉伸，竟然能占四块大石砖。她低头看着，忽然往前小跑几步，直到地面上的影子齐头并进。

谢申望她纤瘦的后背一眼，摩挲腕上佛珠，轻不可闻地笑了声，随即长腿跨一大步，他的影子又遥遥领先。

江棠棠扭头瞪他：“小气。”

谢申看向她，薄唇微启：“再跑啊。”

她抠了抠下唇，又往前小跑几步。

只要她一动身，谢申就跨步。两条影子在地上忽上忽下，你追我赶。

江棠棠抓狂，转个身面对他后退着跑了几大步，在他影子的肩膀处猛踩几脚泄愤。

谢申缓下步子，毫不在意：“江棠棠，这叫什么？站在巨人肩上的矮子。”

江棠棠一时语噎，半晌挤出一句：“没人说过我矮，你是第一个。”

“有一就有二。”

她气得，又往他肩上跺了好几脚。

再抬眼时愣住，只见谢申神色有变，眸间聚了戾气。

江棠棠心道不会吧？这样就生气了？

身后突然传来一道沙哑男声：“你就是谢申吧？巧啊。”

那腔调，分明透着不怀好意。

江棠棠一时不知做何反应，本能地想回头看清来人，蓦然被一只手用力拽了一把。

谢申把她拉到身后。

与此同时，她看到对面不远处站着三个人，中间为首那个男人手里敲着一根钢筋，看谢申的目光里尽是挑衅。

江棠棠感受到谢申挡在她前面的身体绷紧,整个人散发出森冷气场。

那个绿毛她认得，是隔壁街小吃店老板娘的儿子，成日无所事事到处混，已经因为各种打架斗殴事件进过局子几次，他爸不管，每回都是他妈去捞人。

绿毛显然也认出了江棠棠。江棠棠和程陆有时候会去他家的店里吃东西，打过几次照面。有一回，他妈被热油烫了手，还是程陆帮忙送去医院。

他虽然浑，倒也还没到六亲不认的地步。有这一层情面在，他还是在这节骨眼上对郑岩耳语了两句。

郑岩原本就是冲着谢申来的，听绿毛替江棠棠求情，烦躁地推了他一把：“你还挺怜香惜玉。”转头对着江棠棠冲道，“小妞儿，识相的就滚一边去！不然连你一起打！”凶神恶煞的模样令人胆寒。

江棠棠深望一眼谢申，神色坚定。曾经她年少不懂事伤害了人家，今天还说要守护他来着，于是这一次，心里有了决定。

“好的。”

说完，她就退到一边。

4

江棠棠话音一落地就极其干脆地从谢申身后撤离，躲到一旁的路灯边，走时裙摆轻擦过他的裤管。谢申肩头稍动看向她，眉间沟壑微显。

虽不明原因，但这几个人显然是冲他而来，他本来也不指望一个手无缚鸡之力的女人挡事。自保无可指摘，可她撇清自己的举措未免太过行云流水，让他一时间觉得自己刚才急遽将人护在身后的行为很愚蠢。

江棠棠耸耸肩：“别怪我啊，我们又不熟，我犯不着为了你受伤害。顶多待会儿你被这几位大哥打伤了，我送你去医院，但是医药费你自理。”

这番话让郑岩心情大好，他吹一声口哨哂笑：“瞧瞧，这妞儿可真识相。”又冲谢申横道，“谢申，也就秦缈那个死心眼把你当祖宗。你今儿个被我打烂了，她知道得哭瞎，我光想想就爽！”

江棠棠在一旁听出所以然来，意料之中，一个男人找另一个男人碴儿，总体而言不是为钱就是为女人。

绿毛的关注力还是有意无意落到江棠棠的身上，看样子像在猜测她和谢申是什么关系。

江棠棠一副事不关己的模样，背在身后的手里却攥紧手机，一下一下轻轻拍打后腰，在等一个不被注意的机会。

谢申虽然身形够唬人，但这种精英人士的身材多半都是健身房里泡出来的，看着好看，实操起来肯定是打不过那种野路子。

郑岩那帮人本来跟着他们还寻思着在哪里找机会下手，就眼见他们拐进小路，可谓天赐良机。绿毛熟这片，带着人绕到前方围堵。

江棠棠他们已经行至一半，前后都离出口有些距离，外头求婚的喧闹声都听不见了。

情况那是相当棘手。

她这种毫无战斗力可言的拖油瓶，要逞一时口头之快，非但帮不了人，还得把自己搭进去。

这时候，她感谢起舅舅来。程陆那人没别的优点，就是安全意识特别强，属于每回坐旅游大巴都第一时间扣安全带那种人。但凡涉及此类，从小到大都对江棠棠耳提面命，比她爸还操心。

她每部手机里都有程陆帮她编辑在存稿箱的报警短信，家里店铺甚至常去的地方都存下地址，一键即可发送。

可眼下手机在背后，即便是按一下的操作都很困难。如果可以，她想建议各大手机生产厂商考虑增加一个侧键发送紧急短信功能。

那头的三人逐渐逼近。路灯下细尘乱舞，郑岩提在手里的钢筋闪出寒光。

他抻了抻脖子，对谢申挑眉：“给你个机会，现在给我下跪求饶还来得及。”说着打出个酒嗝，又指使绿毛，“手机拿出来拍啊。”

绿毛收到指令，把飘忽的目光收回来，低头往身上摸索手机。

江棠棠没时间去看谢申的反应，得到机会不动声色往前挪移碎步，让自己隐到他们侧后方，同时将手机指纹解锁移到腰侧，头一动未动，目光却下落至屏幕，找出短信界面，指尖微颤。

其实她心里没底，实在是不知道这片区派出所出警效率如何。

那头谢申神色冷淡，一言不发地捏起手腕，蓄着势。

郑岩见他动作，嚣张哼声：“怎么，还想装硬骨头？”

郑岩手里的钢筋棍在地上划出一道尖厉刺耳的声响，抬起就要往谢申胳膊抡去，蓦然间听得一旁除绿毛之外的那个混混叫道：“那娘们儿在发信息！”

江棠棠刚按下发送键，被这一吼吓得不轻，视线一偏对上郑岩恼怒的脸。

“臭娘们儿，敢耍我，找人求救？”

江棠棠无所庇护，情急之下一把抱住路灯柱：“别乱来啊，我爸可是公安厅厅长！”

郑岩一愣，转头和绿毛眼神确认。绿毛不敢骗他，摇了摇头。

郑岩恼极：“还敢糊弄我？”

眼见那根粗长的棍棒掉转方向冲她挥来，她一时愣怔，脑子霎时一片空白。

电光石火间，郑岩背脊忽然遭到一记重踹，手劲一松，钢筋棍应声落地。

谢申眼梢微动，趁他身子未稳，抬腿又是一道狠劲对准他腰骶，疾步上前掰开江棠棠抱柱子的手收进大掌。江棠棠回了魂，紧紧反握住死都不松。

郑岩外强中干，倒地号叫：“你们还愣着干什么？！”

绿毛还未做反应，另一个混混就抡起地上的棍子冲他们而来。那棍子有小孩手臂那么粗，招呼到皮肉之躯上真不是开玩笑的。

谢申舌尖顶牙关，照准那个混混腰腹间软肋处迅速出腿，把那人踹得连退几步。

绿毛见此情此景，完全不敢上前找打。那个混混却红着双眼不甘心，又几步逼近。谢申料到后招，单手控住那人手腕反向用力一折，将人整个身子都掀翻在地。

江棠棠没忍住：“哇喔。”

谢申这才分一个斜眼给她：“愣着干什么，还不肯走？”

“走走走！”她赶紧拉着谢申的手跑出去。

两人末路狂奔至出口，江棠棠又熟门熟路地带人拐个弯，直到看见他那辆别致的跑车。

坐进副驾驶，她大口喘气，抚着胸腔：“太刺激了！”

谢申打完架又被她拉着一通跑，浑身发热，脱下外套甩到椅背上，手撑在身后侧顺气。

江棠棠不经意一瞥，只见他白色薄衬衫下宽阔坚实的胸肌轮廓微显，上下起伏，不由自主地吞了吞口水。

谢申将她这个小动作尽收眼底，只当她是跑得口渴，从储物格拿出瓶矿泉水递过去。

江棠棠收起遐思接过，拧开喝了两口润嗓。水滑进胃里，她又想起自己因为闹过肚子晚饭也没敢多吃，连向小园的生日蛋糕都只尝了两口，刚才体力输出过量，现在恢复平静才觉出饿来。

身体的反应最真实，肚子咕咕两声，在安静车内显得格外清晰。

谢申气息渐匀，扯了安全带扣上，又对她道：“系上安全带。”

二十分钟后，两人进了一家面馆。

这家面馆老板是广东人，除了做面还做海鲜砂锅粥，晚上六点开门，专营夜宵生意，是明市出了名的苍蝇馆子，还被列入过权威自助游手册。

江棠棠最爱吃这里的竹升面和秘制溏心蛋。

店就十几平方米，卫生状况看上去并不非常良好，木制餐桌边缘开裂，上头还有经年累月浸入木纹里的油迹，但架不住东西好吃，此刻里面早就挤满了食客。

外头还支出几张折叠桌，江棠棠寻到空位，生怕被旁人抢先，一屁股落座。

谢申环顾一圈四周环境，指尖蹭了蹭眉尾，微提裤腿坐到她对面。

江棠棠隐约察觉出他的不适应：“你是不是第一次来这样的地儿吃东西？”

谢申坐得笔挺，饶是在这样喧闹接地气的地方坐姿都不见丝毫松懈，听江棠棠问他，微微颔首。

江棠棠得到意料之中的回应，从筷筒里抽了两双筷子，递一双给他：“那就由小女子为客官点两道招牌，帮老板再培养一个回头客。”说着招呼伙计点单。

不一会儿，东西上齐。

两碗银丝细面汤头清亮，上头铺陈着几颗饱满晶莹的云吞搭配，撒着韭黄，再加一碟半剖开的溏心蛋，合起来有三个整。

江棠棠饥肠辘辘，顾不得客气，低头吃起来，扒了几口抬头，见谢申正不急不缓地用筷子挑起一束面往嘴里送。

她动了动筷，不自觉跟着放慢速度。

谢申抬眸瞧她一眼："你吃你的。"顿了顿，"我不饿。"

"哦。"江棠棠又埋下头去。

平心而论，面的味道的确不错，但谢申一来没有吃夜宵的习惯，二来确实不饿，他就这么有一搭没一搭地吃着，频率虽缓倒也未见搁筷。

他目光掠过对面的人，见她此刻吃相实在算不上好看，嘴角边还沾着隐约的汤汁，被旁边树上吊着的一盏小灯一照，盈盈发亮。可就是这样一副模样，让看到的人又莫名生出些多余的食欲来。

等到她夹起第三块溏心蛋，谢申终于忍不住出声："还吃？忘了下午怎么肚子疼的了？"

江棠棠夹蛋的手顿了顿，撇嘴道："申哥你不知道，刚才的场面实在太刺激，吓得我蛋白质都流失了。"

谢申将筷子置于碗上，向后靠了靠，神态松散："我看你胆挺肥，还敢谎称公安厅厅长的女儿。"

江棠棠不好意思道："那不是一时情急嘛，我怎么知道你实力那么强悍？你这绝对是练过的，报的什么班啊，贵不贵？我改明儿也去学两招防身。"

谢申听她说完，轻笑一声。

他这身本领追溯起来，是十三岁的时候开始学的。谢知行对他从小实施的是军事化教育，在别的小孩儿还懵懂叛逆的年纪，他已经被要求必须每件事都做到尽善尽美。稍有差池，谢老爷子就祭出鞭子往他身上招呼。鞭鞭到肉，打的都是穿了衣服看不见的地方，别人只道他对孙子严苛，却不知他能狠心至此。

后来，谢申上寄宿学校，得知体育老师是部队特警退伍，想尽办法让对方教了自己一招半式。

长大后等他真学了格斗术，回头想想其实老师当初教的都是些唬小孩儿的把式。可他初生牛犊就凭着这样破绽重重的招数第一次反抗了谢知行的皮鞭。

时隔十几年，他还清晰记得当时谢知行的眼神，诧异、愤怒，除此之外，还有一丝如今他也道不明的情绪。

自此之后，谢知行就再也没有打过他。

5

他们正坐在面馆的一处窗户下。旧式玻璃窗上毫无秩序可言地贴着层层叠叠的报纸海报，其中一张边缘失去黏性微微卷翘，从缝隙里透出店内的亮光。

白色灯光自上而下洒在谢申左侧脸上，隐在暗昧间的另一侧连带出一个小小的倒三角受光面，奇妙地形成一道伦勃朗光，将本就英挺的五官衬得越发立体，甚至有一种油画感。

他刚才那一笑，嘴角只捎带而过一道极浅的弯。

光影作祟，江棠棠似乎从这笑容里头感知到一种难以与人说的心境。

她默默把夹在筷间的溏心蛋放回碟子内缘，又轻轻搅了搅汤水，还是没等到他搭话。

她自己找台阶下："哎，算了，我还是不学了，吃不了那个苦。听我爸说小时候带我去少年宫学芭蕾，拉筋的时候我叫得楼下书法班小朋友的墨水都洒了一桌。"

"是吗？"

"对啊，刚才我是忘了这回事，不然狮吼功一出谁与争锋。"

谢申掏了烟盒抽出一根在指间把玩，其实有些想抽，碍于对面的人，暂时忍下，又想起家里案头还有几份文件没有看，此刻心思跟浮云一样松软，飘得挺远。

他说："那现在回去找他们，你再施展看看？"

江棠棠眼睫翘了翘："算了，我跟他们无冤无仇。人家冲你来的。"

谢申点头："确实。"

她对"秦缈"这个名字还有些许印象："和之前在你们公司楼下见到的那个女孩儿有关？"

谢申没否认："她是秦笠的妹妹。"

"她喜欢你。"

“嗯。”

“你呢？”

“和秦笠一样，当妹妹看待。”

“人家又不缺哥。”

谢申横过来一眼。江棠棠闭了嘴，筷子在碗里划水，看着一圈圈水纹心想，真是蓝颜祸水。

他又看不过眼：“别玩吃的东西。”

她停下手里动作抬眸，问：“那你喜欢什么类型的？”

“你问这个做什么？”

“好奇。”

“好奇害死猫。”

“我如果是猫刚才就不跑了，九条命呢，可劲造，所以你大可不用担心我的生命安全。”江棠棠冲他笑，鲜眉亮眼。

谢申将烟头朝上在桌上磕了磕：“你这人，脸挺大。”

“是吗？”她假装听不懂讽刺，捧了捧脸，“可能是光打得不好显脸大。你看你身上这个光线就特别好。”

当初江棠棠学摄影时，老师就说过伦勃朗光是显瘦光。这人都已经长成这副模样，还天赐完美打光，真是令人嫉妒。

她起身：“来来，我们换个位子。”

谢申不知道她这又是闹哪出，不动如山。

江棠棠把塑料椅一滑，并坐到他身边，抢走他身上大半光源：“你去对面看看，我这样脸还大吗？”

谢申觑她一眼：“你很无聊。”

“嗯，我吃饱了呀，撑的。”江棠棠拍拍扶手，“去嘛。”

等人转坐到对面，她又兴致勃勃问：“怎么样，这个光打脸上是不是很显瘦？”

谢申盯着她看了一秒半：“嗯。”

江棠棠一本满足：“摄影也是门艺术，用光的艺术。你看，同一样东西，光线角度不同，呈现的形态就有差异。”

“虽然显瘦，”谢申说，“但还是大。”

她掐了掐眉心：“就聊到这儿吧。”

鉴于他们光顾的这家面馆实在很朴素，来的时候江棠棠建议谢申把跑车停在稍远一点儿的地方。两人散着步原路返回，权当消食。

今天傍晚下过雨，路面低洼处还残留积水。偏偏这条路年久失修，坑坑洼洼不在少数，稍不留神就会踩一脚水。

这顿饭谢申掏的钱。江棠棠食指绕着装打包盒的纸袋，里头是剩下的溏心蛋。

生活不易，有人请客时，谨记吃不完兜着走。

她右手晃啊晃："申哥，我小时候为什么会放狗咬你呢？"

谢申眉尾微挑："这要问你自己。"

"可我不记得了。"

他想起那时她和狗对吠的场面："可能因为你是个神经病。"

江棠棠恍然："那太好了，神经病杀人都不用负法律责任的。"

"你再说一次。"

"你先骂我的。"

"我是在客观评价你。"

"我也是在客观陈述法律规定。"

谢申停下脚步瞄一眼身旁的女人，又抬腕看表："这个时间点应该没有公交车了，女性孤身打车也很容易遇到危险。"

"哎呀！"江棠棠长睫飞翘，"我开玩笑的。我今天可是因为你差点儿没命，你得把我原封不动送回家啊。"

说话间，她脚下一个没注意，右脚踩进一摊挺深的水洼，溅起的泥水打到小腿上，平底鞋更是遭殃。

已经行至车旁，谢申没看她，拉开车门，转身回来一把推她进去，然后从后备厢一只袋子里抽了条毛巾丢她头顶："自己擦干净。"

江棠棠扯下毛巾："把你的车弄脏了。"

谢申从车前绕进驾驶座："明天送去保养。"

言下之意，反正要洗。

江棠棠从喝过的那瓶矿泉水里倒了点儿水进毛巾，擦掉小腿上的污渍，又擦了擦露出的脚面，可脚底还是很湿。

谢申打转向灯把车开出去，方向盘转回时顺带一瞥："把鞋脱了擦。"

江棠棠微怔，耳朵尖本能驱使往后动了动：“不太好吧……”

恰遇红灯，他侧过头：“怎么，有味道？”

“你才有味道呢！”

他抬腕看表：“再说一次。”

江棠棠觉着这男人根本没看着那么正经，简直以要挟她为乐，可她也不想大晚上孤身打车，便忍辱负重道：“那什么……精英的味道。”

谢申收回目光看信号灯：“擦吧。”

江棠棠这下真不客气地脱下鞋，弯腰将脚底和脚趾缝都擦了个干干净净，直起身子的时候状似不经意地将手里的毛巾在鼻下一划。

嗯，很好，没味道。

车窗外光影簌簌飞过，谢申不动声色平了嘴角的弧度，打开音乐。

慵懒松弛的歌声在车里流淌，江棠棠不由自主地闭上双眼，裸露的右脚踩在柔软车垫上，小巧白净的脚趾轻打节拍。

二十分钟后，谢申将车开到江棠棠住的公寓楼下。

她解开安全带，对谢申说：“谢谢。”

谢申垂眸，只看了一眼她的脚背又抬头：“怎么走？”

江棠棠意识到他指的是什么：“没事，穿上鞋，回家再洗就行。”

他略微思忖，还是弯腰从底下掏出双平底鞋，很素淡的女式浅口款，但质感上佳。

江棠棠一愣：“你有女朋友哦？”

谢申：“我妈的。”

盛佩清平时出行有司机代驾，自己很少开车，上回临时有事借了儿子的车开，就把换下的平底鞋留在了他车里。

江棠棠试了试尺寸，竟然非常合脚。

到家程陆还没回来，手机也早就耗尽电量，她径直上楼回自己房间插好充电线，拿了衣服洗澡。出来时浑身带着沐浴过后的潮气，她仰面倒进床里。

今天这一天过得实在是漫长，内容简直比过去一个月，不，一年都丰富。

她望着天花板上的吊灯细细回想一番，坐起身拿过床头柜的手机，拔掉充电线开机。她把手机杵在下巴上一下一下磕，磕了一会儿拿到眼前解锁，点开微信界面，按着键盘敲敲打打。

有脚步声在门口自下而上，程陆在门外问：“棠棠，睡了没？”

江棠棠爬起来开门：“你回来啦。”

程陆挤进来：“就知道你还没睡。”说着扬了扬手里的袋子，“喏，舅舅给你带了夜宵，悠着点儿吃啊，别还没嫁人就肥成猪。”

江棠棠早就吃饱了：“你说得对，我不吃了。”

“也不用一次相亲失败就这么严于律己吧？”程陆往小沙发上一坐，东西搁她床头柜，目光不经意落到一旁的手机屏幕上，“哟，这是谁啊？”

江棠棠还来不及反应，手机就被程陆一把捞起：“你给人备注的什么怪名儿啊？战狼？哈哈哈哈哈！我还黑狐呢！”

关键是，名字旁边还给人加了个狼的系统表情。

江棠棠去夺：“笑屁！”

程陆在地上翻滚一圈：“笑死我了，神经病啊你！我看看这是谁啊，谁这么倒霉被你备注这种外号。”

“我生气了！”

“哟哟，别生气。”程陆见她真是一副上火的表情，也不敢再闹她，把手机递还回去，“行了，我去洗澡了，你慢慢跟战狼聊啊。”

江棠棠一脚踹上他屁股：“滚滚滚！”

把人轰走，她躺回床上，想了想，又把备注改回来：谢申。

她刚按下保存，突然就弹进一条微信消息。

谢申：“你晚上那条信息是发给谁的？”

江棠棠想起来：“是报警短信。”

谢申：“撤销了没有？”

一通打闹狂奔下来，竟然把这事儿忘到脑后，她赶紧翻出短信。

居然，没有发送成功。

6

接下来将近大半个月，江棠棠没再见过谢申。

从他的朋友圈得知他在国外各个分公司出差。他的朋友圈里头内容

乏善可陈，除了转发一些集团公众号公告和行业新闻的内容，旁的也就是偶尔几张工作间隙的随拍。江棠棠从他发的动态寻迹过去关注了君禾的公众号，没事看看图给自己增加点儿艺术气质。

倒是秦笠和尤璟的生活丰富多彩，看定位两人在东欧几个小国家玩得不亦乐乎，大小名家故居博物馆、集市酒吧都留下足迹。

那天晚上的毛巾和鞋子她都清理烘干，安安静静地搁在她房间一角。后来落了灰，她又拿起来清理一遍，套上个纸袋。

那箱橙子分了一半给向爷他们，剩下的今天吃完最后一个。

周六上午店里没什么人，程陆昨晚游戏副本打得挺晚在家补觉，江棠棠清点完胶卷，把过期的一批单独存放，坐下休息看手机。

上回相亲的孙先生大概是被介绍人念了一顿，隔了几天又来联系她道歉还要约她吃饭。

他的道歉挺诚恳，得知江棠棠爱吃海鲜，说要请她去他们家新开的海鲜餐厅吃“998 元”的豪华套餐。

但人的观感是个很神奇的东西，好感和败感都在某一瞬间定锤，再要改，困难。江棠棠觉得自己不是个擅长迎难而上的人，遂拒绝。

她手指戳着屏幕下拉，拉出几条朋友圈最新动态。

在初中同学做微商喜提玛莎拉蒂的高糊套图下，谢申又转出一条展览公告，与之前不同的是，秦笠在下面留言问他是不是回明市了，他回了个“嗯”。

谢申和助理出机场，一辆黑色商务车已经等候在外。司机将行李放进后备厢，开上机场高速。

助理汇报完工作，说：“谢总，您的车子已经让人从 4S 店开回公司了。”

谢申坐在后座闭目，淡淡应声：“嗯。”

别人提起一样东西时，脑子就会不自觉联想到那样东西。此刻他脑里顺着助理的话浮现自己的车，连带着想起一只细嫩的脚掌，脚趾很白，指甲干净，随着八六拍的节奏轻敲在柔软的灰色车垫上。

记忆游弋到此处还是回想，再往下就不好说。谢申蓦然睁眼，掐了把眉心。

那晚和江棠棠发完几条信息之后，她就没有再找过他，也没提把鞋子还回来的事，这和他想的有些出入。

他也不可能主动问人去讨回一双鞋子。

过了收费口，他又闭目养神，再睁眼的时候想起来，那双鞋子是盛佩清一位好友特别定做送她的。

如此一来，只能讨回来了。

他对司机说："去中古街。"

助理微讶地看他一眼。

司机应了声，改道。

车开了十来分钟，助理突然转头急色道："谢总，您看！"

谢申垂眸，接过他递来的平板电脑，上头是刚出炉的新闻：著名作家乔岭抗议君禾拍卖行侵犯其著作权。

新闻内容概括起来，是这位年过九旬的前省作协主席向外公告，此次君禾集团秋拍现代名人书札专场即将预展的几幅名家手稿里，包含了他本人早年时任职江州出版社副总编时与几位著名作家学者的往来信件，属个人私有物品。君禾集团在未经他本人授意的前提下，侵占并即将对外展出公开拍卖这些信件手稿，是对公众人物隐私权著作权的严重侵犯。

助理在旁道："这个事情已经上了微博热搜。"

谢申抬眸："热搜？"

"是。本来这种事情顶多就是小圈里的消息，可是偏不巧这位乔老先生的曾孙女是当红流量女星乔蓉。她把乔老先生的公告转发置顶，现在网上全是在声讨我们君禾侵犯名人隐私。"

"名人隐私"这种话题本就敏感，如若不加控制任其延伸，在这个节骨眼上，带来的麻烦不可小觑。

说是不巧，他却知道正巧。

这位乔蓉不是别人，正是秦笠那位前任。当初两人分手分得难看。她这人也是睚眦必报的个性，梁子算是结下。知道秦笠和谢申是发小，关系好到穿一条裤子，这下算是撞上枪口，让她找到机会发泄。

谢申放下平板电脑，面色冷然："通知书画部法务部和公关部全部取消假期。"

司机看了眼内视镜：“谢总，那……”

谢申：“回公司。”

7

江棠棠在店里等陈先生来拿帮朋友买的胶卷。陈先生就是先前在君禾集团碰到谢申他们那一次交易的卖家，后来知道他是君禾书画部的工作人员。他那回说要介绍朋友过来，之后还真应诺带人来了，只是他和他朋友上次来要找的那个牌子彩色负片已经停产很久，店里也没有存货。她答应帮忙留意，前几天才从一位同行那里调来两盒。

陈先生说他朋友出国了，给她转了订金让她务必把东西暂留等他周六过来代取。

可现下已经超过约定时间半个多小时也未见人来，江棠棠正要打电话过去确认，对方就先发了信息过来。

陈先生:“江小姐,部门临时有个会议要开,不能去你店里拿胶卷了,另约时间吧。不好意思。”

江棠棠没在意，回复一句：“好的，没关系。”

消息刚发出去，微博的推送几乎同时弹出来：乔蓉声讨君禾集团侵犯其曾祖父乔岭先生个人隐私与著作权。

她粗粗阅览一遍，思忖片刻，又发过去一条：“要不然我送过去给你吧？”

这条消息发出去后久久没有得到回复。

陈先生这头正忙着在工作群里和同事互通消息。

所有藏品当初都是通过合法途径征集，标的相关材料和所有权证明一应俱全，但那位乔岭老先生坚称东西是他早年间在出版社工作时不慎遗失的，他本人并没有将其公之于世的主观意愿。

就在他们赶往公司开会的路上，乔老先生的曾孙女乔蓉又发出一则微博，宣称如果君禾集团继续侵占她曾祖父的私人物品并拒绝公开委托人的信息，将采取法律手段捍卫家人的隐私，还特意 @ 了君禾集团官博。

一时间又登上热搜榜前列。

其实这几份手稿并不是他们策划的那个专场里的重点拍品，这一行发生类似纠纷的情况也不少见，只要处理得当并不会造成太大影响。如今却因为涉及这位当红女星，被有心利用成了她团队炒作的手段。

等他看到江棠棠的信息时，已经快到公司。于是，他直接回电话过去：“江小姐，两盒胶卷还要麻烦你亲自送来一趟太不好意思。”

江棠棠：“没事，挺近的。”

陈先生又问：“那你现在在哪里，我可能过个十分钟左右就到了。”

江棠棠已经回家拿好搁在角落将近大半个月的东西，正在鞋柜旁穿鞋子，小指头钩着纸袋，把手机夹在耳朵和肩膀中间：“十分钟正好，大门口见。”

林臻收到消息的时候，正和林母在SPA馆做全身护理。她的习惯是手机不离身，就算来做定期保养也是将手机放在近身处。只是刚才美容师给她精油开背的时候，她精神全然松弛下来，听着舒缓的轻音乐不自觉地睡了过去。

等流程行至一半清醒过来，她习惯性拿起手机就看到秘书发来的新闻链接。

她眉心蹙起，对美容师做了个暂停手势，起身从衣柜里拿回衣服穿上：“妈，我临时有点事，待会儿不能陪你逛街了。”

林母正闭目卧躺着，闻言慵懒地抬了抬眼：“又是工作上的事？”

林臻扣上内衣扣，背对着她，“嗯”了一声。

“我就知道。”林母似是抱怨，“平时三句不离工作也就算了，今天难得休息说要陪我逛逛，现在又要回公司。那么大一个集团是没了你运转不了了？”

林臻穿上衣服回身：“妈。”

“哎，好了好了，你这性格也不知道随谁，一点儿不懂享福。”

林臻嘴角微弯：“我享受工作带来的成就感不可以吗？”

林母似笑非笑地瞧着女儿：“你这话拿着诓骗别人去。”

林臻穿戴齐整，佯装没听见这句，拿了包在母亲身侧俯了俯身：“妈，我先走了。你今天买的东西都签我账上。”

林母嗔怪看她一眼，又闭上双眼：“那是当然，我女儿在君禾日夜不休挣金山银山呢。”

类似这种话林臻听过很多遍，她只笑了笑，出去带上门。

江棠棠到君禾集团正门口时，陈先生还没到。集团大楼有电子门禁，非持卡的内部人员进不去。她只能站到门外等，手里拎着两个袋子，一个装着要给陈先生的胶卷，另一个装着那天谢申借给她的鞋子和毛巾。

这段时间谢申一直不在明市，她也就没有机会把东西还给他。今天得知他回来，原本是想着他刚从国外回来应该需要倒倒时差休息一下，所以也没有联系他，结果就看到了那条新闻。

鬼使神差地，她就想过来看看。

其实她也不知道陈先生所说的会议谢申会不会参加，更不方便向他打听，就算打听怕是人家也不会告知。

这种心绪说来很奇怪，一方面不想在这个时候打扰谢申，却又忍不住过来瞧瞧，哪怕遇不上。

正胡乱想着，陈先生来了。

“江小姐。”

江棠棠抬头，和他打了个招呼，把其中一个纸袋递给他：“你朋友找的胶卷，要不要看看？”

“不用，你办事我放心的。”陈先生把余款转给她，瞧她手里还有一个印着店名的纸袋，顺口问道，“你等下还要送别处吗？”

江棠棠低头看一眼里头装着鞋子和毛巾的袋子，斟酌片刻还是问出口：“你们谢总今天来公司吗？”

陈先生微诧：“你认识谢总？”

江棠棠囫囵道：“嗯，他之前也在我这儿买了点东西，就想顺便拿给他。”

“这么巧？谢总应该等会儿就会过来。”陈先生看一眼手机上的时间，“要不然我带你进去吧，你上十楼把东西交给他秘书就可以。我还得去部门开会。”

江棠棠想了想：“好，那麻烦你了。”

两人进了大堂，陈先生正要刷卡，余光瞥到当代艺术部的林经理正从另一侧门进来，扭头打招呼：“林经理。”

他心下还正奇怪，这个突发状况和她所负责的部门并没有关系，怎么她也过来了。

林臻朝他点头示意，视线落到他身后："江小姐？"

陈先生看看江棠棠："你和我们林经理也认识？"

林臻气质挺卓然，江棠棠一眼认出是那天在洗手间给自己送卫生棉的人，不禁有些不好意思，刚要开口打招呼，只听她直接问道："你是来找谢总的吗？"

江棠棠点了点头："嗯。"

陈先生在旁补充道："江小姐有东西要给谢总，我正要带她进去。"

林臻眼睫微动："是这样。"停顿一刻，问他，"有预约过吗？"

陈先生怔了怔："江小姐她就是带个东西给谢总，我让她上去交给谢总秘书就可以。"

林臻又将视线投回江棠棠："不好意思江小姐，公司有公司的规定，不是工作人员也没有预约是不允许进入集团内部的，还希望你谅解。"

陈先生闻言面色略有尴尬，可林经理说得也没错，这确实是公司规定，林经理又是出了名的公事公办，话虽不近人情却也让人无法反驳。

江棠棠说："没事，也不是很重要的东西，我下次再给他好了。"

林臻目光掠过她手里提的纸袋："这样吧，你可以把东西留在前台，让她们代为转交。"说话间朝她浅浅勾了个笑。

江棠棠也不好拒绝这个合理提议，在前台登记了一下把东西递交就往外走。

她出了集团大楼走上一段，就见一行四五个人从不远处经过，其中一个穿着黑色风衣的男人身姿颀长挺拔，气场尤为惹人注目。

几位公关部的高管是最先收到消息的，正要向谢申汇报最新的处理进展。

被拥簇在中间的谢申刚挂下一个电话，不经意侧眸，看到三四米开外的江棠棠。

她今天没有扎起头发，一头乌黑长发柔顺垂下，堪堪落到平坦的锁骨处，将凹窝里的红色胎记遮得若隐若现。

两人视线短暂接触，他的注意力又被一旁说话的人吸引去。

几人行色匆匆进了大楼。

江棠棠顿在原地，指尖无意识地捻了捻。

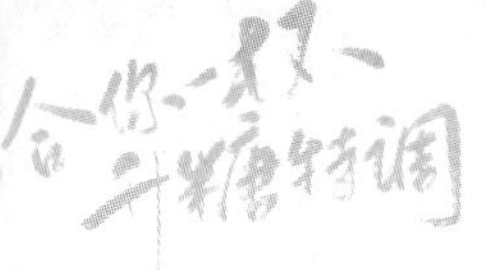

8

一片不知名的鸟从江棠棠头顶低空飞过，闪过黑色的阴影，紧接着又来一群，朝着远方灰雾的天空扑翅而去。

捻指尖的几秒钟里，江棠棠心里泛出一种隐秘的无所适从的感觉。

理论上来说，她把借来的东西让人代为物归原主，事情就由此完结。她和谢申本质上来说是两个不同生活圈子里的人，如果不是因为一些小意外根本不会产生交集。

可能是因为那晚上一起夺路而奔的心跳太剧烈，又或者投在他脸上的那束光实在恰到好处，让她在将近二十天的日子里，不受控制地产生了一些小女生的幻想。

再往前，那晚两个人的对话，她有心的玩笑，忽然之间自个儿想通了，其实都不过是为了吸引对方注意的小把戏。

可刚才他看到她时，他脚下未停，头也不回地走了进去。

他很忙。之前看到秦笠给他的留言评论里提到“工作狂”的字眼，她还觉得是夸张，可在怔然回望他背影的几秒里确认到这是个事实：谢申的事业和人生，都和她的那些小情小趣截然不同。

这一片真的挺安静，连风在脚边起旋的声音都能听到。

江棠棠被风吹得有点儿冷，不禁打了个寒战。唉，算了，总不能路过珠宝店看见橱窗里有颗耀眼夺目的大钻戒就把自己的爪子伸进去。

外婆说得对，看看就得了。

谢申一行人进了大楼，林臻特意等在那里，见到人出现在大门口便走了过去：“谢总。”

谢申看她一眼：“你怎么来了？”

林臻随他们的脚步而动：“正好有事过来加班，顺便看看有没有什么需要我协助的地方。”停顿半刻，又浅声道，“我和乔蓉有一些私交。”

她和乔蓉是高中同学，虽然不同班，但两人一起参加过英语社，关系说不上特别亲密，倒一直有对方的联系方式，逢年过节会相互问候。乔蓉和秦笠初分手那段时间，乔蓉破天荒约她出来过两次诉苦。大概是因为知道林臻对秦笠的观感一直不太好，乔蓉莫名产生点儿与她同仇敌忾的革命情谊。

谢申听她说完，面色无澜：“不用，你去忙你的。”

林臻嘴唇翕动，却也不再多言，走在前面替他刷开门禁，侧身让行。

谢申淡声说了句“谢谢”，话音刚落，骤然听见外头轰出一声雷鸣。

那一声平地风雷，声响大得跟着他刚进去的几人都吓了一跳。

谢申的视线几乎本能地往玻璃幕墙外瞟，见那个纤瘦的背影仿佛也被突如其来的动静吓到，将将止住脚步抬头望。

助理见谢申站住不动了，小心翼翼地喊了声：“谢总？”

谢申却置若罔闻，一把捉过林臻还拿着门禁卡的手往感应器上一按，长腿一跨疾步往外。

被留在原地的几位高管和助理面面相觑，完全不知道到底发生了什么事。

林臻手腕上还留着他刚才触碰的余温，心头滋味一时复杂难辨，目光追随至外，唇线不由得绷紧。

她认识他这么多年，从未见过他将手头上亟待解决的事务暂搁一边分心去做别的事。

江棠棠出门时天气只稍有些阴沉，想着来回路程短也没在意。这一声猝不及防的轰雷把她吓得差点儿意识出窍，下意识地抬头望天，见天际已被浓厚的乌云团遮蔽，翻滚涌动着，似在酝酿一场轰轰烈烈的暴雨。

刚收回视线，脖子后面的衣领忽然被人一提，一道低沉的声音在耳畔响起：“还傻站着？想给自个儿充充电？”

她心下一悸，侧过头就对上谢申深邃的目光：“你……”

“我什么？”谢申冷眼瞧她，“跟着。”说完松开她抬腿就往回走。

江棠棠一愣，反应过来赶紧跟上。

她紧着步子小跑几步才追上他，问：“我可以进去吗？”

谢申目不斜视：“不可以，回去站着等雷劈。”

江棠棠翘了嘴角：“不要不要！雷电资源宝贵，留着劈坏人。”

谢申斜来一眼：“我看你也不像好人。”

江棠棠也不恼，顺着他的话：“那我就更得进去躲躲了。”

两人快步走回去，刚进廊下，几道闪电携着急雨倾盆而下，天地间一时昏暗无比。

强风卷开江棠棠未扣起虚掩着的衬衣上两粒衣扣，一小片白腻肌肤晃入谢申眼里。他不动声色地挪开眼，先一步挡在她身前进了旋转门。

谢总没来，其他人也不可能擅自上去。此刻见他出去一趟领了一个女孩儿回来，大家只觉莫名其妙。

其中一位低声探问："那个女孩子是谁，你们见过吗？"

其他几人均摇头，那人又大胆推测："不会是谢总的女朋友吧？"

"不可能，谢总要是有对象，圈里怎么可能不传。"

"但关系看着不错。"

"嗯，确实。"

林臻在一旁听着，几乎要脱口叫他们闭嘴，转念一想其中两位公关部经理职位并不比自己低，只得暂忍心中不适。

谢申领着江棠棠进大堂，见不远处等候的那几位正齐齐看向他们，目光里的好奇简直压制不住。

他脚步一顿，继而微微倾身对江棠棠低语："从那道侧门出去，连着咖啡厅。"

江棠棠顺着他的目光往南边一道小门看去："嗯？"

谢申说："去帮我买杯咖啡。"

江棠棠："啊？"

谢申："听不懂？"

江棠棠："听懂了。但是，你办公室没有咖啡机吗？"

那可就有点儿小简陋哦。

谢申直起身子："坏了。"

"哦，这样，"江棠棠恍然，"行，你要喝什么我去买。"

"美式。"谢申往风衣口袋摸。

江棠棠摆手："不用给我钱，一杯咖啡而已。你上回请我吃面，我礼尚往来。"

谢申看她一眼，从上侧口袋里摸出自己的门禁卡塞进她手心："待会儿自己上来，十楼。"

江棠棠：是我想太多。

谢申走过去和等着的几人会合一起进电梯。那几位高管早已恢复严肃神色，只是心中暗忖没能看清谢总带来的人长什么模样真是颇为可惜。

那家咖啡厅下属于君禾集团，同时也对外开放，周末照常营业，装修得精致，很安静。江棠棠取好咖啡，往玻璃柜里瞧了瞧，又让店员夹一块蓝莓芝士蛋糕装上。

她按照谢申告诉她的按下十楼到达，一位穿着考究的女工作人员迎上前："江小姐是吗？"

江棠棠点点头。

她笑了笑："你好，我是谢总的秘书，他让我带你进去。"

江棠棠被她引着一路往前行至一处半圆弧形的办公室前。那弯圆弧括出的面积很大，两面是全景落地窗，一面在内一面朝外。中间置着一张极宽大的黑木办公桌，谢申正坐在后面和助理谈话。

他两手交叠于桌上，眉目间皆是专注，等秘书轻轻叩了两声门才抬眸，对她做了个手势，又收回视线和助理交代："让他们把资料准备好，十分钟后开会。"

助理收到指示退出来，与江棠棠错身而过时对她点头示意。

江棠棠也礼貌回以一笑。

谢申见她走进来，起身绕到办公桌前，倚在外侧："咖啡买来了？"

江棠棠拎着手里的袋子往上提了提："大杯冰美式，不加糖不加奶。怎么样谢总，小江我还专业吧？"

谢申抄手一笑："嗯，可惜当我秘书的门槛是硕士研究生。"

江棠棠不高兴："你从哪儿看出来我没读过硕？"虽然是真没读过。

谢申垂下手往待客区走："气质吧。"说着坐进沙发，对着另一侧朝她微抬下巴，"坐。"

江棠棠撇撇嘴，把咖啡从袋子里拿出来放到茶几上："男人对美貌的女人总是心存偏见。"

谢申拿咖啡的手一顿，意味深长地打量她一眼："有些女人对自己的外表也很不客观。"

江棠棠："你把咖啡还我。"

谢申："不还。"

江棠棠："还我。"

谢申瞥她一眼，杯子拿到嘴边抿下一口。

江棠棠心忖这男人和刚才看到的那个严肃认真的谢总是同一个人吗？

她问：“美式很苦，我还买了蛋糕，你要不要吃点儿？”

谢申摇头：“不苦，喝了提神。”

“管用吗？”

“一般。”不知道多少日子都是靠黑咖啡撑着睡意，早就免疫了。

江棠棠侧眸看他，捕到他眉峰间一丝不易察觉的倦怠，想到他刚从各处出差回来就要投入危机处理的事情，心里忽然就有些难受。

她垂眸盯着那杯被他放回茶几的咖啡半晌，灵机一动：“我想到一个提神的好办法。”

谢申闻言挑眉：“什么？”

江棠棠从包里掏出一瓶五颜六色的碎粒，打开咖啡杯盖倒了一半进去。

谢申皱眉：“江棠棠，你这是当着我面给我下毒？”

江棠棠抿嘴：“不是，你喝一口就知道了。”

说话间，秘书过来提醒：“谢总，会议室人已经齐了，等您开会。”

谢申点头，对江棠棠交代：“你就在这里待着吧，等雨停了再走，不许动我桌上的东西。”随即拿了咖啡起身。

江棠棠摆摆手：“知道了，我什么都不动，去吧。”

会议室。

法务部负责人将所涉拍品的情况着重说明一遍后，谢申从相关资料里抬头，微微颔首，顺手拿起手边咖啡喝上一口。

嘴里突然一阵麻痛，有什么东西在舌尖滋滋作响，本来时差未倒稍感昏沉的脑子瞬间清醒。

他低头看一眼那杯咖啡，倏地想起江棠棠往里倒过一些可疑物。

舌尖抵着牙关轻舐，突然反应过来。

跳跳糖。

Chapter 03 我们的序章

1

酸甜的糖粒在口腔噼啪噼啪跳动，像是密集的雨点打在芭蕉叶上又溅起，很快盖过美式咖啡的苦味。谢申静等两秒，那些小东西却因遇到嘴里的热气反而越跳越烈。他屈起手肘撑了撑额头，绷着随时面临崩坏的表情。

提神，真提神。

古有农夫与蛇，今有他与江棠棠。

他是出于何种神奇的初衷，才会把这条小蛇往身边带？

在场与会的众人见谢总听完之后半晌没有说话，面色肃然，相顾之间皆有忧色。刚发言完毕的法务部负责人更是揣摩着他神色之间的深意，心有惴惴。

其实这种类别的纠纷他们法务部处理经验丰富，在这场会议之前他们部门内部已经开过一次紧急小会，确认无论是委托合同、公告信息还是审核资质，君禾集团在这个事件里都挑不出任何专业毛病。但可能由于这次面对的控诉对象除了乔老先生，还有一位当下很具流量名气的女明星，处理不得当，对君禾势必会产生不良影响，所以谢总此刻看上去才会如此严肃，想必内心非常焦急。

“内心焦急”的谢申又静默片刻，终于等到那些果香四溢的跳跳糖尽数化于口中。

他把手从额上拿开，指尖划到左侧太阳穴摁了摁，毫无征兆地，低笑出一声。

长方形会议桌两侧坐着等他给出反应的那些人，这下是真蒙。谢总都气极反笑了，难道事态比他们目前了解的更严重？大家的心脏纷纷吊上嗓子眼。

半小时不到会议结束。

后来的议程里，谢申听取完简述，强调让其他部门协助公关部尽快出专门通告，预判舆论方向，直接先发制人采取法律手段。

散会后，众人立即投入到各自工作中，无心再回想刚才会上谢总那个诡异的笑是哪个空穴来的风。

谢申收起文件推开椅子起身，看了眼那杯咖啡，伸手一捞拿着出去。

他算是看明白，江棠棠那个女人是想一出是一出，原本只当她惯于信口胡诌，看来行动力上也不遑多让。多大岁数了还随身带着跳跳糖，拿他当小孩儿哄骗？

他提着那杯咖啡，跟提着罪证似的推开自己办公室大门，正要兴师问罪，却一眼瞥见待客区沙发上已经沉沉睡去的人。

江棠棠依旧待在他出去时交代她待的地方，大半身子向外侧躺在长沙发上，一双修长的小腿却悬在外面，姿势别别扭扭。

这沙发长度足以搁下她整个人，她大概是不想弄脏皮垫所以就这么将就睡了。

谢申脚步一顿，细看向沙发里的人，呼吸清浅，几缕发丝胡乱拂在嘴角。他深邃眉眼间的目色短暂一变，身子不由得慢慢后撤。

他走开两步之后，侧头看回去一眼，思忖片刻又轻踩地毯往前，把手里的东西搁到茶几上，垂眸瞧她。

江棠棠的小腿生得匀称，行云流水的曲线被一条浅色牛仔裤包裹得越发引人遐想。谢申的目光停驻片刻，俯下身将其抬起轻放到沙发上。她那双鞋看上去不好脱，他也不想弄出太大动静，就任由它们上了沙发。

气象台不久前发布暴雨黄色预警提醒市民注意出行安全。落地窗

外，雨势忽大忽小却不间断，急势时拍在玻璃墙上，将外头的景物遮蔽得模糊一片。

整个世界像只剩下这一方天地，只有他们两个人存在。

刚才那兴师问罪的念头，不知掉进哪个黑洞，就这么销声匿迹。

江棠棠似是终于得到了一个舒服姿势，动了动身子转为仰躺，领下的衣扣因着这个动作又敞开来。

谢申视线从窗外落回她身上，垂眸半晌，拧了把眉心，去休息室拿了一条没用过的毛毯，盖到她身上，扯着角往上拉了拉，堪堪盖住那一片旖旎。

他看了眼时间，退出办公室走去酒店健身房。

江棠棠又动弹一下，面朝沙发背而卧。等到门被打开又轻合上的细微动静之后，她眼皮微动，缓缓睁开眼，从毛毯里伸出手指，在沙发背上抠抠抠，终于再也憋不住，抿嘴轻轻笑起来。

其实刚刚他给她盖毯子的时候，她就醒了。

谢申到酒店套房换了一身运动装，在健身房里做完无氧又上跑步机跑了六公里，才将将把方才起的那一点儿邪念驱之脑后。

他按低速率调高坡度，在跑步机上缓攀，汗水从棱角分明的下颚滴到胸前，灌下几口水，步履未停。

放在跑步机上的手机振动，是秦笠打来的。

秦笠："什么都别说，哥们儿先给你道个歉。"

谢申按了几下按钮，将步道回平："醒了？"

秦笠还在布拉格，那头正是清晨，这新闻还是比他早起的尤璟先从微博里看到，把他摇醒念给他听的。

他顿时对谢申觉得挺愧疚，谢申这头都已经忙得脚不沾地，因自己而起的这破事儿还横插一杠。

此刻通了电话，他听到谢申的声音倒跟个没事人一样。

秦笠："乔蓉那女人也真做得出来，你这回算是替我挨了一刀。"顿了顿道，"我已经让小尤去订最近一班飞机回来。这事儿你交我处理，我给你个满意结果。"

谢申淡声道："等你回来，黄花菜都凉了。你知不知道危机公关时

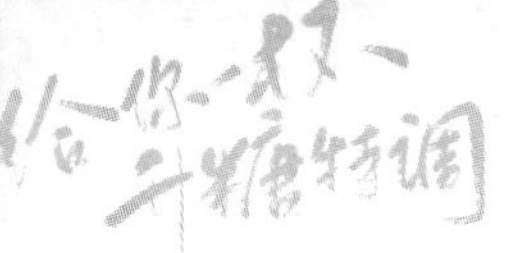

效性有多重要？”

秦笠单手套着衣服，一听他这话“哟”了一声：“怨我，我就知道你肯定得怨我。”

谢申懒得和他扯：“这事我已经在解决，不用你插手。”

“别啊，我堂堂七尺男儿出事还让别人替我擦屁股算怎么回事。”秦笠将手机挪开一些，确认尤璟刚订好的航班，“还得等这么久？再查查有没有更快的。”

说着，他耳朵又贴上手机，对谢申道：“我说认真的。乔蓉那事是我没处理干净，再怎么样我也得回来和她当面谈个明白。”

“随你。”谢申从跑步机上下来，扯下挂在脖子上的速干毛巾擦了把汗，“只一点，别再谈崩了又惹新的麻烦。”

秦笠手机夹肩上扣扣子，同时进洗手间：“我怎么觉得我失去你的信任了呢？”

谢申：“从来没有过。”

秦笠：“你这就过分了。兄弟我就一次失足，不至于就此把我刻在耻辱柱上吧？”

谢申轻哼一声：“你本人不就是根耻辱柱吗？”

秦笠含在嘴里的漱口水差点噎进喉咙，吐出一口提声：“老子是定海神针！”

谢申：“嗯，缩起来小得能藏耳朵里。”

秦笠打开水龙头胡乱冲把脸冷静冷静：“我巴巴地给你打电话关爱你，你就这么气我。行，行，我……”“我”了半天，脑子一拐，来上一句，“我改明儿找小棠儿学两句，呛不死你。”

那天在咖啡厅他可是见识了江棠棠的嘴皮子功夫，那叫一个急中生智、利索无比。

谢申听他说完，舌尖恍然间又起了麻感，还有一嘴的酸酸甜甜，沉吟半刻忽然饶有兴致问：“知道小明的爷爷为什么能活到一百岁吗？”

秦笠不由得一愣：“嗯？为什么？”

谢申：“因为他不认识江棠棠。”

语毕，他一把摁断通话。

2

谢申的办公室很静谧。

落地窗是全封闭的，隔绝外头持续不断的簌簌雨声和破云而出的轰隆闪电。

江棠棠躺在沙发上，目光四处游荡。他的办公桌上东西归置得异常整齐，前侧处有一个方形烟灰缸，旁边是几只小白玉雕件，不是貔貅牛马那类，而是一只稍大一些的猴子和几只朝着它拱伏无违的小猴，生灵活现。

眼睛由远及近到待客区墙上挂的两幅简笔彩墨画上。画作笔触萧疏恣意甚至略显粗拙，却蔚然成趣。分别画的是春夏两景。

第一幅春景河堤垂柳，寥寥几笔勾勒出生动的人儿踏春而行。接下来是夏天，一条幽色小巷里，一个小女孩穿着蟹青色小裙背对着看画者抬头观星，身旁竹编凳托着一盏盈盈发亮的小橘灯。天上疏朗的星，手边暖光的小灯，与巷子里的幽暗形成恰恰好的对比。

江棠棠的视线像是被吸进画里的那个夏日，总觉得有一种莫名的熟悉感。

办公室里有一股图书馆的味道，外头狂风斜雨，两相结合出一种神奇的安全松懈感。她看着看着，眼皮不由自主又轻轻合上。

再醒来的时候，她一抬眸，就见那张办公桌后面，谢申正低头看文件。

他换了一套暗蓝色西装，剪裁合体，尤显肩线平阔。高挺鼻梁上架着一副细边银丝眼镜，深眸藏于垂眼间，眉峰因为专注淡淡蹙起。

江棠棠拉了拉盖在身上的毛毯，遮到眼睑下。

唔，衣冠禽兽什么的，好害羞。

谢申伸手去拿笔，听到那头的动静顺眼一看，正好撞上某人看到他侧眸立马闭上双眼假寐。

他从笔筒里抽出一支钢笔："有些人是拿我这里当酒店了。"

江棠棠只能睁眼，还配合伸个懒腰，迷惘四顾："嗯？我怎么睡着了？"

谢申看她一眼，对着手边那杯"罪证"屈指叩了两下："过来。"

江棠棠一瞧，再听这语气，心道不妙，轻咳一声道："我……腿睡麻了，走不了。”

“是吗？”

“嗯，特别麻。”

“好，别动。我过去。”

谢申站起就往她逼近。

江棠棠一跃而起，腿也不麻了腰也不酸了，一口气躲到沙发后：“有话好好说，大家都是斯文人。”

谢申顿下脚步，隔着一张沙发质问：“你自己说，在咖啡里放了什么？”

“逍遥快乐小魔法。”

“再说一次。”

“……跳跳糖。”

“江棠棠，你几岁了？”他沉下口气，“嗯？”

那一声“嗯”自带低音炮效果，听得人百爪挠心。

江棠棠对上他的眼神，脱口而出：“刚过法定结婚年龄四年……”

谢申：“……”

江棠棠安抚他：“别生气别生气。你细想一下，跳跳糖在嘴里滋啦滋啦的感觉是不是特带感？浑身细胞都被激活了。你看你现在，面色极其红润，说话中气十足，特别健康！”

谢申：“过来。”

江棠棠：“我错了。”

谢申：“错哪儿了？”

江棠棠：“哪儿都错了。”

谢申：“下次还犯吗？”

江棠棠一愣。还有，下次？

谢申见她不说话了，两只白皙的手搭在沙发背上，就这么看着他，杏眸久睡后盈着浅浅水光，一张脸慢慢漾出可疑的红晕，连带鼻尖两粒淡棕小雀斑都鲜活起来。

他的小腹蓦然有一种痒痒的小动静，像是有人在上面轻轻抓了两下。

以前秦笠说过一个理论，男女之间对视超过三秒就是彼此有意。他根本不屑听这种没有样本数据支持的论调，此刻心下却掐算着时间掉开了视线。

外面的雨终于停了，窗外景色渐渐明晰，天光却已暗淡。

暂时放她一马，他回身拿起车钥匙："走吧。"

谢宅。

大叶紫檀木的茶几上萦着淡淡檀香，谢知行抿一口清茶，将茶杯搁回桌上，抖开一张报纸看。

盛佩清在一旁看新闻："现在舆论风向基本已经回稳。"

谢知行闻言，抬了抬眼皮："这么大点事情都处理不好的话，趁早卸任。"

他的脸隐在报纸后，语气里的严肃却是力透纸背。

盛佩清习以为常，只道："公关部的黄经理和我汇报，说还好谢总决策果断，否则他们光有对策也没办法第一时间执行下去。"

谢知行沉着声："那个黄峥本事还算有，但惯会逢迎。他的话你听三分就够了。"

盛佩清放下手机："爸，您就不能说句夸人的？"

谢知行放下报纸摊在腿上，轻哼一声："分内事做好了是应该，夸来夸去夸出个骄纵。"

骄纵？盛佩清思忖半晌，都想不出自己儿子和这两个字有什么关系。

她淡笑着摇了摇头，转了话题："装修公司的人说您的书房这两天就能刷好新漆，您看原先那些东西还是照原处放，或者重新安排？"

谢知行："你们年纪轻的就是爱瞎折腾，好好的书房翻新什么，东西还是照原处给我放。"停顿一下，又道，"那两幅画让他们小心着挂回去。"

盛佩清知道他说的是哪两幅，当初那套画是春夏秋冬一个系列。谢申主理集团事务后，谢知行将其中的"春""夏"两幅送给谢申挂在办公室，剩余两幅还是留在他书房。

那是老爷子少时一位挚友送他的礼物，他极珍爱的，让人仔细裱框，挂在书房最显眼的地方。

盛佩清没见过老爷子这位朋友，只听他提起过这四幅画是因为有一年他邀了这位老友家里两位小朋友去夏园小住一段时日，那位老友为表谢意特地作了画送他。

不是什么名家手笔，却深得老爷子赞赏，说是心思无瑕的人才能画出这样简朴稚趣的画。

彼时盛佩清回了霖市陪生病的母亲小住，倒没有见过老爷子这位好友。两人大约就是君子之交淡如水，这之后也未见频繁走动。生活圈子各有不同，交集自然也就少。

再后来听人说对方不在了，老爷子情绪低落了一阵。

铭刻在年月里的旧时情谊，是旁人难以体会的。

盛佩清点头："嗯，我亲自帮您挂。"

谢知行这才展了一下眉："臭小子今天不回来吃饭了？"

谢家有个不成文规定，如无特别事由每逢周六家里人都得回老宅一起吃一顿饭。

盛佩清："他给我发过信息，说还有点事情要处理，今天就不过来了，明天中午会回来一起吃饭。"

"哼，当我老头子是谁，他说回来我就巴巴等着？"谢知行起身往卧房去，"明天我要出去钓鱼，不在家里吃。"

盛佩清起身目送他走远，抚了抚额。老谢家这一个两个的，都什么傲娇基因？

她回身走去厨房问做饭阿姨："梁妈，鱼汤炖好了吗？"

梁妈掀开砂锅，浓郁的白汤在小火上咕噜噜冒泡："好了好了，老爷子前天钓来的鲫鱼可肥，瞧这个汤色。我还往里搁了香菇萝卜丝，入口不腻。"

盛佩清笑："你这厨艺真是没得说，帮我保温壶里盛一壶。"

梁妈："给谢总带的吧？"

盛佩清："嗯，给他补补。"

她出了门坐进车里，司机打灯开出谢宅。

盛佩清将保温壶放好，车行至大半给儿子打电话："还在公司？"

谢申正送完江棠棠回来，又在会议室听部门汇报后续的各项事宜，接到电话暂停会议出去。

他回："嗯，在开会。"

盛佩清："给你带了鱼汤。你爷爷亲手钓的，吩咐梁妈熬了好几个小时，说是给你这次把事情办好的奖励。"

谢申淡笑一声，也不戳破盛佩清这话。

盛佩清又道："我差不多快到了，你慢慢开会。我就把汤放你办公室。你回去记得喝。"

谢申："好，谢谢妈。"

盛佩清笑了笑："谢什么，在我面前别瞎客套。"忽然想起什么，"对了，我上回借你车开，是不是把那双灰色的平底鞋留在你车里了？"

谢申闻言微怔，那双鞋上回借给江棠棠，她还没有还回来。

盛佩清还在那儿说："我记得是放你车里了。你车停哪个车位，我等会儿顺便去拿回来。"

谢申轻咳一声："4S 店里的人说上回保养的时候拿出忘记放回去，下回我过去顺便拿。"

盛佩清："行吧，那你别忘了。那鞋别人送的。"

"嗯。"

到了君禾集团上十楼，盛佩清将保温壶放到谢申办公桌上，一侧身，瞧见沙发上放着条显然刚被用过皱成团的毛毯。

她不由得蹙眉，这是忙成什么样儿了？不去楼上酒店套房睡也就算了，办公室里就有休息室，就这么躺沙发上将就？

她返回到楼下还在思忖得让梁妈再弄点药膳给儿子补补，别年纪轻轻身体就虚了，以后结了婚怎么办。

前台接待员见到谢总母亲下来，又起身准备微笑示意，刚一站起，忽然高跟鞋一拐险些跌倒。她抓了把接待台台面稳住身子，却不小心将桌上的东西拂到地上。是白天一位小姐登记放在此处的，没说急交的东西她们是一天一次往上交的，就等待会儿和别的东西一起交上去。

盛佩清正要去扶一把，见她站住了也就没有出手，视线自然落到掉在地上的东西。

一个纸袋里露出一双平底鞋，颜色款式都相当眼熟。她那双鞋是友人特别定制的，一眼就能瞧出来。

她蹲下身拾起那个袋子，垂眸看了看。纸袋上面印着一个相机店的店名，还有联络微信及电话。

怎么，4S 店还卖相机？

3

第二天，谢老爷子真如昨天所说一大清早就去晏清湖钓鱼，却在午饭前回来了。

盛佩清下楼来，正好瞧见他皱着眉将竿包递给保姆：“小陈这次给我换的饵料味型不对，一上午就钓了两条上来。”

她拢了拢披肩走上前，瞧一眼保姆打开盖的钓箱：“爸，鱼不在多，有肉则好。您看这两条一条赛一条肥，让梁妈做松鼠黄鱼，小申就爱这口。”

谢知行听她说完，抬手点点手表：“这个点了还没到家，还吃什么吃？”

盛佩清眼神示意梁妈把鱼拿去厨房：“他这不是忙嘛。”

“他以为自个儿是国家元首？说忙的都是不懂规划时间。”谢知行推了推眼镜，“什么时候干什么事，别什么都拿忙当借口。你看他都什么年纪了，人家小陈的孩子都会走路了。他呢？回趟家还磨磨蹭蹭，一点家庭观念都没有。”

“爸，”盛佩清觉着再由着老爷子说下去儿子的形象差不多就体无完肤了，“这说远了。”

“远什么远，三十而立，明年就三十了！”

“我看他立得也挺稳的。”

“你就惯。”谢知行背起手，“对了，老祁的外孙女今年刚从国外读研回来，学的美术史论，说一直想进我们君禾工作。你和他说，让他抽个时间和人见个面，谈谈看适不适合。”

盛佩清心道，也是没见过谁能把相亲说得这么冠冕堂皇，哪方面适不适合？

她望向不远处：“小申来了。”

谢申跨进门：“爷爷，妈。”

谢知行面无表情地“嗯”了一声。盛佩清打量谢申两眼：“你最近面色不错。”

谢申愣了愣，轻笑：“是吗？妈，你的鞋子。”说着递上手里拿的袋子。

盛佩清接过，见袋子已经不是昨天套的那个，换了一个纯色牛皮纸袋。昨天她问前台，说东西是一位小姐送来给谢总的，问要不要交给她拿给谢总，她说不用。

此刻，她脸色无异地问：“去4S店拿回来了？”

“嗯。”谢申摸了把后颈，“顺路。”

盛佩清看儿子一眼，微不可察地翘了翘嘴角：“这双鞋我很喜欢，还好没弄丢。走吧，马上就开饭。”

江棠棠吃完午饭就展开一把躺椅躺在柜台后。

程陆从冲扫房倒腾一个多小时才出来，见她还维持着之前的样子，手叠在肚子上，两眼直直盯着天花板。

他没理，拿了个苹果吃，又去后面玻璃柜换防潮剂，换好后擦拭里头几只相机顶盖底盘上的机油。

一系列活干下来，他回来看到江棠棠姿势一点儿都不带变化，说睡也不是睡，眼睛圆瞪得跟卡通人物似的。

他摸了两把下巴，走过去蹲下：“棠棠，要是被鬼压床了你就眨眨眼。”

江棠棠轻轻启合两下眼。

程陆吞一口口水：“别怕别怕！等着啊，舅舅把上回去拜南海观音请的那道符拿来。”

起身刚走两步，江棠棠弹出一条手臂横拦住他腿。

他吓得倒退三步：“哟，大仙饶命！”

江棠棠翻了个白眼：“你才被鬼压床呢。”

程陆抚心口：“那你跟这儿挺什么尸啊？起来劳动！”

江棠棠喃喃：“舅舅……”

程陆一听她这么叫就肯定是有心事，又蹲上前，语调柔了：“怎么了这是？”

江棠棠思索半晌：“想跟你咨询个事儿。”

程陆：“你说。”

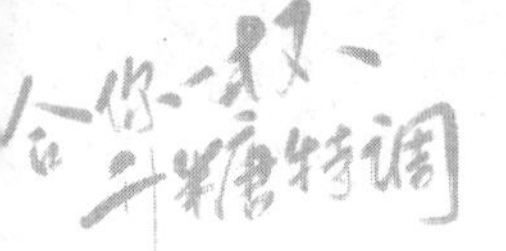

江棠棠：“当年你是怎么确定自己喜欢霖姐的？”

程陆闻言一愣：“我就说你这些天状态不对，你……”

江棠棠打断他：“先回答我的问题。”

“年头有点儿久，容我追忆追忆。”程陆蹲得腿麻，干脆扯了张广告纸垫屁股下盘腿坐下来，“那会儿校园恋爱，开始的时候肯定是挺纯情嘛，比如说课间的时候特地绕去她班级门口假装偶遇，还有就是听人提她名字心跳就错一拍，忍不住想知道别人怎么说她的，后来关系近了又爱捉弄她，拉人辫子把人作业藏起来那些个傻行为没少干，其实就是想引起她注意。哦，还有……”

江棠棠侧过身面对他：“还有什么？”

“还有就是，你有没有听过一个形容。喜欢一个人的时候，想到他或者看到他的时候肚子上就会有一种痒痒的感觉，就跟一堆蝴蝶要飞出来似的。”程陆啧一声，“不怕你笑话，我当时还真有这感觉。”

江棠棠下意识把叠在肚子上的手拿开。

“你也别欲盖弥彰了。”程陆识破，“快和我说说，对方是谁啊？”

江棠棠从小和程陆亲，有什么事都是第一时间和对方分享的。他刚才都把当年的内心历程跟她知无不言说了，她也就不好说不告诉他。

江棠棠从裤兜里掏出手机，在微信公众号里翻出君禾集团新址落成的剪彩仪式照片。

程陆接过来一看她指给他的人，一脸惊恐地望回去：“棠棠啊，你没弄错吧？”

江棠棠默了默，拣重点给他把事情给交代了。

程陆沉吟半晌：“我说你这胃口够大的。”

江棠棠有一搭没一搭地刷着朋友圈，给谢申刚发的一条动态点个赞。

“我觉得他对我也有点儿不一样的。”

“女人就容易产生这种错觉。”程陆摸头，“你别这么看我。我就是觉得像他们那种人家，肯定找门当户对的。就算真对你有意思又怎么样，最后能修成正果吗？你别怪舅舅现实，男人的想法我比你懂，动心喜欢那是一回事，真要天长地久肯定另有考量。你想清楚，别傻不拉几一头栽进去。”

“那你对霖姐呢，也另有考量？”

“你别扯我，我又没有那么大的家业要继承。我有什么好考量人家的。”

江棠棠垂下嘴角：“知道了，退下吧小陆子。”

“你给我起来干活！”

“现在又没人，再躺会儿，消化消化你的话。”

等程陆走开，江棠棠又拿出手机打开微信。

江棠棠：“申哥，我想咨询你个问题。”

谢申：“说。”

江棠棠用手机拍下巴，思忖过后：“以你的经验来看，喜欢一个人是什么感觉？”

那头半晌没动静，她暗想是问得太直接了吗？

手机终于振动，谢申：“你问这个做什么？”

江棠棠胡编：“我前两天又相亲了一个对象，聊得不错，就是不太确定是不是喜欢人家。”

谢申看到江棠棠最新发来的消息，一时微怔，指尖滞在屏幕上，等到它暗下也没有打字。

盛佩清在一旁问：“怎么了？”

他侧眸：“没事。”

盛佩清拿起花洒给院子里栽的蝴蝶兰浇水：“我怎么觉得你有点儿不对劲。”

谢申目光虚投在花上：“您想多了。”

“是吗？可能吧。”盛佩清拎着花洒转而去浇另一盆，“那刚才我和你说的，你爷爷让我转达给你的事情你怎么说？”

“说什么？”谢申直了直身子，“祁霖学历够，家里资源也可以，我会找人单独给她面试。”

盛佩清抬眼看他：“你知道你爷爷想表达的不是这个意思。”

谢申兀自一笑：“我们不能就往字面去理解？”

“我看你这是迟来的叛逆期，”盛佩清放下手里东西，拿毛巾擦手，“人呢，你还是去见一见。祁老和咱家老爷子关系一向不错，别让人觉得你不把他们放眼里。至于谈什么，你自己看着办，这种小事情我信我

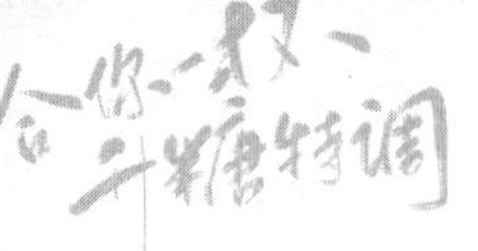

儿子办得妥。”

这话在理，谢申也不再推诿，淡声应下。

送盛佩清回了房小憩，他也走回自己房间。

走到半道想起刚才没有回复的消息，他脚步微顿。

微信消息框还停留在江棠棠发来的那句：“我前两天又相亲了一个对象，聊得不错，就是不太确定是不是喜欢人家。”

他轻哂一声。

谢申：“你还是先想想，人家喜不喜欢你。”

4

江棠棠想了好几天也没想明白谢申那天回过来的话到底是什么意思。

今天客流量还蛮大，程陆不在店里，她一个人忙到晚上才有空休息一会儿，待会儿又要去隔壁帮向爷拍照。刚坐下几分钟，一个穿着藕色长款大衣的中年女士走了进来。

这位女士身上穿的这颜色很挑人，肤色和气质缺一不可，却实实在在被她穿出个韵致雅然的效果来。

江棠棠走过去打招呼：“您好，有什么需要的？”

盛佩清一进来就在不动声色打量眼前的女孩儿，白净俏丽的长相，神态悠然，倒是很容易合人眼缘的样貌。

她笑着点头示意，从包里拿出一个小卷筒：“你好，是这样，我这里有一卷好多年前拍的胶卷底片，不知道还能不能冲出来。听说你们这儿可以冲洗，你能帮我看看吗？”顿了顿，自然问道，“小姐你怎么称呼？”

江棠棠接过胶卷筒：“我叫江棠棠，您可以管我叫小江。”

盛佩清低声重复一遍这个名字：“我还是叫你棠棠吧，可以吗？”

“好啊，我家里人都这么叫我。”江棠棠小心拿着东西看，“您这卷底片是什么时候拍的？”

盛佩清想了想：“那可有年头了，我没记错的话还是我儿子上小学第一天我给他拍的，后来也不知道丢哪儿去了，这不前段时间我整理书架从最顶上那排书后边找着这个小东西。”

江棠棠问："您儿子现在几岁？"

盛佩清："二十九岁。"

江棠棠心里估算着："那可有二十来年历史了。"

"可不是嘛。"盛佩清往里走，在几排放各类胶片机的玻璃架前流连，"想想也挺神奇，不是有个词叫'物是人非'吗？现在儿子也大了我也老了，这胶卷筒失而复得还是二十年前那个样子。物件的魅力就在于只要保存得当，无论时间怎么流逝都还是一如当初。"

最后这句话还是当年她和谢申父亲处对象时他对她说的。从那时起她才对艺术品拍卖这一行起了最初的兴趣。如今这年纪再解读，不免又有更深的体会。

她隔着一块玻璃往里看："你看我，说远了。"

"您说得很对。影像也是这样，按下快门那一下，就是留住了那刹那的时间。"江棠棠弯了弯嘴角，"不过您看上去哪儿老了？您要不说，我还以为刚才提到给儿子拍小学照片就是前几年的事情呢。"

盛佩清一愣怔，嗔笑道："你这小姑娘嘴巴也太甜了。"

江棠棠跟着笑，又道："不过这个底片放的时间太久了，多少会氧化。如果受潮或者受热比较严重，洗出来的照片可能会失真偏色。"

盛佩清："没关系，你就试试吧。下个月我儿子生日，要是这个能洗出来，我可以当礼物送他。"

"是这样，那我必须尽力。"江棠棠拿起手机动了动屏幕看一眼时间，"不过今天可能不行，我等下还得去隔壁文玩店里帮人拍静物照。您不急的话等我扫出来发您，或者快递也可以。"

"不急。"盛佩清从挽着的包里拿出手机，"那我们加一下微信，到时候你先发我看看。"

等两人互加完好友，盛佩清又问："你刚才说旁边有文玩店？"

江棠棠点头："是啊，就在隔壁。"

"我刚才过来倒没注意。"盛佩清问，"我对这些也挺有兴趣，方不方便跟你过去看看？"

"没问题。"

向爷除了开店现在还是一个本地论坛文玩版块版主，还有对应的公众号，利用这个身份之便能引流客源。要是有新货进来，江棠棠会帮他定期拍一些静物展示照传网上当宣传。

向小园妈妈见她们过来，笑着打个招呼就换过去帮江棠棠看店。

盛佩清在一旁看江棠棠拍照，调整打光板、布景构图都是一人完成，挺有专业风范。小姑娘认真起来的模样，倒有几分和自己儿子相似之处。

她看了一会儿，又低头看手机里江棠棠的朋友圈。一看就看出个端倪，前几天江棠棠发了一张雨后景观随拍，本也没有什么特别，可是那窗外建筑景色简直眼熟得不行，不就是从儿子办公室望出去的角度吗？

这日期又让盛佩清想起正是她送鱼汤过去的那天，联想到沙发上的毛毯，一瞬间什么都想明白了。

臭小子，还敢玩金屋藏娇？都到带人去办公室睡觉的阶段了，还应下和祁老的外孙女见面。

哪里学来的不良作风？

渣男。

等照片拍完，向爷招呼她们吃刚切开的哈密瓜。

“棠棠，老规矩，你去我新进的那批物件里挑一样。”

这是他们之间的协定，江棠棠不想收钱，向爷也不好意思白让她干活，就约着每回她挑一样喜欢的小东西带回去。

江棠棠放下相机，目光在那堆各式各样的古玩摆件里来回，托着下巴看哪个好看。

盛佩清坐在一旁，见她许久没下决定，指了指其中一件：“棠棠，选这个。”

那是一枚麒麟戏珠印章，质地温润凝腻，雕工也很细。

向爷笑了：“哟，这是遇上行家了。”

这枚印章用寿山白芙蓉石雕就，不说极其名贵，却实打实是这批货里收入价最高的。

盛佩清眉眼盛满风雅：“谈不上行家，略有研究。”

向爷也大方：“棠棠，你喜欢就拿去。”

江棠棠听完他们两个对话，思忖这印章应该有点儿来头。其实她拿东西不过就是不想让向爷他们觉得过意不去，也不是真要靠这个抵钱，这下要挑这么贵的物件，还真有点儿不好意思。

恰逢向小园晚自习回来，手里捏着月考成绩单可高兴了。

向爷拿来一看，特别难得的分数："这成绩单是真的吧？"

向小园嚷嚷："爸，你怎么看什么都得分一分真假。你自己上我们学校内网看，上头都挂着呢。"

江棠棠像是找到个折中法子，转手将印章送给向小园，名为鼓励，借花献佛。

盛佩清笑了笑。

两人一起出来，盛佩清像是想起什么，问："棠棠，有男朋友了吗？"

江棠棠摇头："还没。"

"噢，"盛佩清做可惜状，"我看你还挺有眼缘的，本来想介绍你给我儿子认识，可惜他这周六就要和另一个女孩儿去相亲。"说着，递上手机翻出相册给她看，"你看，这是我儿子，长得还不错吧？"

江棠棠一眼就愣住，脱口而出："他们约在哪儿？"

"嗯？"

"我是说，"江棠棠努力找补，"我可以参考下，哪里比较适合约会聊天。"

盛佩清拢了拢风衣，隐下笑意，报给她一个店名。

周六，谢申刚到咖啡厅，祁霖已经等在那里，见他进来便起身。谢申从前没有见过祁老外孙女，这回见到人，倒是和她外公五官有几分神似，很大气婉约的相貌。

他看了眼手表，确认自己没有晚到，才问："祁小姐来了多久？"

祁霖淡笑："我也刚到。既然是面试，不想给面试官留下迟到的第一印象。"

这话说得很得体，谢申回以一笑，邀她落座。简单寒暄后，他直入主题。

"我看过你的简历，各项都很合适。只是你读的是美术史论硕士，怎么不考虑去明市美院当老师？"他双手交叠在桌上，"我没有别的意思。只是祁老是美院教授，听说他也一直希望你从事教育工作。"

祁霖长睫微掀，默了半晌道："就是因为我外公在美院当教授，所以我才不想去。"

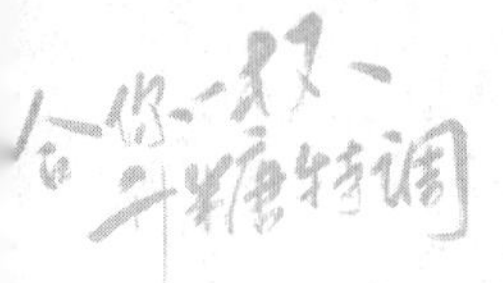

谢申嘴角稍弯：“可以理解。”

祁霖微诧：“你理解？”

谢申：“嗯，不想走家里人安排的路，很难理解吗？”

祁霖这才莞尔：“我以为像你这样……”顿了顿，“谢总，你和我想象的有些不同。”

谢申：“哪里不同？”

祁霖沉吟半刻：“我可以有话直说吗？”

谢申：“当然。”

祁霖：“其实今天我们碰面，说是单独面试。你我家里那两位老人家是什么想法，你应该比我更清楚。”

她的直率倒是出乎谢申意料，他点了点头示意她继续说。

“不瞒你说，我对君禾一直很感兴趣，也查过听过一些关于你的讯息。以为你这次被家人逼着来和我相亲，还是以工作名义，一定会对我很反感，甚至……”

谢申接过话：“甚至出言不逊？”

“嗯。”话至此处，祁霖自己也笑起来，“别怪我想得多，我就是觉得像你们这种公私分明的人应该会很厌恶别人以此为借口接近。”

“你想得没错。”谢申拿起咖啡抿一口，“不过你的履历确实漂亮，我已经和人事部交代过，到时他们会和你约入职实习时间。”

“真的？”祁霖面露喜色，“谢谢你。”

“先别急着谢，工作做不好我一样不会留。”

“嗯，我明白。”

江棠棠坐在角落隐蔽处，看着不远处谢申和那个女孩儿滔滔不绝。虽然那个女孩儿背对她，但那气质是从背后就散发出来的。两人看上去相谈甚欢。她心里像是被水泥浇灌过一样堵得慌，就是那种明明难受可是仔细一想自己并没有任何立场去指摘对方的感觉，简直要命了。

服务员将她方才点的可可松饼端上来，上面还点缀两颗小草莓。

她拿叉子划拉出一大口嚼也没嚼就往肚子里吞，差点儿噎死，赶紧就着手边的柠檬蜂蜜水喝一口。

没过多久，胸腔涌起一股气，接着打出一个嗝。

她捂着心口，那儿却跟装了个小弹簧似的频繁跳动起来。

正经过谢申、祁霖这桌的服务员看到角落处那桌女顾客一副难受的模样，赶紧上前询问："小姐，你没事吧？"

谢申顺着服务员的目光看去，见那个女孩儿不断打着嗝对服务员摆手。

那身形很眼熟，他凝神看清对方模样后微怔，继而无言地摇了摇头，掐一把眉心。

祁霖见状："谢总，怎么了？"

他抬眸："没事。"

祁霖："不好意思，我还有些事得先走了，很谢谢你给我这个面试机会。"

她特意再次强调"面试"二字，也算表明自己和他一样并无意于相亲这件事。

谢申颔首，按着领带起身："我另约了朋友在这里碰面，先送你出去。"

祁霖出门的时候，余光瞥见一处餐桌里似乎有个眼熟身影，但未及细看就被谢申送了出去。

谢申见人走远了才转身，两手拂开西装外套搭在腰上，太阳穴隐隐跳动。

江棠棠实在止不住嗝，越是想憋越是大声。可怕的是，她一抬头就发现谢申已经认出她，正盯着她看，眉峰微凛，一脸疏淡。

这就很尴尬了，嗝。

待他走近，江棠棠只能硬着头皮打招呼："这……这么巧，嗝。"

谢申在她身旁落座："你怎么在这里？"

"约了人……"江棠棠又补充，"和你一样……嗝……我都看到了。"

谢申眸色一暗："和你那个相亲对象？"

江棠棠撇嘴："对啊。"

"人呢？"

"我来早……嗝……了。"

谢申蹙眉看她一阵阵嗝打个没完："怎么每次见你，你都是这副鬼

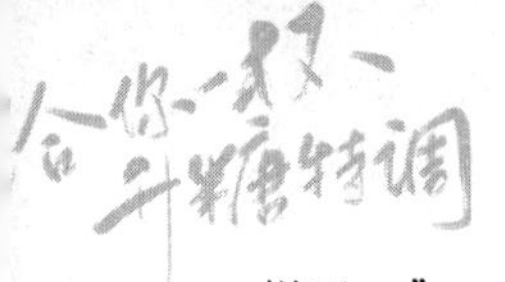

样子？”

江棠棠可委屈了：“你克我！”

谢申垂眸转了转腕上珠串：“既然这样你可以回家了，今天碰到我约会想必不会成功，现在这样就是个预兆。”

“你……”江棠棠气得心口疼，“你这个歹毒的男人，嗝——”

“话都说不利索还敢骂人？”

江棠棠陷入绝望，仔细想想，真是每一次都没给他留下什么好印象。为什么还会自作多情认为他对自己与众不同？

她身子歪在沙发背上，眉头紧蹙：“我外婆说打嗝到一百下……嗝，就会死……”

谢申眼皮也没抬一下：“每个人都会死。”

这位大哥，你要是不会安慰人不用勉强自己。

江棠棠转而掐自己虎口，但显然也没什么用，倒掐出个壮士断腕般的决心。这几天的反复思考，又思不出个结果，不如就趁现在把话说明白了。

纵然结果会不如人意，她也不想给自己留遗憾。舅舅说的话很有道理，可她偏想试一试。

“那，我在死之前……得跟你坦白，嗝，一个情况。”

谢申侧眸瞧她：“什么？”

“我喜欢你。”她努力挤出真诚表情，“其实我骗你的，根本没什么，嗝……相亲对象。”

谢申心跳霎时错跳一拍，沉默许久才开口：“你再说一次。”

“说一百次也是喜欢啊！”江棠棠难受得不行，“行了，嗝……你拒绝吧，我听着。”

江棠棠此刻颇有些破罐破摔的心态，反正情况已经这么糟糕了，让打击一次来吧。有秦缈的前车之鉴，她对即将会听到的冷言冷语也算有了心理准备。

谢申侧过身一眨不眨看着她，语气依旧高冷：“你知道有一种办法可以止住打嗝吗？”

江棠棠一愣：“嗯？”

他四下望了望，嘴角微勾，竟莫名有种蛊惑感：“过来。”

江棠棠不由自主往他身边靠近，手臂刚碰到他的衣袖，忽然被他一把拽进怀里，低哑的声线碾进她的耳朵：“就教你一次。”

江棠棠有所预感，却来不及反应，他的唇就和话音一同落了下来。

一刹那，她的脑子空白一片。

他一手掌心撑着她的背脊，让她与自己严丝合缝地相贴，从鼻息到唇上的热气尽数交付。

男人的唇质感和女人不同，纹路略有些粗糙。江棠棠敏感地感受到这点，耳垂的颜色快滴出血。

不知道过了多久，谢申终于放开她。

江棠棠心跳飙得不行，整个人都是蒙的。

谢申眉间也染上春色，默了半晌，才道：“还想打嗝吗？”

江棠棠反应了半天，讷讷地说：“不想了……”

谢申从桌上抽了张纸巾擦掉沾的口红：“通过惊吓可以抑制嗝肌痉挛。”

江棠棠：“哈？”

“没听明白？”他眉尾一挑，“我是为了帮你。”

“什么意思？”

“不用当真的意思。”

江棠棠急了：“你怎么这样啊，做过的事情怎么可以不当真？！”

谢申有意逗她：“有人看到吗？”

江棠棠不应了。

谢申没等到她再说话，又看向她时，只见她一双眼睛里盈着淡淡水光，唇线抿得很紧，有一种大雨将至前的阴郁感。

他心口一紧。

其实在冲动过后他也有些窘迫，只是隐藏得好，却忍不住用玩笑话来掩盖这种从未有过的心情。现在见她这副模样，怕是玩笑开过了头。

他正要开口，却看她忽然朝后转喊了服务员过来，一时莫名。

服务员走近：“小姐，有什么需要？”

江棠棠杏眸半转，指了指卡座侧上方的监视器，扬起一个笑。

“麻烦问一下，这个监控我能调看吗？”

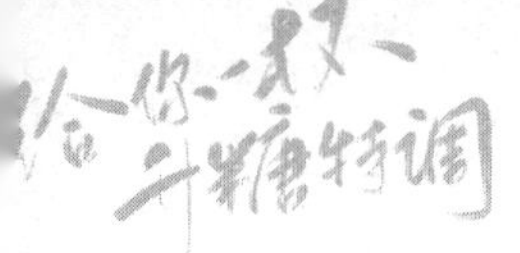

5

谢申抬眸往江棠棠所指的上方看去，额头因为这个动作刻出几道纹路，道道都透着杀气。

“江棠棠，你想干吗？”

“举证。”

“你在开玩笑吗？”

“没有。”

“好了，别闹了。”

“禽兽。”

女服务员眼见卡座里这位先生一张五官分明的脸上表情从阴沉到微恼又转为无可奈何，而那个女孩儿从头到尾都面对着她，连一个余光都不赏他，倒是两个字两个字对答得极快。

当江棠棠说出“禽兽”时，她简直快憋不住笑，心中暗暗给这位先生划分了下类别，必然是属于“衣冠禽兽”类目。

她抱歉道：“小姐不好意思，监控只有我们店长才有权限调，他现在不在店里。”

“别理她。”谢申说，“私事。”

服务员在这工作场合见惯各种情侣腻歪或吵闹，当下了然，微笑点头退到别处。

江棠棠见人被他支走，垮肩低头趴到桌上，继续不看那个吃干抹净不认账的禽兽。她一只手臂垫在脸颊下，朝上那只耳朵微动，仔细聆听身旁的动静。

等了许久竟没等到任何声响，像是坐在一个幽暗的深潭边，掷下一颗石子都听不到丝毫回音。

刚才那一吻，几乎消耗掉她全身的热量，可现在又被对方的无动于衷打回冰窖。像谢申这样的男人，她自己是知道的，以她的阅历背景非要去招惹，结果可以预见。

如果他说不喜欢她拒绝她，自此她就努力把自己这点儿念头扼死在摇篮里。可是他刚才的行为说是帮忙根本就是胡扯，男人对女人有亲吻的欲念，不是因为喜欢就是因为冲动。

那她当然希望是……基于喜欢的冲动。

思绪纷乱间，她横在桌面的手肘已经不由得往旁边挪了几分。

谢申在手机上查看邮件，支在桌上的半条手臂被另一只手肘轻轻碰到，继而对方侵占过来，将他的手往外侧推。

他垂眸看了看，任由她越推越用力，直到把他整条手臂顶得不得不悬空。

谢申高高的眉弓一动，蓦地移开自己的手。江棠棠忽然间失去受力面，身子猛地往推的方向倒。

他早有准备，一条胳膊从她颈后横过，大掌一收，将她整个人扶住虚揽到自己胸前，略低头在她耳边低声道："这是讹上我了？"

江棠棠想挣扎，他手掌使暗劲不让她动弹。

她侧过半张脸和他对视："你到底什么意思？"

谢申勾起嘴角："逗你玩。"

"谁要跟你玩？"江棠棠挣了挣身子，发现自己这点儿力气根本挣不开他的掌控，被他一再逗弄的委屈感一涌而上，又气又急，"你放开我！你是不是觉得自己特别有魅力引无数女人竞折腰？我告诉你，老娘现在这一秒就不喜欢你了。最讨厌你这种仗着有钱有颜拿感情当玩笑的人，特别极其讨厌。对于你刚才的恶劣行为，我江某保留追溯的权利，我要找人写律师信发到你公司！"

谢申听完她这一通控诉，不禁失笑："这么麻烦？要不要我介绍律师给你？"

江棠棠齿间恨出一个音节："F……"

谢申收了笑："不许骂人。"又认真询问，"那封律师信你准备让人怎么写？"

他说话时呼出的热气薄薄一层弥散在江棠棠小巧饱满的耳垂边，勾人心魄："来，我帮你想想。首先你肯定想告我非礼你，其次是限制你人身自由。"顿了顿，"那仗着有钱有颜这个大前提，要不要一并列进去？"

江棠棠沉默半晌："我警告你，你别太嚣张。"

"怎么，还想调监控？"

深邃的眉目都藏不住他目光中的捉弄之意，他方才那点儿愧疚感早就被她要求调监控的行为冲刷得无影无踪，这会儿就可劲拿捏着逗乐。

其实谢申自己也想不明白，怎么就这么喜欢看她一副急色的模样，像是摸到一只圆圆软软的弹力球，非得要揉一揉搓一搓试试弹性才舒服。

江棠棠梗着脖子看他，清润的眸子浮上狡黠："不调了，您有钱有势我也惹不起。要不还是私了吧。"

谢申微怔，手劲松懈下来："怎么个私了法？"

低沉的尾音还在空气中残留，女人温热柔软的唇就印了上来。

江棠棠薄薄的肩膀抵着他横阔的胸膛，两只手趁他不备攀上他的下颌，沿着棱角分明的曲线一路往上游走。

轻轻柔柔，像羽毛划过。

刚才还能闻到空气里的咖啡香气，现在却只剩下彼此鼻息间的味道。

谢申阖了下眼，本能地去回应。

江棠棠的双手一路摸到他的耳朵，手指在耳郭上轻抚，又下至耳垂。她嘴角微微一勾，指尖在上头点了点，蓦地往下一拉。

谢申眉峰一凛，吃痛地低吼一声。

江棠棠在他未做反应之前后仰身子，两只手举到耳边，乐得不行："就这么私了，等价赔偿。以后你走你的阳关道，我走我的红地毯，咱俩互不相欠。今天你就当没碰见过我，我也没对你说过什么。"

谢申凝眸看眼前的人，面上是一副奸计得逞的得意之色，脸颊耳朵却分明红得要命，说出口的语调故作着轻松，以为别人发现不了她那点儿小心思似的。

他忽然很羡慕她，羡慕她的坦荡，以及根本藏不住的澄净心念。

还有她每一次惹出的无伤大雅的小麻烦，不知从何时开始，他竟然有些期待下一回又是什么意外，就像在他贫瘠无趣的生活里放进几颗跳跳糖，味蕾尝过酸甜激荡，总是有些食髓知味。

"可是，"他静默半晌，又凑近她耳畔，放柔了声腔，"我也想走红地毯，要不然，挤一挤？"

6

江棠棠一愣怔，扭头对上谢申的视线。

他正似笑非笑地看着自己，静等。

若有似无的笑里似乎已经褪去捉弄的意味，从沉然眉目间拈来几分郑重。待她把他这句话解析出真正意思，脑里炸出了火树银花。

她还是不确定：“谢申，你别开这种玩笑。我没你想的那么经得起玩笑。”

“这次没开玩笑，认真的。”谢申听她说完，连嘴角那一丝笑意都平了，“棠棠，我——”

他话刚启头，就被江棠棠接过：“你刚才叫我什么？”

“棠棠。”

“再叫一遍？”

“棠棠。”

江棠棠两根食指缠在一块儿绕啊绕：“好的，你说吧。”

谢申摁摁眉心：“我承认对你的感觉和别的女人不同。这几天空下来的时候我也想了很多，想这种感觉到底是什么，一时兴起还是喜欢，或者别的什么。”

“那……”江棠棠侧转身，让自己半窝进他臂弯里，“想明白了吗？”

他们的卡座位置隐蔽，沙发背很高，侧前方还有一棵半人高的旅人蕉装饰绿植。谢申见没人注意这里，顺着她的动作紧了紧胳膊，摇头道：“后来想着想着就变成想你又会喜欢什么样的异性，或许你对我和对其他任何一个男人的感觉都一样。那我自己又多作什么情？”

江棠棠又扭动身子，变成趴在他身上。

谢申忍不住拍她后背一下：“公共场合，注意点。”

“又没人看到。”她把两只手挂到他肩膀上，微仰着头浅笑，“没想到谢总您这心路历程还挺坎坷。表面高冷淡漠，内心澎湃汹涌呢。两字以蔽之：闷骚。”

她又继续说：“你这样口不对心，不怕憋出毛病啊？”手又不老实轻捏他耳郭上沿，“年纪轻轻就落下病根，可怎么办哟。”

谢申半垂眸看着怀里的人，大有一副翻身农奴把歌唱的意思，挤眉弄眼怪腔怪调的样子看着就讨厌。

他嘴角勾了个弧度，低声道：“怕我憋出毛病，那你帮我纾解纾解？”说着修长手指隔着薄薄的毛衣轻划她背上的脊柱线。

怀里的人果然一下弹开，咽了咽口水：“客官别这样。”

谢申轻笑一声，心道果然是惯会胡说挑逗又受不住招的小尿包。

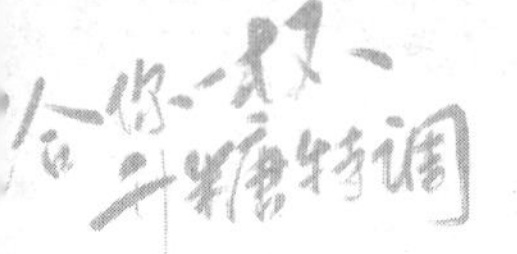

他理了理被她蹭乱的领带：“行了，客官不这样。”抬手腕看表，“一起吃晚饭？”

像是心照不宣的默契一般，江棠棠应声：“好。”

谢申：“除了竹升面和溏心蛋，还喜欢吃什么？”

他记得一清二楚，江棠棠不自觉一笑：“那可说来话长，我喜欢吃的东西海了去。”

“看得出来。”他拿起两人中间江棠棠的包放进她手里，“走吧，我带你去一家。”

两人走到吧台结账，先前那位女服务员刚好走回来交接班，见到两人一起过来，笑着问江棠棠：“小姐，我们店长回来了，您还需要调监控吗？”

江棠棠不动声色退了退，隐一大半身体到谢申身后：“不用了，不好意思。”

谢申故意往旁一挪，回头确认：“真的不用了？”

江棠棠瞪他一眼。

谢申去停车场取了车。

开了大半个小时后，车行至一处长长的古巷入口，谢申把车停在外面，带人进去。

这条幽深的街巷是明市的地标性路段，历史最远可追溯至晋唐，民国时期还出过几位有名的文人豪客。

这里除了大小名人故居，还有几家隐匿低调的私房菜馆。外头瞧着静谧，再往里走，巷子两旁的几家深宅大门里透出若明若暗的灯光，细细的乐声流淌。

谢申带江棠棠来的这家餐厅名为“走马楼”。名字很应景，走进去便是四合的中堂，餐厅分上下两层，灰砖黑瓦古意盎然。阁楼相连四方，皆有走廊可畅通来回。

侍者穿着古朴，上前接待：“谢总，位子已经备好了。”

江棠棠之前在美食饕客的公众号上看到过关于这家餐厅的介绍，说是一位文物收藏家开的，每天只接待九桌客人，一般需要提前半个月预约才能订到位子。

她走在谢申身旁，被侍者引去二楼，悄声问谢申：“你是不是还约了别人？”

谢申侧眸：“没有，怎么了？”

“这里不是要提前很久才能订到位吗？”江棠棠继续小声道，“你总不是提前算到今天要带我来吃饭吧？”

谢申没答，反倒淡笑问：“你说话怎么跟做贼似的？”

江棠棠挺不好意思：“这里环境太高雅了，我这不是怕声音大了给你丢脸吗？”

谢申微怔片刻，一把抓起她的手收进掌心：“行了，好好说话。”顿了顿，又道，“大不了脸丢在哪儿，我就去那里给你捡回来。”

他的手很大很热，江棠棠耳根一红，恢复正常音量：“那……就麻烦你了。”

谢申闻言失笑，眉尾一挑：“以前怎么没见你跟我客气过？”

他长这么大，很少找人借东西，更别说有借无还。第一回问别人借东西没还，就是帮她要的卫生棉。

“以前是以前嘛。”江棠棠笑笑，“以后我会好好对你的。”

“那我先谢谢你了。”

“别客气。”江棠棠想起他还没回答刚才的问题，“你还没告诉我你怎么能临时订到位的？”

与此同时，她脑补出一个答案：“噢，我知道了，你原本是预订着打算和今天那位相亲对象一起共进晚餐的对不对？”说完觉得自己这个猜测很合理，“一定是这样，可惜人家没看上你，你就拿我当替补。”

谢申太阳穴又突突作跳，真不知道这女人脑子是什么做的。念头一转，他这才仔细回味过来哪里不对，问：“你怎么那么确定我今天是在相亲？”

别说当时她的位子隔着那么远应该听不到他和祁霖的对话，就算听到也该知道他们只谈了公事，怎么还会有此猜想。

他又发问：“还有，你不是说约了人吗？没等人家来就跟我走了也没见你通知对方一声？说吧，江棠棠，你今天为什么会在那里，嗯？”

江棠棠被反扑，受到死亡几连问，一时无措：“我饿了，待会儿有什么好吃的呀？”

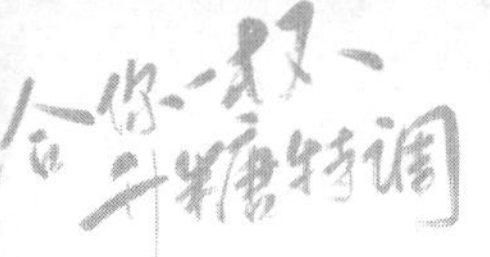

谢申：“话题转得很生硬。”

走到二楼一处走廊尽头，侍者安排他们入座，另一位候在厢房里头的女侍者递上菜单。

房间古朴雅致，墙上挂着几幅水墨画，有丝竹入耳，轻轻悠悠格外舒心。

谢申暂不追究，把菜单本递给江棠棠：“想吃什么自己点。”

江棠棠接过那本黑底烫金的本子，薄薄几页，里面的菜色有好多她都没见过，也没有标价格，只有所用食材和来源写在每张照片下。

她点了自己想吃的，把本子递还给他。

谢申直接合上，侧身交还给静等在一旁的女侍者：“再加一道葱油鱼唇，两碟海棠酥。”

江棠棠一拍脑袋：“我刚才就想点海棠酥呢，翻过去就忘记翻回来点了。”

谢申替她摆好碗筷，又摆自己的：“是吗？那我点的第一道菜名很适合形容你。”

鱼唇，愚蠢。

江棠棠解读出来，上下两片唇瓣开合，默念。

谢申睨她一眼：“有本事就骂出来，骂一个字撤一道菜。”

她嘴唇一嘟，倒到他身上：“讨厌，就知道欺负人家。”说完自己先抖为敬。

谢申弯了弯嘴角，竟也没有推开她。

门口传来一声招呼：“小申来了啊。”

江棠棠赶紧坐直身，转过头去看，一位五十来岁身着墨兰休闲西装的中年男人正迈过门槛进来，见到江棠棠微诧。

“这位小姐是？”

谢申领着她站起来：“梁叔，这位是江棠棠，我女朋友。”又对身旁人道，“刚才不是问我怎么订到位子吗？这位就是餐厅老板。”

这位老板的父亲梁修是明市有名的收藏大家，与谢知行关系甚笃，他从小耳濡目染也对文物收藏感兴趣。这家餐厅是一个副产业，说是对外开放，其实来的大多是同一个圈里的人。

江棠棠没想到谢申这么淡定直接把她身份表明了，不禁有点儿害

羞。两相打过招呼，老板也识趣，不再多叨扰："你们慢用，有什么需要的尽管和他们说。"

两个人快吃完的时候，谢申的手机响起来。

他看一眼来电人，是盛佩清。他往后推一把椅背起身："我出去接个电话。"

江棠棠点点头，继续夹起一块海棠酥。

谢申摁住她的手："已经吃三个了。"

肠胃不好还这么不知道克制。

江棠棠抬头看他："可是你点了两大碟，吃不完浪费的。"

"一碟是让你带回家给程陆的，不是让你一次吃完。"铃声持续响，谢申给她一个制止的眼神，接起电话往外走。

江棠棠撇了撇嘴，回头对侍者说："那麻烦帮我把这碟打包。"

谢申面朝中庭倚在门外木雕扶栏上："妈。"

盛佩清在那头问："听说你带人去你梁叔叔餐厅吃饭了？"

"没想到梁叔还挺会传话。"谢申转个身，隔着不近不远的距离往厢房看。江棠棠打开打包袋，还在往里探，似是拼命忍着要吃的冲动。

他摇头，无声浅笑。

盛佩清道："你梁叔一向不爱管闲事的，也就是看你破天荒带了个女孩儿一起来，刚才和我打电话才提了一茬。"停顿片刻，她笑着问，"你和你梁叔叔介绍她是你女朋友。怎么，和棠棠确认关系了？"

谢申拆解出她这称谓竟像早就认识江棠棠。

未等他开口问，盛佩清主动替他解惑："是我告诉她你今天在哪里和祁小姐碰面的。"

谢申没想到是亲妈摆的这一道："您怎么联系到她的？不是，您怎么知道我和她……"

盛佩清笑道："有的人把我的鞋子借给人家女孩儿穿，又带着去自己办公室睡觉，居然还妄想着瞒天过海？"又道，"我好歹也比你多活二十多年，这点儿观察力都没有，也不敢劳烦你叫我一声妈。"

谢申："所以你去找了她？"

盛佩清："是啊。"

谢申失笑：“姜还是老的辣。”

“骂谁老呢？你们家那位可是说了，我看上去也就三十岁。”她说，“你确实该找个嘴甜的中和一下。”

谢申竟无言以对：“您就不怕摆我这一道，万一她当场闹起来，把事情弄难堪了？”

盛佩清：“你真当你妈是愣头青？我要是连这点识人的眼光都没有，当初怎么嫁给你爸的。倒是你，藏着掖着那点儿心思，不肯给人家一个名正言顺的身份。上回秦缈的事情传到你爷爷耳朵里他已经很不高兴。你要是再搞这种暧暧昧昧的关系，让家里那位老爷子知道，是要把他气得心脏病复发吗？索性我帮你把窗户纸挑了，该是什么是什么。”

谢申拧了拧眉心：“不是您想的那样。我和秦缈什么关系都没有。”

盛佩清：“那棠棠呢？你还敢说是普通朋友？”

不普通了。

盛佩清听他不说话了：“行了，你的事我本也不想多掺和，是看棠棠这孩子品性不错，才多插一手。你既然和别人介绍她是你女朋友，就好好对人家，别给我朝三暮四的。”

谢申：“我没有。”

盛佩清：“挂了啊。”

刚结束通话，又一通新来电冲进来。

秦笠那头电音轰隆：“在哪儿呢？”

谢申踢了一脚扶栏旁养着铜钱草的水缸：“有话就说。”

“什么语气啊这是？”秦笠听出他态度不友好，还以为他还在气乔蓉那事，“乔蓉那事儿不都解决了吗？我也和她谈清楚了，绝没有下一次。”

谢申冷哼一声。

秦笠走到酒吧一处比较安静的角落：“毒舌男，来不来小伍的酒吧？他这儿进了一批新酒，让我请你来试酒呢。”

酒吧一个包厢门被打开，有人侧身出来，秦笠闻声一望，竟然是林臻。

她往另一个方向的洗手间走，没看到正打电话的秦笠。

秦笠也没在意，又和电话里的人继续说：“你也别每天忙着工作，出来松快松快，劳逸要结合。”

谢申哂了下，又往厢房里望一眼：“谁和你说我在工作？”

秦笠一乐："那正好啊，既然没事就过来。小伍也挺久没见你了，你再不来他得从杂志里剪你照片下来贴酒吧门口睹物思人了。"

"你等等。"谢申往回走，到了房间里俯身问江棠棠，"秦笠来的电话，让我们去酒吧坐坐。你想去吗？"

江棠棠一愣："啊，好啊。"

那头秦笠也愣了："你刚才和哪个女的说话，这么温柔？你有情况啊！"

秦笠这声大得连一旁的江棠棠都听到了。

谢申干脆把手机递给江棠棠，她迟疑片刻接过："笠哥你好，是我，江棠棠。"

秦笠："……"

谢申按了按她的肩膀："不用叫他哥，喊名字。"

江棠棠："秦笠你好，是我，江棠棠。"

秦笠："……"

不一会儿，尤璟捏着高脚杯缓步过来，下巴磕到秦笠肩头："谢总怎么说，来不来？"

秦笠刚挂下电话，站着没说话。

尤璟疑惑地瞧他一眼："怎么不说话？"

秦笠："完了。"

尤璟："怎么了？"

秦笠："强强联合了。"

尤璟妆容精致的脸上表情困惑，待他把来龙去脉说完，不由得嗤笑："其实那天我就觉得他们两个之间气场挺特别的，只是没想到真的会在一起。"又打趣道，"哎呀，我真替你担心，一个谢总你就招架不住了，那位江小姐嘴皮子也很厉害。要不要我去订机票，我们两个再出去避避风头？"

秦笠笑道："你想出去玩就直说，别拿这个当由头啊。乖，让人去安排个包厢。"

尤璟："你不是不喜欢坐包厢吗？"

秦笠牵着她往外走："谢大爷讨厌闹腾。再说他那皮相往外放也不合适，我也得帮棠棠挡挡他的艳遇。"

尤璟说："那你妹妹可要伤心死了。"

秦笠心说何止她一人："秦缈她是该醒醒了，不是江棠棠也会有别人。谢申我跟他从小认识，太知道他什么脾性了，不是说谁坚持不懈就能攻克。以前我不愿太打击秦缈是觉得事情到一个节点自然就会有转折。这不，现在就到了这个节点。"

尤璟抿着红唇打量他："不愧是情场高手。"

秦笠一笑："过誉。"

这头包厢里，林臻从洗手间回来后落座，闺密尹曼从桌上端回酒杯，懒懒地将手臂抻上沙发背："真的不去外面坐坐？"

林臻摇头："不去，太吵了。"

尹曼抿一口酒："来酒吧就在一间屋子里待着多没意思啊。"

"酒吧是你要来的，我本来就不喜欢。"林臻干脆从包里拿出笔记本电脑放到腿上打开，"要去你自己去。"

"哎哎哎！"尹曼拿杯脚磕桌面，清脆几声响，"林臻你这过分了啊。我找你出来喝酒，你给我开电脑工作？"

"你喝你的，我又没拦着。"林臻盯着屏幕扯了个笑，"下个月秋拍举槌第一场就是我们部门策划的夜场专拍，我最近真挺忙的。"

尹曼揶揄："你哪里是最近忙，一年四季就没见空过。我也有在拍卖行工作的其他朋友，逢拍卖季确实忙，那其他时候不也挺有空闲吗？你又不缺钱，工作对你就这么重要，我看你的心不在工作上，在你们谢总身上？"

林臻侧眸瞪她："说什么呢。"

尹曼毫不在意，继续说道："谢总这样的人，喜欢他不是很正常？"

林臻沉下脸："你有完没完？"

"说中了吧？"尹曼细眉一挑，"我和你认识这么多年，你现在这副表情就是被人戳中心事的反应。"

林臻滑着触控板打开工作资料："我和他只是上下级关系。"

尹曼才不信："我求求你了，能不能不要这么古板？主动点追求幸福，好吗？"

林臻吁一口气："你别给我出这种馊主意。他不喜欢别人上赶着贴。"

"啧，终于承认了吧。"尹曼躺回沙发背，斜眼瞧她，"你又没试过怎么知道他不喜欢？”

林臻想起秦缈，从国外到国内，倒追那么多年毫无斩获，不就是活生生的前车之鉴吗？

她从来不是一个莽撞的人，也有自己的骄傲，更深知表明心迹这回事可一不可再。现在谢申全身心放在君禾集团的运作上，她只想从旁协助，不希望包括自己在内的任何事情让他分心。

所谓爱情对她来说是种很虚幻的东西，有没有的，这么多年也过来了。至于以后，等她变得足以与他相配，在一个称得上恰当的时间和状态里，她才会把自己所做的一切的初衷告诉他。

尹曼见林臻沉默下来，也不想再逗她，生怕激得林大小姐一个不高兴抬脚就走。

尹曼拍拍林臻的肩："好了，不提这些。我得出去了，你看看我今天化的妆挑的衣服，可不是为了把自己藏小黑屋的。你也别忙了，工作是做不完的，出去帮我物色物色。”说着起身拉人，“快点儿，东西收一收。”

林臻拗不过她，只得跟着站起。

往外走上一段，舞池散台卡座无不是欢纵之声，灯光打得激情又暧昧，照得每个人心神荡荡。尹曼像是鱼掉进池塘，被人搭讪跟着去高台喝酒，转身前还冲林臻眨眼："自己找乐啊。”

林臻只觉得耳朵噪得很，有男人贴上来说话被她一个侧身闪开。那人见她面露嫌恶，嘴里低骂悻悻离开。

她看向坐进高台里的尹曼倒和刚认识那男人聊得很开心，深吸一口气，干脆往大门外走。

这里是酒吧街，外头也未显得多清净，只是好歹不像里面那样拥挤吵闹。林臻走开点，从包里摸出手机，想和尹曼发条信息告诉她自己先回去了。

她刚要低头，就见候在外面的酒吧服务生对着来客热情招呼："今天有抽奖，一人一个号码贴纸进场。”

说着，服务生从纸盒里拿了两张粉色圆形贴纸，撕开一张背胶要先给江棠棠手上贴。

谢申对他说："我来吧。”

服务生一笑，把东西交给谢申。

谢申指尖粘着贴纸一端，看着面前的人思索片刻，作势要往她额头贴去。

江棠棠忙一把捂住自己脑门：“我又不是幼儿园小朋友，不许贴额头！”

谢申放声笑，对准她捂在额间的手背一粘：“好了。”

江棠棠嘀咕：“这还差不多。换我了，我也要帮你贴。”又对他说，“你闭眼。”

谢申吊着眼瞧她：“你又想干什么？”

“快点快点，闭眼。”江棠棠搓手。

谢申警告：“不许乱弄。”

说着，他把贴纸拿给她，轻轻闭上眼睛。

江棠棠狡黠一笑，悄无声息从纸盒里又拿出一张圆贴，一并撕开，望一眼男人沉静英隽的面容，两脚一踮。

啪！

贴到他两边耳垂下。

粉色耳环的效果太震撼，酒吧服务生在一旁笑得不行，给她竖大拇指：“小姐姐有创意！”

谢申睁开眼，显然想象到自己现在是什么鬼样子，咬牙道：“江棠棠！”

“别生气嘛。”江棠棠挽过他手，“你看，我帮你增加了一倍的中奖率。高不高兴，惊不惊喜？”

“你给我松手。”谢申要去扯下贴纸，手却被她牢牢挽着，另一只手抬起，又被她握住。

“我不。”江棠棠扭头问服务生，“小哥哥美不美？”

服务生：“美死了哈哈哈！”

林臻在不远处望着那个怒气腾腾又毫无办法的男人，心像是被钝物重重击上。

1

谢申此刻算是全然看清眼前这个女人是那种给她三分颜色她能把颜料桶扣你头上的人。

“真生气了？”江棠棠放开他，指腹粘着贴纸下端往上一掀，把它们从他耳垂上取下，“不闹你了。”

谢申斜睨她一眼。这人皮归皮，倒是很懂怎么在犯罪的边缘试探，一旦察觉苗头不对立马缩脚，弄得人和她置气又显得小心眼。他正要拉她进去,却见她把两张小圆贴往鼻翼两侧一粘,扯着自己袖子喊:“看，一秒变鼻环！”

他一愣。

她两只手又扯他袖口晃：“看看，是不是比你的耳环漂亮？”

四周浮动的光影从远近高低各处抵达她的脸。那张滑稽生动的脸上笑容恣意，像是一阵风吹过蒙尘的书封，细碎浮尘在清晨斑驳的微光里飞舞，那光影轻轻一闪，又变回酒吧街上的夜色霓虹。

他似乎解出一个答案，来自一道名叫为何动心的题面。

江棠棠见谢申未发一语，只一眨不眨地看着自己，像是把自己屏蔽了。她垂了垂头，耷耷鼻子伸手去揭贴纸。

他却抢先一步，两根骨节分明的食指忽然在她脸上一摁，把贴纸悬在外头的一半对折，封住她的鼻孔，皮笑肉不笑道：“憋死算了。”

秦笠的声音在一片音乐背景声里突围而出：“谢申，你几分钟前跟我说到门口了，怎么现在还在这里？”

江棠棠听到秦笠声音一惊，赶紧缩到谢申身后，拼命扯盖在鼻子上的贴纸。

死男人手还挺灵巧，贴得怪严丝合缝的。

谢申唇线抿紧，压着笑意。

秦笠和尤璟两人已经出来。

“棠棠呢？”

谢申感觉到背后一阵窸窸窣窣过后停下来，才用手指指了指背后。

秦笠乐呵:“怎么,以新身份见我们还害羞上了？”说着往他身后探，“小棠儿？”

江棠棠拉过谢申垂在身侧的一只手，把撕下的贴纸粘他手心里，站出身乖巧打招呼：“笠哥，尤尤，你们好。”

谢申微抬手腕，垂眸看了眼，没说话。

秦笠一听她这严肃认真的语气,哈哈大笑道:“别拘束,都是自己人。走，哥带你去品新酒。”说着抬起一条胳膊隔空做个招呼人进去的动作。

那头谢申倒是反应快，直接把人往自己身上揽，眼风扫过他：“走吧。”

秦笠悻悻收回手，手指顺势撇一下眉尾，心道不就谈恋爱，有什么大不了，怎么转眼还成了只护食的小狼狗？

老板特地叫了个调酒师进包厢为他们做各种新款特调，江棠棠看着新奇，哪样都想尝。

开始的时候，谢申给她把控着不让她多喝，每样只给试喝一口，还都是酒精浓度低的。后来他出去接了个电话，回来就见秦笠他们已经怂恿她喝了不少。

其实她酒量还不错，小时候家里逢年过节聚餐江父会拿筷子沾甜米酒喂她喝，就从那时候培养出来的。

这回大概是酒的品种多，混到一块入胃就容易醉。

等谢申处理完工作电话回来，江棠棠已经处于半醉半醒的状态。朦胧间，她只觉得有一只手扶在自己腰上，还隐约听到手的主人沉着声骂人。

秦笠被谢申骂了倒也不在意，毕竟都被荼毒这么多年。

他说：“棠儿喜欢尝让她多喝两口怎么了，反正你在这里还能出什么事？”

谢申面色冷然：“你要是这样，下次别再约我过来。”

“别啊。你把人护这么紧干什么，人家也有自己的娱乐生活。”他说着冲江棠棠轻声笑，“是不是，小棠儿？”

“哎，是是是。”江棠棠热情回应，又一头倒上谢申肩头。

“是什么是？”谢申扶在她腰间的手使暗劲，掐得她嗷呜一声，“喝成这样像什么样子，待会儿把你往街上一丢让别人捡去。”

江棠棠舌头都捋不直：“打死你这个臭坏蛋！”

谢申蹙眉：“你有本事再说一次。”

江棠棠埋进他胸膛嘟囔：“好话不说第二遍呢。”

秦笠打圆场：“行行行，我的错。我就是看小棠儿第一回来，也不好扫她兴致。”

尤璟也识趣跟着道：“谢总，我刚才也没拦着，不好意思啊。”

“算了。”谢申把人收紧，“我们先回去了。”

“行，我送你们出去。我们还待一阵。”

秦笠起身送人，忽然想起什么：“对了，今晚棠棠那个号码不是还中奖了吗？你等等，我让小伍找人把奖品拿来啊。”

早晨，江棠棠醒来，头还有点儿晕。

她从床上坐起，愣愣地四下望了望，熟悉的窗帘，熟悉的小沙发，熟悉的地毯，是在自己的房间里。

昨夜后来她就意识昏沉，也不记得是怎么回来的。

她掀开被子往浴室走，囫囵漱了口，又掬几把凉水冲脸，人才缓过来一点儿。

她再回房间想拿手机给谢申打个电话，掉在地毯上的手机也早就电量耗尽。她抓了把头发，插上充电器往外走，刚打开门，就撞上一黑影。

程陆抱着臂堵在门口："江氏棠棠，你现在本事是越来越大了。昨天晚上喝得稀巴烂让一个男人送回家，啊？"

江棠棠捂着脑门搓，没发声。

"别跟我这儿装聋作哑。"程陆说，"你自己交代吧。你和谢申两个什么时候好上的？"

江棠棠这才抬头，问："昨天你们见着了？"

程陆语气不好："废话。你昨天醉得跟头死猪似的，人家一路从楼下给你搬上来的。"

江棠棠不好意思："舅舅你别这么形容我。咱们是一家，你把自己也给骂进去了。"

"你还敢顶嘴？我说你还真是真人不露相啊。"他哼哼两声，"舅舅是真好奇，你使的什么招数，居然真把谢申给拿下了？"

江棠棠垂眸羞涩："人格魅力吧。"

程陆："你昨儿个吐人家一身也好意思谈魅力？"

程陆："本来他带你去喝酒喝成那样我是很不高兴的，不过看在他把人安全送回来，而且被你吐得满身都是也没吭一声，算个男人。"

江棠棠神色得意起来："那当然，我看上的人能有错吗？"

程陆白她一眼："你看上的人没错，他看上的人我瞧着挺错。"

"是吗？"江棠棠心情好着呢，才不理他的揶揄，"那你可别提醒他啊，咱就将错就错。"

程陆瞪她："别给我嬉皮笑脸，下去吃早饭。吃完了我再训你。"

吃过早饭，手机也充了一些电。

她开机，微信有留言，两个多小时前发来的。

谢申："醒了给我回个电话。"

江棠棠打过去："你这么早就醒了？"

谢申："你倒是比我想的醒得早。"

江棠棠："听说我昨天吐了你一身。"

谢申："嗯，衣服挺贵的。"

江棠棠坐到床沿，脚尖蹭地："我赔你。"

谢申哼声："早知道你要赔，我穿件更贵的。"

江棠棠听出他语气不善，主动认错："我其实平时没那么爱喝酒。

昨天那不是心情好嘛，就多喝了点儿，下次一定注意。”

谢申听她说“心情好”，了然所为何事，嘴角不由得一弯，没再追究。

江棠棠又问：“你今天有事吗？”

“有点资料要看。”谢申从鼻梁上取下眼镜，往办公室窗外远眺，“想约我？”

“嗯。”江棠棠轻声应，“我今天也要去店里。你要工作到什么时候，晚上有空吗？”

“有。”

晚上八点半，东门天水夜市。

路灯下街道两旁逐渐有地摊支起，陶瓷玉器书画雕件旧家什被一个个摊主陆续出摊。随着夜色愈深，人声渐杂。

这里早年是在凌晨两三点才开市的鬼市，约定俗成每逢当月第二个星期的星期日开，后来附近建了居民楼，遭到居民投诉扰民，区政府干预之下才协调成了如今的天水夜市。

有哪家摊主的小孩儿从一旁跑过，谢申把江棠棠往里拉：“你说带我来个地方，就是这里？”

江棠棠点头：“对啊。”

谢申侧眸看她：“我以为你会约我看电影。”

江棠棠笑：“本来是这么想来着，但是这是我们第一次正儿八经的约会，我得投其所好，才能让你印象深刻。”

谢申通身正装派头和这世俗场面有些格格不入，他脱下西装外套挂手臂上，里头穿的是纯黑色衬衫，一丝不苟扎进裤子，尤显宽肩窄腰。外套一脱，虽看着还是正式，多少接了点儿地气。

入秋天气转凉，江棠棠问：“你不冷吗？”

谢申：“还好，透透气。”

前面不远处一个摊位有人正蹲在摊位前打着手机里的手电筒照着什么仔细瞧，江棠棠就爱凑这种热闹，拉着人往前去。

近前一看，那人手里捏着一枚印章，翻来覆去地看。

摊主见他看了半天也没看出个所以然来，心道大约是个外行，便开始忽悠：“这可是上好的老性藕尖白芙蓉雕的。您看看这个色泽，摸摸这个手感。别处买没有十万八万可下不来。”

那人将手电筒白光聚于一处：“这里有两道裂纹啊。”

“那可不是有裂格才便宜卖嘛！”摊主席地而坐，摆起姿态，“您也看了半天，不买就放下，好东西不愁没人要。”

谢申无声浅笑，什么藕尖白也就是骗骗外行人。他虽不是鉴定专家，这些小玩意儿从小也是耳濡目染轻易就能辨出虚实。东西是不赖，但绝不值那个价格。不过这样的地方一向水深，旁人看在眼里，虽心里明白，嘴上也不便多话。

倒是江棠棠，蹲了下来一直盯着那人手里的印章瞧。

谢申微提裤腿也蹲下身来，轻声问她：“怎么了，想要这个？”

摊主见这一男一女过来，男的看上去就是有钱人模样，便对原先那位顾客出声道：“您看这小姑娘识货，您要不买就先让她拿着看看。”

那位顾客闻言睨江棠棠一眼，不情不愿地把东西递到她手里。

江棠棠摊着手心细看，越看越觉得，这枚麒麟戏珠印章实在很像那天盛佩清在向爷店里帮她选的，后来她转送给向小园的那枚。

2

江棠棠垂眸看，眉眼专注认真，没有听见谢申问她的话。

谢申没有再出声。

他维持着蹲姿，上身依旧挺拔，眼风斜斜下扫，正好将她笼在暖黄光晕里，柔和的侧脸线条尽收眼底，连脸颊上细细的绒毛都清晰可见。

她这样子很具有迷惑性，乖得像只小猫，但你又不知道它什么时候就一时兴起挠你一爪子。伤害值有限，只让你忍不住想打它两下以示惩戒。

他从前觉得男女关系就和拍品一样，被妥当收好待价而沽。它符合你的心理预期，你出得起匹配价钱，那一锤就可定音。旁的任何前期准备，都不过是为那一个结果造的势。

现在这个想法依然没有本质变化，只是他没有想到，自己的“心理预期”长这样。

江棠棠摸了摸手里的雕件印章。

那天在向爷店里她只拿起那枚印章把玩了一会儿，也没看真切，但样式和颜色是记得的，手里这枚几乎与之一模一样，只多了两三道细裂纹，品相相对没那么完美。

最近向小园的成绩突飞猛进，连向爷都称奇，也没给她加什么额外补习，怎么就突然开窍。原来就是捧手心里宠的小孩儿，这下更是有求必应，零花钱都多加了一倍。

说起来下个月是年级期中考。江棠棠这会儿碰巧看到这枚印章，觉得也是个缘分，刚好能凑出个好事成双的意头送作鼓励。

摊主坐了一会儿又蹲起，人壮实看着像个石礅，怂恿道："小姑娘，你要喜欢就让你男朋友买啊。"

江棠棠闻声抬了抬眸："哎，不是……"

她是想说不是要让男朋友买，那摊主见缝插针笑道："不是男朋友，是老公啊？"

小生意人惯会说俏皮话，谢申听得倒很入耳，询价道："多少卖？"

摊主拿出计算器摁下一串数字递给他看。

谢申心下了然，很纯粹的冤大头价。

江棠棠凑过去看一眼计算器上的数，连连摇头："不买了不买了。"

其实这地方她以前来逛过几次，都是图个有趣热闹。旧物家什她不需要，至于文玩古件水太深，每次都是过过眼瘾就好。只有一回跟着向爷夫妇一起来，在他们帮忙辨识杀价之下才买了个黑桃木小摆件回家。

这下看到摊主出的价格，便知道是个坑。

谢申按了按她搭在自己小臂上的手，又问摊主："你刚才说这是老性藕尖白？"

"哦，是啊。"摊主没想到他记得还挺清楚，"我也不夸这是稀罕玩意儿，就说在这个市场里总归是少见的。用行话说你们要是买了就是捡了漏，自己收藏或者转手都值。"

谢申笑了笑，转头对江棠棠说："那边有卖饮料，去买两瓶带着喝。"说着朝一处微抬下巴。

江棠棠扭头望了眼："你渴了？"

谢申点头："嗯。"

江棠棠半信半疑，嘴唇凑到他耳边用气音说话："你别趁我走开把东西买了啊，太贵。"

“我就在这里看看。”谢申对她说，“去买吧，钱带了吗？”

“带什么钱，有手机。”江棠棠说完起身往卖手工奶茶的摊位走。

见她走开，谢申回头对摊主单刀直入：“这块用料是寿山芙蓉石应该不假，不过藕尖白的料色白透青气。这个嘛，还差点意思。”他掂着手里物件，话只说一半，又转道，“关键，这种高山印章石有了裂纹，价值也得打个折。”

摊主心道这是碰上了内行人。夜市里鱼龙混杂，冷不丁碰上资深玩家没什么奇怪，他只是没想到这位看上去年纪轻轻，分析起来倒是头头是道。话里还特意留三分白，看破说破却不说死。

他了然，脸上堆笑：“既然都是行家，那也不说虚的了。当交个朋友，你看——”他在计算器上按两下清零，又摁几个数字递过来，“这个价带走，怎么样？”

谢申看过一眼，把计算器还给他：“可以。”

摊主用纸将东西仔细包好，牙齿咬断塑料细绳捆扎，一边唠嗑：“现在像你这样懂古玩的年轻人可不多见，刚才那小姑娘是你女朋友吧？怎么不在她面前露两手，女人就喜欢比自己懂得多的男人。”

“是吗？”谢申接过扎好的印章，“怕她知道我便宜买的。”

“哟，说笑。”摊主哈哈一乐，“你要真不想花钱刚才就被她劝住了。”

谢申嘴角勾起个浅弧，把东西放进搭在手上的外套口袋里，没再多说。

这种随手把玩的印章石谢宅不计其数，就算是真的藕尖白芙蓉大料都放了不少在储藏室。只是江棠棠对这小东西看上了眼，他不想当着她面说这东西哪里不好哪里不值。

两人一路从南到北逛完整条街，又原路从另一边返回。从熙熙攘攘的街市出来，夜风吹过，凉入心脾。

附近是老式居民区，此刻铁门半合，有几户人家已经熄灯。

这种从喧嚣中忽然抽离出来的静谧感很奇妙。

两人似有默契一般，并肩走着，不说话却不觉得尴尬。

谢申开车送江棠棠到公寓楼下。

江棠棠下了车，抬头望一眼住的楼层。谢申斜靠在车身前，双手插

兜看她。

他的笑隐在夜色里："不上去？"

江棠棠低头磨鞋底："今天怎么样？"

谢申的视线跟着下移："嗯？什么怎么样？"

江棠棠背起手："就……约会啊，会觉得太无聊吗？"

谢申身体前倾，弯着腰自下而上探她的表情，沉默了半晌道："不会。"

江棠棠眼梢盈了笑意："那，我上楼了。"

谢申点点头："嗯。"

她转身，迈上台阶几步，身形一顿，又回头。

谢申还靠在车前："怎么了？"

有风吹过，江棠棠拢了拢被吹起的头发夹到耳后，露出莹白小巧的耳朵，斟酌半晌："你，是不是忘了有什么东西要给我？"

刚才在夜市，她买完奶茶回头就瞧见他已经把在摊位上买来的东西搁进西装，虽然有纸包着，但大小形状分明就是她看中的那枚印章。

谢申手指括一把下巴，反问："什么东西？"

江棠棠噔噔噔跳下台阶，靠近他："别装了，我看到你买了，在你口袋里。"

他反退两步，眼睛上扬："你看错了。"

"那你让我翻翻看外套口袋。"江棠棠逼近过去，"我明明看到你买了。"

谢申干脆长腿一跨上台阶，垂眸从外套里掏出包好的印章捏在手里："你说这个？谁说是给你买的，我自己买着玩。"

江棠棠看见果真有，眸光一闪："骗人，你就是买来送我的！"

谢申嘴上携着笑："哪儿来的自信？怎么就非得是给你买的？"

"那我不管。"江棠棠伸手去抢，"反正我看到了就是我的，你就送我。"

谢申手臂往上一伸，任她如何蹦跶都抢不到，浓眉深眼处尽是狡黠："有本事拿到就给你。"

江棠棠仰着头伸手去抓，被他轻轻一闪就躲过，气急败坏地说："手长了不起啊？！"

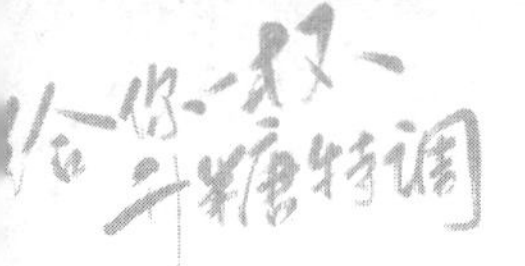

谢申："比你了不起。"

江棠棠两手攥成拳头抵在腰间："你别逼我使绝招！"

谢申斜眼瞧她："愿闻其详。"

江棠棠见不得他这副明明是拿她逗乐还一脸正经的神色，趁他不备两手往上一揽，圈住他脖颈，两条腿悬空缠上他劲腰。

谢申一愣神，下意识地放下手去托她身体。

他的手掌垫在她大腿下，捞住她整个人挂在自己身上，恨铁不成钢："江棠棠，你是树袋熊吗？"

"我要是树袋熊你就是大树。"江棠棠哼哼，"今儿个要是不把东西留下，本树袋熊就挂你身上不下来了。"

谢申舌尖抵了抵牙关，略一思忖，手故意稍稍松劲。

江棠棠往下一滑，赶紧双腿使劲绕住他，还往上蹬一蹬："狡诈。给不给？"

谢申："下来。"

江棠棠："我不。"

谢申："下来。"

江棠棠："我就不。"

谢申沉声，实在没办法："给你给你，下来！"

江棠棠这下却置若罔闻，蹭蹭他："你还别说，还蛮有意思的，我小时候就这么爬树呢。江氏独门绝技，今儿个让你见识到了。"

她身上不老实，左右乱晃乐在其中，过了一会儿，蓦地察觉到被她当树骑的人身体绷直了。

她不再闹腾，安静下来，默默感受一番，待感受出个所以然来，不禁心虚地吞了吞口水。

"申哥，树好像……长出枝干了。"

3

江棠棠住的这幢公寓楼在小区最里面，比较安静，这个点更是鲜有人经过。经过刚才一番拉扯，现在两个人都侧对着房子。白色的灯光从一楼大厅投出来，将两人的姿势照得一览无余。

谢申听完她的话，不置一声。

气氛似是被抛掷到一个莫名的高点，尴尬又……旖旎。

他长身直立，双手仍旧托着人，肩膀微微后仰，脸上神色莫测。

江棠棠眼珠轻转，意识到自己惹祸了，玩出火来了，两腿微动想落地。

谢申蹙眉沉嗓：“还动？”

江棠棠嘴角下弯：“我不是故意的，我怎么知道你……”

身体这么敏感……

谢申的脸色越来越难看。审时度势，她后半句现在不敢说出口，讷讷道：“那我先下来吧。”

谢申冷哼一声：“现在想下来了？真当我是棵树你想上就上想下就下？”

两个人的上半身紧紧贴合，他说话时胸膛的起伏带动江棠棠心脏一阵剧烈跳动，托在她大腿上的手不知是有意还是无意往上收，一寸之距抵达情欲的界限。

他右手夹着的小印章尖角轻轻硌了一下她的臀线。

谢申见她一副不知所措的模样，杏眸眼梢似是沾着湿润，像林间青翠叶片上的晨露，让人忍不住想要用指腹轻拭而过。

她人瘦，但不柴，骨肉匀称，手感不错。

身随心动，身体某一处的反应愈加强烈。或者说，他的动作已经有些不受理智的支配。

江棠棠觉得自己现在处境很危险，连忙撇清：“没有没有，我没有想上你。”

谢申太阳穴隐隐作跳：“你说什么？”

她思维一瞬僵滞，差点儿没咬断自己舌头。中国语言文化真是相当的博大精深。

到这份儿上，唯有及时认错才可能全身而退，她的求生欲一向比较强烈：“我错了。”

谢申绷着脸：“认错比谁都快，改过遥遥无期。”

江棠棠赶紧说：“我改我改，我再也不乱动你了。”

静默几秒。

谢申咬着牙，额侧筋脉因着这个动作凸起，不知在想什么，静默半

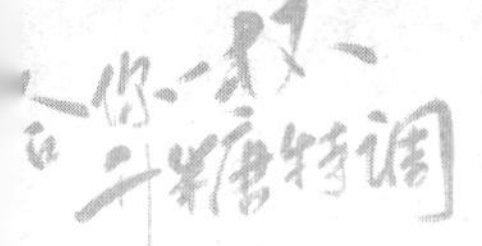

晌，沉下口气放下她。

江棠棠人刚站稳，就见他冷脸转身回去，一把打开车门跨进去。动作之快，她反应了两秒才反应过来。

她默默拉了拉蹭乱的衣摆，夜风吹着耳后发丝又拂上脸畔，酥酥痒痒的。她心中挺愧疚，觉得应该安慰安慰他，思忖着从车前绕到副驾驶座。

谢申没想到她还跟着进来，心中本就微恼，看到她坐上旁边位子只瞥过去一眼，没给好脸色。

车挡风玻璃对着不远处的景观树，微风荡过，暗影浮动在他笔挺的五官上，隐去一些自身的疏淡气质，多了几分暧昧。

江棠棠眼角余光不受控制地朝斜下方扫，心道真是罪过。

她想了想，弯腰从车里抽出瓶水递过去："要喝水吗？"

谢申没接。

她努了努嘴，又收回来。自己也有点儿口干舌燥，拧着瓶盖想喝一口润润嗓。

瓶盖合得紧，她费了点力气才拧松，刚启到一半，手腕倏地被捉住一把扣在车椅背上。瓶身晃动，洒出一小摊水在她腿上。

谢申不知何时欺身而上，扣住她手腕的力气不算极重，却也够她挣脱不开。

他的嗓音沉到嗓子眼："谁让你进来的？"

他想一个人冷静冷静逼退热潮。她还一屁股坐进车里，还敢偷看，还问要不要喝水？

谢申眉头拧紧，这女人真当他是柳下惠？

江棠棠眼看他眸色再次浓重起来，想起程陆先前说她这个人总是能很快嗅到危险气息但是安全意识却跟不上，老觉得事情还没严重到那份儿上，连跑都懒得跑。

现在这一刻，她觉得舅舅之所以为舅舅，果然还是比她多一点人生经验的。

谢申黑色衬衣顶扣之上，喉咙微微滚动，禁欲又性感，释放出危险信号。

其实江棠棠觉得男女之间感情发展到一定程度，发生关系是水到渠

成之事没什么好不齿，但现在他们才刚开始，这进度未免也太快了些。

况且，她今早起床晚出门比较急，从内衣盒里胡乱掏出来换上身的内衣不是一整套。更不是她新买的那套目前最最喜欢的淡蜜粉系带蕾丝装。

哎，不行的，不行的啊！她不是这种随便的女人！

她耳郭绯红，忍着躁动：“那那……那我出去。”

谢申视线下移至她的锁骨，那里因为她紧张地吸气而凹现两道深窝，浅红色胎记玉珠一般滚落在最底处。

他低下头，咬上去，惩罚意味明显。

江棠棠从嗓眼里轻轻溢出一声“嗯”，手里不由得用劲。矿泉水瓶瓶身被她一捏，又挤出不少水，沿着她的虎口一路延伸到谢申的手背，又继续沾湿袖口。

可是他毫无察觉，或者说无暇理会，依旧控着她手腕咬她的锁骨。她身上有淡淡体香，此时随着身体散出的热气越发明显。

两座跑车空间不大，气氛燃起，火星在密闭空间里四处乱窜。

就在江棠棠胡乱猜想自己会不会今晚就交待在这儿的时候，谢申停住嘴上动作抬起头来。

他冷着声问：“还敢拿我当树骑吗？”

江棠棠怔怔摇头：“不敢了。”

他又问：“眼睛还敢往不该看的地方看吗？”

江棠棠脸一红：“不看了。”

谢申抿了抿薄唇：“还有什么想说的？”

她想了想：“喝水吗？”顿一下，“其实是我想喝，要不然……先放开我？”

谢申沉默了下，松开她。

江棠棠被解锁，赶紧坐直，端着矿泉水喝掉一半，才把身体里的躁意压下去。喝完，她又从车里找出一瓶新的，目不斜视递给身旁的人：“喝吗？消消火。”

谢申睇她一眼。

看来是吃到教训了，一双杏眸一动不动目视前方，眼珠都不带转的。他紧抿的唇线稍稍松动，无声一笑。

半晌，江棠棠手里一空，矿泉水被取走，又有一个新东西被塞进手心。

她拿到眼前一看，是用纸包着的印章。

她垂眸轻笑：“谢谢。”

谢申喝下几口水，静等一会儿终于冷静下来，才开口问：“怎么谢？”

“嗯？”江棠棠微怔，“口头谢不行吗？”

“口头？”他故意曲解，“用嘴？”

江棠棠听出深意，赶紧去拉车门：“我先回去了。”

谢申摁住她另一只手，恢复平日语调：“好了，不和你开玩笑了。下个月秋拍开始，往后一段时间我会比较忙，可能没那么多时间和你出来。”

江棠棠眼睫微动，乖乖应了声：“嗯。”又问，“那我可以去找你吗？”

“去公司找我？”谢申略微思忖，摇头，“不可以。”

“为什么？”

“你会干扰我。”

“我不会。”

“我又不是没见过。”

江棠棠保证：“以后不会了。我就偶尔去，要是打扰到你，你就把我绑住。”

“我没捆绑爱好。”

“噢，我知道了，”江棠棠做恍然状，“你肯定是在公司里发展了一段隐秘的办公室不伦情，怕被我撞破，不敢让我去。”

谢申脑仁疼：“你这女人还真是什么话都能说出口。”

江棠棠沉痛道：“小江我这双锐利的眼睛啊，看透了世间太多不为人知的真相。”

谢申拧了把眉心，从格子里抽出张卡丢她腿上：“拿去。”

江棠棠捡起来一看，居然是他们集团楼下的门禁卡：“这个给我了，那你怎么办？”

谢申瞥她一眼：“让和我不伦情的那位同事帮我开。”

江棠棠乐得不行：“那就麻烦她了。”顿了顿，“真给我了？其实我可以去之前给你打个电话，你下来接我就好了。”

“忙起来不一定每个电话都能接到。”谢申说，“好了，回去吧。再不上去你舅舅下回看到我怕是要兴师问罪。”

“嗯。”她心里高兴就表现在脸上，倾过身吻上他侧脸，“路上注意安全。”

谢申抬手拍拍她后脑勺，勾起笑：“乖。”

林臻今天一天都没出门。尹曼晚上去她家的时候，见她家厨房外的吧台上有不少空的酒瓶，两支斜滚着，摇摇欲坠。

她赶紧上前把空瓶扶正，又扭头问：“你这人怎么回事儿啊？打你电话不接，昨天带你去酒吧你滴酒不沾，今天自己在家倒喝得痛快。”

林臻穿着墨绿真丝吊带睡衣，屋里温度高，她赤脚踩在地板上：“你管我。”

“喝醉了？”尹曼熟门熟路从橱柜里找出个新酒杯，从她未喝完的一瓶红酒里倒了半杯出来，自己也喝上，“让我猜猜，是不是昨天和我一样撞见你们谢总和他女朋友去酒吧了？”

她轻晃杯身：“我昨天看到的时候还以为自己眼花呢，要不是那个秦笠和他们在一起，我也不敢确定。”又继续分析，“明天是周一，按照你的习性怎么也不可能允许自己今天喝这么多酒。事出反常必有妖。”

林臻脚步虚浮走回吧台，坐上高脚椅：“你这么厉害怎么不去当侦探？”

“因为我只擅长观察男女关系。”尹曼抿一口红酒，“你啊，就是耳朵太硬。我和你明示暗示过多少次，看准自己喜欢的就直接上，别七等八等把好好的机会等没了。你看现在，人家谢总有女朋友了，你是不是不痛快了？近水楼台有什么用，不付诸行动一切都是空谈。”

“谁跟你说她是谢总女朋友？”林臻单手支额头，“那个秦笠说的？”

“拜托了姐姐，”尹曼笑起来，“你我都不是二十出头的小姑娘了，就他们那样不是情侣还能是兄妹啊？我昨晚上后来可是亲眼看见你们谢总抱着她出来的，横抱，公主抱，明白？”

“你很吵。”

“是有的人不想明白。”尹曼拿指尖戳戳林臻的胳膊，“哎，你知道吗？高山要靠攀，你站在山脚无论怎么仰望，他都不可能低下头来看你一眼。”

林臻从覆在脸上那只手的指缝里看尹曼，沉默良久道：“我在攀啊……”

要不是这样，她又何必放着家里安排的清闲工作不做，非得拼了命在君禾集团立足。这几年由她带领团队策展的拍卖会，为业界所称道。亚洲艺术市场发展迅速，她一分钟都不敢松懈，时刻都以最高标准要求自己和手底下的人。

可是，那个人看到了吗？

原本她以为自己并不在乎这些。她不是像秦缈那样的小女孩，没有那种我喜欢你就非得要你也喜欢我的幼稚想法。

但原来，她是有的。我喜欢你，怎么会不想你也对我有同样的心思呢？

尤其是，她那么努力，用最好的装备去攀那座山，本以为自己已经抵达山腰，可仰头一看，才发现山顶已经插上一面旗帜。

那位江小姐，她实在看不出有任何过人之处，但凡是比她更优秀的女人，都还能自我说服。

尹曼搁下酒杯，轻轻叹口气：“要不然，还是算了吧。小臻，世上男人这么多，你何必呢？”

林臻沉默半晌，目光虚投到地上：“感情就和拍卖一样，有成交的也有流拍的，就算成交了还有违约弃货的。不到最后，谁又知道那样东西会到哪个人手里？”

4

江棠棠上楼回到家的时候，程陆正仰躺在沙发上打完一局排位赛，听见开门声眼皮动了动：“女大不中留啊，谈个恋爱每天这么晚才回。”

江棠棠扶着玄关鞋柜换上拖鞋走过去：“也不是很晚呀，你不是还在打游戏吗？”

“我这是等你呢。”程陆举着手机从沙发上坐起来，“怕你一个涉世未深的小姑娘被某些个霸道总裁的男人味迷昏了头，把持不住自己夜不归宿。”

“舅舅，我觉得你这语气特别像是经验之谈。”江棠棠挤出波浪眉，“说说，以前是怎么迷昏别家小姑娘的？”

“我说你呢，你又扯我头上。”

“我想听听反面教材嘛，反面教材更具有警示作用。”

“老子的拖鞋呢？今天还没擦鞋底，拿你脸擦正好！”

“你还是拿自己脸擦吧，你脸这么粗糙正好给鞋底抛抛光。”

“你你你……”

程陆气不打一处来，利索起身穿上拖鞋去追打，可江棠棠早有预料，趁他找鞋的时候已经小跑上楼梯。

程陆追到楼梯下面，鞋软底踩到什么，挪腿低头一瞧，是一个用原浆纸包好的小东西。

他弯腰捡起来拿在手里端详，笑得挺得意：“我这怪还没打着，她倒是先爆装备了。”

江棠棠刚才跑得快没留神把印章掉地板上。

“是我的，你还我。”

程陆曲肘搁在楼梯扶手上：“下来让我揍一顿就还你。”

江棠棠软声：“舅舅……”

“我告诉你，你这套在我这儿没用。”程陆单手叉腰，“留着对付你们家那位。”

江棠棠眼见无望，只好磨蹭回到楼下。

程陆摊开掌心：“怎么，谢申送的？”

她点点头。

程陆扬起另一只手，拍她脑袋一记：“你啊，别人家给你喂颗糖你就跟着他走了。人家见识阅历都高你不止一截，你得先把两个人的关系琢磨透了再全身心投入。自己把握着点儿分寸，女孩子要矜持知道吗？”

“知道。”

“应得这么快，一看就没走心。”

江棠棠背起手在地上绕着走了一圈爱心路线：“你看，这下走心了。”

“我跟你说话的工夫还不如吃块叉烧。”

其实她都知道，从小到大，程陆虽然时常和她闹在一起，其实心思比她重，为她考虑的比她自己更周全。

他大学读的是电子信息工程，毕业后在邻市一家中等规模的网络公司做辅助开发，初始待遇不算特别优，但是磨炼几年再跳个槽也挺有前途。结果等她毕业说想回明市开店，他二话没说就把自己工作辞了和她一起回来。

祁霖出国读大学三年后和他提分手的时候说他这人总是不着四六，不知道为他们的将来打算。程陆也很生气，两人就这样不欢而散。

江棠棠觉得其实程陆有点儿冤枉，他这人不是世俗意义上那种拼搏努力的年轻人，但也不是没有担当的。

只是两个人在一起相处久了，有些因为各自背景不同所产生的观念上的差异会越发明显，这种感知日益加深，直到某一刻到达一个阈值，便各自以为初时的心动已经不复存在。时隔几年，程陆有一回喝醉了才提起，自己其实很后悔。

江棠棠没问他是后悔和霖姐在一起还是后悔分手没挽回，但现在听程陆对她这一番耳提面命，总觉得有点儿过来人经验之谈的意思在里头。

她朝程陆伸手："好啦，还我吧。"

程陆问："这什么？"

江棠棠微扬下巴："你想看就拆开看咯，一个小玩意而已。"

于是，程陆真不客气地拆了看。

江棠棠走近："是不是很像我送园园那枚？我是打算等她下个月期中考成绩出来送她的，凑个双。"

向小园那枚印章在江棠棠送她第二天她就拿给程陆看过。此刻，程陆捏着手里头这枚对着客厅吊灯仔细研究良久："不对啊，这好像就是你送她那枚。"

江棠棠跟着他仰头瞧着："不是吧？你仔细看看，这枚上面有裂缝的。"

"是多了两条细纹，但是你看这个雕的样式大小都一模一样。还有这里，"他收回手，翻到底部指着一处块状沙团对江棠棠说，"我就记得她那枚这里也有一团红色，形状颜色都一样。你说样式能雕得一样，但是石头这玩意儿形态各异，怎么会有两块刚好切出完全一样的呢？"

江棠棠听他说得玄乎，一时也分辨不出："应该是你记错了吧，我这是在东门夜市买的。"

程陆手掌一折，把印章还给她，斟酌片刻道："不知道是不是我想多了，最近也觉得向小园有点怪。”

江棠棠侧眸：“嗯？”

“昨天她还找我借钱，三千。”

“借钱做什么？”

“她说要给她妈买生日礼物，看中一套什么贵妇保养品，手头钱不够，先管我借了以后用零用钱分期还。”

“那你借了吗？”

程陆一声笑：“向爷他老婆跟我同一天生日，隔着大半年呢，现在就买保养品也不怕放过期了。”

江棠棠微诧：“那你和她爸妈说了？”

“还没，我这不是在琢磨嘛，就怕自己一时多嘴把人家亲子关系给破坏了。”程陆抓了把下巴，“你说你这枚印章不会是她拿去倒卖换钱的吧？”

江棠棠沉吟：“要不然，我去说？”

“你别。”程陆说，“人家下个月期中考，高三生呢，要是因为我们告一状状态不好考砸了算谁的，等过了这段再具体看吧。”

接下来的日子确实如谢申所言很忙碌。

他其实还不太适应在工作与工作几乎没有缝隙的时间里去维持一段刚刚开始的感情的热度。好在他的女朋友不需要别人给热度，自己就是滚烫一颗小火球。

她给他发自己每天拍的照片，有时是一棵叶片绿红渐变中的枫树，有时是一些奇怪角度的错位影像，比如一个摩托车后视镜里，对着照镜子的男人恰好头上长出两只停在后面电线杆上的麻雀，或者是一些极低角度的，像是一只猫一只狗的视角看到的世界。

他看着新奇。

从前他接触的世界都是方方正正的，读过的书走过的路，都是为了成为一个合格的领导者。谢知行对他的要求从小到大都严格到几乎不近人情，连盛佩清都束手无策。即便现在他做得异常出色，在谢老爷子眼里，也不过是应当应该。

而棠棠的世界，高低错落，圆的扁的都有。

她发信息给他：“有没有想我呀？”

他开完会秘书把手机递过来：“想。”

她一秒回复：“这么久才回，该不是在想着我干什么羞羞的事情吧？”

附带一个邪笑表情包。

谢申戳了戳眉尾，打下一行“你脑子里都在想什么”，又删干净，改为：“嗯，正在考虑化幻想为实操。”

那头就没动静了。

有贼心没贼胆用来形容她再合适不过。

下午六点，君禾今年度的秋拍正式开幕。

林臻领衔的部门团队主策划的现当代艺术专场是首秀。作为业界的风向标，君禾集团首场夜拍显然成为众人关注的焦点，预展已经引起了广泛讨论，此刻各路媒体早就提前抵达登记进场。

偌大的拍卖厅灯光彻亮，场内座无虚席，席间有不少收藏界的熟面孔，两旁设的媒体专座架满摄像镜头。

林臻穿着整套职业装，状态奇佳，正和副经理严昊一起在厅外接受媒体访问。

“这场拍卖我们君禾集团会推出百余件臻品以无底价形式上拍，之前巡回预展的反响非常好。”

“也是我们第一次尝试网络同步直播，由业内专家为广大艺术品爱好者进行专业解说。即便是不能亲临现场的朋友也能直观感受这次的拍卖盛况。”

江棠棠在君禾官网上看直播视频，拍卖厅现场内外人头攒动声势浩大。虽然视频画质高清，也很难在里头找出她想看的那个人。

但是光感受那个氛围，都让她心跳加速。

一波采访结束，林臻得空走出来到一处安静角落。

她问助理：“谢总呢？”

助理：“听姜秘书说还在办公室，马上就来。您又不是不知道，谢总对这些媒体采访总是能避就避，避不开才会说上两句。就这样那些记者还兴奋得不行，尤其是女记。”

林臻扫了助理一眼。

助理马上意识到自己多言了，微微低了低头，再抬头时发现什么，说了一声："谢总来了！"

谢申和助理一起过来。他今天穿一套黑色西装配灰蓝暗斜纹领带，剪裁利落合体，一副挺拔身姿将西装撑得四平八稳。

这世上好看的皮囊易得，内里的气质和浑然天成的气场却罕见。

林臻不由得看得有些出神，正要上前说话，却见他和助理巧妙避开正门口的人群，从另一侧偏门进了场。

5

在之前的新闻发布会上，谢申已经就今年的秋季大拍做了介绍性发言。今晚在拍卖厅甫一出现，虽然低调，还是很快引起场内一部分媒体的注意，纷纷上前采访，他简单地说了几句，助理在一旁补充等拍卖会结束后会有单独的媒体访问时间。

秦笠今天也跟着父亲一起出席，坐在第一排。

六点整。

由拍卖师宣读完拍卖流程和举牌规则，总裁谢申上台进行简短演讲后，君禾集团本年度的秋季拍卖会正式举槌。

谢申坐回位子。一侧的秦笠特地让人安排坐他旁边，偏了偏头过去低声道："你们家老爷子今天不来了？"

谢申目光依旧投在台上："我妈和小陈陪他去新疆采风了。"

"看来是很放心你这个接班人了。"秦笠有一搭没一搭翻拍品目录，轻啧两声，"谢老爷子这退休以后过的什么神仙日子，钓钓鱼旅旅游采采风，羡慕死我这种在红尘里翻滚的年轻人了。"

谢申这才淡淡瞥过来一眼："你是钓人采花，差不多。"

秦笠一把合上目录："谢总，你这舌头是萃取了人世间最毒的剧毒吧？"停顿片刻，语调暧昧道，"难道说是吃了某位从小用鹤顶红泡澡的少女……"

谢申冷道："闭嘴。"

现场人声鼎盛，竞投氛围激烈。这两人表面一派正经地低声交谈，谁也不知道他们在聊这么别具一格的话题。

两个多小时过去，举牌应价声依然不绝于耳，百万级别拍品已经落槌数件，千万级别也已出现，并且现场还未产生一件流拍标的。

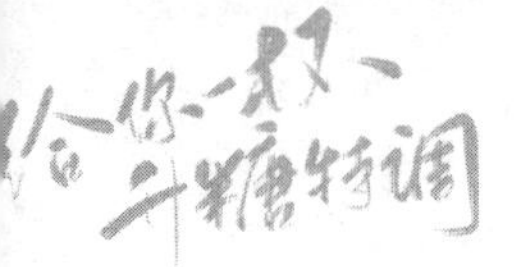

秦父是画廊的负责人，今天主要来观战，拍卖行至压轴，他出声道："来了。"

秦笠听到父亲说话抬起眸，下一件拍品是今晚这场拍卖会的重头戏，一幅当代巨幅油画作品。这位画家的画作曾于数年前在另一家知名拍卖行创下过亚洲当代艺术品拍卖价格纪录，可谓一战成名。

只是这位画家作品产出甚少，二十世纪八十年代是他创作的高峰期，后来此人旅居西藏，还开了画廊全权代理自己的过往作品，但自此之后很少在市面上见到他的新作。

秦笠虽然无心事业，因着家里背景对这些东西也耳濡目染，此刻看着眼前这件拍品不禁啧啧称叹："难怪你上半年带着人去西藏跑了好几趟。申哥，你真的，太牛了。容我叫你一声哥。"

谢申淡声应："滚。"

这幅油画的竞拍场面用厮杀来形容都不为过，历经将近一个小时，拍卖师来回六十几轮叫价。

最后——

"一亿七千万！"

随着一槌落下，当场最高价值拍品诞生，直接刷新艺术家个人拍卖价纪录，同时刷新各项行业顶峰数据。

谁都没想到君禾集团这次秋拍的第一场就这么轰动。

现场瞬间沸腾，两旁媒体的镜头一刻不停地拍照。

买家被邀上台，谢申也起身，一时间镜头更是聚光于一处。

江棠棠在店里从平板电脑前抬起头，"哇"的一声站起来，举着平板电脑手舞足蹈。

程陆被她掀翻在地，一把揪开盖在脸上的擦镜布："神经病吧你！中彩票了啊这么兴奋！"

江棠棠："一亿七千万！"

程陆："我搜一下最近的靠海别墅区在哪儿！快帮忙算算，一亿七千万得交多少税啊？"

江棠棠把平板电脑端到身前，耳机塞一只到他耳朵里。

程陆听完现场播报，扶额："我一个一等良民苦苦守候暴富机会数十载，现在连交税的问题都考虑好了你就给我看这个？”

江棠棠眉毛跳舞：“我男人超帅的。”

“让你别被霸道总裁的男人味迷昏头，你左耳进右耳出呢？”程陆叹息，“色令智昏，色令智昏啊！我的海边大别墅啊！”

江棠棠睨他：“住海边容易风湿痛，舅舅你就不为我的眼光如此之好感到欣慰吗？”

程陆沉吟片刻，忍不住给她泼了盆冷水：“欣慰是挺欣慰的。不过，你就在视频上看有什么意思，也没见某人把你带到现场去感受。虽然是工作场合，安排个位子能有多难？你那么爱凑热闹他怎么不带你去？”

江棠棠放下平板电脑撇嘴：“你这个人真扫兴。”

程陆：“我这是适当给你发起一些直击灵魂的疑问，让你时刻保持清醒。”

江棠棠嘴唇翕动，半晌道：“我也没和他说要去现场看啊，你干吗这么敏感？”

“行行行，算我多思多想。”程陆见她不高兴了，也不敢多惹，“舅舅夜宵带你去吃烧烤怎么样？我打球那个实验二中门口有一家，生蚝贼新鲜，还有扇贝，都是你爱吃的。”

江棠棠摇头：“不去。”

“啧，怎么还生上气了呢？我也没说谢申怎么的，就是稍微提点你一下。得，你俩情比金坚，坏人就是我。我十恶不赦。”

他叨叨叨说了一串，江棠棠从柜台后面拿链条包斜挎上肩头。

程陆问：“你干吗去？”

她从包里翻出谢申给她的门禁卡在他眼前一扬，挑眉：“山不过来，我就过去咯。”顿了顿，“我又不是没有脚。”

“你……”程陆脑壳疼，“我姐怎么生出你这么一个……”

江棠棠瞪他一眼。

程陆：“热情主动的好孩子呢……”

今晚的拍卖会圆满落幕，最终成为秋拍开局第一个“白手套”专场。

所谓白手套，是一场拍卖会结束后授予拍卖师的最高荣誉，意味着这场拍卖会全程没有一件流拍拍品，成交率达到百分之百。

除此之外，也是市场对于君禾集团策划的首场专题拍卖的极高认可。

谢申先林臻和严昊他们一步结束完媒体访问，出来时见秦笠还在。

“刚送走我爸。”秦笠不知从哪里弄来两罐可乐，自己喝的那罐搁到地上，食指钩开另一罐递给他。

谢申淡声：“我不喝。”

秦笠一笑：“就知道你会这么说。我都给你启开了，你不喝就浪费了啊。”

谢申接过来，微微仰头喝了两口。

秦笠俯身拿回自己那罐，举杯：“来，为你这漂亮的第一仗干个杯。”

谢申勾了勾唇，和他碰了下杯。

秦笠问：“今天怎么不带小棠儿来凑凑热闹，顺便让她熟悉熟悉你的工作。”

谢申倚靠上墙：“来的记者这么多，我不想她被一些无畏的人打扰。”

秦笠乐了：“我真是从前没瞧出来，你还是个护妻狂魔。”想了想，又说，“你算是半个公众人物，以后这都是难免的事，让她早点适应也没什么不好。”

谢申低头又喝了一口可乐：“再说吧。”

有一位女记者眼尖，瞧见角落里正喝可乐的两个男人，踩着高跟鞋上前：“谢总，秦总，你们好。我是《AP-Art》的记者，能打扰二位接受我一分钟的访问吗？”

秦笠不动声色地瞄她一眼，穿着浅蓝色包臀裙，曲线优雅，长腿笔直。

他饶有兴致问：“你想问什么？”

得到机会，那位女记者问道：“听闻君禾集团有意涉猎一级市场，不知道和秦总所经营的几家画廊日后会否产生激烈的竞争关系？”

谢申本无意多说，听她这一问和秦笠也有关系，便顺口回答：“这个传闻由来已久，不过我们君禾目前并不考虑参与一级市场的运营。我想你的消息可以更新一下。”

秦笠在一旁笑了声：“美女记者提的问题挺犀利。今天这场合不方便，你要想深入访问我倒是很乐意配合。”

女记者了然，当即和他交换微信。

恰好有电话进来，她说了声抱歉到一旁去接。

谢申睨秦笠一眼，眼神里的轻视意味明显。秦笠回说：“别这么看我，我和小尤做回朋友了。你兄弟我浪归浪，不是那种脚踏两条船的人。”

那位女记者挂了电话，大概觉得秦笠比想象当中好说话，于是理所当然推测一旁的谢申也是同样态度，又想追着他问问题。

谢申有意当着她面手腕一抬看表，直接把她刚要说出口的第一个字扼杀在口腔里。

秦笠把这一段尽收眼底，嘴角一弯无声摇头。这么不解风情的男人，也就江棠棠那个傻姑娘能解锁。

心里想着曹操曹操就到。

他余光一掠，A 区拍卖厅外部入口那儿，一个浅绿色的身影正半隐在拐角处探出个脑袋，见他发现了自己，从墙角伸出手朝他轻轻摇两下。

他赶紧屈肘戳谢申。

谢申眉峰一蹙，正要抬手去拂被他蹭过的衣袖，抬眸瞬间，也忽然发现那团若隐若现的娇俏身影。

江棠棠目光和他对上，冲他眨一下眼。

他略垂下头翘了翘嘴角，直接撇下身旁两个人，径直往拐角走去。

女记者悄声问秦笠：“那是谁啊？”

秦笠瞧她一眼：“远房表妹。”

6

谢申阔步走到墙角，江棠棠反个身贴着墙壁面对他。

他问：“怎么过来了？”说着把手机翻个面亮屏，确认是不是错过了她发的信息，然而并没有收到过新消息。

江棠棠打量他今天的装束，和在视频里看到的一样正式亮眼，只是近距离看真人，这通身的气场才能切实感受到。

“江总来视察小谢同志的工作。”她眉尾一挑，“不可以吗？”

有一拨人从里面出来，在外侧走过，谢申拉着她往里避了避。

“想看？”

江棠棠被他拉到个更僻静的角落，隔绝了外面的声响。大理石地面投映着两个人的身影，不知怎的她就想起程陆的话。虽然没有当真，到底听进耳朵，往心里漏了一点儿。

她垂了垂眼睫：“都结束了。”

谢申一笑，抬手把她刚才蹭墙壁蹭到侧脸上的几缕发丝拢到耳后，顺手捏了捏她绵软的耳垂：“后面还有二十多场，待会儿去我办公室看看资料选一场感兴趣的，我陪你去。”

江棠棠吊着嘴角：“我对第一场最感兴趣。”

谢申微眯起眼，总觉得她的语气里颇有些宣示主权的味道。

他两只手撑到膝盖上弓身，细细看她：“怎么了？”

这个姿势，极像哄小孩，哄个疑似觉得自己没讨到糖的小孩儿。

她今天穿一件浅绿色羊绒低领连衣裙，长袖盖在手腕上，此刻被她无意识地拉扯着，分明是心里憋着话。

江棠棠被他看得耳郭泛红，别开头，一时间又觉得自己有些无理取闹，可话赶话都说出口了，收回显得㞞，最后目光定格到他胸前的领带上，找到话题转移：“领带是我送你的那条？”

上个星期他过生日，江棠棠特意去挑的，店员推荐的灰蓝暗斜纹款，稳重百搭。

谢申闻言低头看了眼束在西装里的领带：“嗯，好看吗？”

“你问领带还是人？”

“人。”

“丑。”

“领带呢？”

“好看。”

谢申勾了下嘴角：“行，以后多戴。”

“你今天心情特别好。”

“嗯。”

“是因为那个一亿七千万？”

他摇头：“不是。”说着垂眼，“是有的人，再拉袖子就要走光了。”

江棠棠一怔，立马低头看，裙子领口因为袖子被她一直往下拉，都已经连带着快露出起伏的弧度。

她即刻松开拉扯袖子的手。

谢申指尖划一下眉尾，隐下意犹未尽的眸光，替她把领口整好。

“跟小孩儿似的，说话就说话，还扯什么袖子。”他顿了顿，问，

“你的衣服袖子是不是都有两米长？”

江棠棠被他这突如其来的幽默逗乐：“对呀，够拴你脖子上带出去遛。”

“你再说一次。”

江棠棠装没听到，纤细手指一挑，把他西装外套里的领带钩出来，扯在手里把玩，绘声绘色：“就这样，牵你出去遛。”

谢申被她拉得上身向前一倾，沉声问：“知道这样拉男人领带是什么意思吗？”

江棠棠一愣：“嗯？”

一个湿热的吻随着话音而落，封住她的唇。

江棠棠反应过来，微微仰头回应他。安静角落里，两个人唇齿交缠，有淡淡的可乐香气渡进她的鼻息。她喜欢这个清甜的香味，更用力地抱住他，主动送上舌尖。

有手机振动声响起，谢申稍稍收神，拿起来看了眼，是林臻。

他一手按下接听，另一只手还揽在江棠棠的腰间。

林臻和严昊结束完访问就和部门同事会合：“谢总，我们待会儿要去庆功宴，你要不要一起过来？”

谢申淡淡回：“不了，你们去吧。”

林臻：“大家今天都说很有成就感，如果谢总能一起过来肯定是更大的鼓励。”

谢申看一眼怀里的人，见她也回望自己，一双浅瞳清清淡淡，漾着水色。

他说：“我这里还有事。”

林臻踌躇半刻：“我们吃完饭还要去唱歌，要是赶不及聚餐，可以来和我们一起唱歌。”

她将手机挪开耳朵，身旁的员工很有默契地一起出声起哄：“谢总，我们想听听您的歌喉！”

这要在平日，他们是不敢这么和老板说话的，也就是今晚的拍卖会成绩斐然，谁都在兴头上，又得到林经理的默许，自然也就少了几分严肃。

江棠棠听到手机里传出的大声响，用口型说：“我也想听。”说着扯一下缠在手里的领带让他低头，又用嘴贴了贴他的下唇。

谢申四肢百骸一热，捏她下巴，心猿意马地对电话那头道：“等秋拍结束，公司的庆功宴上，有什么要求都可以提。今晚你们尽兴，所有费用找我报销。”

话至此，大家都不好再坚持，纷纷扬言要吃最贵的。

林臻挂了电话，维持了一整天的好状态都抖落下来。

谢申办公室落地窗外，远处星星点点，天上淡淡流云在夜空漫游。

江棠棠手肘撑在宽平办公桌上，翻看那些资料。

谢申从电脑前抬眸，见她一副好好学生的模样，笑道：“怎么，看好要参加哪一场了吗？”

秦笠和他说的话，他其实早有考量。两个人在一起，自然要接触对方的各个圈子，但私心里，像是把她当作私有物品一般，不想让无关的人来探询甚至指摘。

但他也知道自己不可能一直把人藏着，只能循序渐进，一步步来。

江棠棠指尖弹着耳朵思考，把一本递过去：“这场吧。”

谢申接过来看，是三天后的一场近现代书画专场，上拍几位书画名家的作品。

江棠棠说：“有吴让大师的画呢。我外公以前最喜欢他的画，我替他去看看真迹。”顿了顿，刻意压低声音问，“你们这拍卖的都是真迹吧？”

谢申闻言微怔，笑出声来：“不好说，要不然我去举牌拍下来让你研究研究？”

她摇头：“太贵了，你折现给我好了。”

谢申举起手里名录敲她脑门：“想得倒是很美。”

江棠棠捂住额头哼哼：“长得也美。”

谢申合上笔记本，问她：“还想不想去刚才的拍卖厅看看？”

江棠棠抬眸：“嗯？不是都结束了吗，还能进去？”

“有我在，为什么不能进去。”他起身，“走。”

回到拍卖厅的楼层，外面灯光依然彻亮，只是此刻已经空无一人，脚步声落地清晰可闻。

谢申牵着江棠棠的手走过，顺便介绍：“这里上下两层都是拍卖厅，这一层有两个区。今天晚上这场就在 A 区办的。”

拍卖厅里面漆黑一片，亮起悬在高顶上的几盏大型水晶灯和四周壁灯，里头所有的摆设都和直播视频里看到的一样，只是现在四下无人，偌大宽阔的空间纵深感一下凸显出来。

谢申站在江棠棠身后：“怎么样？”

江棠棠吸一口气：“还能闻到一亿七千万的味道。”

“财迷。”谢申唇线微扬，两只手放在她肩上推着她往前，“走，近距离去闻闻。”

两人从右侧台阶上拍卖台，背后是红色的背景幕，上面印着集团LOGO和秋季拍卖会字样，两边的大屏幕几个小时前不断切换着用各国货币标示的拍卖师持续叫高的竞价。

江棠棠有些兴奋，来回踱步，大有一副俾睨天下的姿态。

谢申抄起手瞧她：“这下闻清楚了吗？”

“你等等，我再更近距离一点儿。”她小跑到拍卖桌前，摸着上头摆置的拍卖槌跃跃欲试。

谢申跟着过去，问：“想不想试试？”

江棠棠眸光一亮：“可以吗？”

他摇头：“不可以。”

“啊，可以的。”她捏他西装外套衣角，“你教教我。”

谢申睨她一眼：“学费呢？”

江棠棠揽住他脖颈亲了一口：“行了吧？”

“勉勉强强。”

谢申抚了抚嘴角，站到她背后，环住她，挑浅显的教：“用你的左手执槌。”

他说话时呵出的热气打在江棠棠后颈，一阵酥痒，惹得她忍不住缩了缩脖子。察觉到这一点，他状似无意地又凑近一分：“目光放在全场每个竞买人的身上，注意他们的应价顺序……”

随着他的解说，场下仿佛又出现了人声鼎沸，座上客纷纷举牌，场面刺激鲜活。

谢申把手贴到她两侧脸颊，带着她轻轻左右转头巡视全场：“落槌之前，可以再观察一下所有参与竞投的人他们的小动作，甚至神色，判断是不是还可能有升价的空间。”

她的目光扫过一周，闭起眼睛，回忆在直播里看到的那些举牌人，他们的低声交谈，他们的细微动作。一半回想一半脑补，好似那些人又回到现场看向她。

他炽热的掌心自上而下，握起她的手腕：“所有提示完成后，”带动她轻轻落下一槌，“就这样。”

握在手里的小槌子敲出稳稳一声响。

刹那间，所有人脸上都露出激动神色，无数摄像头聚焦而来。

那双手转而下移，圈住她腰间最细软处，他在她耳边轻声道：“恭喜我们的拍卖师江小姐拍出人生第一件藏品。”

7

他温热的唇摩挲她的耳垂，若即若离。

江棠棠心头一颤，这种感觉实在太过奇特，如梦似幻，又极其真实。他手把手教她体验了他世界的一面，是她从未有过的经历。

深色原木槌轻轻敲下，有质感的声音在寂静的大厅里像一颗投进湖心的石子荡出一圈一圈水纹。

她垂眼看环在自己腰际的那双手。

左手叠在右手上，干燥修长的手指，指甲修剪齐整，虎口浅浅一道疤痕在白色灯光照射下比平常看上去明显一些，袖口随着他手臂稍稍收紧，隐隐露出珠串和腕表。

她用指腹沿着那条疤轻点，突然问：“你会不会觉得我这人挺幼稚的？”

谢申微微弓背，下巴磕在她的肩上：“嗯？”

“不瞒你说，我今天因为你没请我来看拍卖会生了一丢丢的气。”她抬起手比画，“就这么一丢丢。

“我今天在直播里看到之前碰到的那位林经理，第一次见到她的时候只觉得她很有气质，这回看到才知道原来她这么厉害，发言专业又利落。”

“可我呢？刚刚你给我看那些图册，我这颗贫瘠的脑袋里只会蹦出哇这个配色真好看，哇这个看上去就很贵，哇哇哇！”她说到急处，咽了咽口水才继续，“这样真的一点儿都不酷。我还暗自为你没请我来生闷气。那你说，我这个人是不是很幼稚？”

谢申听完，懒声应：“嗯。”

江棠棠：“嗯？！”

他从喉间发出一声轻笑："怎么，我说实话你又不高兴。"

江棠棠瓮声瓮气："幼稚的人就是这样，听不得实话。"

"那你倒是别问，我也说不得谎话。"

江棠棠去扒拉他的手："拿开你的臭爪子。"

谢申八风不动，手臂反而又收紧一些："某些人最近天天吃夜宵，我帮她把腰围箍细点。"

"谁说的，我没吃。"

"朋友圈的照片怎么解释？"

"盗图的。"

"哦，那还真高清。"

"没有吃很多……"

谢申哼笑一声："幼稚上头多加一条，爱撒谎。"

"你看！"江棠棠梗着脖子，"你嫌弃我了是不是？你是不是想和我提分手？没想到我万人迷小江也有被人嫌弃的一天。好了，这位霸道总裁，拿出你的五百万支票吧。我已经活动好脚关节，一拿到钱就滚出你的视线范围！"

谢申冷道："带你来当一次拍卖师，你还演戏演上瘾了？"

江棠棠不好意思："就那个，趁你刚刚赚了那么多钱，机会难得嘛。"

"你想多了。在没有建立婚姻关系的前提下，别说五百万，一毛钱你都分不到。所以，"他抬了抬眼皮，循循善诱，"你再熬一熬，看看我哪天枸杞吃少了眼一糊，没准让你得到个分五百万的机会。"

这话绕得很，江棠棠琢磨半天，终于大致理解。

脸烧得热。

她讷讷道："你刚才还嫌我幼稚。"

"我只是认同，没有嫌弃。"

"有区别吗？"

"没什么区别。"

她两手一伸，往后捧住他的脸："说正经的。"

谢申被她捏得两颊变形，掰开她的手扣到她身前："这些话憋一晚上想说了是不是，嗯？"

江棠棠被他猜中心思，一时无言。

他鲜有地耐心道："你看了直播应该也看到，今天来的媒体记者很多。我不带上你，是不想你被人追着问东问西。你想好要怎么回答他们没有？还有，我也不希望首场专拍被模糊焦点。这不是我一个人的事情，是集团上下几个部门合作计划很久才完成的工作。"

"要是把你带来，又把你安排到别处装作不认识。"他垂眸看她一眼，"那有的人恐怕想得更多。"

其实还有一个原因他没有说。谢知行一向对男女关系秉持严谨态度，他还没带人到家里作正式介绍，如果让老爷子从其他媒介那儿得知这个事情，自己先揣测上，难免更多一些不必要的误会。有秦缈的事情在前，他不得不更慎重。

这番解释有理有据，江棠棠这下不得不承认两人之间的差距，他所考虑的，远远大于高于她所在意的。

她轻声道："你这样说，我就懂了。"顿了顿，又说，"对不起。"

"回回听你说'我错了'，倒是很少听到你道歉。"谢申拢着人往胸前靠，"可见态度还算诚恳。这回就先放过你。再有下一次自己胡乱猜测，洗干净手心等我打。"

江棠棠转身面对他，两只手搭到他腰上："我爸都不舍得打我，你敢？"

"怎么不敢？"谢申挑眉，左手下滑，隔着羊绒裙拍了她屁股一下。

"老流氓！"江棠棠提声，"你这个万兽之王绝版大禽兽！"

谢申听完她一通嚷嚷，看着她似笑非笑："那我要不要坐实一下自己的罪名？"

江棠棠秒㞞："碰一下屁股其实也没什么的嘛。那不就是椅子、沙发它们每天对我做的事儿吗？我为什么要这么大惊小怪呢？"

谢申捏起她的下巴："牙尖嘴利，总有一天治你。"

自这晚之后，两个人的关系心照不宣地递进一步。

1

隔两天到周五。程陆最近加入一个球友的俱乐部，每逢周五和周日抽几小时教一帮社区大爷大妈打养生篮球，能赚点外快。他这人嘴皮子溜，是老年人钟爱的那一款，相当受欢迎。

江棠棠在店里整理完东西，刚坐下拿起书看，就听隔壁向爷店里传出声响。

才下午三点多，向小园没在学校上课，正站在店铺墙壁边被她妈训斥。江棠棠过去的时候，正巧听到她们的对话。

原来是向小园班主任通知家长说她在考试的时候被抓到用小抄作弊，要进行全校通报批评。

向小园妈妈气急："我说你怎么最近成绩突飞猛进，也没见你在家多用功。你居然作弊？还被老师抓个正着，啊？你还要不要考大学了？"

向小园低垂着头，一声不吭。

"说话！"她妈见她这副态度，更是厉声道，"我让你说话！"

向小园抬头，眼里充着红血丝："又不止我一个人作弊，其他人只是没有被抓到而已。"

"爸爸妈妈都没有要求你一定要考出很好的成绩，你干吗要作

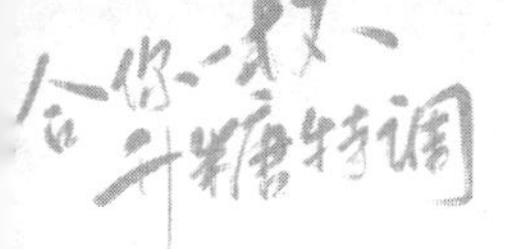

弊，啊？”

向小园嘴唇翕动，半晌憋出一句：“不用你管。”

“你！”

江棠棠始终是外人，在一旁也不敢多话，见向小园妈妈快气厥过去，才出声劝道：“您先消消气，我来和园园说吧，您帮我去看会儿店行吗？”

向小园妈妈两手叉腰，顺下几口气：“好好，棠棠你和她说！”

待向妈妈走出去，江棠棠想起程陆说向小园之前找他借钱的事情，问：“园园，我送你的那枚麒麟戏珠的印章你还在吗？”

向小园原本以为她要继续刚才的问题，没想到她突然问这个，不禁愣住，支支吾吾半天说不出个所以然来。

江棠棠看着她：“你把它卖了是吗？我在东门夜市刚好见到一枚一模一样的，原本我还不信你为了换钱把东西转卖了，现在看你这样子是真的了。至于考试作弊得到好成绩也是为了问你爸妈拿更多零用钱是吗？”顿了顿，她直接问，“你要这么多钱做什么？”

向小园紧蹙眉头：“我……”

江棠棠敛起神色：“你叫我一声姐姐，我就得管你。你作弊的事情轮不着我教训，但关于钱的问题我一定要知道原因。你现在不告诉我，我也会想办法弄明白。”

向小园沉默半晌，怕她真的去追究，讷讷道：“我给主播打钱送礼物了……”

“什么？”

“就是这个。”她递出手机，“这个游戏主播最近很红。我们学校好多人喜欢，有的还给他刷礼物什么的，我就……”

江棠棠心下了然，接过话头：“你就跟风是吗？”

向小园僵硬地点了点头。

江棠棠接过她的手机看。

真是冤家路窄，屏幕里的人，正是上回在街上跟绿毛一伙堵谢申和她的那个男的。

油头粉面也挡不住隐隐透出的凶相。

江棠棠的太阳穴隐隐作跳。

原本觉得向小园虽然性格欢脱，倒也挺让父母省心，在学校成绩平平，但没听说惹过什么麻烦。向爷夫妇对她没寄托望女成凤的希望，只要不出岔子顺顺利利考个大学混个文凭，二本三本都行。

向小园心虚道："棠棠姐……你别和我爸我妈说行吗？"

江棠棠看她一眼："你这还没挣钱，花钱倒是不手软，还是给别人花钱。"

她话出口，才顿觉自己语气挺严厉。一方面是担心园园沉溺此间，另一方面也实在疑惑，现在的学生都什么品位啊，就这样人丑心恶的二流子，还给他刷礼物？刷他一脸绿漆还差不多。

向小园垂着头不言语，嘴角撇着。平时和江棠棠、程陆相处融洽，哥哥姐姐叫着，其实心里头当他们是平辈。现下冷不丁被江棠棠用这样的话教训，想到江棠棠也没比自己大几岁，一时间挺不服气。

可自己出纰漏在先，这会儿不服软事情只会越闹越大。她爸是那种特别传统的人，上两回瞧见她看直播就训了两句，要是知道自己靠作弊和倒卖别人送的东西换钱给主播刷礼物，还不得气死。

江棠棠补了句："能耐。"

向小园抬起头："我以后不会了。棠棠姐，你别把这事儿告诉我爸妈，真的。"又道，"再说往后他们肯定扣我花销，我哪还有钱去刷礼物啊？"

江棠棠沉着声："你路数不是挺多吗？"

向小园听出江棠棠意有所指，说的是自己倒卖印章的事情。那个印章她本来没动过卖掉的心思，是他们班上一个女同学撺掇的，就是那个女同学带她入的直播坑。两人为这事还争执过一番，把印章掉到地上磕出裂纹坏了品相，最后也没卖出多少钱，倒被江棠棠辗转又撞破。

结合作弊被抓的事，她觉着自己这是流年不利特别倒霉。那点儿忏悔的念头被这个想法碾压得所剩无几。

"棠棠姐，对不起。"她又不得不低头，"我这就删了APP，真的不看不刷了，真的！"

她急切地做保证，把江棠棠手里的手机拿回去立马删了直播程序："你看，都删干净了！"

"删了还可以再下。"江棠棠不理这茬，"园园，我不想和你摆什么大道理。我就说你追的这个什么主播，我还真知道一二，简而言之就

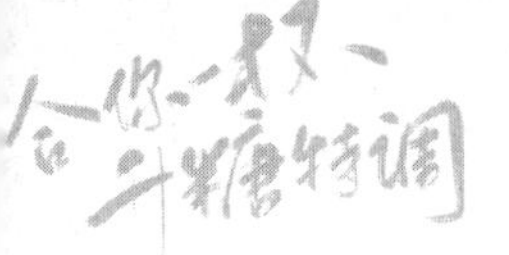

不是个好人。你要是哪天自己挣钱了爱给谁刷给谁刷，但现在这样我挺看不起你。”

她这话说得重，没留多少情面。

向小园眼眶泛红：“棠棠姐……其实我也是到了高三压力大，就靠这个缓解缓解。你别看我爸我妈不太管我成绩，但是整个班整个年级那个氛围，在里边就觉得压力好大。”

这话让江棠棠稍稍感同身受。当年她上高三也是一样，虽然家里人没给压力，可那个倒计时 100 天的粉笔字一上黑板，她自己就感觉气氛不一样了。那是一种无可名状的感觉，对自身的质疑，对未来的迷惘，都会在那个特殊的时期被放大，恰恰是处在中游的学生感受最深。

这回全校通报批评的结果已经够向小园喝一壶，自己再往上舔柴烧火，怕是过犹不及。

她抱臂思忖半晌：“这次我可以不和你爸妈说，但是你必须就此打住。”

“好，我保证。”向小园拭掉眼角的泪，一脸诚恳。

到了日子，江棠棠要去上回看中的那场拍卖会，是一个近现代书画专场，上拍吴让和另两位画家的作品。

她没去看过预展，就向谢申要了拍品图录回家研究，还上网搜相关资料。程陆说她要是上高中那会儿有这学习态度，清华北大都能结伴和她打招呼。

这场规模不算特别大，设的拍卖厅也比开幕那场小许多。

谢申让秘书安排了两个视线不错的偏位，主要是带她来感受下氛围，也不想太引人注目。

进场前见人家在签字领竞投号牌，江棠棠也要去领，被谢申一把拉回来：“你去做什么？”

江棠棠指指那头：“领牌啊。虽然我不拍，领个爱的号码牌才算真来过。对了，要不要交押金什么的？”

谢申点头：“要。”

“我没带现金，能用手机刷吗？”她问得一脸认真。

“不能。”

“啊，那怎么办？”

谢申捏她耳垂一下：“刷脸。”

他直接把人领进场。姜秘书已经交代过这场相熟的工作人员等在里面，见谢总带着女伴进来递上两个竞投号牌，就去做自己的事情了。

场地虽然不大，来参加的人还不少。看集团新闻报道，这几天内不同专场又陆续有亿万级别拍品成交，一场又一场的“白手套”再一次印证了君禾在业界的地位与名气完全成正比。

两块号码牌都被江棠棠拿在手里，她翻看着挺兴奋。

上一回参加拍卖会还是高二暑假江父带她和程陆去昆明旅游，顺道去了花卉拍卖市场。江父人面广，认识本地一个花商，领着他们一起去拍卖大厅。那是她第一次看到成千上万朵品种各异的鲜花放在同一个地方等众商人抢拍，然后沾着晨露被运往世界各地。

场面火爆，记忆犹新。

现在坐在这个拍卖厅里，依旧是个看客，但比之从前那种光看热闹的心态，似乎多了几分骄傲。

她轻轻拉了下谢申。

谢申侧头，低声问：“怎么了？”

她也小声道：“我想……亲你。”

谢申没想到她说这个：“前两天在我办公室还没亲够？”

江棠棠理所当然道：“饭吃了一顿还是要吃下一顿的呀。”

谢申对她这些歪理已经见怪不怪，动了动肩，嘴唇靠近她耳朵：“小东西，还喂不饱你了？”

江棠棠耳尖漫出绯色，嘟囔着：“人家长身体，吃得多。”

谢申闻言，眼眸一垂：“长哪儿了？”

她立即抬手用两块号码牌遮住胸口：“不是这里！暗肉，暗肉。”

谢申回钩着她手指把玩，又巡视四周一圈。他们坐的位子靠近角落，来时低调也没什么人注意。倒是有两位认识的藏家前辈在场，不过坐的是对角线的远位，视线也看不到这里。

他问：“这么多人，你确定？”

江棠棠被他问出些理智：“也不是很确定……算了，再说。”

“有的人啊，”他轻叹口气，“把别人的瘾勾起来，自己又不敢了。”

“谁说我不敢？”

“你敢？”

“算了。”

“把号码牌给我。”

“嗯？”

谢申没等她反应，直接抽走她手里的牌子，掰过她下巴面朝自己，吻上去。

他以手中牌子作掩，挡住两人的脸，动作幅度小，但吻得深。于短暂狭小的黑暗中，两个人的唇紧紧贴合，气息乱撞。

等待开场的时间，四周人声不绝于耳。江棠棠被吻得怔怔的，连回应都忘了做。

碍于场合，他没逗留太久，分开的同时放下手，神色瞬间切换回一派正经，半个眼神都没分给身旁那位，嘴角却分明挂着可疑的笑。

要不是唇瓣沾了薄薄一层梅子色口红，真是一点都看不出此人刚刚当众耍过流氓。

江棠棠回味过来，整个人都快窒息，从他手里抢回号码牌拼命扇风。待稍稍冷静，神思一岔，心道难怪这么多人热衷于偷情，这种在非正常情况下进行的情感交流真是……刺激又鲜辣。

她对自己一开始的提议非常后悔，因为这直接导致后来整场拍卖会自己都集中不了注意力，就像学生时代把言情小说偷偷藏在桌底下看完，整个心思都飘了，反反复复回味着刚刚看过的段落，再适当加入一点点幻想，简直不要做人了。

电梯里，谢申问她：“觉得怎么样？”

她想也没想回：“害羞死了！”

谢申一时无言，指尖戳一下眉尾：“我问你觉得刚才的拍卖会怎么样。”

她只恨这电梯为什么四方都是镜面，照得她窘迫的样子无处遁形。

电梯在四楼暂停，有两位穿着蓝灰相间印着装修公司名字工作服的人员进来，其中一个模样年轻的肩上架着人字梯，上头还有刚沾上未干的白色油漆。

经过本季的预展之后，四楼展厅格局要稍作整改。现在这层暂时不用，行政后勤就找了装修公司的人过来。

另一个年纪稍大的多留意两眼谢申，认出他，连忙解释：“谢总，不好意思，货梯坏了我们才走客梯的。”

谢申点点头，没说什么。

那个年轻工人倒是听到这话一个激动，下意识地回身看谢申，肩上扛的梯子随之动方向，一下打到江棠棠的头。

“啊！”江棠棠吃痛低呼一声。

“不好意思，不好意思！”他反应过来，赶紧道歉。

另一个嗔怪：“怎么这么不小心？”说完也跟着道歉。

谢申长臂急伸，绕过江棠棠肩膀把人揽到另一侧。

江棠棠捂着一边脑袋揉，龇着牙，嘴里还是道：“没事。”

谢申把她手抓起来：“别动，这里有油漆。”

梯子上的白色油漆稍稍沾了一点儿在她头发上，半干不干的。

他把她的手拿下，自己给她揉，避开沾到油漆的地方。

过了一会儿，江棠棠说：“不疼了。”

其实还是有余感，但看那个装修工人一脸歉意，她也不想太追究。

电梯到达一楼，那两个人连声道歉后才离开。

谢申一只手还覆在江棠棠头上轻揉，另一手抄手机拨出电话。

“货梯什么时候能修好？

“修好之前暂停装修，不要再影响其他客人。

“这些细则问题我不希望以后重申第二遍。”

江棠棠微微抬眸观察他，见他蹙着眉，连眸色都染了一层寒意。她仿佛能想象到电话那头的人正战战兢兢地应答。

平日里他也一副高冷相，但绝不是现在这副严厉模样。

这个男人，一切换进工作状态，真是令人胆战心惊的。如果她是他的下属，见到他大概第一反应会是拔腿就跑。

她被自己这个假设吓得缩了缩脑袋。

谢申察觉到手上揉的地方自己挪开了，侧肩看过去一眼，沉声道：“别乱动。”

他的手又贴上去继续揉，挂下电话的时候看一眼那小团的白油漆，思索片刻，又按下电梯。

江棠棠出声问：“还要去哪儿？”

他微抬下巴指向她头上的白漆："洗头。"

江棠棠看他按下顶层数字，心道洗头不是应该去理发店吗，想了想，想明白了。

"你们这儿设施相当齐全啊，顶楼还有理发店？"

谢申闻言一愣，默默翻了个白眼。

2

君禾集团的酒店主要是用来接待在拍卖季从世界各地而来的藏家，现在这个时期正好是入住率最满的时候。

集团内部的电梯可以直达酒店，谢申当初在大楼新址落成的时候就为自己预留了顶层一间套房。谢宅离这里不算近，他自己一个人住哪里都可以，索性选了离办公室最近的住处。

秦笠当时还笑他这是给自己造了个牢笼，睁眼到闭眼的一整天都在同个地方，挣再多钱都花不出去。

现在是下午时分，客人大多都在参加各场拍卖或者于房中小憩。顶层大厅很安静，流淌着轻柔的纯音乐，淡淡的酒店香氛萦绕在空气中。

江棠棠被他带出电梯的时候还蒙蒙的："你带我来这里干什么？"

谢申："洗头。"

她"哦"了一声，酒店有配套理发厅不稀奇，她也没多想，头上顶着一坨鸟屎状油漆，确实急需处理干净。

沿着宽敞的走廊走到尽头，是一间看上去与其他客房无甚区别的房间，只是细看之下这间的门和别的房间略有不同，安的是指纹锁。谢申直接摁下指纹，咔嗒一声解锁开门。

江棠棠方才平淡的想法随着这一声开门声戛然而止，往半敞开的门内看去，里头俨然就是一间标准酒店套房，哪里是什么理发厅。

她整个人贴在门框上思考人生。事情是怎么从自己不小心被蹭了一点儿油漆发展到两个人来酒店开房的？开房这件事难道不应该提前约一约吗？怎么说来就来了？是她错过了什么重要暗示吗？

死亡四连问，每一问都直击灵魂。

谢申已经跨步进去，半回身："还不进来？"

"不是，"江棠棠斟酌半晌，"你不是说带我洗头发吗？"

谢申点头："里面有浴室。"

成年人的套路，谁还不懂一二呢？

她脸颊发烫："要不然……改天吧，我……"越说越小声，"没带换洗衣服……"

谢申微怔，倒忘了自己没跟她提过这里是他长期住处，此刻听她这么说，又是这副娇羞模样，恐怕她已经脑补出一部不可描述的大戏。

他沉默了下，故意凑近，声线微沉："有什么关系？"说话间，小臂向上一屈，刻意挡在她眼前，另一只手作势去解袖扣。

那只解扣子的手手背筋络分明，随着动作微微隆起，极富力量感，又透出隐喻似的魅惑。客房外厅的全景落地窗窗帘未遮，任由午后阳光照进来。他半个身子逆着光，侧身的线条说不出的惹人遐想。

江棠棠只觉喉咙发紧，半晌才讷讷道："那……房里有那个吗？"

谢申停下手中动作，长眉一挑："哪个？"

"就是，"她用手小幅度比了个正方形，声音很细，"那个。"

谢申看她比画出的东西，反应过来，没绷住表情蓦地嗤笑出声。他整个人靠到墙上，眉梢眼角染尽笑意，等笑尽兴了，倾身一拽，把人拉进来，顺势关上门。

他说："我平时就住在这里，里面有浴室，去把头发洗干净。"

江棠棠怔然，回过神来才知道他刚才都是故意的，冲他嚷："你这个变态！"

"我怎么不知道自己变态，你试过？"

"我刚才比画的是洗发水啊，你别乱想！"

"哦，是吗？"他饶有兴致括了括下巴，"有点小，试用装？"

"浴室在哪里，我去洗头了。"江棠棠一边囫囵念叨一边撇开他往里走，"在哪儿，我要洗头了。"

这间套房面积大但格局挺简单。入眼是外厅，一套深棕色沙发围着茶几，对面是电视机。对角处摆着一张办公桌，后方立着同色系架子，上面整齐摆列着咖啡机、杯碟和空置的冰桶等物件，架子下半部是酒架，存酒不算多，只占酒架一半。

一道隔断之内就是卧室。床是 king size，饱和度很低的灰色被子铺得一丝褶皱都不带。江棠棠知道他脾气，不喜欢别人乱动自己私人物品，

这卧室肯定不会让人随便进，都是他自己归置得整整齐齐。

第一次进他的私人住处，她借着找浴室的名头，眼睛提溜着四处看。谢申也不拆穿，抄着手跟近几步，又靠在一面墙上静默瞧着。

等她打量够了，他才指了个方向出声："那儿。"又交代，"柜子里有新的毛巾，洗发水在淋浴间。"

就在卧室一侧，江棠棠刚要过去，忽然想到头上的油漆估计用普通洗发水很难洗干净，正要开口问就听到门铃一响。

客房部的人送来一小瓶风油精，只站在门外对谢申说："谢总，您要的东西。"

谢申接过，淡声道了句谢。

他把小绿瓶往江棠棠手里一塞："涂在头发上试试看，不一定有用。"

江棠棠手心一收，点点头进了浴室。

浴室也很宽敞，白色大理石铺就，洗手台上放着谢申平时用的洗漱用品。牙膏牙刷立在杯子里，薄荷味的漱口水，黑色剃须刀旁边摆着泡沫膏，一侧架上挂着毛巾和浴巾。

江棠棠把门轻轻关上，忽然发现门后面还挂着一件浴袍，绸质黑色开襟款，腰带松松挂在上头，两边垂下。

她愣了愣，心念一动，确认门关严实了，梗着脖颈凑上去轻嗅那件浴袍。

初初一闻没什么特别，细细分辨，还是能闻出和他身上一样的味道，淡淡一股男士香。

她忽然意识到自己正在进行的行为真的很像变态痴汉，脑袋猛地后仰，按捺住狂跳的心脏，难得地自省吾身：江棠棠，你还敢骂别人变态，你才是变态！

她冷静下来，把风油精拧开，对着镜子倒出一些在沾上油漆的头发上，待溶解得差不多了，才开始洗头。

她把泡沫冲干净后，又拨开湿发看了看，还是有一些残留在上头的，看来是没法彻底弄干净了，好在也就只剩这一点点。她从柜子里抽了条毛巾擦头发，又裹起来出了浴室。

谢申正在外厅桌后看文件，鼻梁上架着眼镜，神色专注，听见动静才抬眸："洗好了？"

江棠棠点点头，又问："你这儿有剪刀吗？有一撮洗不干净，剪了算了。"

谢申弯腰打开底层抽屉，拿出把小剪刀，起身走到沙发上落座，对她道："过来。"

江棠棠走过去，坐到他身边，转了转身，背对他。

他抬手，把她包着湿头发的毛巾摘下，修长手指插进去捋一捋，稍稍捋顺后又撩起那束油漆未清的发丝。

江棠棠连忙道："别剪多了。"

话音刚落下，只听"咔嚓"一声，谢申把落在掌心的头发递给她看："好了。"

江棠棠问："你怎么也不跟我预告一下就动手了？"

谢申不以为意："剪个头发而已，要你小命了？"

"女人的头发比命还重要呢！"她转身，把他手里剪下的头发拿来，两手直直一伸，吐出舌头做出个僵尸状怪腔怪调喊，"还我命来！"

谢申冷道："毛病。"

江棠棠继续演："前方狗贼，还我命来！"

他沉声警告："江棠棠。"

"还我命来！

"还我命来！"

谢申见她戏精上身，扶了把额头，蓦然摘下眼镜，凑到她耳边："要命没有，要……"他的眼神带着暗示，压了压声音，"倒有一条。"

江棠棠顿时噎住，万万没想到他会这么接招，根本不敢相信这话是从他嘴里说出来的。果然表面看上去再正经的男人，私底下都有不为人知的一面，区别只在于暴露时间的早晚。

她原地翻滚两圈痛心疾首："衣冠禽兽！斯文败类！没想到你是这种人！哀家当初看错了你！"

谢申冷眼瞧她又演上了，屈肘撑到沙发扶手上，掂着那副银丝眼镜懒声道："看清楚这是在谁的地盘，再不老实，我让你看个清楚。"顿了顿，"去把头发吹干。"

江棠棠摸摸发梢，拿捏着小心思："我不知道吹风机在哪里。"

谢申未体会深意："洗手台旁边的墙上挂着。"

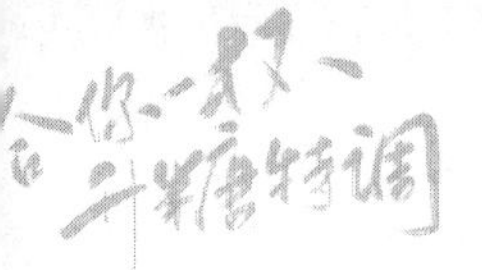

江棠棠见他听不懂，只好自己说出来：“你帮我吹吧？”

谢申按了按眉心：“过来。”

江棠棠依言靠近他。他伸出左手捏住她右手，问：“这是什么？”

“手啊。”

“自己有手，还要别人帮你吹头发？”

她竟无言以对。谢总，您这样的人能找到女朋友可真是世界十大未解之谜之首，连谜底本人都困惑了。

江棠棠困惑半天，电光石火之间灵感乍现。

她当着他面扯着衣袖把两只胳膊陆续缩进去，甩着空袖高兴道：“看看，没手了！”

谢申目睹全程，整个人都不太好：“江棠棠。”

“不！”她出声打断，“请叫我杨过过。人家杨过一只手没有，我杨过过两只都没有！快！帮我吹头发，我没有手，好可怜的。”

她嘟着嘴，力图表现出可怜样儿，眼梢却分明带着狡黠。

谢申真是猜不出这女人怎么能有这么多层出不穷的馊点子，偏偏他还莫名地……很吃这套。

所谓一物降一物的说法，以前不屑一顾，到如今才算有了切身体会。

他默默起身，从浴室拿出吹风机。

江棠棠的发质细软，发量很足。他鲜有耐心地一层层撩起，仔细吹着。

江棠棠被暖风不近不远地吹着发丝和头皮，无比舒适。人的心神一松，眼皮就跟着搭起来，困意涌现。

谢申吹得差不多，见她已经一副摇头晃脑快睡过去的模样，深眸稍垂，落到她身侧两条空荡荡的衣袖上。

他关上吹风机放到一旁，捻了捻指腹，手痒。

片刻过后，手随心动，他把那两条衣袖往后一扯，系上一个结实的结。

3

江棠棠听风声骤停，人也稍稍清醒，忽然感觉背后有动静，侧眸一看，袖子没了。

她反应过来，挣扎着：“你干吗？”

谢申重新拿起吹风机卷线："你不是没手嘛，袖子荡在旁边也不利索，我帮你处理了。"

江棠棠转个身面对他："你……你快给我解开！"

"不解。"谢申说完，又想到什么，"下次帮你买衣服，是不是买马甲就行了？"

江棠棠意识到自己玩脱了，嘴一噘："我错了，我不当杨过过了。你给我解开好吗？"

谢申听了无动于衷，摇摇头："头发都帮你吹干了，你现在说不当就不当了？"

"求你了。"

"无效。"谢申不理她的求饶，径直起身，要把吹风机放回浴室。

江棠棠哪肯放他走，随即跟着腾起，小跑到他跟前："我警告你啊，你这样我是要生气的！"

谢申瞥她一眼，不理会，绕开她继续往前走。

江棠棠维持着断臂形态跟着追："不许跑，快给我解开！"

谢申见她这副着急模样，心情出奇的好，玩味道："我没见过有女人求着男人给她解衣服的。"

他这分明是故意曲解，江棠棠鼓着腮帮子拼命挡他去路。

谢申顿步："知不知道你现在像什么？一根跑动的萝卜。"

江棠棠一愣，低头往自个儿身上看，不服输道："会不会用比喻句？怎么说……也是个葫芦吧？"

这么明显的曲线你看不见啊？

谢申兀自一笑，还是不理她，下了决心要给她点儿教训，不然以后还不上房揭瓦反了天。

江棠棠一路追他到浴室，又出来。他要回去看文件，她玩命蹦跶缠住人死活不让。

最后也不知道是谁先起的头，竟然一路闹到床上。

江棠棠倒在谢申身上还不忘嚷嚷："快点给我解了！"

谢申双臂展开摊在被子上，微收下巴看向扑在自己身上的人："起来。"

"我不。"江棠棠往上挪，和他鼻尖对鼻尖，威胁，"你再不给我解开，

我就……我就强暴你！”

谢申头疼：“江棠棠，你还是不是女人？”

她哼哼两声：“我不是女人？那上回在我家楼下，你是在对一个男人起反应吗？”

谢申没想到她还敢提那回，胆子真是越养越肥。他半眯起眼，嗓音一沉到底：“你再说一次。”

江棠棠不说话了，因为从他坚实胸膛起伏的节奏里嗅到了危险的气息。

她想起来，可是没法用手支撑，一时半刻还真起不来。上半身稍稍离开，下半身还在挣扎，企图用两条腿夹着他腿侧借力。

谢申全程沉着气，神色却越发恼怒。

等她好不容易跨坐在他身上，这种恼怒的情绪也随之抵达顶峰。

他两手一撑，直接将身上的人翻到身下：“耍流氓呢，嗯？”

江棠棠觉得他此刻的眼神特别眼熟，就很像……那天在她家楼下看到的。

她默默吞了吞口水，半天才出声：“你……”

谢申冷冷地看着她。

她轻咳一声：“要……我帮忙吗？”

“帮忙？”他按捺着燥热，问，“怎么帮？”

江棠棠脸一撇，反悔了：“不帮了，你还是自己解决吧。”

谢申轻呵一声，身子后撤。就在江棠棠以为他要起开的时候，他一条长臂自下而上，直接掀起她的长裙，炙热的手掌沿着大腿外侧摩挲，继而往里探去。

江棠棠的肌肤分明感受到他指腹掌心的纹路，全身都僵住，一时不知该做何反应。

直到他修长的手指抵到某处，她身体出于本能，很自然地给了反应。

谢申垂眸，见她面色潮红，眼角润着水光，盈着忐忑情绪都快溢出来，一时不忍，又忍不住道：“每次都这样，你惹出的祸，让我自己解决？”顿了顿，“棠棠，你讲不讲道理？”

其实从进他私人住处开始，江棠棠的潜意识里就已经做好会发生什么的预想，只是真的发生了又难免害怕。

听谢申的声音，明显是压抑情绪到了顶点，可饶是这样，他也没有再进行下一步动作，反而两手撑到她肩侧，盯着她看。

她忽然就觉得自己特别坏。真的如他所说，每次都是自己先惹的祸，又不负责善后。

其实她的想法很简单，喜欢一个人，便想把全世界顶顶好的东西都送到他面前。只要他扬起嘴角，她就快乐。

原生家庭对于一个人的影响是终其一生的。从小江父给她灌输的观念就是人生短暂及时行乐，碰到想做的事情尽力一试，错了大不了从头再来。

当初她上传媒大学，一位业内鼎鼎有名的青年摄影师贺晏北是他们设计艺术学院的客座教授，曾在她毕业之前向她抛出橄榄枝，要招她去他的工作室工作。那时候她一心想要完成母亲生前的心愿，开一家胶片相机店，就婉拒了他。

犹记得贺晏北当时沉默良久，对她说，欣赏她的主见，但并不看好她所做这个决定的前景。毕竟胶片时代早已结束，这已经是一个越来越小众的市场，维持现状本身就很不易，更别说开拓。

她只笑笑说，贺老师，我就想试一试，试一试又何妨，大不了店倒闭了再来找你收留呗。

贺晏北闻言也跟着笑，说行。

她从来就是这样一个人，想做的事怎么也要试一试，想要的人，也愿意交付全部身心。

看着谢申的浓眉深眼，江棠棠深深吸口气，手从衣摆处探出，似下了决定，直接往上掀起。

谢申眸色一变，没想到她竟真的如他所愿。白嫩光裸的细腰贴着灰色床罩，视觉上的冲击直接让他身体的反应更激烈。

她直视着他，柔声道："那我就讲一次道理……"

不再害怕，所有的忐忑都化为想要和身上这个男人一起抵达彼岸的决心。

话一入耳，谢申的理智全面崩盘，再也顾不得那么多，欺身而上，将她身上掀到一半的衣物尽数褪尽，眸里映出女人起伏的曲线一览无余。

他的吻从她的眉心到鼻尖，贴过唇瓣又下游到锁骨处的浅红色胎记，在上面吸着吮着。

江棠棠被他吻得心绪早已飞散，两条白皙纤细的手臂攀上他的后背，从领口处用力扯下他的西装外套。

白色衬衫上的木制扣一颗颗被她解开，男人宽阔的胸膛显山露水，再往下，是硬挺的腹肌。

她手指轻颤，抚着谢申腰腹。

谢申垂眼看，抓住她的手带领她在他的海岸线上巡游，继而缓缓潜入深海。

江棠棠面颊红得滴出血，她胸口起伏得厉害，手被牢牢抓着由不得自己，只能沿着他设定的路线走。

4

半晌后，谢申看着她双眸越发迷蒙，薄唇厮磨着她的耳垂，从嗓眼里挤出一句："别怕。"

江棠棠用指尖划过他的下颌线："嗯……不怕。"

她甚至挺了挺身去迎。

谢申敛眸。

真是太乖了。

他手臂一横捞过床头柜上的遥控，摁下窗帘感应按钮，外头的日光一寸寸被遮蔽，克制的情欲随着帘布缓缓合拢破笼而出。

静谧的午后，光束从细细的缝隙中投到地毯上，浅浅淡淡的金黄色。卧室里回荡着浅浅的低吟和暧昧的响动。

结束后，谢申按开台灯。

江棠棠浑身皮肤泛着淡淡潮红，在一侧白色灯光映照下越发明显。

事情结束了，人的神志也缓缓收拢，再让灯一照，她霎时不好意思起来，扯过旁边的枕头就盖到脸上，闷着声："把灯关了……"说着手臂摸索着，摸到被子边缘，想拉起来覆到身上遮掩。

谢申按住她那只手，低笑："遮什么，都看过了。"顿了顿，又道，"刚才不是很主动吗？"

"刚才是刚才！"她继续闷着自己脑袋，"你闭眼，不许看了！"

她挣开他的手，还想拉被子，又被制住。

“别动。”

谢申从床头柜纸巾盒里抽了几张纸巾，仔细清理了一下：“待会儿洗个澡，我们出去买药。”

方才他理智尚存的时候，想着要去弄个套来。这房里没有，但酒店必然都备着这东西，可江棠棠抱着他不肯让他走，又信誓旦旦说自己例假刚来完应该是安全期。

之前在门口过分思虑的是她，后来反口不肯放人的也是她，做事一点儿章法都不讲究。

他又不是圣人，没那么多理性可供消耗。

江棠棠把枕头从脸上拿开：“说了我是安全期，而且你又没有……”话说一半又害羞，再次把枕头盖脸上，“我不想吃药，我最讨厌吃药了。”

谢申也是头疼，按照他的性格，凡事都要确保万无一失，可这道理现在和她说显然说不通，只好轻轻叹口气：“那先去洗澡吧。”

江棠棠耳朵倒是灵，枕头作掩都听见那声轻叹，坐起身质问：“你是不是怕我被小概率砸中，肚皮大了赖上你？”

谢申头更疼：“你脑子里都在想什么？”

“禽兽。”

“裤子还没穿上就不认人。”

“流氓。”

“够了啊。”

江棠棠还想开口，倏地被他推回床上：“再胡说八道，信不信我让你肚子真的大个看看？”

江棠棠秒屃：“洗澡，洗澡。”

谢申抱着她去浴室。

江棠棠指着浴缸说：“我要用大浴缸洗澡。”

浴室除了淋浴房还有一个圆形浴缸，是高级套房的标配。他洗澡用不上这个，但当初也没有特地让人免装。一直搁置在那儿，定期擦洗倒也干干净净的。

“就你事多。”他把人放下，让她坐在浴缸边沿上，按了按钮先冲了一遍内侧，又蓄水。

江棠棠很高兴。她家房子小，安不下这种大圆形浴缸，之前看一个大学同学的朋友圈去马尔代夫旅游，度假房里就是同款浴缸，特别带感。

热水放到一半有余，她用脚尖试了试温度，立马滑了进去，眉目间顿时一派舒适。

片刻后，她扒着浴缸壁发出新的请求：“我想洗泡泡浴，你们酒店有没有泡澡球？”怕他不知道，还贴心地讲解，“就是那种放一颗在水里，会化开各种颜色香味的气泡球。”

谢申径直去淋浴间：“没有。”

江棠棠掬一把水浇脸：“真遗憾，我从小就有个梦想，希望能用泡泡球洗一次澡。”

谢申听她胡诌，回头斜她一眼：“你的梦想还挺简陋。”

她就顺着他的话：“哎，就这样简陋的梦想你都不能满足我，我真是特别遗憾。”说完沾点儿热水点到眼睑下，权当眼泪。

谢申掐了把眉心：“装。”

“没装。”江棠棠就是逗逗他，却见他扯下门后的浴袍就要出去，“哎哎，你去哪儿？”

他回头，冷道：“给你找球！”

金光百货。

难得周日能约林臻出来逛街，尹曼拉着她一连光顾好几家女装店，买尽兴了又转战去帮新交的男朋友购置衣物。

她选完两件衬衫，又在配饰区挑拣。林臻兴致缺缺，坐到一旁沙发上。

尹曼正询问她的意见，一回头见她已经坐在那儿翻起杂志，不满道：“喂，听到我说话没？”

林臻没理会：“你自己看着挑，又不是送给我，我拿什么主意？”

尹曼拿着两盒款式质地不同的袖扣走过来：“你看看嘛，哪款好看？还是说两个都好？他那人太不讲究，平时都不知道添置这些东西，还得我来。”

林臻放下杂志，随意一瞥，指了指她左手上的那盒：“这个吧，大方点。”

尹曼斟酌着：“这个会不会有点儿老气？我们家那位可是小鲜肉

呢。”突然想到什么，“哎，对了，上个月陪你买的那对袖扣，你还没和我说送出去之后你们谢总有没有什么反馈，啊？”

最后那声“啊”声调暧昧，配合着她细眉一挑，很有内涵。

林臻面无表情重新拿起杂志：“没送。”

尹曼坐到她身旁：“我没弄错的话他生日都过了吧？你居然还没把生日礼物送出去？”

“嗯。”

“嗯什么嗯？”她气不打一处来，“你行不行啊姐姐，礼物你买了不送是打算埋土里当文物啊？”

早先那晚她在林臻家喝了酒，不能再开车，就顺道住下了，睡觉之前林臻忽然问她男人是不是都喜欢那种看上去人畜无害的小姑娘。

她想了想说：“也不是全部，但肯定是大部分。我和你说，男人嘛，万变不离其宗，不管表面看上去多能耐多厉害，内心大多都是倾向于选择能用崇拜目光看他们的女人。你呀，就是女强人当惯了，身段不够软，明明近水楼台，硬是让别人把月亮捞走了。”

“能不能捞得走，还不知道。”

“哦，我算是看出来了。你是打算死等，等人家分手，等人家发现你那点儿心思。”尹曼笑了，“哎哟，你真是……工作上雷厉风行，感情上怎么能这么犹犹豫豫？你怎么知道你等下去的结果到底会不会如你所想？

“我告诉你啊，就两条路。一是我个人建议，你就回头是岸，岸上还有一堆男人等着你呢；二是你果断出手，该表明心迹表明心迹，该勾搭勾搭。”

林臻抬眸看她一眼。

“别这么看我，我这人在感情上没什么三观可言。你们谢总和那个女孩儿又没结婚，大家都还保留选择权。你要是真想，就上，别等人家生米煮成熟饭了再懊悔。”

后来说到谢申即将到来的生日，她就撺掇林臻买袖扣当生日礼物送。这玩意儿够私人，但凡有心的人都能猜出其中含义。

他要是拒收，也不用明说，彼此还能留个余地，不至于影响工作上的接触。

但是尹曼没想到，林臻居然能把东西藏这么久都没送出去，一时间也不知道该说她什么好。她那点儿可怜见的骄傲，可真是害人不浅。

酒店有SPA馆，谢申一个电话打过去，不一会儿就有人把他要的浴球送来了，款式还挺多，各种颜色，还有渐变的。

他捧在手里，凑到鼻下闻了闻，嫌弃地蹙眉。他辨了辨，挑出颗粉色草莓味的，进浴室后一把丢进浴缸。

拳头大的浴球溅起一簇水花，继而在水里逐渐化开，没过多久就是一浴缸的粉色泡泡。江棠棠惊呼一声，不亦乐乎。

谢申两手抵在腰侧看她，草莓的香甜气息萦进鼻尖，思忖片刻，解开浴袍腰带，长腿一跨坐了进去。

江棠棠顿觉浴缸里的水升起来，推他："我不要洗鸳鸯浴，你出去出去。"

谢申威胁她："再乱推就不止一起洗澡这么简单了。"

江棠棠权衡利弊，不敢再造次，目光又落到他胸前依稀可辨的条状疤痕上，还有背后也有，细看之下能分辨出和周围的肤色略有不同。原本在卧室她就发现了，只是当时心思不在这上头，也就没问。现在浴室的灯光大亮，看得格外清楚。

"你身上这都是怎么回事啊？"她指尖点了点那几处。

谢申微怔，垂眸看她所指的地方，陷入沉默。

江棠棠似有猜想："是……被人打的？"

他还是没说话，只微微点了点头。

江棠棠心口一紧，不由分说抱住他，声音发颤："谁打你？"

她手臂沾满泡泡水，滑溜溜的，全身都是草莓味。

谢申抬手顺着她的背脊安抚："没事了，小时候的事情。"

江棠棠只重复地问："是谁打你？"

这些伤疤看上去不像一次造成的，如果是日积月累留下的，那只有一种可能。

想起那日见到盛佩清，她身上淡淡的风雅气质，怎么都不像是会对自己孩子动则打骂的母亲。江棠棠心下有了预感："是，你爷爷？"

谢申抚着她后背的手一顿。

江棠棠自知推断得到印证，眼睛不由得发涩："他为什么要打你啊？"

"因为我做得不够好。"谢申的声音听上去很平静，"他不是什么坏人，只是对我要求比较高。"

谢知行中年丧子，全部的希望寄托在他这个独孙身上，怕他不成材，更怕他成个庸才。从小他从谢老爷子那里得到的回应都是命令式的，行或不行，必须或绝不能。谢知行手里握着一块设计精良的模板，将他按压成自己需要的样子，稍有偏差就鞭笞，有几次甚至等不及拿鞭子，抽了皮带就往他身上招呼。

饶是盛佩清也对这一切毫无办法。老爷子为人偏执，自己的一套准则谁也别想撼动。她既说不动他，又念及他心脏的老毛病不敢刺激，每回儿子被打也只能在旁拼命劝拼命护，心里只比儿子更疼。

谢申不知道，如果不是十三岁那年的反抗，这种方式的对待会持续到什么时候。

记忆被打开闸门，时光再往前回溯，那年江棠棠被带到夏园过暑假，有两次他远远看到她在岗亭外面和老李养的那只小土狗对吠，不懂那小破孩儿怎么能那么无聊，嫌弃着嫌弃着，忽然又羡慕上。

那样单纯的玩乐心思，他从来都不曾体验过。如果可以，他其实也想要。

江棠棠手臂更收紧："你哪里不好？我觉得你特别好。"眼泪从眼眶滚落，和他身上沾湿的热水混到一起，"全世界最最好。"

"傻瓜。"谢申知道她在哭，又怕说出来惹得她情绪更不稳定，只好转移注意力，问，"我哪里好？"

"哪里都好！"江棠棠吸了吸鼻子，"长得好，事业好，身手好，还有……"

"还有什么？"

她把脸埋进他肩头，小声道："体力也挺好……"

谢申一愣，嗤笑出声："说着说着又不正经。"

"就不正经。"江棠棠喉咙涩涩的，"他打你，我讨厌他。"

谢申稍稍放开她："这都陈年往事了，我都没计较你还记恨上了？"停顿一下，又道，"我们家那位老头以前对你可是挺好的，还喂过你巧克力吃呢。"

“我不记得了。”江棠棠别开脸，不想让他发现自己刚掉过眼泪，“不记得的事情都不作数。”

要是换作别的事，谢申还能怼怼她，此刻见她因为看到自己身上的伤疤这样赌气，实在也没办法，想了半天，只得凑过去道：“记性这么差，那刚才的事情，要不要我再帮你加深下记忆？不许喊疼，不许叫停。”

果然，她脸色一变：“我洗完了！”

5

十二月一到，因为冷锋过境，明市一进入初冬便轰轰烈烈下了几场在这个季节难得一见的雷雨。

雷雨天过后，君禾集团的秋季大拍正式闭幕。刷新艺术家和本门类成交记录的拍品较往年更盛，总成交额如同注入市场的一针强心剂，为业内人士津津乐道，媒体的采访邀约更是络绎不绝。

前段时间集团上下无不是高速运转，还好结果不负众人所愿。

拍卖季所有后期工作结束后，谢申给集团员工批了带薪假期，由每个部门负责人安排轮流休假。

到手的季度奖金丰厚，还有带薪假，大家别提多高兴，之前的种种压力瞬间烟消云散。几个女员工午休时间在一楼咖啡厅聊起来也兴致勃勃。

“谢总真是大手笔，发起钱来一点儿不手软。”

“我跟老公司的同事打听了，他们今年半年度的奖金都比不上我们一个季度的。前年跳槽过来绝对是我职业生涯里做得最对的选择，她还问明年我们集团有没有招聘名额呢。”

“是吧？我就后悔校招那会儿去了别的单位耽误好几年，没有早点进来。”

“我们谢总平时看上去一副冷冷淡淡的样子，内心还是很温暖的，多体恤下层员工，体恤的方式多务实。”

“谁们谢总？你别一口一个我们的，什么想法啊你，啊？”

“啧，想想还不行了？高富帅的顶配，我就想想，不敢造次。”

“你倒是想造次呢，待会儿买杯咖啡送总裁办公室造次去？”

“去你的！”

大家心神难得松懈下来，聊的尺度也越发接近踩线边缘，直到林臻

下来买咖啡，几人才互换眼神默契转移话题。

“你放假去哪儿？”

“之前就打算和我老公一起去冰岛和格陵兰。”

“那这几天不够啊。”

“加上年假呗，反正年底了，再不用也浪费，趁空工作也好交接。”

等林臻走了，话题又绕回来。

“林经理好酷，这回他们部门表现这么好，庆功宴上都没见她邀功。”

“你懂什么，人家需要邀这一时功吗？她那种家庭背景出身还这么拼命，你真以为是单纯为了工作？”

“那不然？”

“以她的能力，只要她想，当代艺术部经理的位置绝不是她征途的终点。”

“那终点是？”

“十楼办公室某位刚给我们批了假期的人咯。”

“这话你别乱说。我们女人在职场够不容易了，别给人家林经理扣这种帽子。”

“是真是假，以后自会见分晓。”

说到分歧处，几人嘻嘻哈哈过去，也没有再往下说。

十楼办公室。

秘书把东西拿进来：“谢总，这是明年的日历，刚从印刷厂下来的第一套。”

集团和设计公司合作，每年年末都会设计来年的台历，由公关部和其他礼品一起分送给各家合作单位和大小客户。

往年都是十二个月份的台历，今年推陈出新设计出一套厚本日历，甄选过去十年集团成交的三百六十五件各个板块最具代表性的艺术品，一套四款封面，整体风格都是古韵雅致，很是赏心悦目。

姜秘书在一旁道：“很多藏家看到我们网上放出的设计预览稿都主动来联系要为他们多预留几套呢。”

谢申翻看着，闻言弯了弯嘴角：“是吗？”

“嗯，以前印的台历可以用作观赏宣传，这次的日历不仅有每天一页的藏品图，还记录了每件拍品当时的沽价和成交价，完全就是纪念品规格了，我自己都想收藏两套。”

姜秘书在总裁办做了几年秘书，人精得很，见谢总心情好，又道：“公关部的同事之前还问我今年设计公司怎么有这个创意。”

谢申抬眸：“你怎么说？”

姜秘书笑：“没您的首肯，我怎么敢说这是江小姐的主意。”

谢申点点头：“你想要就让行政部多送几套过来。”顿了顿，“帮我也再多留几套。”

姜秘书了然，退出去做自己的事。

谢申继续翻看，食指挑开一页页，翻到某一页时，从笔筒抽了支笔标注下一个记号，刚放回笔，桌上的手机响起来。

江棠棠：“我看到姜秘书发的朋友圈了，日历印出来了是不是，记得给我多留几套啊，我要送人的。”

谢申指尖顶了顶眼镜框：“你什么时候加我秘书朋友圈了？”

“就某一天啊。你女朋友的社交能力不比你差吧？她还夸我有巧思呢，说你们公司同事都抢着要新年日历。”

“要不要颁奖给你？”

“有没有奖品？”

“你想要什么？”

江棠棠低笑一会儿：“你呀。”

谢申从椅子里起身走到窗前：“就这么简单？”

“嗯呀，”江棠棠压了声儿，“就要这个奖品，但是要不带包装纸的哟。”

谢申听出此间深意，侧过肩看一眼办公室外大家都正各自行事，才回头道：“你也就现在隔着电话逞逞口舌之快，昨晚上到后来求饶的是谁？”顿了顿，概括道，“只敢惹不能撑。”

江棠棠被他戳穿，嘟囔着：“没见过像你这么讨厌的奖品。”又问，“日历什么时候给我？”

谢申看了眼手表：“明天吧。”

今天晚上谢知行设宴招待一位朋友。这位朋友是君禾集团早年的专

用摄影师，从集团成立伊始就带着团队为每一场拍卖会的藏品拍摄展示照片。

之前谢知行去新疆采风，在回程飞机上和对方巧遇，聊起他的侄子就是近些年在商业摄影领域颇有斩获的摄影师贺晏北。君禾集团和摄影合作方的合约即将到期，谢知行觉得这是个缘分，有意牵头，才约了这场饭局。

谢申让人订好包厢，接了谢知行先到。

两人被服务员引去包厢，谢知行一身黑色大衣，眉目间沟壑深邃："你不是正在考虑换摄影团队吗？贺晏北的工作室马上要迁回明市，你可以和他聊聊看。"

贺晏北的作品谢申看过。作为一个商业摄影师，他的个人风格很鲜明，其实未必适合和君禾集团合作，只是老爷子今天难得有兴致约人出来，他最近又尚算空闲，也就应了约。

谢知行看他一眼，又道："祁霖在公司做得怎么样？"

谢申淡声回："已经转正了。"

谢知行眉间挤出"川"字："弄了半天你就只知道这个？"

谢申摸了摸手串："她的工作表现有直属上司评断，既然让她转正应该表现不错。"

谢知行愣了愣，随即轻哼一声："你倒惯会推托。"

他不言明，谢申也不说穿。爷孙俩像是暗中博弈一般，比的就是谁更沉得住气。

谢老爷子向来固执，自己认定的事情、设定的门槛，别人如何都是说不通的。

家世背景是否匹配谢申从前没有需要考虑的对象，和江棠棠确立关系后更无须考虑，但谢老爷子则不同。对待故友家的小朋友，他可以是一个和蔼的爷爷，但一旦对方的身份转换，他会立即以全新的最高标准去审视对方。

谢申了解爷爷胜过世上任何一个人。

在没有十足把握之前，他不愿意让自己的女人被人轻视被人质疑，即使那个人是谢知行也不行。

1

安缇公馆。

程陆上个月在篮球俱乐部当兼职教练的结算款拿到手，应诺请江棠棠吃晚饭。

这里环境高级，独立三层洋楼。之前只有广东一家总店，三个月前才在明市开了分店，开业起每天都是预订满满。程陆教的那帮老头老太太里头有一个小辈在这里当出纳，才帮忙预留了一桌给他们。

程陆和江棠棠被服务员领着走进去，饶有兴致和她介绍：“这儿的粤菜是一绝，从老板到大厨都是地道广东人。脆皮乳鸽、手打牛丸，还有顺德双皮奶都是招牌，保准你吃了下回跪着求我带你来第二次。”

江棠棠知道他所言非虚，还是闹他：“为什么要下跪，是因为你长得矮？”

程陆啧声：“白眼狼啊你，知不知道这儿人均消费多少？”说着伸出手掌比个数。

江棠棠眉一挑：“那我等下得可劲点菜，吃了这顿你肯定不会再请我下顿了。”又说，“舅舅，你这兼职收入挺可观啊。”

程陆挺得意：“那可不。你别看都是普普通通的大爷大妈，退休工

资一个比一个高，还特舍得给自己花钱。人嘛，到底还是群居动物，尤其是年纪大了，就爱凑堆，再加上你舅舅我除了会打球，没事还能帮他们鼓捣鼓捣手机、平板电脑。有一老大爷还说要暗箱操作塞我进他儿子公司工作呢。”

江棠棠问：“什么公司啊？”

程陆微愣：“哦，忘了。人家也就随便说说。”

“是不是你上回跟我提的，儿子开网络公司那个。”

程陆没想到自己随口一提的事情她还记得，点点头。

江棠棠边走边说：“挺好的机会，我觉得你应该去试试。”

“试什么，我去别处工作了你那儿怎么办？”

“我可以再招人啊。”江棠棠看他一眼，“舅舅，你都陪我胡闹两年多，该回正轨了。我又不是三岁小孩儿，做什么事还得你在旁边监督。再说，我们要把风险均摊，万一我那店哪天倒闭了，咱们舅侄俩不至于一起露宿街头对吧？”

程陆双手插兜：“再说吧。”

想了想她假设的场景，他又道：“真有那一天肯定也是我一个人露宿街头，你背后可还有个大金主靠山呢。”

江棠棠抬手一把揽过他肩头，挤眉弄眼：“那到时候你记得来我和金主爱的小窝门口露宿，我让保姆给你送馒头配稀饭。”

程陆快被气死：“金主这是眼瞎了吧，看上你这种小白眼狼。”

“你才瞎呢，不许你说他。”

“啧啧啧，还没登堂入室呢，胳膊肘就拐成中国结了。”

两人嘻嘻哈哈进了一楼的散座大厅。

三楼包厢雅阁。

贺晏北没有同他叔父贺远一起来，是最晚一个到的。

他讲礼数，先是道歉，解释是因为新的工作室装修上出点急难问题，所以耽误了些工夫，又亲自为谢知行斟茶。

谢申是第一次见他本人，倒比有一回在电视采访上看到的更年轻，气质沉稳出众。

席间，贺远侃侃而谈：“那时候我跟个愣头青似的，全凭一腔热情

拿着拍摄样本到处推广业务，要不是谢老把我推荐给一位朋友，我也不会有机会积累资源慢慢组建自己的团队，再往后我们给君禾集团拍照，一合作就是那么多年。那些图录成品每一本我到现在都收藏着。”

谢知行和这位从前同仁说起陈年旧事，也难得开了话匣：“要不是你有真本事，我也不会牵那个头。人生在世啊，最难得的还是互相成就。”

二位长辈有默契，今天这场饭局是叙旧，也是给两位年轻人一个互相结识的机会，至于后续是否合作，由他们自己商谈，于是话题也就一直围绕着闲话家常。

贺晏北和谢申年龄相仿，两个人都是各自领域的青年才俊，做派大方，交谈自然。

谢申将汤碗搁到一旁：“贺先生的新工作室开在哪里？”

贺晏北的新名片还未印好，于是说了个地址：“现在还在装修，谢总赏脸的话等开业可以过来坐坐。”

谢申应下，想到他来时说的装修问题，又道：“我们也有合作的装修公司，如果有什么需要帮忙的尽管告诉我。”

贺晏北笑说好。

两人气场尚算相投，言谈间谢申才知道他对艺术品收藏颇有研究，为好几家私博拍摄过藏品，只是因为工作室之前的主要经营方向不在这块，少有人知道。

吃到半程，贺远见他们相谈甚欢，感慨：“年轻就是好啊，瞧他们聊得多投契。”又自然问谢知行，“小申和我们晏北谁年纪大些？”

二位长辈算了算，贺晏北比谢申大三岁。

一谈及年龄，老一辈就总有办法把话题绕到人生大事上。

贺远：“我这个侄子，哪里都好，就是老拿工作忙当借口不肯找对象，分明就是太挑。之前身兼数职我也说不得他，今年回来，就不用再去大学教课，看看他还有什么理由不带个女朋友回来。”

谢知行瞥一眼谢申：“你还别说，不知道现在的年轻人都在想什么，找个门当户对知根知底的对象相处能花多少时间？成家和立业有这么难兼顾吗？”

“可不是？都是没好好用心思，说忙那都是借口。饮食起居一样费时，该做不都还得做。”

“这话在理。”

贺晏北和谢申对看一眼，于无声中迅速统一立场。

“叔叔，谢老爷子，我去个洗手间，先失陪一会儿。”

“我也去。”

一楼大厅灯光彻亮，满座宾客。

程陆点了不少菜：“待会儿吃得差不多再让他们打包一只乳鸽明天带给陆小玉女士尝尝。”

江棠棠拿温毛巾擦擦嘴：“还有这个手打牛丸也好吃，等下问问能不能弄一盒生的回去明天带外婆家煮。”

“你看你，一说到吃的眼睛就冒镭射光。”

“舅舅，我还想拿一碟金桂马蹄糕。”

“棠棠啊，你都吃这么多块了还拿？”程陆不可置信，小声质疑，“你该不会是有了吧？”

江棠棠叉起一块叉烧：“这是什么？”

“叉烧。”

“我有个叉烧。”

“那你这胃口也太好了。”

江棠棠嘟囔：“马蹄糕特别好吃，我想给申哥带一盒。”

“你花我的钱给你男人带糕点？”

“小气鬼，大不了下次我和他出去吃饭也给你带。”

“你还玩代理呢？干脆请我和他一起吃个饭得了。”

“行啊，我帮你和他秘书敲敲时间。”

程陆嗤声：“你这行为真是丧权辱舅，我行程也特别紧张，他有时间我还不一定有空见呢。”说着冲她挥手，“去去去，要拿就去拿！”

江棠棠起身作揖：“谢谢程大人！”

金桂马蹄糕这样的冰镇款糕点都是事先做好放在大厅前端食台上的，江棠棠走过去拿，大厅里人多，有人擦肩过去她避让一下，侧眸间视线恰好落在不远处一桌男男女女身上。

那桌六个人，三男三女，其中两个她认识。一个正是先前找谢申麻烦的郑岩，另一个，是向小园。

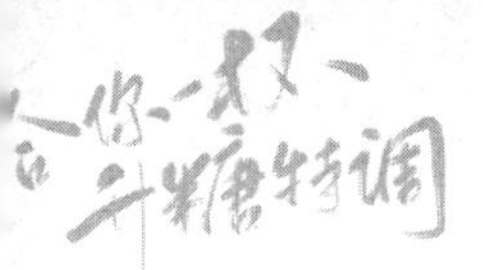

三个女孩儿即便都带着妆也掩不住青涩面容，与向小园该是相仿的年纪，此刻和郑岩他们坐在一起，眉目间流露崇拜之意。

郑岩一手搭在台面上，一手虚揽在向小园的椅背上，笑得痞性，不知说了什么内容，一桌人无遮无拦地纵声大笑，引旁桌侧头相看。

江棠棠拧了拧眉心，先前向小园跟她做的保证还言犹在耳，现在撞到这糟心的一幕，刚才吃进肚子的食物都反了酸。

江棠棠掏出手机，直接拨向爷电话，那头没有人接，想了想，又打向小园的手机，径直问："你在哪里？"

向小园脸上表情一僵，下意识地四下回顾，就看见江棠棠站在三四桌开外。

今天是她同学说郑岩和另外几个主播有一个线下活动，她同学表姐认识主办方的人能帮她们拿到内场票。机会难得，三个女孩儿放学后没参加晚自习就过去了，后来听说他们要去附近安缇公馆吃饭，又跟着过来。

郑岩对这种送上门的小姑娘屡见不鲜，从做微博博主到游戏主播，几乎每回参加线下活动都有人想办法来攀谈互换联系方式，其中意味大家心知肚明。

他看这三个女孩儿其中两个长得不错，又跟了一路，心思一直偏着，就主动招呼她们一起吃。

向小园到底还是怵江棠棠，要是江棠棠把这事儿和先前的事情跟她父母一说，怕就不是上回责骂一顿那么简单了。

她一时不知如何作答，直接挂了电话，犹豫半晌，回头对其他人说："我要先回家了。"

带她过来的那个女同学一听这话就不高兴："干吗啊，难得出来一趟这么早回去干吗？你爸妈不是去外地进货了吗？"

郑岩也觉得特扫兴："待会儿哥请你们几个去唱歌怎么样？"说着状似自然地把手从椅背上一抬，直接覆在向小园肩上，对她说，"还是你要回家写作业？要不要我帮你写？"

"就是，我们岩哥可是国外名校毕业！"另一个男人附和，目露精光。

向小园支支吾吾："不是……我真的得回去了，下次吧。"言语间，

又往江棠棠站的那处瞥去一眼。

郑岩人精，瞧出她不对劲，顺着她的目光看去，不由得一愣，那愣怔神色不出半秒，在白晃晃的灯光中瞬间切换成阴恶。

贺晏北和谢申下了楼梯。

这栋楼分隔为前后两部分，以回廊相连，中间改造出一个大露台。今天气温低，没什么人在露台上逗留，他们就在此处放风。

这两个男人都身着一袭利落风衣，衬得肩宽腿长有型有款，回廊有女服务员经过，不免多瞧两眼。

谢申从口袋里掏出烟盒，抽一根递给贺晏北。

两人倚着廊柱抽烟。方才一道离场的默契无形拉近彼此距离，贺晏北直言不讳："谢总也还没有交往的对象？"

谢申轻吐烟圈，眉目间难得生出几分落拓之相："有，只是还没正式和我爷爷介绍。"

贺晏北笑："我还以为我们两个是同病相怜。"

"贺先生这么优秀，不是不愿意，只是像你叔父说的眼光高吧。"

贺晏北没否认："也得看缘分。"

谢申转了话题："冒昧问一句，据我所知你之前的工作室发展得很好，怎么忽然迁来明市？"

"之前的工作室是和合伙人一起开的，我们在经营理念上产生一些分歧，调和不出理想结果所以决定分道扬镳。我是明市人，家里人都在这里，算是落叶归根吧。"

资质和坦荡，这是谢知行在谢申初接触集团事务时告诉他挑选合作伙伴最重要的两项准则，此刻他在贺晏北身上辨出几分。

谢申想起什么："贺先生是摄影师，不知道对胶片相机有没有研究？"

贺晏北："研究谈不上，触类旁通。"又问，"谢总对胶片机感兴趣？"

谢申深眸中染上浅浅笑意："我女朋友喜欢。她一直在找一款相机，我托人问了段时间没有消息，不知道贺先生能不能帮忙看看。"

那款相机是江棠棠母亲生前最爱用的，可惜后来辗转丢失，她一直想找一只同款的收藏。

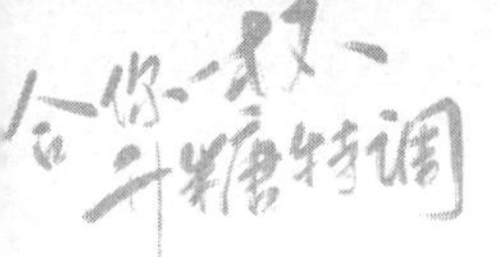

贺晏北直了直身："是什么型号？"

谢申划出手机上存的资料图给他看。

贺晏北认得："这是八十年代初的德系手动胶片机，现在市面上应该很难找到。"思忖片刻，忽然想起一个人，"我有个学生对这些很感兴趣，我可以帮你托人问问她的联系方式，看看有没有这方面渠道。"

他曾经留过江棠棠的电话，但是两年多前她回明市换了手机号，自此就断了联系。这次回来，他也很想看看当初那个小姑娘到底有没有好好实现她的计划，只是也怕唐突。现下倒是有了一个合理理由问其他同学要她的手机号。

谢申道声谢把手机收回口袋，抬眸时见贺晏北没来由地一笑，脱口问："怎么了？"

贺晏北微怔，反应过来他是问自己为什么笑，敛了敛神色道："没什么，只是忽然想到我那个学生，挺有意思的。"

当初有不少学生想进他的工作室历练，偏就她一口回绝。贺晏北后来时常想起，觉得她身上自有一份情怀和纯粹，那是他自己在工作中已经慢慢被消磨的特质。

谢知行身体不好，饭局结束就要早些回去休息。贺晏北的车停在后门，叔侄俩与他们道别后从后门离开。

谢申同谢知行一起往前厅走，刚出大门，余光瞥见转角处有一群人围聚，神色嚣张地冲另一个方向说话。

谢知行也看见那群人，背着手蹙眉沉声评断："流里流气，社会渣滓。"

谢申没多理会，拿出车钥匙按响不远处的车。今天要接谢知行，跑车底盘低老爷子一向坐不惯，他特地换了辆 SUV 开，打开副驾驶的门把人扶进去。

关上门，谢申准备从车身前绕到驾驶座，角度转换间，倏地发现刚才没有仔细看清的那群人里，为首那个正是几个月前带人围堵他的男人。

郑岩笑得狂妄，冲江棠棠和程陆道："没想到我在这儿等着你们吧？这回可不是我找碴儿，是你先坏我们好事。"手里拍打着抢来的手机，

“你倒是有本事再找人求救啊，啊？”

程陆把江棠棠护在身后，嘴角挂伤凝出血珠，还是撑着气势：“我警告你们啊，要是敢动她一根头发，老子让你们竖着过来，等边三角形回去！”

“就你？”那几人像是听到什么天大的笑话，“还能经我们几下揍啊哈哈哈！”

那群人对着隐在拐角另一边的人说话，听不清内容，表情动作却是实实在在嚣张乖戾。谢申微微眯起双眼，似有感应，从风衣口袋掏出手机，拨出一个号码。

那头，郑岩不停敲打的手机蓦然作响。他看到来电显示的名字，表情顿时凝滞。

谢知行坐在车里，眼见孙子一直杵在车前，耐心耗尽，降下车窗对他肃声道：“还不走？”

2

郑岩一瞬无言，众人面面相觑。

这几人里已经没了三个女学生的踪影。刚才吃饭的时候，向小园坚称要回家，另一个和她关系近的女生本就是来凑热闹，见她要走便也要跟着一起走。都是刚成年的学生，玩心再重到底也不敢一个人跟着一帮男人去夜场，最后那个劝阻她回家的女孩儿埋怨几句后也离了场。

郑岩打从当了主播露脸之后，自诩公众人物，端着架子没多加阻拦，但心里的记恨又添上一笔，就近呼了几个混混朋友来，打算新账旧账一起算。

他们特地等程陆和江棠棠两人吃完饭在路上堵人，绝对是惯使的招数，趁人落单时难找人求救。

几人步步逼近，先杀锐气，下手就是狠劲。程陆人高马大，开始还能招架，但毕竟出手没有套路拼着死力，很快就被一人有机可乘一拳打到脸上，嘴角皮肉霎时绽开。

夜晚风冷，支路僻静。偶有人路过，也紧着脚步匆匆而过，余光都不敢多瞄一眼。

江棠棠之前和谢申一起遇到郑岩他们那次，是她二十几年人生里唯一一回遭遇这样的状况，她无从判断这类人到底能狠到什么地步。

想起上一次他手里有备而来的钢筋棍，她不寒而栗。

她的心揪到嗓子眼，可刚才那瞬她听到了郑岩手里自己的手机响起，那段铃声是她特地给谢申设的。

她下意识地往前倾身，又被程陆挡回去，急声：“你干吗？”

江棠棠抓着他的手臂：“是谢申！”

郑岩反应还算快，愣怔过后一把摁断来电，直接关机将手机丢到地上：“怎么，真以为他是天王老子能从天上掉下来罩你第二回？今儿个我还就盯上你们了，不给留半条命谁都别想走！”

燃起的希望刹那破灭，江棠棠看着程陆的伤，顿觉心痛又无望。

方才都是郑岩叫来的人在动手，现在他打算亲自松松筋骨过把瘾，将衣袖往上重重一撸，抬腿上前。

身后一声“有人来了”，郑岩还未听清，后腰猛地被狠狠踹上一脚。

郑岩愤然回头，谢申风衣衣袂在冬夜寒风中割出凌厉弧度。

郑岩眸中蹿上火色，这男人怎么又出现了？踹的位置与上回如出一辙，养了许久才养好的腰，又折了！

其余人有眼力见，立马不动声色地退开几步。

郑岩啐了口唾沫，一手扶到腰上，太不甘心，还想上前，忽然听见一阵急促警哨。

几位穿着制服的民警赶到，说：“我们接到群众报警这里有人聚众斗殴。”说着扫视在场所有人，迅速判断情况，公事公办道，“都上车，跟我们去所里。”

江棠棠直到现在才缓过神来，确认眼前人真的是谢申，压制的情绪翻涌而上，逼得眼泪在眼眶里肆虐。

程陆见不得她哭，忍着痛歪嘴龇牙：“哟，小姑奶奶，别哭啊。你这一哭我爸和我姐晚上得托梦骂我！”

几位民警大约辨出他们是受害方，把其他几人押上车，见这姑娘哭出声来，一时也不好硬拉人。

谢申心口一窒，径直跨前两步将人搂个满怀，低声哄劝：“没事了，没事。”

江棠棠把头深埋在他敞开的风衣外套里，两只手环住他的腰紧紧锁死。恐惧的劲头一上来，后怕得不行，她不敢想要是舅舅真的出什么事该怎么办。

谢申没再多说，手掌隔着衣服顺她的背脊。他此刻内心的情绪唯有胸口的异常起伏能出卖，而这一切只有江棠棠一人切切实实地感知着。

她渐渐收声，手从谢申的后腰移到胸前，轻轻拽出他外套里头的贴身毛衣，默默擦掉眼泪。

——这毛衣什么牌子啊？还挺柔软亲肤的。

谢申垂眸看着她行云流水一套动作下来，无言摁了摁眉心，纵容这一回。

江棠棠侧头，声音嘶哑："舅舅你没事儿吧？"

程陆摇头："多大点儿事啊？就这点小挂彩还不够当我下酒菜的。倒是你，刚才还挺淡定的，这一见到对象就装柔弱呢？别瞎哭了啊，晚上我爸和我姐要是一起来找我，我可受不了。"

一位民警发话："行了，先跟我们回去一趟把事情处理了。"

程陆应声："行行行！警察叔叔，我这就跟你们回去做笔录。他们把我伤害了，你们一定要好好拘他们几天，最好再罚罚款，让他们损失一笔出来危害社会的启动资金。"

江棠棠扑哧笑出声，还管人家叫叔叔呢，要不要脸。

民警屏住笑，肃着脸："事情到底怎么样等调查完才能下结论，走吧。"

谢申搂起江棠棠跟着警察走，忽然想起谢知行还在自己车里，正要回身，一道严厉的声音骤然入耳："怎么回事？"

众人回头望向那位一身黑衣的老人，半张脸隐在阴影里，周身气场浑然肃正。

他背着手，目光横扫一圈，最终落于谢申揽在江棠棠肩上的那条手臂上，眉间的"川"字越发深刻。

谢申喊了声"爷爷"，搁在江棠棠身上的手却未挪一分。

既然已经被撞见，不是他此刻撇清就能在老爷子眼皮底下蒙混过关的。何况，他不想撇清。

警察言简意赅："他们有聚众斗殴嫌疑，得跟我们回去接受调查。"

谢知行冷哼一声，盯着孙子："大本事，你真是大本事！越活越回去，

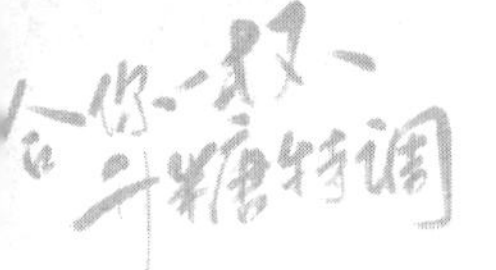

招惹的都是些什么人！”

程陆听谢申那一声称呼，再仔细回想一番，出声道：“您是谢老爷子？对，没错。”上前两步，“您不记得我了？小陆子啊。”

谢知行蹙着眉，一时不知道他在说什么。

程陆又提示：“程致远您还记得吗？”

谢知行闻言一怔，敛眸看他：“你是……程陆？”

“是啊，我是。”程陆指指江棠棠，“她，我侄女棠棠，以前我们一块儿去您那避暑庄园玩过，您肯定记得吧？”

谢知行借着路灯昏黄的光，细细辨认眼前这个女孩儿。半晌，他稍抬下巴：“是老程的外孙女。”

五官依稀可辨儿时模样，如今也长成了大姑娘。

只是……

他不动声色又瞥一眼谢申，看回江棠棠，沉下口气，问道：“棠棠，你有没有事？”

十二月的天气里，谢老爷子审视的目光让江棠棠手心冒汗，愣住半晌才回：“没、没事。”顿了顿，看一眼谢申，斟酌用词，“谢爷爷……”

谢知行沉默了下，“嗯”一声算作回应，看向不远处停着的警车，未作寒暄，只对谢申交代：“你跟程陆、棠棠去一趟派出所把事情处理干净，我回车里让小陈来接我回去。”

谢申点头：“好，有什么事打我电话。”

谢知行不再多言，转身抬步，背影绷得直，走出两步又回头，当着所有人面：“处理好事情回老宅一趟。”顿了顿，再降一阶音，“多晚都给我回来。”

只这一句话，没有任何责备之词，从他嘴里说出，却像是寒风刮过无人的荒野，肃杀之气逼人。

事发的地点有监控探头，又有路人佐证，事情很快定性。

郑岩和同伙被暂时拘留，江棠棠他们三人签完字出了审讯厅。

程陆嘴角的伤刚才简单消过毒上了药，江棠棠还是不放心：“要不要再去医院看看？”

程陆摆摆手：“真没事，你怎么跟小老太婆似的。”说着对谢申笑，

“谢兄你可看清楚啊，你女朋友是天山童姥呢。”

江棠棠踹他一脚：“你才地狱使者呢！”

程陆“嘶”了一声：“你这是二次伤害，我没被那帮人打残，倒被你踹瘸了。天山童姥真可怕！”

江棠棠两脚一踮捂住谢申的耳朵：“别听我舅舅胡说，我很温柔的。”

谢申拉着她手放下，意味深长地一笑：“我还不知道？”

程陆觉得自个儿在他们两个中间瓦数简直节节攀升，不想给自己找罪受，眼睛往别处看。这一看不要紧，蓦地就见到一个梦醒时分才能见到的身影。

祁霖一身鹅白大衣，款款走来，在迷蒙夜色中分外显眼。

程陆两眼随着她的脚步移动，伸手扯了扯江棠棠：“棠棠，舅舅可能真得去趟医院，好像被打得脑震荡出现幻觉了。”

江棠棠顺着他直愣愣的目光看去，惊喜道：“霖姐？！”

祁霖闻声一愣，回望过来，同样惊讶：“棠棠？”目光转移，“谢总？”再转移……

江棠棠听她叫谢总，不由得微诧，问谢申：“你们认识啊？”

谢申掐头去尾解释：“小祁的外公和我爷爷是好友，她也刚进君禾工作。”

江棠棠扯他袖口示意他低头，贴着他耳朵轻声道：“霖姐是我舅的初恋。”

谢申想到早前那日心照不宣的相亲场合，没来由心一虚，摸了把后颈。

江棠棠见程陆已经一副魂不守舍模样，只好替他问：“霖姐，你怎么来派出所了？”

祁霖的眸光在程陆嘴角短暂停留，不由得一暗：“我有个朋友出了交通事故，我来帮他交保证金。”说着拿手机看了眼时间，“不好意思，他还等着我去帮忙，我先进去了。”

江棠棠只得点头说好。

等人进了大门，程陆还处在灵魂离线状态。江棠棠舌尖抵了抵牙关，重重推他一把：“你演什么木偶人啊？你没看见那是谁吗？”

程陆这才稍稍回魂，眼神还是失着焦：“她回来了……”

江棠棠无言片刻，拽着他手臂晃：“程大傻，你还好吧？”

程陆元神终于彻底归位，对谢申道：“你先送棠棠回去，我还有事！”说着疾步往回走，身影很快消失在派出所大门里。

谢申打了辆车，把江棠棠送回去。

江棠棠心里装着事，一路沉默，坐在后座捏着他手指揉搓，直到车快开到小区，才轻声开口：“我没想到再次和你爷爷见面是这种场面，他肯定觉得我作风不检。”

谢申回握她，只觉她指尖冰凉，将掌心贴上去焐：“你想多了。郑岩一开始就是冲着我来的，你和程陆都是被连累。这事我会和爷爷解释清楚。”

江棠棠摇摇头：“不光是这样，我觉得他……”她不知道怎么解释心中那股不安劲，“他看我们在一起挺不高兴的……”

“他一直都这样，能让他高兴的事情本来就寥寥无几。”谢申将她脑袋靠到自己肩上，低头闻了闻她发香，“好好回去睡一觉，什么都别想。我会解决，嗯？”

江棠棠静默片刻，点点头。

车进闸口，往公寓楼缓缓开。两个人各有心事，不再交谈。

下了车，上了楼，江棠棠倚在门外，垂眸低语：“那我进去了。”

谢申抬手摸摸她侧脸：“嗯，去吧。”

她从包里掏出钥匙开门，入孔旋开之际又回身：“你答应我，好好和你爷爷谈，别和他吵。”

谢申以为她接下去要说老人家年纪大了气不得，却只听她继续道：“我怕他生气打你，他……看上去身体还蛮硬朗的。”

谢申一愣，继而笑得胸腔发颤：“你当我还是孩子？”敛了敛神，俯身凑到她耳边，“就这么心疼我？”

江棠棠脸倏地滚烫：“我进去了，你走吧。”说着把门推开一闪身就躲了进去。

回到家上楼，进自己房间，她把包挂到衣架上，整个人呈“大”字趴进床里。

头脑彻底冷静下来，谢知行今晚的眼神却挥之不去。他没有对她说

任何不好听的话，或许是碍于当时场合，或许是因为她是故友的外孙女，可是那个眼神，透着肃然，透着冷意。

她紧紧闭上眼，好不容易把那一幕压下，却又浮现郑岩那帮人对着程陆拳打脚踢的场景，心脏一冷，猛然睁眼。

她顺下几口气，拿起空调遥控打开暖气。

房间极其安静，只有空调出风的微小动静发出。这种静谧令人越发不安，仿佛在家里的某一处暗角，有人潜伏着等她上钩。

江棠棠把枕头抬起，将脑袋整个埋进去，企图赶走这种莫名的恐惧感。

可越想忽略，越是无法忽略。枕头逼仄的黑暗空间里空气稀薄，胸口因此越来越闷。

江棠棠一把甩开枕头，大口喘气，忽然间仿佛听到楼下门铃作响。

她坐在床上听了一会儿才确认不是幻觉，起身穿好拖鞋急匆匆下楼，从猫眼里看清按铃的人，一把打开门。

谢申站在门口，高高的眉骨下一双深眸如潭如渊，一眨不眨地盯着她看。

他将她凌乱的发丝捋顺，别到耳后，捏上耳垂："陪你睡了我再走。"

3

谢申的指腹像是一壶炭烧温酒，从江棠棠的耳垂一滴滴渗入，渐渐弥漫全身。她身体回暖，带着微醺的醉意。

江棠棠呆站许久，任由他拨弄自己头发到耳后，嗓子眼突地一痒，直直把头撞进他怀里。毛衣很软，怀抱很热，仿佛在暗夜里撑着走过一段长路，蓦然看见地平线升起一轮朝日。

谢申抱着她，下巴顶在她的头上："怎么又哭上了？"

江棠棠不想承认这份脆弱，抽抽搭搭回："年、年底了……眼泪也得冲冲业绩……"

谢申一怔，绷直的唇线这才扬起弧度："这么敬业？要不要发奖状给你？"

江棠棠仰头望他，鼻尖泛红："什么奖状？"

谢申往她额头印下一吻："贴好了。"

她回过味来，额头磕一下他薄唇："贴回去。"

谢申抬手轻揩唇瓣，又吻她额头："再贴。"

江棠棠反复："贴回去。"

"再贴。"

"贴回。"

"再贴。"

"贴回。"

谢申垂眸："幼稚不幼稚？"

江棠棠撇嘴："你先开始的。"

"好，我幼稚。"谢申不辩，往屋里看一眼，"不请我进去？"

江棠棠把手藏进他的风衣外套，搭在紧窄腰际："你还是回去吧，别让你爷爷久等。"

谢申轻拭她未干的泪痕："那你呢？"

"我什么，我自己一个人可以睡啊。"

"那你刚才哭什么？"

江棠棠把目光挪移，虚投到走廊墙壁上："我这其实是睡前眼部运动，平衡电解质。"

"说法还挺多。"谢申曲臂，把她放在自己腰上的两只手拿下，"那行，我回去了。"

江棠棠手里的依靠空了，心也顿时失重般往下一坠，脚上趿的拖鞋磨着地面，大脚拇指使劲使得都快骨折。

谢申拢上风衣，平声交代："要是程陆不回来就把门锁好，给自己热杯牛奶喝。"

他简单嘱咐完转身就走，没回头，脚步却收着间距。

不出两秒，后面的人果然跟了上来，拖住他不让走，眼巴巴道："我入睡很快。"

谢申漆黑的目光定在她脸上："什么意思？"

江棠棠扒着他，像藤蔓一样缠住，小声道："我会快点睡着，你陪我到睡着就可以走了……"

全在意料之中，他还是问："刚才不是还说用不着我？"

"用得着。"

“演乖巧懂事累不累？”

“累。”

两个人一前一后进了屋。谢申打量着屋内格局陈设，上下两层的小复式，简欧装修，客厅一隅摆着一个篮球架，架子旁边竖着透明置物柜。柜子里放着几只江棠棠惯用的相机，还有一些胶卷盒，剩下的是占有满满大半空间的相机热靴盖。可爱的复古的奇异的，收藏多到像个微型博物馆。

谢申总算知道每回见她随身带的相机上那些层出不穷各式各样的热靴装饰物件是出自哪里。

江棠棠颇骄傲：“都是我多年从各地搜来的珍藏，要不要过去和它们打个招呼？”

说着，她不等他回应，就拉着他站到玻璃柜前，清清嗓子：“和你们隆重介绍下，这是我带来的野男人。”

谢申没作声，站到她背后低身，直接把人打横抱起。

“欠收拾？”

他径直抱人上楼进房间，一进去，一股淡淡馨香扑鼻。女人的卧室，一切都是柔软的，小沙发单人床，一边的床头柜上还放着她从自己那儿拿回去的几本拍品图录，页码之间贴着满满便利贴小条，很多张已经微微卷起边角。

谢申躁动了一晚上的心脏，一瞬就落回原位。

江棠棠从他身上下来，进洗手间简单冲洗，换上睡衣出来，脸蛋被水蒸气熏得红彤彤。她小跑上床，直接掀开被子钻进去。

谢申原本坐在床边沙发上翻看她在图录标签上做的笔记标注，娟秀小楷写满五颜六色的便签条，看上去极为认真。目光下移至图录右下角，每页上头都画了一个小人儿，迅速翻动书页，小人就举起手里相机，咔嚓拍照。

他极轻地弯了弯嘴角，听到响动抬眸，见她已经钻进被窝。她目光和他对上，往一侧挪了挪身，似是邀请。

谢申站起身，将长风衣脱到沙发上，坐上她让出的不算宽裕的床位。

江棠棠侧身面朝他，抱住他一条胳膊，沉默片刻问：“等一下你回去打算怎么和你爷爷说？”

谢申靠着床头，背脊依旧挺拔，被她锁起胳膊才稍稍沉肩：“实话实说。”

江棠棠仰头看他：“要是他不同意我们呢？”

“那我就让他打五百万给你。”

“我不要五百万，我要你。”

“这么乖？”

“俗话说得好，授人以鱼不如授人以渔。同理可得，拿五百万不如抓一个能产值无数个五百万的男人。”

谢申另一只手捏她的脸：“如意算盘倒是打得响。”

“那你让不让我打？”

“让。”

江棠棠收起玩笑神色，认真道：“今天的情况太复杂，我给你爷爷的印象可能不太好。如果他真的不喜欢我，你也别去硬碰硬。”

“我们让着他一点儿，行吗？”她顿了顿，“往后我也会努努力，扭转一下开局劣势。”

谢申长睫微颤，眸光敛得又深又沉，第一次有了被自己女人疼的感觉。

看她笑听她闹，以前觉得这样就足够，那些阻碍和麻烦，他可以一人抵挡。现在她用自己的态度告诉他，有的事情该是两个人一起面对。她坦荡，亦无惧。

江棠棠见他静默，又出主意:“你看，实在不行我们还可以转地下情，多刺激！”

谢申瞥她：“你试过？”

“没有没有，”江棠棠撇清，“真没有，我就说说。”

谢申眉尾一挑：“好了，睡吧。”

“嗯。”江棠棠打出个哈欠，“真的累困了……”

说着，她往下滑，躺平了，鼻尖凑到他的衣袖上，闻着他身上的味道逐渐沉睡。

谢宅灯火通明。

谢老爷子很少在这个点还不就寝，不仅不睡，还让梁妈给他泡一壶茶到书房。

谢申回来直接上二楼谢知行的书房，门半掩着，刚迈进一步，就听得里头传来杯子重重磕到木质桌面上的闷响。

他转身将门关好，淡声叫："爷爷。"

谢知行坐在书桌后，对他这一声置若罔闻："梁妈真是越来越糊涂，花茶怎么能用紫砂壶泡！"说着眼皮微抬，上下扫一眼对面的人，"因茶择具这么简单的道理，还要我来教？"

这话含沙射影，分明指向今晚这场对谈的主题。

谢申长身立于桌前，未置一词。

谢知行将茶具推到一旁，肃声道："什么时候开始的？"

谢申音调平："几个月前。"

"知道她是谁的外孙女？"

"知道。"

"到什么程度？"

谢申微微抬眸："该到的都到了。"

谢知行眉峰蹙起，抬手用食指隔空点他："你……你真是好样的！今天要不是让我撞见，还打算瞒到什么时候？"

"没打算瞒您。"谢申沉静不动，"只是想找个合适的时间带人来家里。"

谢知行冷呵一声："你现在给我摆这套说辞？之前答应去见祁老家的姑娘，还有今晚上吃饭贺远提他侄子的事情，你可是藏得深啊，把我老头耍得团团转。我就没看出来你从头到尾有要和我坦白的意思！

"我看你就是想和秦缈那事一样，玩过就算拍拍屁股不认账。我们谢家怎么出了你这种私生活不检点的人！"

谢申拧了把眉心："我和秦缈什么都没有，和棠棠是认真交往，从来没想过不认账。"

"认真？"谢知行站起来，背手问，"那你说，你要怎么认真？"

老爷子气场强悍，谢申也不卑不亢："只要她想，我愿意给她婚姻的承诺。"

"你……"谢知行转身冷静半晌，又回头，"我不认为你们合适。"

"为什么？"

"棠棠，"谢知行阖了阖眼，让自己尽量回归客观，"我不说是看着她长大的，至少也比陌生人了解她。小姑娘长得好看，招人喜欢这是事实。但是，她玩性重，人不沉稳，这也是事实。"

谢申出声打断："今天的事情是因我而起，那帮人之前和我有些过节，才会找她麻烦。"

谢知行挥手驳回："你别和我说这个，我只信我眼睛看到的。就算没有这个事，我也不认为她是你的良配。"他将手撑到桌上，缓了缓语气，"小申，我以为你明白自己肩上担的责任。它不是你哪天不高兴了觉得累了就可以一脚踢开的工作。你在选择人生伴侣的问题上，是不是也应该好好考虑，那个人能不能帮你分担这些？

"棠棠是老程的外孙女，我不愿诋毁她，但我信自己的判断，她不是最适合你的那个人。你现在年轻，感情上凭着一腔冲动，以后呢？"

"等时间一久，那点可怜的吸引力耗尽了，你就会发现两个人格格不入。她有她的世界，你有你的承担。她能帮你处理那些工作上的棘手问题吗？能助你一臂之力开拓新的资源新的市场吗？她甚至未必能弄明白，你的事业到底是什么。"他一字一句道，"能做到这些的女人，你不是找不到。"

谢申听完谢知行这一番剖析，沉声道："工作上的事，我有助理有部下，为什么一定要我未来的妻子为我分担？"顿了顿，"爷爷，您是不是太小瞧我？"

谢知行心口发闷，不愿再置气："这个事情我已经表明立场，你自己看着办。"

谢申笃定："我会再带她来家里。"又说，"您不该凭着这一件事情，就对她下那样的评断。这不公平。"

"没那个必要。"谢知行捏把额头，额间沟壑挤作一团，目光定在谢申垂在身侧的左手上，"你小时候让狗咬得满手是血，我当时连鞋都顾不得穿就送你去医院。后来你和我说是你自己招惹的老李那只狗，从医院回来我罚你关禁闭一个月，这事你还记得吗？"

谢申不明他为何忽然提起这事，微微颔首："记得。"

"那你有没有想过，这么严重的事情，我为什么没有打你，只罚你抄写毛笔字？"

谢申微怔。

谢知行叹口气："到底是谁惹的事，老李都把前因和我交代了。你是什么样的性格我比谁都清楚，这根本就不是你会干的事。棠棠她玩心重，从小就能窥得七八分，三岁见大，今晚的事情无非就是坐实我的判断，证明她本性难改。

"我不想评判她这性格是好是坏，但我从前包容她，愿意听你撒谎包庇她，是因为她是我故友家的小朋友。但如果她想做我孙媳妇，你别想。"

他将桌上的茶壶往前一推："你看，梁妈错拿紫砂壶泡菊花茶，壶走味，花也泡烂，最后谁都没个好结果。"

谢申垂眼看向那团沉郁深紫，沉默许久。

窗外有寒风吹着光秃树枝瑟瑟作响的声音，静谧的书房里，他蓦然一笑。

谢知行听见这声笑，不明所以，古怪地看他："你笑什么？"

"爷爷，"谢申抬眸，与他对视，"不是您叫梁妈拿紫砂壶泡一壶花茶来的吗？"

4

本想借题发挥，不料被反摆一道，谢知行的脸色一时青白，蹙眉低喝："胡说！你看看你自己，越来越不成体统！"说着从桌上抄起杯子，扬手就要往谢申身上掷去。

书房门一下从外面被推开，盛佩清来得及时："爸！"看到他高高举起的茶杯，立马劝阻，"这套茶具是您最喜欢的，宜兴那位张师傅现在带的徒弟可没这么好手艺。要是缺了一只，别说一样的老料紫泥难配，那徒弟做出来的东西能有张师傅十分之一好？"

她从进门开始正眼不瞧儿子，掐着老爷子的软处说服，很有一番效果。谢知行的手僵持两秒，将杯子重重放回桌上，溅出的茶水沿着深色木纹细细淌开。

谢知行冷眼瞧她："你是不是早就知道？"

盛佩清不敢隐瞒，点头承认："知道一些。"

谢知行点头，再点头，从胸膛震出一声冷笑："好，好，你们母子

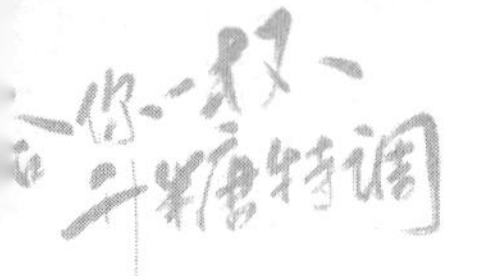

连心瞒天过海，拿我当个死人？”

“爸，不是这样，您听我说……”

“说什么说，少给我和稀泥。”谢知行闭眼，转言道，“谢申，你现在翅膀硬了，知道我拿你没辙了。都给我滚，碍眼玩意儿！”

谢申脸色沉如水，欲开口，被母亲拉住，对他摇头示意。

“爸，那我们先出去。您消消气，要是不舒服记得吃药。”

母子俩无声退出书房。

盛佩清拢了拢羊绒披肩，语气严肃：“你想把你爷爷气死啊？他心脏不好你又不是不知道。”说着戳他胳膊一下，“事情我都听说了。老爷子专断是骨子里的天性，这几年你把集团运营得不错，再加上他自己要保养身体，才收敛着脾气。你刚才那句话直接把他的心思都戳破了，他没拿开水泼你身上都算仁慈。”

刚才她在门口附耳听，房里剑拔弩张的气氛让她都心惊肉跳。

谢申跟着盛佩清下楼：“我只是不想让他错觉我的态度会有转圜余地。”

盛佩清走在前面，闻言脚步顿在台阶上回头：“我算是看出来，你就是一身反骨，平时藏得深。”

一如当年他以身反抗老爷子的皮鞭，少年纤瘦的身体迸发出义无反顾的决心。那一幕她作为母亲，震惊心疼，终生难忘。

在那之前，自那以后，她都没有见过儿子有过这样决绝的态度，直到今天。

“我倒是没想到你和棠棠还有一段前缘，但你这回是为了她把你爷爷彻底得罪了。”她回头，继续往下走。

“不关她的事。”

“行了，在我面前不用把人维护得那么紧。”盛佩清朝厨房去，“你这一晚也够折腾，我让梁妈把百合鲫鱼汤温在炉上，喝一点再睡。”

梁妈见他们下来，把汤盛进瓷碗，擦净边沿递给谢申。

盛佩清淡笑：“梁妈，辛苦了，你去睡吧。”

梁妈应声说好，又冲谢申挤个眼色。谢申微不可见地摆摆头，梁妈就放心地回了自己房间。

等人走远，盛佩清呵呵一笑：“谢总厉害啊，把家里上下都收买干

净了，里应外合打配合呢？”

谢申喝下几口热汤，胃里回暖，声调也清浅不少：“别说收买，梁妈是心疼我。”

知子莫若母，盛佩清瞥他一眼：“你可得了吧。”

“妈，”谢申暂搁下汤碗，“棠棠前几天给你买了条披肩让我带给你，是你最喜欢的牌子，就在我车上，明早拿给你。”

盛佩清屈肘指指他：“这是又把主意打我头上了。商人本性，奸诈狡猾！”

谢申低笑一声，没否认。

“你别想拉我入伙。”盛佩清阐明立场，“我不反对你和棠棠在一起，但是你们两个能走到哪个地步看你们自己造化。我不插手，也不偏袒。”

她有自己的顾虑，看今天老爷子这个态度，如果她偏帮儿子，把谢知行气出个好歹来算什么事。再者，年轻人多历经一些阻碍磨难，对他们来说或许是更能看清彼此是否真正合适的契机。

冬至将近，明市下了一场早雪，降雪量比往年更盛，马路上车辆打滑引起的事故频发，尤其是一些主干道高架桥和隧道。交通新闻整天都在播放事故现场报道，并提醒市民在极端天气下尽量减少出行。

谢申住的酒店套房宽大的落地窗外，冬夜白雪斜飞，未见停歇。室内暖气打到十足，江棠棠在浴室泡完澡，擦干身体只穿一件吊带睡衣裙也不觉得冷。

自从上回的事情后，程陆对谢申算是正式认同，再加上他自己这些时间忙着修复和祁霖的关系，也就不再像之前那样管控她，默许她偶尔留宿在谢申这里，只是必须提前报备。

梁妈前段时间回了趟老家，她老家在明市下属的地级市，一样有冬至吃酒酿圆子的习俗。她拎了两袋合好黏米的糯米粉回来，亲手搓了满满一大篓的圆子。谢申带了一些回来，这会儿正在锅里煮着。

汤锅里浮着粉白的圆子和酒酿，甜酒的香气随着汤水翻滚散出醉人香气。

江棠棠一路闻着香味，赤脚踩在柔软地毯上走到厨房外面。

谢申穿得随意，棉质长裤上头搭一件深灰低领家居服，露出平滑锁骨。衣服质地熨帖，随着他搅动汤水的动作，手臂肌肉显出匀称的线条。

江棠棠扒在门边欣赏男色，欣赏够了才抬脚进去，却被里面的人一声呵止。

谢申瞥她一眼：“穿拖鞋进来。”

厨房没铺地毯，是大理石地面，江棠棠只好返身去卧室找出拖鞋穿上再回来。

她从背后搂住人，摸摸坚硬的腹肌：“好香。”说着把头从谢申侧身和抬起的右臂中间探出，梗着脖子仔细闻。

她爱吃甜食，对酒酿圆子这种东西毫无抵抗力。

谢申手里还拿着长勺，稍稍一动把她脑袋夹住：“你是土拨鼠吗？哪里都能钻出来。”

江棠棠脑袋动弹不得，手还能作祟，掐一把他腰间软肉。

谢申转身捏住她脸颊：“你再乱摸试试？”头一低顶住她额头，“别以为结束了就不能再来。”

江棠棠眨眨眼，默默吞咽口水：“我这就闭嘴。”

身后转小火炖的酒酿圆子“噗”一声从锅壁翻出糖水，谢申回身关火，从台上小骨碟里抓了把桂花撒上，小小的金橘花瓣遇热激发出迷人香气。

他用长勺轻轻捋了捋：“拿两个碗来。”

“得令！”江棠棠屁颠屁颠取回两只空碗，往台面一放。

谢申垂眼一看：“让你拿两个甜品碗，不是两个汤碗。”

“我饿了啊，你刚才……”她突然想到他前头的警告，不敢再提床笫之事，只敢避重就轻，“就体力消耗大嘛，多吃点儿怎么了？”

“糯米不消化。”

“我细嚼慢咽。”

“现在外面还下着大雪，你要是半夜闹肚子别想我带你去医院。”

“不会不会，我小江哪有那么脆弱，”江棠棠扯他衣袖，“快点，凉了就不好吃了。”

谢申撇了撇嘴角，拿过碗往里盛。

“您这是慈善施粥呢？”江棠棠还不满意，“再多几勺嘛，还有勺子舀得深一点儿行不行？不要半勺半勺给呀。”

谢申停手："再啰嗦现在给我回家去。"

"嗨呀，提起裤子不认人是不是？连夜宵都不管饱，你这个谢扒皮！抠门淫魔！"

谢申被她骂得太阳穴隐隐作跳，沉下脸："你再说一次。"

江棠棠目光在碗上一顿："谢总，小江认为这个碗标注的容积很可疑，我们要不要试试它是不是真的能装那么多？"

谢申没憋住，嗤笑出声。

江棠棠神色得意："你看，你笑了，快乐要付出代价，麻烦再多给我两勺。"

谢申想了想，又浅浅给了她两勺。

江棠棠跟在他身后出去，路过流理台，早有预谋顺手拿勺子挖走一大块放在上头没用完的酒酿，在碗里捣碎，偷偷尝两口。

啧，这才够甜嘛！

两人走到外厅的餐桌前吃夜宵。这张餐桌是谢申让人置办的，先前他一个人住时吃饭都是直接在厨房流理台上解决。

热气腾腾的酒酿圆子由口入胃，甜蜜汤汁充盈齿颊，江棠棠心满意足："好吃死了，这个圆子的口感太棒了吧。"

谢申吃相优雅："慢点，烫嘴。"

江棠棠把勺子往他面前一递："那你帮我吹吹。"

谢申垂眸，敷衍地吹一口。

江棠棠也不在意，送进嘴里嚼着，含糊道："你们家的梁妈手艺真是一点儿不比我外婆逊色，什么时候我能吃到她做的菜就好了。"

这话一出，她自己就先愣了愣，再看向谢申，他也是手上一顿，表情莫测。

她埋下头，小声道："我就随便说说……"默了半晌，又忍不住问，"我让你带给你爷爷的礼物你给他了吗，他还喜欢吗？"

听说谢知行平时爱下围棋，她特地托江父在昆明的老朋友帮忙买了香榧木围棋盘给她寄来，寄到之后让谢申带去送老爷子。

谢申抬眸，勾了个浅笑："很喜欢。"

江棠棠仔细辨他神色："你骗人。"

其实她也知道，那样的物件对她来说是需要寻觅的高级货色。在谢老爷子眼里，不过就是见怪不怪甚至不值一提的寻常东西。

“棠棠，”谢申正色，“你不用买这些东西来讨好他。”

想起谢知行直接当着他的面让人把棋盘搁置进杂物间，他就忍不住蹙眉。

江棠棠顺时针搅着酒酿圆子，一圈一圈的。

“我才不是讨好，我这叫攻克。你别管，反正我就要烦到他同意我们交往为止。”

谢申怔然，眼角没来由一涩，敛了敛神才开口：“嗯，这倒是你最擅长的。”

她不想他有负担，他也就顺着她的意思开玩笑。彼此心里一道微不可见的小口子，被对方小心抚平。

吃完东西，把锅碗洗干净，谢申和北美分公司的负责人还有视频会议要开。

他去卧室换了正装，坐到办公桌后打开电脑，手表卸在床头柜上，抬头看了眼墙上的时间，还有八分钟正式开始。

江棠棠从他书架上拿了本书，盘腿坐在他脚边翻看。

谢申低头，踢她一脚：“坐地上像什么样子，起来。”

江棠棠干脆倒在他腿上：“有什么关系，地上有地毯，比椅子软多了。”说着头一仰，“你们待会儿开会的内容没什么要保密的吧？别让我听去泄了密哦。”

谢申眉头轻挑：“我不认为你的英语水平能达到听懂所有专业词汇再原封不动泄密的程度。”

“你！”江棠棠气死，一口咬到他大腿上。

谢申冷嗤一声，一把拍上她后脑勺：“你属狗的？”

江棠棠点头：“带狂犬病毒的那一种！”

“好了，口水都沾我裤子上了。”谢申嫌弃地看一眼裤管，倒也没去擦，反而手一抬拉开办公桌一侧抽屉，取出一张卡，“拿去。”

江棠棠一愣，接过那张黑底烫金的银行卡，翻来覆去瞧，好一会儿才出声感叹：“这一天终于还是来了，谢总您终于要正式包养小江了！”说着两手挪到胸侧，往中间推一推，再扭扭腰。

谢申冷道："别演。"

江棠棠换上认真神色："为什么给我这个？"

谢申指尖有节奏地在桌面轻敲："你买的那些东西都不便宜，既然目的是为了攻克我家人，项目资金该由我来出。"

江棠棠两根手指夹着卡："你确定？"

谢申俯身，屈臂撑在膝头："你不是觊觎我财产很久了吗？怎么，现在给你你又不要了？"

江棠棠羞涩低头："可是这样显得我很没诚意。"

"我出钱你出力，天知地知。"

她又抬头看他，真诚发问："那我可以用这张卡买我自己想要的东西吗？"

谢申直起身子，顺手捏一把她的下巴："你偷偷买，我当不知道。"

会议时间一到，他就瞬间切换成工作状态。江棠棠也不再闹他，继续自顾自坐在地上看书。

会议持续了一个多小时，谢申全程专注，一边听取几位分公司负责人汇报，一边翻看手里的资料。江棠棠有一搭没一搭看着书，耳朵里飘进的尽是他流利的口语，心道还真是有好些专业词汇听不太懂，只是大概听出是在讨论一个什么线上交易平台的事宜。

听着听着，睡意袭来，她脑袋一下一下悬空点着。

会议结束后，从国内分派到北美分部的闻经理用中文对谢申道晚安，看着他身后鹅毛大雪的夜色道："很久没听说明市下这么大的雪了，很美。"

谢申闻言也回头看了一眼："这次把你调回来，或许你还能赏今年第二场雪。"

"谢总，虽然我们这里很早之前就在和几家线上平台合作在线艺术品交易，也成功向高端市场转型，但是在国内，在线拍卖还仅限于中低端市场，如果真的要做大做精，可能需要投入不少人力和资源。"

谢申颔首："今天就先说到这里，一切事宜等你回来具体谈。你们去用午餐吧。"

合上笔记本电脑，他继续看资料。过了二十来分钟，手机振动起来。

谢申低头看一眼昏昏欲睡的某人，接起电话："喂。"

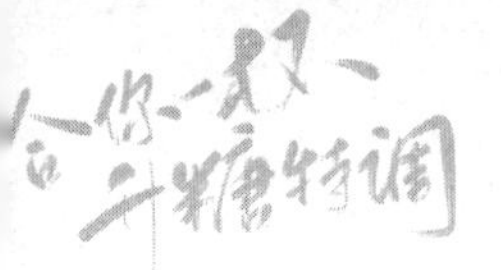

林臻的声音出现在那头：“谢总，我听说你已经决定做君禾独立的线上拍卖平台？”

谢申微微蹙眉，语气冷然：“你的消息倒是收得快。”

“之前我们也和两家网络电商平台合作过在线拍卖专场，但是效果一般。为什么这次没有任何前期准备就……”

谢申淡声打断：“林经理，这个决策还没有到需要你来参与的进程。”

林臻顿了顿：“可是这不像你的作风，我认为……”

谢申：“我认为你现在所说的这些话已经超出你目前的职责范围。”停顿一刻，又道，“还有，部门和部门之间精诚合作我很乐见，但如果是互通小道消息，最好不要让我知道。”

江棠棠两眼闭上没再掀开，彻底睡死过去，身体一歪往地上倒。谢申赶紧俯身扶住，干脆蹲下身让她暂靠在自己身上，轻声对电话那头道：“好了，挺晚了，有什么事明天再说。”

林臻挂电话前，分明听见那端传来一声女人的呢喃，她心绪复杂，又给自己倒了半杯红酒。

因着家里和谢家有些交情，谢申和谢老爷子因为江棠棠产生的矛盾她前段时间也略有耳闻。今天听说他做的这个决定，别人或许不了解，可她能猜到，他这么做八成是为了以此功绩换取谢知行的松口。

思及此，一时之间她竟不知该伤心还是高兴。

她暗暗喜欢了这么多年的男人，即便在这样的情境下也还是想着以事业上的版图扩张去博取谢老爷子的态度转变。可那些激进的努力，全然是为了另一个女人。

5

清晨醒来的时候，窗外的雪已经停了，太阳将将升起。从起雾的玻璃窗放眼望去，外面的世界一片白茫。

松软温热的被窝里，谢申趁抱着他睡的人翻身背对，轻着手脚坐起靠到床头，拿手机浏览早间新闻。

市政重点办出动了巡查车、铲雪车连夜展开清运工作，中心城区主干道基本能保证车辆通行顺畅，但一些积雪严重路段还是给市民出行造成了很大不便。

昨晚集团行政部已经照批示发出通知，各部门员工可避开早高峰出行，迟到不计入当月考勤。谢申也不急着起床，看完新闻又开始处理邮件。

摆置在卧室角落的香薰机散发着薄薄的白雾，一室淡淡橙香。

江棠棠又翻回来，大约是感受到照射进来的阳光，眼球在眼皮子底下不适地动了动。谢申低头侧眸看一眼，拿遥控把窗帘关上。

身旁的人舒服地抻了抻身子，一条腿先行探路，横搭上他的小腿，继而整个人趴到他身上。

谢申垂眸只看到她的整个脑袋埋在自己腰腹间，只得恨恨道："上辈子欠了你的！"

江棠棠蹙眉呢喃一声："吵死了！"掀开他睡衣衣摆罩住自己的头继续睡。

谢申忍了又忍，才把那点儿想掐死她的冲动扼杀在摇篮里。

过了一会儿，在睡衣里闷得慌，江棠棠意识才逐渐苏醒，头一抬，发现被困住了。

谢申见她终于醒了，报复似的扣紧衣摆把她脑袋锁在里面。江棠棠的头跟条搁浅的鱼一样不停在他睡衣里挺起挣扎，闷闷出声："放我出来！"

谢申感受到她说话时呵出的热气在自己腰腹间肆虐，还有发丝蹭着带起一阵阵酥麻，定了定神，抬手打她屁股："睡觉也不老实，这么大张床非要躺我身上，故意的是不是？"

说完，他发现身上的人不动弹了，两条白皙的手臂还抓在他衣服上，只是不再施力，像失去养分的树苗一般。

他心口一窒，当即撩开衣摆，急声唤："棠棠？"

江棠棠奸计得逞嘴角一勾，屏住呼吸继续装死鱼，等到实在憋不住了才抬头，抬头前还不忘伸出舌尖舔一口他小腹上的皮肤。

重见天日，她抚着胸膛大口顺气，眉眼间尽显得意之色："啧啧，我就是故意的你能奈我何？看我装死装得还挺逼真的吧？"

她兴致勃勃说着，没察觉到眼前人神色已然不虞。

谢申看向被她舔过的地方留下一小摊可疑的水印，用指腹轻轻拭去，脸色一摺。

江棠棠这下反应过来，扭头就想跑，可还没来得及撤离现场，脚踝就被身后的人一扯，整个人直直倒在绵软的床被上。

她身上只穿了一件细肩带睡裙，顺滑的丝质布料因着大幅度动作掀到大腿根，白皙柔软的曲线毕露。

谢申双眼微眯，大掌扯着裙摆往上一翻。

江棠棠顿觉不妙，颤着声："你……你想干吗？"

谢申单手解开裤腰，另一手拉开床头柜抽屉拿出个套，俯身沉着声音一字一句道："你不是问我能奈你何吗？"

说话间动作未停，他压在她背上，头一低咬上她耳垂。

江棠棠眸里沁出水光："你轻点儿好不好……"

"轻点？"谢申嗓音嘶哑，"平时就是对你太客气，开玩笑也不知道分寸。"

"是你先跟我开玩笑的……"

"那是我的错了？嗯？"

江棠棠颤着肩膀，忍辱负重："是我的错，我再也不装死了……"

谢申直起上半身，目光落在她小小的两个腰窝上，缓下力道。

"什么都可以开玩笑，生死不能。"

江棠棠感觉到压在背上的重力一轻，微微扭头看他："不开玩笑……我现在……真的快死了……"

"放心，不会让你死在我床上。"

激烈晨运结束，用早饭的时候，江棠棠觉得两腿还在打战，腰也酸软得不行。那个始作俑者倒是跟个没事人一样，冲了个晨澡精神爽利，衣冠齐楚地上桌吃饭。

早点是酒店供应的，花样多，口感也在水平线以上。

江棠棠拿叉子狠狠叉在煎蛋上，口中念念有词。

谢申抬眸："有什么意见不妨直说。"

"这个蛋煎得有点老。"

"嗯，下次让餐厅厨师煎嫩点。"

"好的……"

中古街上积雪未清干净，程陆打电话给江棠棠，说今天应该没什么

客人，他自己一个人看店就行，让她不用费劲过去了。

谢申吃完早饭，将刀叉分摆回两侧：“我要去上班了，你怎么说？送你回家还是待在这里？”

江棠棠也搁下餐具：“我想跟你去办公室看你工作。”

谢申眉尾轻轻一挑。

江棠棠保证：“不会打扰你的，我就在一边安静待着。”

“你这话我已经听过很多次。”

每次一开始还能装模作样坐在待客区看书或者倒腾相机，没安分多久就开始各种找借口蹭到他身上上下其手，就是看准他不会在办公室对她动真格。

江棠棠嬉皮笑脸：“看看这一场大雪，就是上天暗示你要赦免我过去的罪过，给我一次改过自新的机会。这次我一定好好在旁观摩学习，绝不觊觎观摩对象的美色。”

谢申冷眼瞧她，默默翻个白眼，径直起身打内线让人来收空盘，挂下电话回头道：“还不去穿外套？”

今天本来有一个晨会要开，因为特殊天气原因也暂时取消。

谢申在办公室继续看北美分公司发来的最新报告资料，江棠棠举着相机对窗外拍雪景，拍了一会儿回头问：“我可以……”

谢申翻着材料，头也没抬：“不可以。”

“你知道我要问什么？”

“想到外面去拍照是吗？”他抽笔写字，顺带瞥过来一眼，“等中午后勤部让人把下面清扫干净了再下去。”

“都清扫干净了我还看什么？”

“那就别看了。”

江棠棠梗着脖颈：“独裁专断！”

谢申：“闭嘴，没看到我在工作吗？好好珍惜改过自新的机会。”

江棠棠把相机藏回包里，到他身后书架抽一本图本书籍气鼓鼓坐回沙发上看。

谢申淡淡看她，噙笑不语。

有秘书室内线进来，姜秘书转述：“谢总，林总要见您。”

谢申手里转着笔："让她等一会儿，你先进来汇报下今天的工作安排。"

"好。"姜秘书随即叩门进来。

……

"对了，还有贺先生晚点会和他工作室的人过来拍摄样本，之前您让我跟您提醒一下的。"

她说的贺先生就是贺晏北。之前谢申和他的接触当中觉得两人脾性算是相投，后来他让负责签约摄影合作方的人评估过贺晏北工作室的资质和合作意向，都是他们这次接触的几家摄影机构里最出色和适合的。

初步商谈过后，贺晏北的团队今天会过来君禾仓储中心旁的摄影部拍摄一批新入库的藏品静物展示照以作为签约审核样本。

虽然还不是正式合作，但贺晏北做事一向谨慎，所以这次他也会亲自过来。他的叔父贺远是谢知行的好友，又是君禾集团初创时的合作伙伴，所以虽然是公事，但从私人礼数上来说，谢申到时自然也得到场。

谢申颔首："好，我知道了，等他们到了你再和我说一下。"顿了顿，"出去的时候顺便让林经理进来。"

姜秘书点点头，退出之前走到待客区微微倾身小声和江棠棠说："江小姐，我那儿有朋友从土耳其带来的软糖，要不要给你拿一盒进来吃？"

江棠棠眸光一亮："好啊。"顿了顿，"不用一盒，我跟你出去拿几块就好。"

谢申分明听见她们两个私相授受，对姜秘书交代："就给她两块，不用多给。"

姜秘书微愣，随即侧头恢复职业笑容："好的，谢总。"

两个人一起出去，江棠棠还在低声抱怨："你看他那个样子，我怎么觉得自己给自己找了个爸？"

姜秘书闻言忍不住笑："江小姐，我在秘书室工作这么久，从来没见过谢总对别人这么操心，也就是对你，你就别说他了。"

"我也就是说说。你看我多乖啊，特别服管教是不是？可是他连别人请我吃糖都克扣，资本家的面孔真丑恶。"

姜秘书给她出主意："这样，待会儿你先在我那里吃几块，再拿两块进去，或者我可以找个袋子给你装包里。"

“哇，姜秘书你不愧是职场女精英，太聪明了吧！我要是有你这智商根本不可能被他拿捏住。”

姜秘书被她说得心花怒放，笑谈间见林臻往谢申办公室方向走：“林经理，我正要和你说……”

林臻妆容精致的眉眼斜过一道目光投到江棠棠身上，脚步未停径直走过，推开办公室玻璃门进去。

江棠棠有种错觉，刚才和她视线相对间，她的目光似乎……

成分很是复杂啊。

6

姜秘书有自己独立的秘书室，就在谢申办公室外侧。她给江棠棠泡了杯红茶，说可以配着软糖吃，不腻口，然后就坐下着手整理自己的工作资料。刚才林臻视若无睹的态度让她心里稍有些不悦，但在职场摸爬滚打多年这点情绪把控力还是信手拈来，心中所感丝毫未浮于脸上。

何况知道这位林经理背景深能力强，整个集团除了谢总其他任何人的账都不买，不把她一个秘书放眼里也实属正常。

倒是江棠棠，一下一下嚼着软糖里的开心果仁，还沉浸在林臻刚才那道目光里疑惑难当。

她和这个林经理碰着面的次数不算多，每次在集团大楼里碰到对方都是步履匆匆，好几次自己招呼都打出口了，对方就直接错身而过。

虽然说不出个所以然，但江棠棠总觉得林臻不是很待见自己。

秘书室门半开着，她坐在姜秘书办公桌一旁，稍稍滑动座椅调整角度，就能望进总裁办公室。

林臻一双黑色麂皮过膝长靴加身，眼线勾勒上挑轮廓，个人气质里凌厉的那面尽显。

她推门进谢申办公室，转身关门的时候暗暗沉下一口气。

谢申听到门开合的声响，看完一页的最后两行抬眸，见她已经站在办公桌前。他视线在林臻手里的文件上稍作停留：“放着吧，我晚点看。”

这周的晨会暂时取消，谢申下午还有别的工作安排，所以让各个部门把一周的工作汇报材料呈交上来。

这差事一般都是由部门负责人的助理与谢申的秘书交接。这趟林臻亲自来送，明显是借由送材料为名另有其他事情想谈。

她不说，谢申也懒得问，不问也知道所为何事。

林臻手执文件，在桌前静静站着。谢申继续翻看手里的资料，用笔在关键处做标注，神色泰然。

她这一身气场，在眼前这个男人面前陡然泄尽。

无声对峙过后，林臻终究还是开口道："谢总，关于昨天你和北美分部的同事开会的决策，我有些个人意见想提。"

谢申手中笔尖稍顿，抬头看她，声调无澜："林经理，我以为你刚才站在这里不说话是已经意识到这是工作职权上的僭越。"

"是，我知道。"林臻肩线紧绷，"但是关于这个事情，我认为还是应该从长计议。在线拍卖模式我们之前不是没有做过尝试，但是和其他同行一样打不开高端市场的局面。我们刚刚结束的秋拍这么成功，何必一下子把过多资源投入到一件前景未明的事情上？"

谢申搁下钢笔，拧了拧眉心，目光不由自主地朝一侧落地窗望去。那头秘书室里江棠棠正拿起第三块软糖塞进嘴里，眼角余光忽然和他投出的视线撞上，赶紧心虚地转半圈椅子背对他。

谢申用指尖摁了摁太阳穴，收回视线道："项目前期我会交给闻总全权负责，如果有需要其他部门配合的地方，还希望你们这些经理、主管给他和他的团队最大程度的支持。等他回来我会再开一次会议强调这点。"顿了顿，"好了，这个话题到此为止，你去忙吧。"

林臻听出他这番话里丝毫不留余地的立场，话里话外更是对她的提醒甚至警示。

即便是有家里和谢家的交情加持，她也从未试过挑战谢申的耐性底线。不知从何时开始，她已经习惯臣服于他的任何一个决定。

她像一艘华丽的轮船，沿着掌舵人设定的路线前行，无论前方是怎样的风浪，她都始终相信他，不曾怀疑更不曾犹豫。

可是那个人现在分明一副心不在焉的模样，目光状似无意地不断瞥向秘书室里的那个身影。

她唇线紧抿："闻经理的那套经验未必适用于国内市场……"

谢申眸色一敛，嗓音沉到底："我说，到此为止。"

林臻与他对视两秒，眼里情绪转了又转，像是下了什么决心，蓦地把手撑到办公桌上："谢总，你一向稳中求胜，这次为什么这么激进？"

姜秘书的位置面朝谢申办公室，稍一抬头就看到里面正上演剑拔弩张的情形。

她心下诧异，一时间都忘记收敛目光。在谢申身边工作这些年，她知道他在公事上对下属要求极为严格，但绝大多数时候都是喜怒不形于色，极少见他这样动怒。林经理今天亲自过来送工作总结本身就很古怪，也不知道是谈了什么事情闹得这么僵。

江棠棠正喝完一杯红茶，正要把杯子放回桌上就见姜秘书直愣愣盯着门口看。

她视线循着过去，隔着没有遮蔽的落地窗，见谢申和林臻两个人起了争执，隔着一张宽大的办公桌相持不下。虽然听不到他们谈话的内容，但气氛是肉眼可见的紧张。

她轻声问姜秘书："这是怎么了？"

姜秘书也无解，摇摇头："我也不知道，可能是有什么分歧吧。"

不知是出于职业敏感还是女人的第六感作祟，她总觉得谢总和林总这两个平时冷静自持的人能吵到一块儿可能不单单是因为工作问题上的意见相左。

其实集团内部对他们两个的流言蜚语她也略有耳闻，但谢总家的正主就坐在旁边，她当然不可能傻到跟江棠棠说出自己的猜想。

江棠棠在姜秘书这里得不到解释，心里着急又不敢兀自进去打扰，捏着玻璃杯的手指甲盖都微微泛青。

这头谢申长身而立，背脊绷得直挺，稍稍缓气再次警告："林臻，我的私事轮不到你来管。"

"是，是轮不到我来管。"林臻喉间发紧，"可是你的私事已经影响到你在工作上的专业判断！"

谢申两手重重拂开外套抵在腰间："你现在的情绪不适合谈话。"说着下巴朝门口方向一扬，沉声，"出去。"

"我的情绪没问题，是你……"她生生将难听的话咽进喉咙，"我知道，做在线平台是谢老爷子一直以来的心愿，他不止一次和别人提过，

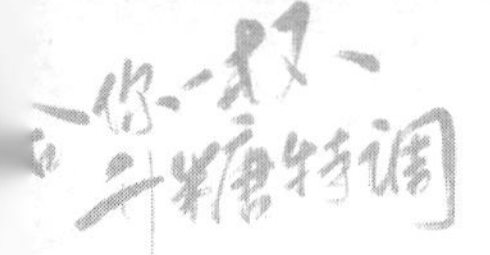

但是你的态度从来都是谨慎试水。现在贸然做这种决定，还把闻正安从北美调回来，你敢说你自己一点私心都没有？”

“和你有什么关系？”

“为什么没关系？于公我是集团的一员，于私我们两个不说是挚交至少也是家世相当的朋友。你这样为了一个女人左右自己的判断，我难道不该提醒吗？”情绪上来，她的语气也越发不善，“我看你爷爷想得一点也没错，她根本不适合你！”

谢申手臂一抬猛地撑到桌上，厉声道：“你给我闭嘴！”

“我为什么要闭嘴？你现在根本是当局者迷！”林臻牙尖深咬下唇，一侧肩，隔空指着外面，“从我进来开始她就坐在那里吃吃喝喝。她懂你的事情吗？懂你为了这个决定要面对多大的阻碍吗？就这样的女人，你也看得上眼？”

她将这段时间沉积的想法尽数脱口而出，或许是压抑得太久，在昨晚听到江棠棠在他房里的声响时，心里头那点仅剩的幻想就像是被最后一根稻草压得摇摇欲坠。

谢申眸间急聚火色：“我看上谁难道还要过你的眼？摆正你自己的位置！”

“我什么位置？”她将唇瓣咬出血痕，嘴里涌进腥甜，“那你告诉我，我应该是什么位置？”

她的下半句话几乎是低吼着出口，声音嘶哑似风雨欲来前的大片阴霾笼罩。

谢申一瞬静默，直起身子，长眼微眯。

都是聪明人，话至此不用再多说，其中深意已然分明。

林臻被这突如其来的安静勾回些许理智，蓦然意识到自己刚才说了什么：“我……”

窗外照射进来的冬日阳光从墙面慢慢投到地上，细微的尘埃在空气中旋转。暗藏许久的心思，就像细尘微粒一样在阳光底下无所遁形。

谢申已经恢复矜淡神情，声调平平：“什么时候开始的？”

林臻上挑的眼线也挡不住眉眼间一派颓败，手指在桌上抠得发疼，不知过了多久。

“比你想象的更早。”

7

林臻不知道事情怎么会演变成眼前这样的局面。

当年她不顾家里人的质疑选了现当代艺术专业，又辅修法学通过司法考试，工作后考取各种职称，利用一切可利用的资源手段，无数个日夜兼程的奔波，都不过是为了接近他的事业和他的世界。

每一步都走得小心翼翼，费心构筑一个最完美的时机，让他知道自己足以与他相配。

从见到谢申的第一眼起，她就知道他在自己心里不仅仅是父亲一位老友的孙子而已。他是初衷，是心之所向，是她仰止的高地。

这些心思，除了最亲密的挚交尹曼，林臻从来没对任何人袒露过，即便是自己的母亲也是靠着蛛丝马迹才猜出几分。

就算集团内部很多人都在传他们两个的关系，也没有一个人敢在她面前拿这件事情打趣玩笑。

骄傲是她的资本,但现在这刻所有骄傲的资本全然变成最大的笑话。

林臻平直的肩线下塌，一双长靴仿佛不断被灌进铅水，烫得双脚疼痛欲断，刚才问谢申的那些话，都像长出刺一样通通倒插进自己的心脏。

她撑着所剩无几的气势，问道：“我所有的努力，你是不是都看不见？”

谢申眉心浅皱，不可否认林臻这两年的工作表现颇为亮眼，但与此同时她和副总严昊在部门内部的派系争斗也愈演愈烈，甚至有恶意竞争的苗头显现。

之前秋拍大季集团上下忙得分身乏术，后续又有不少工作需要善后，前两天稍有空闲他已经找严昊谈过话，只差林臻。

“所以，”谢申敛眸，“有些事有些话，你该反问自己是不是出于私心。”

林臻倏然抬头：“你说什么？”

“林经理，你应该已经耳闻我找严昊聊过关于你们部门内部的一些问题。你作为当代艺术部的负责人，在插手别的事情之前是不是应该先审视审视自己职责范围内的工作有没有做好？”

林臻急声辩解：“如果谢总说的是之前我们争取委托人资源的事情，

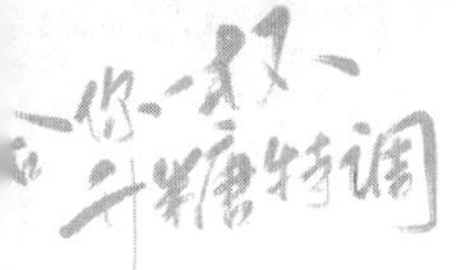

那件事如果不是严昊先……”

谢申打断她：“你是部门总经理，严昊是你的下属。在你们部门所发生的所有纰漏包括他本人的偏差，我现在向你追责，你认为有什么不对？”

他重新坐回去，双手交叠于桌面，微扬下巴目视她。骇然的气势丝毫不因视角的转变而削弱，反而愈加令人无所遁形。

那样的目光，不染一丝个人情绪，公事公办到不近人情。

林臻闭了闭眼，尽力遏制心中酸涩。实在可笑，她竟然还存着希望觉得自己至少能从他嘴里撬出一句对自己这么多年感情的回应。

她全身失力，坐到办公桌对面的椅子上：“谢总，我承认我这段时间在业务上过于激进，对于内部管理出现的问题也有不可推卸的责任，已经造成的影响我一定会全力解决。”她深吸一口气，才继续说，“但是，还希望您不要认为我这么做是出于私心。”

谢申右手拇指指尖轻划过叠在下面的左手虎口那道淡疤，面色稍缓：“是吗？那就好。

“林经理，严昊的做事风格我很清楚。当初把他安排进你的部门除了因为他之前的工作履历，也是看重你有足够的御下能力。如果你和他共事遇到不可调和的矛盾可以向上反馈，但是我不希望你们两个任何一个人失了最基本的职业操守。”

说话间，他的视线斜飘，对上不远处那双不安的杏眸，交叠在桌上的双手松开，一只手直直伸出三根修长手指，于办公桌内侧隔空朝她比了个手势，警告意味明显。

江棠棠原本紧张的心跳霎时松懈，收到警戒讯号，缩了缩脖子转回身把软糖包装盒合上，心道这人什么脑子，还能一心二用成这样，人在办公室谈话居然连她吃了几块糖都数得明明白白。

一旁的姜秘书同步接收到谢总的手势警告，结合江棠棠的行为，心下了然。还好有江小姐在，谢总这把火刚烧起来就自己浇灭了，不用担心善后问题。她无声笑了笑，继续做自己的工作。

林臻眼角发涩，实在不想在他面前丢人现眼，趁着热泪未下，撑着桌子起身：“好。谢总，我知道了。”

谢申微微颔首：“嗯。”

江棠棠见林臻走出去才进来，斟酌半刻还是问：“你们刚才……是在吵架吗？”

谢申揉了揉眉心，重新翻阅起手头资料：“没什么。”

江棠棠走到他对面坐下，收着下巴观察他的表情：“可是我看你们很激动的样子。”

谢申抬眸，面无表情道：“你怎么这么八卦？”

“因为……”江棠棠一时语噎，半晌才道，“我看到林经理她刚才指我。你们讨论的事情里面不会有和我相关的吧？”

“你想多了。”

“是吗？”

“嗯。”

江棠棠看出他心情不佳，讪讪闭了嘴，走回待客区的沙发，从茶几上拾起刚才看的书。明净的落地窗外，已经有人在扫厚积的雪，压实结冰处用工具铲开，堆叠到一旁。

她想起谢申上一回对她说“你想多了”，是在谢老爷子撞见他们的那天。林臻刚才指着她急切地说话，虽然她在外面听不到，但往回追溯这位林经理之前每次看到她的态度，以及有一回偶然听到君禾员工私下讨论的绯闻，心里忽然打通似的有所顿悟。

女人和女人，在一些事情上是有通感的，比如当喜欢上同一个男人的时候。当意识到这点，很多先前想不通的，统统都得到了解释。

她回望一眼。谢申依旧埋首于案头，他一丝不苟工作的样子最为吸引人，是全身心的投入，周身气场无须拿捏浑然天成。

江棠棠手里的书里头的文字和图片仿佛忽然被打散了，看得毫无头绪。她从包里拿出姜秘书给她装的软糖，悄悄起身，踱到那张宽大的办公桌旁，趁着谢申不注意塞一颗进他嘴里。

土耳其软糖甜度十足，谢申冷不丁被塞一块到齿颊间，下意识蹙眉抬头，正好对上江棠棠一脸笑意。

“我帮你试吃过了，这个味道的最好。”

她长睫微掀，整个人笼在寒冬暖阳的光束里，白色毛衣衬得皮肤通透到几近透明。

她踌躇着，犹豫着，过了不知多久，看着他一字一句道：“你总说

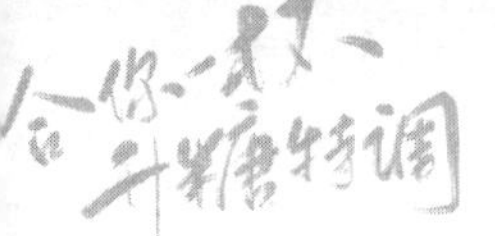

我多想，其实我又不是三岁小孩儿，有没有多想我自己清楚。我知道很多人不看好我们，连我舅舅早前都觉得我们肯定走不长。可是……”

谢申怔然，放下笔侧转过来面对她。

江棠棠蹲下身，伏到他膝头：“我真的很喜欢你，而且好像越来越喜欢了。”她微微抬头，对上他的视线，“我知道你有很多更好的选择，我也真的没有什么优势。但是……你可不可以先不要动摇？”

谢申垂眸看她，忽然意识到自己刚才的态度实在敷衍。

被自己女朋友撞见另一个女人向自己表明心迹，虽然明知她听不见，可是他到底是有些心虚的。好不容易把林臻的质问和表白尽数返还，他一时间也不知道该怎么跟她解释这些前因后果，想着干脆糊弄过去。

只是没想到江棠棠的心思远比他想的细腻敏感得多。

谢申撩开她的披肩长发，揉揉原本藏在里头的耳垂：“我没有动摇。”

“真的吗？”

“嗯。”

“哦。”

“喂。”

“嗯？”

“好吧，”他认输，“我可以和你说刚才我和林经理谈话的内容，但是你不许多想。”

江棠棠闻言认认真真点头。

他拣了重点叙述，江棠棠枕在他腿上听完，半晌没说话。

谢申指腹轻按在她白皙莹润的脖颈上，沿着曲线下游到锁骨处的胎记：“在想什么？”

江棠棠握住他在锁骨上流连的那只手：“想她说的话。”谢申的转述分明避重就轻，有些话他润了色，可是她能猜出本意。

谢申俯身吻上她一侧唇畔：“你是和我在一起，只要我喜欢就行，别人怎么看不重要。他们都不是我。”

江棠棠的头从他膝上移开：“昨天太晚睡，我想回家补个觉。”

谢申倾下身，双臂从她胳膊下穿过，将她整个人往上一提搂进自己怀里：“你怎么了，嗯？”

“没怎么。”江棠棠单手抵着他胸膛，“忽然来了个特别厉害的情敌，这不是心里有点儿着急嘛，回家想想对策。”

“什么对策？我已经和她表明过态度。你还需要我怎么和她说才行？”

“不是这个问题。”

其实林臻的话，不过是将她和谢申之间最大的问题挑明了。两个人的背景阅历不同，接触的人事物天差地别，不是一句简单的“门第之见”可以搪塞过去。

或许是这样的差异让他们彼此吸引，可是以后呢？等他的新鲜劲过了，等他恢复惯用的理智先行去看待这段感情，很快就会厌倦，会心生嫌隙。

江棠棠抚了把额间碎发：“我真得走了，你不是最讨厌我在你工作的时候打扰你吗？”她略略侧身，捧住谢申的脸，“把高效的工作氛围留给你，是小江最后的疼爱。”

“你说什么？”谢申紧了紧圈在她细腰上的手臂，“最后的疼爱？这话我可不爱听。”

“你爱听不听。”她用唇瓣在他唇形上细细勾勒一圈，末了轻声道，“我真的不打扰你了，而且我也想顺便下去拍点照片。”

谢申淡淡蹙眉：“那我送你。”

“不用。”她拿开他在自己腰间的手起身，“这么近的路，我一路走一路拍回去正好。”

谢申不听她说，抄了桌上的车钥匙也要站起，被她一把按回去。

“乖，听话。外面空气这么好，我不想坐车。”

谢申思忖着，点头：“走路看着点，别光顾着拍照。”

江棠棠说好，拿了包出去。

化雪的时候气温陡然下降，空气清新又冷冽，有阳光照到的地方，方才生出些许暖意。

江棠棠在集团大楼廊下拢了拢外套，往外走去。

一辆黑色越野车从不远处缓缓驶近，车身印着一道烟灰色标志，在一片白茫茫的景观当中尤为显眼。

有寒风刮过，她眯了眯眼，只觉得那标志隔着些距离虽看不太清楚，但似乎很眼熟。

越野车里，贺晏北工作室的员工也是他曾经的学生徐放挺兴奋："贺老师，君禾集团是首屈一指的拍卖企业，他们之前的秋季拍卖会电视台还有专题报道，待会儿到仓储中心我要好好开开眼界。"

贺晏北手里翻着拍摄计划表："问问沐迪他们到哪里了。"

这次样本拍摄一共有包括他自己在内的五个人前来，另外三个因为早上还有别的工作，完成后坐另一辆车过来和他们会合。

徐放闻言掏出手机："那几个路盲可别开错了路。"还没拨出电话就响起铃声。

贺晏北听他说就猜到大概，等他挂下电话问："他们出了事故？"

徐放皱着眉："嗯，在大卿桥那儿路面打滑跟人追尾了，人没大事，就是估计得耽误点儿时间。"说着按亮手机屏幕再看一眼时间，"今天拍摄时间挺紧张的，都跟他们说了要早点出发小心开车……"

大卿桥离这里还有些距离，贺晏北放下东西："我们自己带的设备都在这辆车上？"

徐放点头："对，我都点过。"又着急道，"但是他们几个晚到，就怕耽误拍摄进度。要不我看看就近有没有能过来帮把手的同行。"

他也是明市本地人，摄影圈的同行朋友认识不少，第一时间想到的就是找人救急，刚准备翻通讯录，不经意瞥到车窗外一个熟悉的身影。

他眯眼仔细一辨，回头对贺晏北道："贺老师，你看那边走着那个拿相机的女孩儿，是不是江棠棠？"

1

徐放声调高，前头开车的司机听见便放缓车速。

贺晏北循声往车窗外望去，见一个身影由远及近。江棠棠淡蓝的长外套里搭一件白色毛衣，绕在脖颈间的围巾遮住大半下颌，拿起手里相机正在调试。

职业习惯使然，贺晏北擅观察。几年不见，他这位学生看上去倒和毕业那会儿没什么两样，只是不知是不是着装风格略有变化，眉目间似乎捎带积淀几分沉静的韵调。

此刻她站在君禾集团设计风格简约的大楼前侧，从他的视角看去，画面构图上她停驻的身形正好落入黄金分割点，于韵调之上更添美感。

徐放回头确认：“贺老师，你看那个是不是江棠棠？”怕他贵人多忘事，顺带提醒，“比我小一届的师妹，大四那年还来过我们工作室兼职的。”

贺晏北一时没出声，徐放再接再厉：“就是那个老蹭到前台去嗑迎宾糖的，你有一回去国外出差不还给她带了一箱巧克力吗？”

他说完，贺晏北道：“嗯，是她。”

前段时间，贺晏北说要去探她的联络方式，后来工作室开业，再加上之前耽搁的事务，也就没法分心，这会儿就这么碰着了。这座城市说小也很小。

徐放得到肯定答复确定自己没看错，朝司机道：“老刘停一下。”便朝窗外喊，“棠棠！江棠棠！”

江棠棠听到有人叫自己名字抬起头，见那辆黑色越野已经停在咫尺，顺带看清车侧身标志，竟然是贺老师的工作室LOGO，难怪刚才就觉着眼熟。

徐放降下车窗探出头：“我没看错，真是你啊，巧了巧了。”

江棠棠见是大学同系师兄徐放也颇为惊喜：“徐兄！”

从前她是尊称他师兄的，后来在贺晏北工作室打工那段时间相处得算不错，也就掐了中间一字直呼徐兄了。

再后来慢慢断了联络，想起来很是怀念他有一回请大家客亲自下厨做的糖醋排骨，色香味俱全。

徐放说着开车门下车：“贺老师也在呢。”

贺晏北随即下来从车后绕过，依旧是往日那副风度翩翩模样，看着她手中端的相机笑了笑：“看来没把专业荒废。”

江棠棠低头一瞧，随即也跟着笑：“贺老师，好久不见。”

徐放简单和她说了下他们把工作室迁到明市的事情，说既然碰到了就留一下微信电话，以后一定多联系。

贺晏北见她手里拿的是胶片机，问：“店开成了？”

江棠棠眉目舒展，扬了扬那只相机：“嗯，不过就是座小庙而已，哪能跟老师的宝刹比。”

徐放在一旁听得啧啧两声：“你这嘴巴还是一如既往跟抹了蜜似的，看来这几年吃进肚子的糖没断。”

江棠棠挑眉：“要不要拎一袋糖给你做糖醋排骨？”

“少来，我看你是自己想吃吧？”

三言两语距离瞬间拉近，徐放忽然想到刚才那茬：“哎，小师妹帮个忙，江湖救急，我们今天是来君禾集团拍藏品照样本，刚好有同事出了交通事故一时半刻赶不过来。你要是没别的事儿跟着我们一起去搭把手？”

君禾摄影部有完善的全套设备，但是贺晏北一向惯用自己的东西。

艺术品静物摄影对相机的要求极高，他常用那只单机身就要二十多万的单反，还有这次带来的一些别的装备，不是专业人士徐放也不放心让他们帮忙。

说着，他看向贺晏北：“贺老师你觉得怎么样？”

贺晏北沉吟片刻点头：“棠棠，有时间吗？”

江棠棠倒没想到他们是过来君禾拍样照的。能让贺晏北亲自一同前来，看来这项工作他很看重。

其实她一直想要多了解一些关于谢申事业上的事，从新闻从书上去看终是得来浅显。只是从前没有那么大的危机感，依着自己性子慢慢磨，今天蓦然知道林臻对谢申一直以来怀揣的深重情感以及为此付出的所有。她的第一反应不是生气，而是慌张，回想林臻在谢申办公室里看向自己的那道目光，轻蔑多过嫉妒。

先不论林臻的自身条件，林臻能为他做到的那个地步，江棠棠没有丝毫信心自己可以比肩。从前谢申不知道对方那份心思，但现在彻底了解了。男女之间，一旦知晓对方喜欢自己，看待的视角总归是会有些不同的。她知道他现在坦坦荡荡，不然也不会如实相告，可是她怕他终有一天会暗自比较。

尤其是他们之间还有谢老爷子这个阻力。

以前总觉得自己潇洒恣意，过一天日子得一日快活，原来也会如同这个世界上千万恋爱中的女人一样患得患失。

思及此，江棠棠说：“老师，我有空的。好久没跟你们一起工作了，我也想再观摩观摩。”

徐放可高兴，赶紧给她开车门：“太好了，来来，上车，我们一起进去。”

江棠棠坐进后座，徐放还想着再从附近找一个同行朋友来，却被贺晏北挡了：“我们和君禾签过保密协议不能对外透露拍摄藏品的信息，不用再叫其他人。你和棠棠先顶一阵，等沐迪他们过来就行。”

徐放微怔，心道自己大意，可说起来江棠棠也不是工作室的员工，贺老师倒是挺放心。转念一想她是贺晏北的学生，又在他们那儿工作过一段时间，多少也算半个同事，自然和其他人不太一样。

贺晏北坐进后座另一边，徐放去副驾驶招呼老刘开车。

江棠棠离开之后，谢申神思飘着，连带手头的文件都看不进去，让姜秘书给他泡来一杯美式，喝下大半杯也集中不了精神。

江棠棠走之前看他的眼神，第一次让他觉得难以捉摸。即便是之前面对谢知行的反对，她的态度都还是积极应对，但今天在知道林臻和他表白的事情之后却变得不太对劲。

如果他对林臻有任何除上下级之外的情愫，早就去追了。男人都是天生的猎手，什么高冷淡定都不过是包裹在外的表象罢了。

对江棠棠，当他意识到自己在每一次忙碌工作的间隙想到的都是她，对她的感觉有别于其他女人的那刻，他就准备出手了，只是当时被她心急抢先一步而已。果敢是生在骨子里的天性，这一点上他和她是同样的。

所以他不懂她今天的态度到底是什么意思，如果连老爷子这道最大关卡都无惧，为什么要去在意一个无关痛痒的女人说了什么。

秦笠来了电话："谢总，忙呢？"

谢申敛神，沉沉应声："嗯，什么事？"

"是这样，小尤和几个我们画廊的签约画手下个月底要办联名画展，她特地让我问问你和棠棠到时有没有空，想请你们去看看。"

秦笠和尤璟虽然分手，但两人都对这段关系从一开始就看得通透，结束恋爱彼此来往依旧持续。她有才华需要推手，他有资源也愿意出力。正好前阵子她和另外几位青年画家得了国际性赛事奖项，于是有了这次的联名画展。

谢申问他具体时间，翻了翻行程计划："我可以，晚点和棠棠确认下。"

谢申挂下电话把手机放回桌上，姜秘书叩门进来："谢总，贺先生和他工作室的人已经到了，正在摄影部做准备工作。"

谢申颔首："好，我知道了。"

他又拿起手机，点出和江棠棠的微信通话界面，打出"到家了没有"，想了想，又删除，直接拨通电话。

江棠棠这头正忙着帮忙调试三脚架反光板，跟着贺晏北对现场布光进行分析，手机放包旁边搁在工作台上，振动声被掩在环境音里。

贺晏北一边试拍摄效果，一边低声和江棠棠、徐放做补充讲解。

以前他也是这样，工作的时候会同时和他们交流传授，实践出真知。江棠棠想起在学校的时候，每回他的课阶梯教室都挤满了学生，还有从邻校来蹭的，更有胆大的女同学拿着他参与编纂的摄影书找他签名，名副其实的受欢迎。

原本江棠棠也买了书想找他签名，可是又听说他每回都拒绝学生的签名请求，说自己不是什么名人不兴弄这个，她也就没再去。

直到大学毕业的时候，她换下学士服穿了纪念白T恤蹦蹦跳跳去找他："贺贺老师，给签个大名儿留个念呗？哪天江同学落魄了还能靠您的签名在江湖上坑蒙拐骗一阵。"

他才笑着拿记号笔在她背后签了名。

但是后来在T恤上签字留念的同学老师太多，那道签名也差不多被盖得七七八八，没能使上拿来坑蒙拐骗的用途。

谢申接连拨出好几通电话都未见接听，想起江棠棠回去前他交代她不要光顾拍照不看路，心下一空，起身捞起车钥匙疾步走出办公室。

徐放回来拿配件，刚好听到江棠棠手机响动，拿起来同时不小心碰着接听键。他朝后喊了声："棠棠，你电话，我不小心按接听了！"

江棠棠听得入神，顺口回："那你就顺便帮我接一下，说我忙呢，等下回过去！"

徐放把手机贴到耳旁："喂，你好，江棠棠她现在在工作，等会儿给你回电话。"

谢申刚到楼下，闻声微愣："你是？"

"噢，我是她大学同学。"徐放还有事情要做，也不方便多停留，"你要没什么急事我先挂了啊，等下让她给你打。"

"等等。"谢申思忖片刻，问，"方便告诉我你们在哪里工作？"

徐放想了想，如实答："我们在拍卖行拍照呢，不过这里没通行证外人进不来。你要有急事找她的话我帮你喊她过来？"

谢申半眯缝双眸："拍卖行？"顿了顿，似有感应，"君禾？"

"对啊，她和你说了？"徐放一看时间紧，也来不及细问，"我还有事，先这样啊。"说着挂了电话走回去。

谢申听着听筒传来的忙音，眉峰微蹙。突然想起在安缇公馆和贺晏

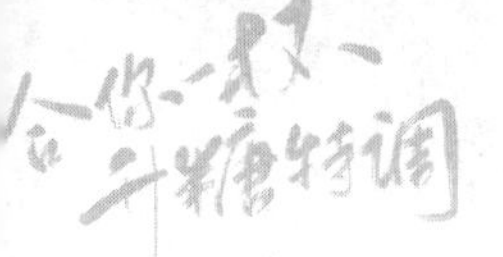

北叔侄吃饭那晚，贺晏北提到的那个喜欢玩胶片机的学生。

江棠棠和徐放把测试样片放到电脑上看，贺晏北还在一旁和仓储部的工作人员沟通。

考虑对藏品的保存条件要求，这里室内的温度不高，但也比外头寒风阵阵温和得多。江棠棠戴着围巾不方便，干脆从脖颈上取下。

徐放不经意一瞥她低领毛衣上沿贴着锁骨处的那枚胎记，心有疑惑：“棠棠，我说几年没见你，你怎么……”

江棠棠专注在屏幕上：“怎么啦，是不是要问怎么越来越漂亮了，还是越来越专业了？”

“都不是。”徐放搓搓下巴，“你这块胎记颜色咋好像……变深了？”

江棠棠一愣，下意识地低头看。

昨晚在床上，谢申唇舌埋在她颈窝间吸吮她锁骨上那块浅红胎记的场景乍然浮现，仿佛一瞬还能感受到他喷拂的吐息。

她的嘴角不由得一抖：“可能是……最近上火吧……”

徐放没察觉到她的不对劲，不作他想，看到贺晏北过来：“老师，你看看。我去拿计划表。”

江棠棠要从椅子上起来：“贺老师你坐。”

贺晏北摇头：“不用，你坐吧。”

江棠棠收神，坐在椅子上继续看电脑。

出自贺晏北亲手拍摄的照片，即便还是样张，细节放大后连书画作品上微不可见的深浅墨韵都清晰可辨。

江棠棠感叹：“老师就是老师。”

贺晏北对着屏幕轻笑一声：“你就是还欠打磨，要是下功夫以后青出于蓝。”

“我哪行啊，再怎么也跟你比不了。”

“那你是说我看走眼了？”

“岂敢岂敢，”江棠棠连忙摆手，“那你说行，我就行。”

她又趁机问了些关于艺术品摄影的事情，贺晏北一边看图，一边给她挑重点讲，不耽误工夫。

谢申下到地下楼层偌大的仓储中心，拐进一旁的摄影部。

里头工作人员看到他倒不诧异，之前他的秘书已经交代过他会过来，都小声道："谢总。"

谢申恍若没听见他们的声音，目光径直落到一侧工作台上。

江棠棠坐在椅子里，贺晏北站在她身旁单手撑在台上，微微弓身，侧头耐心和她说话。她神色专注，频频抬头询问，目光相触间，偶有默契一笑。

徐放拿了计划表回来，低声和他们说："那个就是传说中的君禾集团新任掌门人谢申？"

江棠棠闻言愣怔，和贺晏北一道往门口看去。

谢申两手抵在腰间，正瞧着她似笑非笑。

2

江棠棠还真没想到谢申会过来，他不是忙着在办公室看文件吗？

事实上，她也没想到和他说回家补觉却碰巧在外面遇到贺老师和徐师兄，被拉来充壮丁又这么正好被他撞个正着。

贺晏北偏头对她和徐放简单交代："是君禾的谢总，我们过去打个招呼。"说着直起身。

江棠棠和徐放跟在他后头。

大门边上的谢申垂下手朝相对方向走了几步，和贺晏北握上手。

两人简单寒暄几句，谢申面色无澜地往他身后扫了一眼："这两位是你工作室的摄影师？"

贺晏北工作室和君禾签过保密协议的事情江棠棠听徐放提过一嘴。听谢申刚才和贺晏北的对话两人仿佛还有些渊源，但她还真吃不准他会不会当场戳穿自己不是贺老师工作室的员工，毕竟他在工作上严格到不近人情的做派她是见识过的，只好躲在贺晏北身后努力降低自身存在感。

很快挡在前面的防御墙自己移开了，贺晏北闻言让了让身引见："对，这位是徐放，我工作室的摄影师。"说完目光自然移到另一边的江棠棠身上，一时未出声介绍。

徐放了解他这位老师兼老板为人颇有风骨，大概是不想扯谎，但这次的拍摄涉及能否和君禾签订长期合作合约。思及此，他在这空白缝隙

时间里朝谢申伸出手："谢总，你好。"

谢申与他交握一下："你好。"

徐放又状似自然地提到身旁人："这位是江棠棠，我们以前都是贺老师的学生，今天她负责协助拍摄。"

这是他现下能想到最折中的说法，反正都是生面孔，想来这位谢总也不可能闲得慌去查老底。

江棠棠在一边默默捏了把冷汗，目光闪躲不敢去看正打量她的那道视线。

半晌，谢申也朝她递出手："江小姐，你好。"

江棠棠硬着头皮握上去："谢总，您好……"

不知道是不是错觉，她觉得他此刻脸上挂的笑阴恻恻的，仿佛这笑容下一秒就会掉到地上，不过总算是卖了面子没有戳破徐师兄那点儿小心机。

谢申指节不动声色暗暗施力，声调依旧平稳："看来二位一定是你们贺老师的得意门生，今天的拍摄就有劳了。"

江棠棠心里盘算着自己这只手要是被他捏骨折了得算工伤还是家暴。

还好没等她盘算清楚谢申就抽回了手，他四下看了看，问贺晏北："介不介意我在这里看看你们的工作过程？"

贺晏北自然不会拒绝，事实上摄影部现在除了仓储中心的工作人员，还有几个和今天这批拍摄藏品相关业务部门的人也过来跟流程，是常规的工作模式。

"当然可以。"

"好，那你们继续，我不打扰。"

谢申说到做到，走到工作台一旁简设的休息区坐下，有堂而皇之的理由，目光无须遮掩随着江棠棠身形而动。

做完前期准备调试工作，正式进入拍摄。

虽时隔几年，但江棠棠从前和贺晏北还有徐放一起工作过的默契尚存，拍摄进程出乎意料的顺利。

这是谢申第一次亲眼看见她全身心投入一项工作，像是看到一颗小小的星球加速自转，周身都是它的磁场。

每个摄影师都有自己的脾气和小习惯，江棠棠每回给贺晏北搭手都是恰到好处。贺晏北发现她对艺术品这块颇感兴趣，间隙会和她再顺带提点一二。

谢申看到一半的资料备份在手机里，他拿出来看了一会儿，再抬头又见贺晏北和江棠棠两个人贴身站着一起看他手里相机的取景器，低声交流。

她不再是那个总是按捺不住性子缠着他玩闹的小姑娘，甚至从进入状态后一眼都没看过他。

谢申抬手揌了揌眉心，回想起那晚和贺晏北在饭局中途出来放风，他提起自己那位学生时那意味不明的一笑，心下有些异样直觉。

现场不算安静，好些工作人员进出，见他在旁监督进程也不敢近身打扰，而那三位忙着拍摄的人自是更没空和他说话。谢申忽然之间觉得自己像是一团不明气体，被全场人忽略个彻底。

他又看不进文件了，罕见地切出俄罗斯方块玩。

几局下来，听到身旁响动侧眸，是江棠棠折返回来取备用电池。他从身后抽了瓶矿泉水拧开递给她，低声问："要不要喝水？"

江棠棠低头在贺晏北带的摄影包里翻找，随口回："不渴。"说完扭头看他，"你不是还有好多工作，怎么还不上去？"

谢申还未听她解释一句就被赶人，强按心中不爽："这也是我的工作，监督你们。"

江棠棠压着声："你在这儿我容易分心。"

谢申微怔，这话怎么听怎么耳熟。

好一个天道轮回。

他虚眼看她："我看你专心得很。"

江棠棠推一把他手腕："啧，你小心点儿，别把水洒到贺老师的包上。"

一个多小时前还伏在他膝头说越来越喜欢他，现在这语气和眼神却分明流露嫌弃之意。谢申收回水连着灌下几口，拧紧瓶盖，沉嗓道："你们贺老师违反保密协定的事我还没有计较，你这个临时工还是先替他担心违约金吧。"

他先前揣着明白装糊涂，现在又说这话实在有失风度，可心头那股

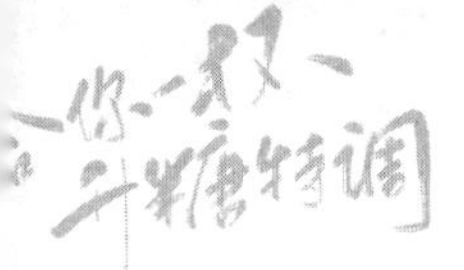

无名火压不住，要是不以此做借口疏通怕是要憋死。

徐放在那头喊了江棠棠一声，她回头一应又转过来面朝他：“你要是敢让我老师赔钱，我……我刷爆你的卡付违约金！”说着一脚踩上他漆黑锃亮的皮鞋，趁他还没反应过来小跑回去把电池交给贺晏北。

谢申舌尖抵着牙关，垂眸看着鞋头那道脚印气得胸颤，腿上的手机恰时传来游戏死亡的提示音。他把手机往旁边一摔站起身，瞪一眼那个吃里爬外的女人，又俯身一把捞回手机跨步出去。

他前脚刚走，后脚贺晏北工作室的另外三位摄影师和摄影助理就赶到了。

江棠棠暗自庆幸，还好真把他气跑了，不然这三位不认识她的摄影师和助理万一说漏嘴直接戳穿她，岂不是弄得他进退两难，也会让贺老师当场下不来台。

谢申刚回到办公室就接到盛佩清的电话：“妈。”

“儿子，你爷爷让我问你晚上回不回谢宅吃饭。这两天降温，老爷子让梁妈炖羊肉锅给你御寒。”

谢申瞥一眼案头文件，“嗯”了声，想了想，又问：“棠棠前两天送他的那串凤眼菩提他还喜欢吗？”

那串菩提子是江父在尼泊尔让专人辨识过的，质量上乘，江棠棠拿到手就让他送给了谢知行。

盛佩清在那头笑了声：“别问了，我怕说出来你今晚就不回来吃饭了。”顿了顿，又道，“不过老爷子倒也没丢掉，还是让人存进杂物间。我看你还是和棠棠说一声让她别破费了，小姑娘赚点钱也不容易，这一件件的最后送到咱家杂物间不值当。”

谢申走进休息间浴室单手掬一把水冲脸：“确实，我看她最近街都不逛了，闲钱应该全投在那些上头。”

盛佩清听他这么说过意不去：“那你还不赶紧劝劝她。咱家这老爷子哪是几件礼物能打动的，她这钱还不如留着给自己用。你也是，男朋友怎么当的？以前你爸和我谈对象的时候，出门我可从来不带钱包。”

谢申扯下毛巾擦脸，闷闷出声：“劝不动。您要真心疼就帮忙旁敲侧击。”

盛佩清一愣，彻底笑开：“合着绕一大圈还在给你妈下套路呢？我一早就表明站中立，你收收你那拖我下水的心思。”

她这头挂下电话，沉吟半晌，转头吩咐梁妈泡一壶养生茶给老爷子喝，又与梁妈耳语几句。

谢知行正和小陈在后院里下围棋。

盛佩清走近观战一会儿：“爸，要不要回屋里下？外头冷。”

谢知行面色一如既往的沉如水，举棋落下：“人就得适应四季变化，老躲屋子里闷出一身毛病。”

他向来有自己一套不可撼动的理论体系，旁人再怎么说都是听不进去的，盛佩清也不再就这个问题深入探讨，干脆拢紧外套在旁侧落座。

梁妈把茶端出来：“来，刚泡好的茶，喝点儿润润嗓。”

她沏了三杯，先递一杯给谢知行。

盛佩清手里捏着茶杯，自然闲谈：“一入冬天是一天比一天干燥，确实该多喝茶。”

梁妈附和：“可不是嘛，一会儿不喝水这嗓子眼就涩得很。我就最不喜欢这冬天，人也穿得臃肿手脚都不方便。”

盛佩清风雅淡笑：“不过冬天也不是一点儿优点没有，你看啊梁妈，有些小物件就很适合在冬天把玩。”她状似沉思片刻，“比如说文玩核桃，还有……凤眼菩提，天气干燥的时候盘玩出来的菩提珠子挂了瓷那叫一个漂亮。”

“是吗？”梁妈做出好学宝宝状，“说起凤眼菩提，我儿子一直想入手呢。太太你说这东西哪里产的最好呀？”

盛佩清轻轻捏了捏耳环：“最好的当然是尼泊尔的，皮质和密度都没得说，不过没有当地熟人帮你掌眼，还真不好买。”

梁妈：“哟，那要是有人能帮忙买一串可就太好了。”

“可不是嘛，挑这东西费时耗力，你说要不是送最看重的人，谁愿意花那工夫？”

谢知行捻起一枚黑棋久久未落，眉间沟壑叠起，欲开口打断，可到底她们两个谈的话面上根本和他无关，一时间只觉烦闷得很。

梁妈又道：“在理在理，可是一时半刻去哪儿找当地熟人，太太你人面广，有认识的人吗？”

盛佩清抿一口茶：“我想想啊。哦，还真有一个，她爸爸在尼泊尔博卡拉工作。我这就帮你问问。”刚拿出手机又恍然道，“我记得她前两天还送了一串凤眼过来，好像丢到杂物间了。我看质地挺不赖，要不你就拿那串去吧。”

梁妈连连摇头：“那不好的，宅里的东西我不好动的。”

盛佩清摆摆手：“别的东西不行，这个可以。咱老爷子都说是垃圾，你权当帮忙清扫了。”

说着，她侧头看向谢知行，极其自然问：“爸，您说对吧？”

谢知行愣怔，竟一时语噎，那股闷气无处发泄，只得将手中棋子重重磕到棋盘上。

3

盛佩清嫁入谢家三十年有余，对老爷子的脾气早就摸透。虽不敢正面顶撞，但在如何旁敲侧击能让他不至于太生气又不得不在意这件事上，她还是颇有心得。

知子莫若母，谢申刚才电话里说的那番话博同情的成分有多少她自是明了。原本确实打定主意要站中间立场，可是江棠棠亲手给她织的围巾还挂在卧房衣架上，虽然那走线连梁妈随手挑的毛线杯垫都比之工整几倍，但就是这样才显出质朴的真诚。

罢了，到底拿人手短，再想起自己从前和谢申父亲谈恋爱的时候为了博得老爷子首肯，也是吃了不少苦头，莫名又生出些同病相怜的感受来。

她也只能做到这份儿上，其他的全看他们造化。

谢知行将棋子重重下到棋盘上，对面的小陈眼观鼻鼻观心，从棋盒内拿起一颗白棋在指尖摩挲着久久未落，低眉垂目等着他发话。

有风吹过，风声衬得现场一片静默。

谢知行冷哼一声，侧头对盛佩清道：“你的眼光也是越来越不济，就那种普普通通的东西说得跟稀世珍宝一样。”

盛佩清顺着话：“所以说还是爸您眼光独具，一眼就看出那手串不怎么样直接让人搁进杂物间。”

梁妈接着说：“老爷子和太太都是懂行的人，像我们就不一样了，没别的也就图个戴着好看吉利。”停顿少顷，抬眸瞧了瞧谢知行的表情，踌躇道，“那……”

谢知行敛眸在这俩一唱一和的人之间巡视，倏地站起身手一扬：“不下了！小陈你今天不在状态，下次准备好了再摆棋局！”

盛佩清也跟着站起：“爸，您看杂物间那东西要不就……”

谢知行冷然瞧她一眼：“梁妈在谢家做事这么多年，你就拿那种垃圾玩意儿打发她？”

梁妈赶紧道：“不碍事不碍事！”

谢知行侧脸一滞，半晌才出声：“没这说法！拿我谢知行当什么人？”稍缓情绪后又道，“梁妈，我没记错的话下个月是你儿子生日，我就当送他个礼物，让人给你找一串更好的，杂物间那串拿不出手。”

梁妈和盛佩清暗暗对看一眼：“那……就谢谢老爷子了。”

谢知行沉沉“嗯”一声算作回应，背起手往屋内走。

盛佩清跟在他背后进屋。走到前厅，谢知行忽然转过身来，抬起手悬空指指她。

她明白这动作即是无声警告，但刚才在后院已经探出老爷子态度里的可乘之处：“爸，其实……”

谢知行直接打断：“这是准备给你那宝贝儿子当说客了？刚才在院子里我没发难是在他们面前给你留面子，那些没用的话你少跟我说。”

盛佩清拿捏着分寸：“爸，再怎么说棠棠也是您老朋友的外孙女。您真忍心让她这每回送的东西都进了杂物间？是，那对您来说都是不入眼的玩意儿，但对她一个年纪轻轻的姑娘来说，花的心思可不是能用钱衡量的。”

谢知行坐下，两手覆在膝上：“她要是以故友外孙女的身份送我，我自是珍而重之。但，她现在做这些，分明就是讨好，是收买人心。”又看向盛佩清，“你别当我什么都不知道，她还收买你和梁妈。”

“爸，”盛佩清轻唤一声，也落座，“我和梁妈再怎么说也是活了大几十岁的人，还能被一个小姑娘一条围巾一双手套给收买？”

谢知行哼声：“有没有被收买你们自己心里清楚。”

他的态度依旧强硬，但语气似乎有所松动。

盛佩清眉目间浮上柔色，愈显姿容风雅：“其实我明白您的顾虑，也不得不承认棠棠从客观条件来说确实不是小申最适合的对象。但话说回来，感情这事有时候也是冷暖自知。您看，自从他和棠棠在一起，回家的频率是不是都变高了？

“当然，您肯定要说他是为了争表现，可是无论如何您不得不承认他比以前更有家庭观念。这些改变是谁带给他的，不用我说您也知道。再者，他们两个要是真不在意您，又怎么会这么努力讨好您？小姑娘没您的同意都进不了谢宅，除了送送东西那也是没有别的法子。”

谢知行静默良久，抬了抬眼皮：“小盛，你这攻心的本事是越来越厉害。”

盛佩清闻言一笑：“爸，可能真的就是冥冥之中的缘分。江家的孩子兜兜转转又和您孙子遇上，有时候这因缘际会，不得不信。”

谢知行起身：“缘分是一回事，适不适合又是另一回事。棠棠她在我眼里就是个不成熟的孩子，我不看好她能做小申的贤内助。”略侧肩看盛佩清，“以后你和梁妈都少在我面前为她做戏。”

盛佩清暗忖说得口干舌燥绕了一大圈还是回到原点，心里多少有些失落，坐在椅子上都忘了起身。

谢知行瞥她一眼，径自往楼上走。

盛佩清叹口气，正要站起来，蓦然听得老爷子渐行渐远却清晰有力的声音——

“行了，等我这趟去四川回来，你和她约个日子，我再亲自见一见。就这一次，再不过我的眼，以后免谈！”

元旦一过，君禾北美分部的闻正安交接完毕手头事务归国。落地开机第一件事就是和谢申报到，谢申在办公室接到电话，让他先休整两天和家人好好团聚再正式到总部上班。

挂了电话，他看一眼沙发里坐着认真书写的人。窗外夜幕深沉，江棠棠从进他办公室开始就维持着这个姿势，两个多小时过去，连他都完成手头工作，她还在孜孜不倦地写字。

在外头通间办公的几个秘书都已经下班，连姜秘书一个小时前也熄了自己秘书室的灯。

换作以往，这种天时地利人和的时候江棠棠早就蹭过来对他动手动脚了，恨不得整个人挂在他身上，可现在竟然连正眼都不带瞧他一眼。

谢申合上文件，踱步过去在她身旁落座，沉声问：“在写什么？”

江棠棠脱了鞋两脚收在沙发上，将笔记本搁在大腿上写着，听他问话拿笔戳了戳太阳穴：“贺老师给我的资料我做一下笔记。上回听他讲了很多我还没来得及消化，还好他不嫌我笨又给我说了一遍，还把自己手上的资料都给我了。”

谢申扫过一眼，是些关于艺术品摄影的书籍以及一部分影印件，有几本书还是贺晏北参与编纂出版的。他拿起茶几上一本翻了翻，里头有不少贺晏北为博物馆和收藏机构拍摄的摄影作品。

他翻完一本放回去，长臂抻到沙发背上虚揽着江棠棠：“你要是对这些感兴趣，我也可以和你说。”

江棠棠侧眸看他一眼：“你是懂艺术品可是不懂摄影呀，再说你那么忙，我哪敢劳烦。”

谢申蹙了蹙眉：“难道你们贺老师很空？”

“那倒不是，”江棠棠眼神回到笔记上，“不过他本来就是老师嘛，教书育人那是专业的。”

谢申不甚满意这个回答，撩起她散在背后的头发捏了捏：“你的意思是我不够专业？”

“哎呀，”江棠棠头也没回，“你今天说话怎么怪腔怪调的？”

谢申薄唇紧闭，一言不发地盯着她后背看。

半晌，放在沙发背上的那只手滑下，从她衣摆下面探进，沿着微凹的脊柱沟一路往上。女人细腻的后背肌肤和温热的手感让他一下起了反应。

江棠棠全身一僵。他的指腹在她背脊上上下轻划，带着某种暗示掀起她身体一阵阵战栗。炽热的掌心又由上至下，转而整只塞进她的牛仔裤裤腰。

她吞咽口水，怔怔回头：“我没理解错的话，你这是……在勾引我？”

谢申这才有笑意浮上嘴角，凑到她耳畔，嗓音如水：“嗯，你没理解错。”

江棠棠不敢置信：“你不是从来不在办公室……”

谢申手里动作未停。

他趁她神思涣散，一只手抽掉她手里的笔记资料放回茶几：“你不是一直想试试？”

江棠棠手里一空，下意识想拿回笔记本：“可是我还没写完……”

谢申不由她说，直接把人摁进沙发：“劳逸结合。”

江棠棠双手抵住他起伏的胸膛：“你怎么这样啊，偏要在我认真学习的时候……”

谢申闻言眉尾轻挑：“跟你学的，也没见你以前挑时候。”

这话说的，倒也没错。

谢申三两下除尽她身下衣物，随即覆上来，热吻迫不及待一个接一个落在她唇瓣和锁骨上。江棠棠被他彻底调动起欲望，伸手解开他衣扣往后一剥，光洁双腿缠上紧窄的腰际。

静谧的偌大办公室里灯光彻亮，暧昧的声音此起彼伏。来回折腾好几遍，谢申从旁抽了个靠垫垫进江棠棠后腰。

江棠棠心道这是还不肯结束的意思？她赶紧往前缩了缩身：“我累了……”

“再一次。”谢申双臂钳住她两条白皙胳膊扣在脸侧，嗓音嘶哑得不行。

江棠棠面颊潮红，从齿间挤出一句：“我真的累了……”

谢申一双深眸与她对视良久，沉了口气放开她半起身：“去洗澡吧。”

江棠棠撑着沙发坐起来，侧脸贴到他光着的背上：“你今天怎么啦？”

谢申偏了偏头：“没怎么。”

江棠棠手臂环住他，轻声问：“没尽兴？那我……”

“不用。”他打断，稍稍俯身捡起散落一地的衣物。

江棠棠下巴磕到他肩头，想了想还是说：“我觉得你最近怪怪的。”

谢申微愣，斜过一眼：“哪里怪？”

江棠棠思索半天，摇了摇头：“没什么。”

谢申转过身，迫使她直视自己，又重复问了一遍。

被他这么问，江棠棠也说不出个所以然来，其实全凭直觉判断，斟酌半天用词，终于检索到匹配词汇。

“就，特别黏人……”

下一秒，她为自己这句口不择言付出了惨痛的代价。

4

两日后，闻正安入职君禾总部。

姜秘书引他进谢申办公室："谢总，闻总来了。"

闻正安从前是谢知行的得力部下，为集团开疆辟土，先后任职过三个海外分部的总经理，四十不到的年纪，履历却极其漂亮。

这次他不仅自己回来，得到谢申首肯还带了两个得力助手一起回总部。

谢申起身绕到桌前："怎么样，去看过你的新办公室了，还满意吗？"

闻正安眉目宽阔，笑起来带着气度："谢总安排得妥当，不能更满意了。"

谢申微微颔首，招呼他坐，自己又回到原位："这两天先适应一下新的工作环境和同事，下礼拜正式投入工作。"

闻正安："只要谢总一声吩咐，我和我的团队随时候命。"

虽然论年纪谢申比他小十来岁，论资历他为集团工作的时候谢申还在读高中，但这位小谢总的战绩他这些年也看在眼里，最初的那些怀疑和不看好早就通通打消，只留下级对上司的尊敬。

谢申闻言笑了笑，双手交叠扣在办公桌上："在项目正式启动之前，我想听听你的真实想法。"顿了顿，"有什么意见都但说无妨。"

闻正安直言不讳："诚如我之前考量的，国内市场目前在线上拍卖这一块还是局限在消费级的艺术品类，要想开拓高端市场并非易事。我们集团之前在这个领域做的尝试也不容许我有太乐观的前景预估。"他缓了缓，继续道，"所以，其实我一直在思考，究竟是什么打动了谢总做出这个决定。"

谢申食指轻敲另一只手手背："想出来了吗？"

闻正安："我知道这个项目是谢老卸任前未完成的一个心愿，谢总是想帮老爷子实现这个愿景？"

谢申点点头："那你知道老爷子为什么这么希望这件事能做成？"

"为了抢得先机占领市场份额？"

"从商业角度来看是这样。"谢申见姜秘书敲门进来送咖啡，稍作

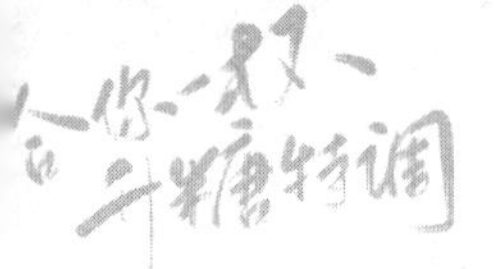

停顿，等她出去后又继续说，“不过其实还有个私人原因。”

闻正安正襟危坐，认真听他说。

谢申却转而问他：“你在国外各个分部工作这么多年，最深切的个人感受是什么？”

闻正安思索半晌：“我在国外因为工作需要去了不少博物馆，也接触过很多民间收藏家。就我个人而言，最大的感触还是见到了太多流落在海外的艺术品，尽管能通过拍卖征集或者别的途径回归到故土，终归还是冰山一隅。”

谢申眸光微动：“看来我爷爷眼光真是好，你这番话和他的想法不谋而合。”

闻正安听谢申说完恍然道：“我明白了，老爷子是希望通过这个项目促进海外艺术品回流。”

其实他早该想到，君禾集团以往策划过不少海外回流艺术品专场，其中不乏馆藏级别的臻品被博物馆应拍收入。

老爷子的想法闻正安很理解，连他因为工作的见闻都有这么深的感触，老一辈人那骨子里的情怀和责任感，更是无法用三言两语诉说。

他只是没有想到，谢申这个新任掌舵人会有这样的决心去完成谢知行未尽的目标。

一瞬间，他心里的尊敬又浓墨重彩添上一笔叹服。

他神色动容：“谢总，你放心。老爷子这个心愿，我拼尽全力也会让它圆满。”

谢申亦郑重：“好，我也会给你最大程度的支持。”

下午的时候，贺晏北带徐放过来签立合同。

他工作室的效率很高，样片谢申亲自看过，确实挑不出任何问题，遂让法务部去联系择日签约。

正式签约之前，贺晏北又来了趟谢申的办公室。

两人在待客区落座，贺晏北开门见山：“谢总，有一件事我想在签约之前和你说明。”

谢申端起咖啡抿下一口：“什么事？”

“之前的拍摄现场，有一位摄助不是我工作室的正式员工。”贺晏

北坦诚道，“她是我在大学当客座教授的时候教的学生，那天我工作室几位员工路上出了点交通意外。我在你们集团楼下碰巧遇上这位学生，顺道让她过来帮忙。”

谢申放下咖啡杯，倒是没想到他还会提起这事。

贺晏北继续道：“换句话说，我违背了和你们签订的保密协定。”

谢申敛眸，似是在思考，片刻后开口：“贺先生其实完全可以不用和我说这个情况。”

“我不希望以欺骗作为合作关系的开端。”

“那你认为你告诉了我，我们还能建立合作关系吗？”

“但求问心无愧。”

谢申视线稍移和他对视，挺直的背脊松了松，靠上沙发：“能让你放心让她参与拍摄工作，看来这位学生很得你的看重？”

贺晏北心下疑惑他这忽转的话锋，但也未作他想：“棠棠她专业能力过关，也曾经到我工作室兼职过一段时间，其实不比正式员工差。”停顿一刻，“当然，无论如何这不是我违反协议的理由。”

谢申眯缝了一下双眼，敏感捕捉到对方提起自己女朋友的名字时没带上姓氏。

话至此处，贺晏北想起谢申上次托他帮忙留意那只德系手动胶片机的事情。

“其实她就是我那回和你在安缇公馆提到的那位对胶片机也很感兴趣的学生。我问过她你上次提的相机，她说她也一直想入手那款型号，只是目前还没有找到。”

谢申心道这不是废话，她要找得到，他也不用找了。

他稍稍收心，又问：“那贺先生没有考虑过把她收入麾下？”

贺晏北直言：“一直有这个想法，只是她有些个人原因现在自己开店，恐怕一时半会儿也不可能到我工作室工作。”

谢申双手叠上膝头，好整以暇：“其实也不算完全违反保密协定，前提是你那位女学生没有对外透露拍摄藏品的信息。”

“这个我可以用人格担保，棠棠既然答应保密就一定不会对外透露任何讯息。”

贺晏北语气肃正又笃定。谢申仔细辨贺晏北的目光，那里头的捍卫

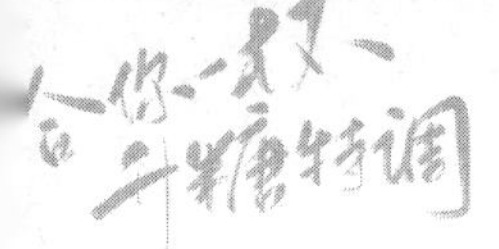

之意简直快溢出来。

他强压心中不快，半晌才递出自己的手:“那，就祝我们合作愉快。”

贺晏北原本已经做好被追责的准备，却没想到谢申完全没有这个意思，收了收神握上他那只手，笑容清浅：“合作愉快。”

徐放跟着贺晏北签完合同可高兴了，出了法务部在工作群里通报完喜讯又立马打电话给江棠棠。

徐放：“说来说去还得感谢小师妹江湖救急。今晚贺老师请客吃烧烤，棠棠你必须得来，徐兄敬你三杯！”

江棠棠哈哈笑：“就你那酒量我又不是没见识过，三杯下去我烤块鹅卵石给你，你都能当鹌鹑蛋吞下去。”

“啧，咋还看不起人呢？社会在进步，你徐兄我的酒量也在与时俱进，今晚就让你看看，什么叫量变产生质变！”

“看就看，你别到时候质变没产生，把自个儿吐变质了。我可不会同情你。”

徐放哼哼两声：“那说定了，我把地址发你微信上。”

贺晏北看他挂了电话，问：“和棠棠说好了？”

“嗯！”徐放把烧烤店地址发过去，“贺老师你还别说，棠棠就是个小福星啊，细想想每回她跟着参与的工作都出奇顺利。我看咱们把她招进来当吉祥物挺好，就跟前台摆的那招财猫一样。”

贺晏北轻笑一声：“胡说八道，你怎么不说她是金蟾？”

徐放一瞬无言：“贺老师你也太狠了，人家漂漂亮亮一个姑娘你给形容成蟾蜍？”

贺晏北仔细想了想：“都招财，差不多。”

他话音刚落，徐放就出声打招呼：“谢总！”

贺晏北回头，见谢申不知何时下来，已经走到他们身边。

谢申弯了弯嘴角，问：“签约还顺利吗？有什么问题尽管提。”

贺晏北：“很顺利。”

谢申指尖戳了戳眉尾，语调放得自然：“刚才听你们在说晚上有聚会？”

徐放在一旁抢答：“是啊，就是庆祝这回和君禾顺利签约。”想了

想问，“谢总要不要一起来？”

谢申看向他，似是在犹豫：“你们工作室的人聚餐，我去不太方便吧？”

“怎么会呢？吃个饭而已有什么不方便的。谢总去了我们工作室那帮小姑娘还不开心死！她们上回就说没看到本人太可惜了。”徐放还在兴头上，又对贺晏北说，“贺老师你说对吧？”

贺晏北点头：“谢总要是有时间，赏脸一起去？”想了想，又问，“他们说要去吃烧烤，不知道谢总喜不喜欢。”

谢申唇畔弧度稍扬：“我对吃的没什么讲究，烧烤也很久没吃了。哦对了，我那儿还有两瓶烧酒，晚上带去配着喝正好。”

他这一副不把自己当外人的态度倒让徐放稍感诧异，心想这位谢总也不全然是传言中的那么不近人情。

无论如何，想到这位甲方这么平易近人，徐放更高兴了，赶紧报出聚餐地址：“那谢总，晚上咱不见不散。”

“好，不见不散。”

5

谢申回到办公室，姜秘书进来送签文件。

公历新年伊始，他桌上的旧台历已经换成新的日历，就是之前江棠棠出创意最后设计投产的那套。

纪念版日历设计的是一套四本，以写意画的四季花卉做封面，风格清润雅致。

姜秘书站在桌侧不经意一瞥，从纸张底色判断出谢总选的是那本海棠花封面的。刚才进来的时候就见他在翻日历，现在一看往后翻了不少，某一个日期旁做了个记号。

身为总裁办秘书，她对各种特殊日期都习惯性地烂熟于心，这日子恰好就知道并记得，是江小姐的生日。

以前她总觉得谢总虽然年轻有为，但气质做派过于清冷肃正让人接触起来不免有些怵然。这些日子倒是真切感受到自己这位顶头上司一点点需要仔细观察才能察觉到的变化。就比如现在他在江棠棠生日那个日期上做的标记，不经意间的小情小趣衬出反差感，很有意思。

谢申看过文件抽了笔签过名字重新合上交还给她，瞄了一眼日历上的日子：“之前让你问的相机的事情有眉目了吗？”

姜秘书点点头：“我正要和您说，联系了几个相熟的摄影师终于有一个有了您要找的那只相机的消息。”她把文件收在怀里继续说，“据他说九十年代初的时候有家通讯社在H市一家胶片相机店的老板手里以他们当时用的一批德系手动胶片机低价换购了新出的日本自动相机。您要找的那款就在其中，他帮您打听了，现在店里还有一只现存。”

谢申面有喜色：“那你帮我联系店家，直接买下让他们寄过来。”

姜秘书略为难：“我去联系过了，店员说他们老板做生意特别传统，只接受买家到店亲自看过当面交易，其他任何形式都不行。”

谢申闻言略微思忖：“先下订金，让老板预留。”

“抱歉啊谢总，”姜秘书淡淡蹙眉，“关于订金的问题我也询问过了，他们店也不接受这种形式的预留。您也知道，有些老店的第一代老板做生意总是比较……”

她话未说完，但谢申明白这意思。想来这位老板应该是位有情怀的人，这种人多少骨子里都带着些偏执，自有一套旁人无法理解的行事法则。说来倒和自家那位固执的老头很像。

姜秘书在旁出主意：“这样吧，找个人去H市一趟代买一下就好了。”

谢申用拇指和食指括了括下巴：“帮我确认下最近的行程，尽量调整空出一天时间，然后帮我订去H市的机票。”

姜秘书微诧，她猜到谢总找这只相机应该是送给江小姐当生日礼物，只是没想到他还要亲自去买。H市离这里不算近，从前她去旅游过一次，要是当天来回还真挺仓促，但老板下达的命令她肯定是要照办的。

“好的，谢总，我马上去处理。”

晚上赴约之前，谢申还在酒店健身房练了练，出了身薄汗洗完澡换上一套休闲款的大衣。

刚才他在跑步机上的时候江棠棠发来一条信息问他在做什么，他顺手给她拍了张健身房的照片，等洗完澡换好衣服出到外厅也没见她回新的消息过来。

这头江棠棠正和程陆走出店门往远处望。

中古街今天有街道巡防队来对辖区内商铺的液化气安全进行专项检查，主要是针对一些餐馆小吃商铺。

有一家做夜排档生意的老板刚刚开始营业，就被执法队的检查员查出违规储存液化瓶，据说是要当场收缴违规的液化瓶还要报到消防部门来跟进处理。那位老板眼看今天生意要被搅黄，脾气上来和巡防队的人大吵起来，老板娘也是个不省事的，不仅不劝阻，还声色俱厉地飙脏话，引得整条街的人都凑过去看热闹。

程陆把江棠棠拉在门口："就站这里看看得了，不许过去啊。那种没素质的人，保不齐吵着吵着忽然打人呢。"

江棠棠梗着脖子瞧，可惜围观人群太多看不进去，只能听到争吵声，敷衍应声："知道了。"说着回头，"哎，你说他们会不会真的打起来？"

"你管呢？"程陆拍她脑门一记，"照我说这种人直接抓去关两天就知道严重性了。他们一家乱用燃气不要紧，万一真出事爆炸了，整条街的人都得陪葬，还敢在那儿瞎喊。"

江棠棠呸呸呸："你这话说得我心慌。"也没心情看热闹了，估摸着和徐放他们约的时间将近，转身回店里稍稍补了点儿蜜粉就赶去他发来的那家烧烤店。

这里是明市有名的烧烤一条街，一入夜空气里孜然味与香辣味齐飞，白腾腾的烟雾从烤架上飘出，伴随着吱吱作响的声音。

店里面有空位，不过一般大家追求气氛都爱在外头支起的木桌上吃。

江棠棠到的时候贺晏北工作室的人基本都在了。徐放眼尖，看到她人来了赶紧出声招呼。

江棠棠走近："贺老师，我来晚了，路上有点儿赌。"

贺晏北起身："不晚，人还没到齐。"

江棠棠没作他想，在场除了上回拍摄见到的三位其中两位之外，还有两女一男。

贺晏北为他们互相引见了一下："这位是小印，茜茜，还有小A。"又对她道，"刚才我们已经点了一些，你去里面看看还有什么想吃的。"说完自然领着她进去。

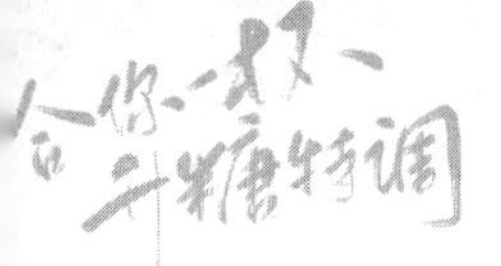

今天才见到江棠棠的摄影师小A对徐放说：“你这个小师妹长得不错啊，有没有男朋友？”

徐放瞥他一眼：“关你屁事，人家没有男朋友也不会看上你。”

“我怎么了？经济独立的优秀青年一个，还是说你……”他眼神暧昧一挑，“啊？”

“毛病！”徐放半起身打他头一下，“你以为我是你，满脑子歪脑筋。”

“你们别吵了。”小印皱眉，转而小声道，“其实我觉得吧，徐放你这位师妹和咱贺老师挺配的，刚刚走进去的背影多登对。”

贺老师是他们对贺晏北的惯称，大家都这么叫。

徐放无言以对：“你们一个个的酒还没喝都说什么胡话，待会儿谢总来了都收敛着点儿啊，别合约刚签完就被人嫌弃上。”

小印闻言确认：“君禾的谢申今天真的会过来啊？”

徐放：“对啊，我们都约好了，估计快到了。”

她开始掏出化妆包补口红，仔细描一圈抿了抿。徐放看乐了：“等下就要吃东西了，你现在涂口红给谁看呢？”

“拜托大哥，”她翻个白眼，“这么难得和顶级高富帅吃饭的机会，我好歹得保持住仪容仪表吧。”

小A揶揄：“怎么，你还想趁此机会嫁入豪门啊？”

“那倒没有，豪门岂是我们这种普通女孩想嫁就嫁的，但是我作为咱们工作室的门面担当不能给贺老师丢脸啊。”

小A哈哈笑：“门面担当什么时候易主了，不是茜茜吗？”

那个叫茜茜的女生闻言淡淡抿了下唇：“别乱说了。”

话音刚落，就见徐放扬起手：“谢总，这里！”

大家朝着徐放的目光齐齐看去，一瞬静默，一个身形利落气质出众的男人由远及近。霓虹灯牌映照，在夜色中勾勒出英挺的五官。

之前也在新闻上看到过君禾集团掌门人的照片和视频，但终究是隔着屏幕。现下看到本人，虽然不似在媒体上看到的那般西装革履，但真人这通身的气派却让人更挪不开眼。

小印暗暗吸气：“妈呀，血槽空了。”

等谢申走到这里，几个人已经很有默契地一起站起来迎人。徐放是个自来熟，简单为谢申介绍了一下在场的所有人，又和大家道：“这位不用我多说了吧，君禾集团的谢总。”

站在中间的茜茜最先浅笑柔声唤：“谢总。”

今天零下的温度，茜茜还穿一件露出漂亮锁骨的一字肩毛衣，同是女孩儿，小印自是懂她的小心思。像自己这样的普通女孩儿面对眼前如斯的高富帅只有感叹的份，但茜茜那种长得好看的就另当别论了，有点别的想法实属正常。

谢申淡淡点了点头，四下看了看，问徐放：“你们贺老师呢？”

徐放这才想起来：“哦，对了，我都忘记去叫贺老师了。他在里头陪棠棠挑食材呢。”说着顺带提醒道，“谢总还记得棠棠吧？就是上回和我还有贺老师一起去你们集团拍照那个小姑娘。”

来之前贺晏北已经告诉他将当日实况和谢申做了说明，所以他也不用再扯谎说小师妹是工作室的员工。

谢总意味深长一笑：“记得。”说着把手里拎的纸袋递给他，“我带的烧酒。”

徐放接过：“太客气了，那谢总要不要也进去点点想吃的？”

谢申：“好啊。”

他推开一侧玻璃门往里走了两步就见不远处江棠棠正和贺晏北一起在柜台前选海鲜。

贺晏北替她端着盘子，她一双杏眸在置于碎冰上的生鲜之间流连。

江棠棠手里捏着夹子选得极其认真：“贺老师，扇贝和生蚝我都想吃哎，你们刚才点了没有？”

贺晏北笑容清浅：“可能不够，你再多拿点。”

她夹起一些放进他手里的盘子。贺晏北低眼看了看：“就这么点，够了？”

江棠棠又夹了两颗扇贝，贺晏北彻底笑出声：“你把整盘倒进来吧，不用替我省钱。”

江棠棠可高兴了：“可以吗？”

贺晏北点点头：“当然可以。”

谢申在后头听见两人对话，肃下脸扯了把外套里的毛衣衣领。

吃吃吃，平时是饿着你了？待会儿吃得胃胀气别想我帮你买药！

平日里出去觅食都被谢申严格控制进食量的江棠棠得到贺晏北首肯后如猛虎出闸，她豪迈地把萦绕着干冰白烟的整盘扇贝都端起来倒进贺晏北的盘子。

她眉眼松快，语调扬起：“老师就是老师，太大方了。你都不知道我平时……”

说话间余光不经意往旁处一瞥，蓦然瞥到一个无比熟悉的身影，刹那间整个人怔住，后半句话硬生生滚回肚子里。

近在咫尺的谢申朝她勾了勾嘴角，笑意却明显未达眼底，看着她点头，再点头。

这意思是：你倒是往下说啊？

江棠棠抖了抖嘴角，看着他不善的目光艰难组织语言：“你都不知道我平时……吃得有多丰盛。今天还想减减肥少吃点儿呢。”

顿了顿。

“哈，哈哈……”

6

一旁的贺晏北听江棠棠这么说，接过话道：“女孩子不要乱减肥。”说着目光一巡，也瞧见了谢申。

谢申脸上微讽的表情还未散尽，目光从江棠棠身上移至贺晏北，只先点了点头示意。

今天贺晏北做东，他往前走几步自然打招呼：“谢总来了，正好我们在选食材，你想吃什么？”

谢申很浅地弯了下嘴角：“不是工作场合叫我名字就可以。”垂眸看一眼他手里端的大盘子，“拿这么多了？我随你们，不多点了。”

江棠棠暗忖这话分明是说给她听的。

私底下大家都是同龄人，贺晏北没多客套，转而又问江棠棠：“棠棠，你要不要再点一些？”

谢申好整以暇看着她。

江棠棠心痛到无法呼吸：“够了贺老师，这就够吃的了……”

那头徐放在门边上喊：“贺老师，你手机是不是关机了，有客户打到我这儿了，你来接一个。”

这家烧烤店是自选完食材去柜台换号码牌再送烤。谢申闻言看着贺晏北手里的餐盘善解人意道："我来拿吧，你先去接电话。"

贺晏北点了点头移交给他："麻烦了。"

贺晏北一走，江棠棠立马扭头问："你怎么来了？"

听刚才两人的对话分明是事先约好的，可是谢申对她只字未提。

谢申睇她一眼："怎么，我不能来？"说完颠了颠到手的餐盘。

江棠棠嘴唇翕动，半晌出声："可以，君禾是贺老师工作室的大客户，你来我们当然是欢迎之至的呀！"

你？我们？

"你刚才是不是想和你那位老师告状我平时怎么苛待你？"

"怎么会呢？"江棠棠往外瞥一眼，见徐放他们都在聊天没人往店内这个角落看，才抬手捧住他脸，"你最近很敏感多疑啊，要不要找个老中医内调下哈？"

谢申哂笑，压低声："调理好了怕你更吃不住。"

最近果真骚里骚气！江棠棠腹诽完解释："真没有告状。贺老师都不知道我们在一起，我和他告什么状？"

谢申轻挑眉尾："你没和他说？"

"那天我们都在他们面前装陌生人了，要说也得以后找合适机会。话说回来，你待会儿不许拆穿我，不然不就把违反你们那个保密协议的事情摊上明面了吗？多尴尬。"

"他没和你说吗，今天下午他在签约前已经来过我办公室把那天拍摄的实情都说清楚了。"谢申看着她缓声道，"看来你们老师可比你磊落。"

江棠棠没想到贺晏北竟然主动相告，想来她这位老师兼曾经的老板倒确实一直是这样的性格，担得上"坦荡"二字。

"那你让他赔违约金了？"

"有你保驾护航，要拿我的卡给他刷违约金，我哪敢？"

"哎呀，不是这样的。我就知道你人帅心善不会动真格的。"江棠棠打哈哈，又想了想，"哎不对啊，那你怎么不顺便告诉他我们的关系？"

谢申往柜台走："贺晏北是你的老师，难道不应该是你向他正式介绍我？"

江棠棠跟在他身后："你说我说有区别吗？"

谢申把盘子往店员手里一交，转身捏她下巴："江棠棠，你是真傻还是在我面前装的？"

"你才傻呢！"江棠棠莫名其妙被他羞辱，气道，"说话弯弯绕绕的，你以为你是赛车跑道啊？"

谢申摇头叹气："看来是真傻。"

"你再说我我生气了啊！"

"扇贝生蚝加不加辣？"

"半打微辣！"

谢申转而交代："各半打加辣，一点点就行。"

今天的聚餐人多，外头的长桌上对向各坐四人，江棠棠和谢申出来的时候正好里侧还有两个相邻空位。

江棠棠还恼着，故意加快脚步走在他前面径自落座。

左手边坐的是贺晏北，他看出她面色有异，侧头低声询问："怎么了？"

谢申不疾不徐地走来坐下，端起桌上沏好的水喝，不动声色地觑过一眼。

江棠棠敛神，随便扯个借口："刚才他们说我想加的酱料没了。"

贺晏北微怔，继而一笑："你真是一点都没变，吃的东西大过天。"略微思忖后问，"是不是你以前经常说的那个牌子？我去对面超市看看有没有卖。"

谢申拿着水杯的手一顿，眉峰微凛。

同为男人，有些事情可能对方自己都还未及深思，但他做事向来未雨绸缪，宁可多虑也绝不疏忽。

江棠棠忙不迭道："不用不用，我就是刚好想起来。贺老师您别忙活，我嘴没那么挑。"

恰好有烤好的东西上桌，徐放招呼大家吃，这茬就揭过去。

徐放是个活络人，上大学的时候就各种参加社团活动，当初贺晏北招他进自己工作室一方面是清楚他专业课成绩优异，另一方面也是看中他的交际能力。

他边吃边聊，难得和江棠棠重聚，话题就渐渐扯到上学的时候：“我这小学妹可太有意思了，我们学校宿舍楼没装空调，她在网上买了条什么制冷被，估计是三无产品吧，裹着睡了一晚上脖子上全是疹子。第二天见到我还非说是去画了人体彩绘颜料过敏哈哈哈！我真是信了她的邪！

“还有，三号食堂的那意见本上全是她写的食评留言，每道菜都画图打分，就差没附上论文了。人家漂亮学姐学妹都忙着谈校园恋爱，就她，和食堂大师傅鸿雁传书。

“还有还有……”

江棠棠太阳穴突突作跳，塞一串鸡中翅到他手里，小声道：“徐兄你可闭闭嘴吧。”

徐放也小声问：“闭多久？”

江棠棠瞪他一眼：“永久！”

谢申在旁听得一脸兴味，故意屈肘碰她胳膊，嘲弄一笑。

大家吃着聊着，两杯烧酒下肚，徐放虽然不打趣江棠棠了，但兴致明显更高，见贺晏北和谢申碰完杯跟着道：“谢总，我也敬你一杯！”

谢申又拿起酒杯和他轻轻一碰：“以后有劳各位。”

江棠棠趁谢申忙着社交，低头吸溜扇贝里的粉丝。

坐在对面的茜茜保持着姿容仪态吃过半程也未见进食几口，看着谢申眼睫微掀：“谢总，那我也敬你一杯。”

江棠棠嘴里还叼着一簇粉丝没来得及咬断，乍一听这能掐得出水的声音，警惕性袭击天灵盖，倏地抬头朝对面望去。

对方唇畔勾着笑意，眸色深深。夜风吹荡她垂在裸肩上的发丝，清纯中透一点妖娆。

江棠棠迅速咀嚼粉丝，膝盖一拐撞谢申大腿外侧。

服务员上来送新烤出的鹌鹑，特意向贺晏北嘱咐：“最左边这只是您刚才来说要刷蜂蜜的。”

贺晏北拿起来递给江棠棠：“你吃这串吧。”

那边茜茜说话间已经拿起烧酒杯，谢申面色无澜，抚了抚左腕手串，捞起桌上一只酒杯去碰。

两只小杯稍碰即分，他仰头喝下杯中半杯酒。

徐放看着一愣，脱口而出：“谢总，你这只杯子是棠棠的……”

谢申修长手指捏着空的杯身看了一眼，抬眸问：“嗯，怎么了？”

徐放虽还没反应出个所以然来，但很快收起诧异神色，朝江棠棠使了个眼色，询问的意思不言而喻。

江棠棠原本是觉得今天聚会有好几个是初次见面并不相熟的人，要在席间突然广而告之谢申是自己男朋友实在突兀，还思忖着找个合适机会和贺晏北还有徐放说明，没想到谢申会忽然杀她个措手不及。

贺晏北听到谢申的话一瞬侧脸微滞，霎时想起他先前提过的那位找胶片相机的女朋友，还有今天在办公室对自己这位学生的诸多询问。

他心下把这一切串起来，当即有了答案。

他沉静半晌，侧肩看向身旁人。

江棠棠虽未发声，与他目光对上时，尤显歉意。

像是一个佐证。

谢申这句漫不经心的反问，其中深意再明显不过。大家都不是三岁孩子，自然听得懂。

各自揣测他们两个到底是什么时候搭上的线，或许就是那天拍摄的时候，又或者是因为这层关系江棠棠才得以参与拍摄工作。

再往深里想，君禾集团的谢总为什么忽然来参与他们聚餐，原来是别有意图，合着人家小两口玩情趣呢。

这些猜想在场所有人都只放在心里，面上很快恢复平常神色。毕竟是大客户老板，怎么也不可能无礼到当面起哄八卦。

那个叫茜茜的女生眼中流荡的神采暗淡下来，盯着江棠棠看了半天。

继而稍稍转身，她拿下椅背上挂的外套穿到身上。

7

后巷。

谢申和贺晏北一起在店里上完洗手间，没有直接回外头餐桌，而是绕到后巷抽烟。

不同于前街的白雾腾腾热闹纷杂，后巷逼仄，光源杂乱而晦暗。冬夜冷风吹动对面墙头探出的一株杨树枯枝，在凹凸不平的地面上打下一

片浮动的阴影。

谢申分烟给贺晏北，自己也衔一根在唇间，掏出火柴盒里最后一根火柴划起，手掌拢着蹿起的星火挡风，先给对方引燃。火苗动了几下还是熄灭，他又将唇瓣间的烟捏下凑到贺晏北那根烟头上渡火。

两个男人虚靠着墙壁静默抽了一分钟，贺晏北出声：“没想到我和谢总还挺有渊源。”

谢申指尖弹了弹，烟灰还未落地就被轻飘飘的风卷走：“确实，你叔叔和我爷爷以前是同仁，你的学生是我女朋友。”他又吸一口，轻吐烟圈，“以后我们也是合作关系，难得。”

贺晏北看他：“冒昧问一句，你和棠棠在一起多久了？”

谢申侧过肩与贺晏北平视，半开玩笑道：“反正不是上次你们过来拍照才认识的。”又说，“当时情况比较复杂，我也就顺着她的意思装不认识，这点还得和你们道歉。”

贺晏北摇头：“起因在我没有第一时间说明。”

谢申笑：“那就算扯平了。”他两指夹着香烟滤嘴下端垂在裤腿旁，似是闲聊，“听棠棠说贺老师以前很照顾她，还给她去你工作室历练的机会。那时候没少麻烦你们吧？”

“没有，她工作起来很专业。”贺晏北目光投在光秃秃的树影上，“也就是平时爱吃甜食，不过这也不是什么缺点。我有时出差看到甜点也会给她带一些。哦，徐放他们也经常给她买糖吃。”

谢申眸色隐在幽暗里，依旧是玩笑语气：“难怪平时总怪我苛刻她，原来是以前让你们宠的。”稍顿半刻，“不过她这两年脾胃不太好，吃多了又要嚷肚子不舒服。有一回疼得半夜醒过来，我一摸她额头全是冷汗，急急忙忙送到医院挂完急诊才发现自己脚上还穿着拖鞋。”

这段话看似平淡叙述日常，却实实在在把该透的信息量透个干净。

贺晏北捏了捏鼻梁：“你对她很好。”

谢申兀自一笑：“谈不上好不好。我有个朋友以前和我说，等我有了女朋友就知道他有个妹妹是什么感觉。我现在算全明白了，那就是操不完的心。”

贺晏北依旧看着地上晃动的树影，身形一片清寂：“有想要照顾的对象，对方也愿意受你管，何尝不是一种幸福。”

对谈至此，谢申已是做齐小人姿态。无论对方怎么想，自己先把上位者的姿态摆足了。

这几回交锋下来，他已经把贺晏北的脾性摸透，也就是仗着对方是君子，他才能顺势做成小人。

他抬手把烟抿进唇瓣，吸吐一口恰时转了话题：“贺先生的工作团队很优秀，以后等君禾上线线上拍卖的项目，势必对藏品的拍摄要求会更高，我也很期待你们到时候的专业表现。”

这个项目贺晏北在他办公室的时候听他提起过。其实谢申没有和原先主要的摄影合作方续约，一部分原因也是因为需要更专业的团队来为策划中的线上项目提供服务。

贺晏北敛神，应道：“这点请放心，一定不会让你失望。”顿了顿，“叫我晏北吧。”

“好。”谢申微微颔首，过一会儿将烟头掷到地上踩灭，“回去吧。”

贺晏北笑意清淡，也灭了烟与他并肩从后门穿过店内往回走。

这头江棠棠在徐放的威逼利诱之下把前因后果拣了重点交代。

语毕，徐放拿饮料吸管敲着盘沿啧啧感叹：“还是小师妹厉害啊，出手就捞了个顶级的。演技也很是了得啊，和谢总装初次见面装得那叫一个逼真。”

“我又不是故意的。”江棠棠举起酒杯，“敬你一杯赔罪行不行？”

徐放也大方，和她轻轻一碰杯：“没事没事，和你开个玩笑，还得多亏你帮忙。”

当天没能及时赶到的摄影师沐迪他们也附和：“对，多亏棠棠帮忙。我也得敬你一杯。”

小印出声：“你们少喝点儿行吧？谢总带来的烧酒都喝完了还点这么多瓶，别他去个洗手间回来看到自己女朋友被你们一帮人灌醉了。”顿了顿朝江棠棠一挑眉，“江妹妹，来和姐姐分享一下是怎么俘获谢总芳心的？”

徐放哈哈笑：“这就姐姐妹妹称呼上了？微博问答还得付费呢，你想拿现成的免费答案啊？棠棠，别告诉她！”

江棠棠刚才连着喝了几杯，此刻醉意微微，说话也不设防起来：“其实也没什么，反正就是喜欢了就表白，就这么简单的。”

小印闻言感叹：“这就是金庸小说里写的‘无招胜有招’啊。”

徐放纠正：“没那么高深，她这叫乱拳打死老师傅。”

江棠棠红着脸在桌底下踢他一脚：“你才老师傅呢。”

一旁的茜茜听得入耳入心，嘴角噙着暗嘲的笑意，心中满是不信。

像谢申那样的男人，没点本事手段的女人怎么可能轻易勾到手。这个江棠棠不过就是装傻充愣，心思藏得深。

她涂着豆蔻色指甲的手尖在桌上打了两圈，捻起酒杯轻笑：“你们都敬了，那我也敬江小姐一杯。因为你的帮忙，这次我们贺老师和君禾集团顺利签约，估计年终奖少不了我们的。”

小印作势挡了挡：“别敬来敬去了，待会儿真把人敬醉了。”

茜茜看一眼她：“可是你们都和江小姐喝过了，只有我还没有。”

其实江棠棠离醉还有一段，只是酒酣耳热之际被冷风一吹头一瞬有些晕疼，她拒绝道：“抱歉啊，我真的喝不下了。”

茜茜将江棠棠的杯子拿来往自己杯中倒满：“那这样行吗？我喝一整杯，你就喝小半杯。”

江棠棠此刻感觉到对方似乎有为难之意，想起刚才她向谢申敬酒时的声调神色，当即愈加坚决：“我头有点儿晕，真的喝不下。”

江父曾经教导她行走江湖二字诀：诚，拽。

对朋友真诚，对不怀好意的人必须拽得跟这辈子没用正眼瞧过人一样。你越是妥协好说话，对方越会看轻你得寸进尺。

徐放听江棠棠这么说，正要出声劝茜茜，恰好看到贺老师和谢总回来。

谢申推开门的时候就听到她们的对话，在江棠棠身旁落座，一只手抚上她的小腹揉了揉：“趁我不在又喝了多少？”另一只手拿起她手边的酒瓶晃了晃仅剩的余量，“这一瓶都是你喝的？”

江棠棠不动声色地吸了吸肚子。

茜茜笑吟吟：“谢总没事的，江小姐酒量蛮好的。”

江棠棠斜倚上谢申肩头，两手一摇：“不好不好，不是很好。你那一杯我真喝不下了。”

贺晏北闻言，垂眸看向茜茜手里还拿着的酒杯蹙眉：“出来是吃东

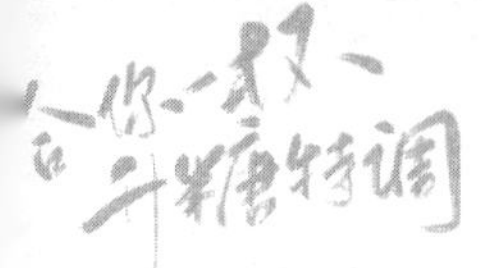

西的，喝那么多明天不上班了？”

谢申对贺晏北道：“你这位女员工酒量倒是真好。”揽着江棠棠肩膀的那只手稍动，将她吹到嘴角的发丝轻轻拨到耳后，“我们家这位就不行了，没练出那么大酒量还敢逞能。”

那个茜茜霎时噤声。

谢申听江棠棠刚才对答如流，猜她大概也没真醉，没再多做计较。

聚完餐大家因为喝了酒也没法开车，除了两个叫了代驾，其他人决定走到街口打的回去。贺晏北把人陆续送上车，还剩一辆，正要让谢申和江棠棠上。江棠棠冲他摆手：“贺老师你坐车回去吧，我们再溜达一段消消食。”

贺晏北看一眼她，又看一眼谢申，点头：“好。回去喝点醒酒汤。”

谢申：“放心。”

等车起步开走，江棠棠绕到谢申背后，两手环住他颈项一攀，腿再一蹦半挂到他背上：“本公主喝多了走不动了，快背背我！”

谢申往后斜一眼：“别装了，你喝没喝醉我还不清楚？”

“你这个老匹夫还敢质疑本公主，罚你降一级帅度！”

“江棠棠。”

“你别动，我滑下来了，快点弯腰！”

谢申稍稍俯身，江棠棠顺势上位：“可以了，启程！”

宽阔的主干道边，晚风簌簌，路灯拉长交叠的背影。

江棠棠的鼻息埋在谢申脖颈一侧闻了闻，闷闷出声：“为什么你吃完烧烤都没有烧烤味，还是香香的呢？难怪招蜂引蝶。”

谢申脚步一顿，冷道：“你也没有好到哪里去。”

“啊？”江棠棠两腿在他腰侧一夹，“本公主才不像你。”

“哼。”

“哼什么？”

“没事。”谢申才不会让她知道，背着她拐过弯道，正了色，“棠棠，有件事要和你说。”

江棠棠听出他语气有变，抬起头：“嗯？什么？”

“我妈让我问你什么时候有空，等我爷爷从四川回来，想见你一面。”

谢知行曾经在那里一所中学捐过一栋教学楼，恰逢学校建校二十周年，校方邀他去参加校庆典礼顺便游览当地名胜，估摸着时间再过几天就能回来。

江棠棠一愣，肩线刹那紧绷，半晌才道：“我有点儿怕……”

谢知行那一副冷眉冷目的模样，还有他曾经在谢申身上留下的鞭痕，都让她一想到要和他面对面谈话就犯怵。

谢申音色低：“我知道。你不用想太多，普通见面而已。”顿了顿，“他同不同意，都不会影响我的决定。”

“那你会陪我一起吗？”

“他指名要单独见你。”

“完了完了，他肯定要甩我五百万让我离开你了。”江棠棠紧张得手心冒汗，往他内衬毛衣上擦了擦，“我应该做点什么事先准备啊？”

谢申闻言笑：“我会让人帮你准备好伴手礼。别的没什么，你就别在他面前太活泛，他说什么你点头应一应就行。”

江棠棠若有所思地点头：“好，我装淑女。”想了想，“那你到时候在我们约的地方门口等我行不行？”

谢申两臂托着她大腿往上提了提，故意揶揄：“平时不是很能耐吗？一个长辈就把你吓成这样？”

“不是。”江棠棠深思熟虑，“万一你爷爷那五百万提现金给我，我一个人拿不动的。”

8

谢申听到这句玩笑，罕见地没有驳江棠棠，反而顺着问：“哦？那你打算分我多少？”

江棠棠把头歪回他肩头：“暂时没有这个打算。”

“这样。”谢申捞着她大腿的手松开一根手指。

江棠棠：“五十万！”

他再松一根。

江棠棠：“一百万！”

他又松一根。

江棠棠夹紧腿，两手紧紧环住他脖颈：“一半！一半行了吧？”

“成交。”他把手指重新扣回去。

短暂的欢闹过后，两个人陷入奇异的沉默。

半晌，江棠棠唇畔贴着谢申耳朵声音轻轻道：“我有个问题想问。”

谢申也沉着嗓：“什么？”

“你让我去见你爷爷是什么意思？”

“走个常规流程。”

“嗯？”

他偏了偏头：“不是都这样吗？谈婚论嫁之前要先见一见对方家里人。等你见完我家人，我也会去见你家人，彼此熟悉一下。”

这语气平铺直叙到让人怀疑人生，仿佛是在说签合同之前我们先实地考察下对方公司资质。江棠棠反应延缓，愣住几秒才讷讷发声：“你等等，我头真有点儿晕……熟悉对方家人我理解，但是，那个，谈婚论嫁？”

谢申反问：“不谈婚论嫁熟悉家人做什么？”

竟让人无法反驳。

一阵风吹过，江棠棠索性一手抓了外套上的帽子扣上脑袋。周围风声被隔绝了大半，她脑子也清醒不少：“你……你要不要再好好想想？”

“想什么？”

她眼睫扑簌：“结婚不是小事。你不想清楚，以后后悔了怎么办？”

虽然她已经很努力在学习在接触他的世界，也想要变得更好与他相配，可那些终归不是一朝一夕能补足的。和林臻比起来，她这点儿用心甚至不值一提。

她对那天林臻的眼神耿耿于怀，总在不经意的某一刻扰乱思绪。

舅舅说过从前他和霖姐在一起，那些自信和骄傲通通就像掉进黑洞不见踪影，甚至听不到一个回声。他说当你爱死了一个人的时候，总会不自觉放大对方的优点和自己的缺点，觉得自己配不上。有时这其实不过是一种迷思，只是往往当局者迷。

步道上相对而来一对情侣，那个女生看到对面背着人静静走着的男人，扯了扯自己身边男生的衣袖，一脸羡慕。

谢申侧头，高挺的鼻梁若即若离摩挲江棠棠的鼻尖交换气息：“我这个人做事不喜欢也不允许自己半途而废。”

江棠棠的心一阵悸动："真的吗？"

谢申："嗯。"

江棠棠："那万一我命短比你早登极乐世界，你也不会半路再娶吗？"

谢申咬牙切齿："你这张嘴能不能说点吉利话？"

"生老病死人之常情啊。"江棠棠嘟囔着，想了想，"那要不然……祝你比我早登……"

谢申听得脑仁疼，两只手一瞬均松开手指，只留掌心贴扶着她两条大腿。

江棠棠感到身下托力一松，赶紧扬起声："小江在这儿给您拜早年啦！祝谢总来年五谷丰登财源广进，有钱的全给您捧钱场，没钱的都不问您借钱！"小心翼翼地询问，"够吉利不？"

"还不错。"谢申笑容这才上了嘴角，"你放心，极乐世界的门卫不会放你这祸害进去。"

"那……"江棠棠眼梢微动，声音浅柔，"你真的真的确定了吗？确定……是我？"

谢申佯装思索："我还是再想想。"

"啊，不行不许不可以！"江棠棠一把捂住他双眼，"君子一言驷马难追！"

谢申笑："谁给你做证？"回想到某一幕，"这次还想不想调监控？可惜有监控也录不到声音。"

"你好烦！"江棠棠嚷嚷，"是你自己先说的。别太嚣张啊，我小江也是很有个人魅力的，你不娶多的是人要呢，我这就去另觅新欢。"

谢申沉声："你敢。"

"你想怎样？"

"打断你的腿。"

"那我咬断你的腿！"

她从他背后滑下绕到身前，拉着他大衣领口往下一拽，直接仰头吻上温热的唇瓣。

她稍稍分开："海棠居士的私章给你印上了。没经过本居士允许，你是不可以另找主人的。"

谢申嘴巴翘得可以上天，抬手刮她鼻子：“想当我主人，你还得再修炼五百年。”

江棠棠抱住他，两只手游弋进他的外套挑开毛衣衣摆钻进去：“那我能申请个提前预支吗？你先叫声主人来听听。”

“你别得寸进尺。”谢申后腰倏地一冰，是她的手贴上来取暖，垂眸看她，“非要玩角色扮演是吗？有的是机会让你知道谁才是主人。”

双向车道一侧有辆白色奥迪缓下车速，驾驶座上的尹曼往车窗外瞟，对身旁的林臻道：“看见没？你那位严肃冷淡的谢总，跟人小姑娘在街上就搂搂抱抱上了。你还别说，平时禁欲范儿十足的男人一搞起这种事来特别有反差魅力。”

“你说够了没有？”林臻想收回目光，可是眼睛却像被铁钉牢牢钉死在那两个人抱作一团的身影上。

“我有没有说够不重要，重要的是你耗够了没有？”尹曼视线回平，“女人能有几个十年，你在他身上耗费的时间精力他从前不知道，现在是知道了也根本毫无触动。”

林臻：“他们不会长久。”

两个家世背景性格南辕北辙的人，无非就是一时的吸引而已。

尹曼轻呵一声：“他们会不会长久我不知道。那男人对你没兴趣我倒是清楚。”意识到语气太重，立刻缓了缓腔，“我和你说，别老盯着一棵树。这样，我帮你物色几个青年才俊，你去和人吃饭聊聊，没准就发现新的广阔大陆了呢。”

见林臻默然不应声，她又道：“今天可是我生日，这就是我的生日愿望。行不行，啊？

“给个话啊？

“没准你们谢总听说你去相亲，忽然就开窍了，意识到原来自己一直喜欢的人就是身边这位得力部下。电影里不都这么演吗？”

林臻攥着手里的包快抠出指印来，半晌道：“好了，知道了。”

Chapter 08 予我余生欢喜

1

江棠棠一个小辈，自然是依着谢老爷子的时间，最后约定在他从四川回来的第二天中午碰面。

谢申让秘书帮忙备好伴手礼，不是太贵重的东西。江棠棠那点心思在谢知行面前是藏不住的，带着太奢侈的礼物去反而过犹不及。

姜秘书上午把采购好的东西放进谢申办公室，笑道：“前几年我第一回去我老公家见他父母，带的也差不多是这几样，哄得老人家可高兴。明天江小姐肯定也没问题。”

谢申摘下眼镜：“借你吉言。”

姜秘书提醒他晚些要飞H市去那家相机店买送江小姐的相机：“需要给您安排司机吗？”

“不用，晚上就能回来，我自己开车去。”谢申抬腕看表，起身拿外套，“先走了，有事发信息。”

“好的，谢总。”

他做事向来留后招，除了回明市晚上七点一刻的航班，还让姜秘书多订了后面间隔两小时的那班，为的就是确保能当天回来，第二天赶得及送江棠棠去见谢知行。

而这头江棠棠就没谢申那么有条不紊。中午饭点，她跟着程陆在中古街上一家餐馆吃饭，一想到明天就要和谢老爷子正面交锋，进嘴的饭菜都尝不出味儿来。

程陆拿筷子敲她碗沿：“哎哎哎，吃饭专心点儿行不行？不就见他家老头嘛，怕什么？”

江棠棠抬眸：“你要是见霖姐家长你不怕？”

程陆将心比了个心：“那还是……会有点儿怕哈。”想了想又说，“但是那能一样吗？你是女孩子，女孩子是什么？就是天生用来被宠爱的知道不？你可是我亲侄女，本陆不允许你因为任何人变得畏畏缩缩的，天王老子也不行！”

江棠棠端着碗坐过去，撞一下他肩膀：“舅舅，你这霸气的一面有没有将霖姐全面征服？”

“别提了。”程陆陡然泄气，“我告诉你啊，你和谢申在一起就别轻易提分手，甭管他家里人怎么说，你俩给我扛住了。那些破镜重圆都是电视里演着骗人的，可千万别信。”

江棠棠心有戚戚，埋头扒饭。

没吃两口，就见那天当街和检查液化气的巡防队吵架的那对夜排档夫妇走进来吃饭，随行的还有他们儿子。

三人在程陆和江棠棠侧后方那桌落座，等餐间隙说着话。

夜排档老板粗着声对儿子说：“吃完饭一起把东西搬进去。”

那儿子似不情愿：“上回被罚款还不够啊？你还要贪便宜用……”

老板竖着筷子戳桌面：“闭嘴，罚款的钱是天上掉下来的啊？不用赚回来啊？老子手指缝里省下来的钱以后脚一蹬都是给你的！”

老板娘附和：“就是，你是不当家不知道柴米贵！”

儿子：“人家检查员都说了，那种……”他压低声，“反正容易出事故！”

“出什么事故啦？”老板娘反驳，“这么多年用着都好好的，他们一来检查就出事故？你这个小胆子也不知道是随谁，我看是随你奶奶！”

老板扬声：“你骂谁呢？”

江棠棠和程陆没再关注他们说什么，只听他们那桌又嚷吵起来直叫人头疼。两人对看一眼迅速吃完剩下的东西，逃了出去。

下午程陆要去社区教篮球，江棠棠一人看店。

贺晏北那天又给了她一些新的资料，没事的时候她就认真看做笔记。

今天刚翻了几页，忽听门口有人喊她："江小姐。"

她闻声抬头看，心里蓦然咯噔一下。

眼前不远处站的不是别人，竟然是一脸严肃的谢知行。

他穿一身板正的黑衣站如松柏，一双手背在身后，视线和店里的女孩儿对上，微微抬起下巴，眸光中尽是审视意味。午后和煦的阳光未将他的五官柔和半分，凌厉到令人望而却步。

站在他身旁的小陈照着指示睁眼说瞎话："江小姐你好，谢老爷子今天刚好路过这里，顺道过来看看。"

他背完这句心里头到底还是不太舒服，总觉得自己跟个帮凶似的，和老爷子联手趁谢总出远门过来杀人家小姑娘一个措手不及。

与此同时又不得不叹服，谢老爷子这块老姜可真是太辣了。

江棠棠万万没想到谢知行会不打声招呼提前现身，一时都忘了站起。

谢知行抬步走进店里，开口语调深重，透着不可忤逆的威严："棠棠，有空和谢爷爷聊一聊吗？"

江棠棠分明见到他笑，可那笑容实在令人感受不到半分喜悦之情。

她努力让自己镇定，点点头："好。"

谢知行四下巡视一眼："这里不方便说话，街尾有一家羽生茶社，我去那里等你。三楼秋实阁包厢。"

未等江棠棠回复，他说完这句便径自回身同小陈一起往街尾走。

江棠棠看着他们渐行渐远的背影一愣一愣的，半晌才反应过来，心道他这顺道路过，顺得连谈话的包厢都订好了，可真是……相当有先见之明。

她收了收神，下意识要找谢申求助，身随心动立马找出手机拨出电话。

只听手机里头传来一道女声："您拨打的电话已关机……"

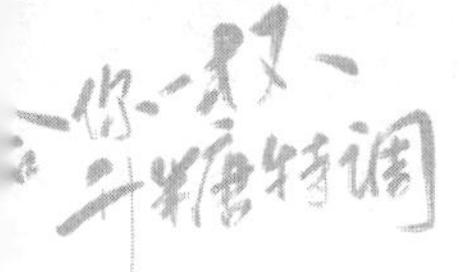

江棠棠没打通电话，只好归置好东西锁门出去。

谢知行说的那家羽生茶社在中古街尽头转角位，斜对面就是夜排档，风格迥异的两家商铺相立而开。服务员领着她上了三楼一间包厢。

她闭眼屏息静气，再睁眼时抬手轻叩门。

小陈从里面打开门："江小姐。"说着让身请她进去。

江棠棠这才发现，除了谢知行还有另一人在场，一个五六十岁的男人。小陈在旁介绍："那位是我们家老爷子的棋友。"

谢知行和棋友隔着长长的茶桌对坐，中间摆上一个围棋盘，正在对弈。他听到声响头也未偏一下，缓缓落下一子才开声："棠棠来了，过来坐。"

江棠棠踌躇着过去，在一侧落座。

谢知行这才看她："原本约好明天见面，怪不怪谢爷爷今天这么唐突地找你？"

江棠棠摇头，笑容挂在脸上："不会。"

"你外公和我是旧时同学。你小的时候我还抱过你，这一晃眼都长成大姑娘了。"谢知行兀自一笑，似是有意拉近距离，却未等江棠棠回应便径自对着棋友道，"以前还是追着我讨糖吃的小孩儿，现在也知道买礼物送我了。知道我喜欢下棋，第一件送的就是个榧木棋盘。"

棋友配合着："小姑娘倒很舍得花心思。"视线下至落棋处，"凑巧了，我今天带的这方棋盘也用榧木制的，是日本日向市出产的香榧木。这东西是越来越稀罕，也就是一些老匠人手里还存着上好的榧料，不知道谢老得的那块是哪里产的？"

谢知行垂着眼，照着当初粗粗瞥过一眼的棋盘证书说："云南昆明。"

棋友捏着下巴思索："说起来现在市面上不少拿云南榧当日本榧木卖的。要是真云南榧也就罢了，虽然手感稍差一些，终归还是好东西，就怕有些不识货的外行人……"说话间他意味深长瞄一眼侧旁坐着的小姑娘，"哟，瞧瞧我，多嘴了。"

谢知行拿起手边的茶盏："良材本就难得。你我活得年岁长还算懂得分辨一二，有些年轻人一时间分不清楚也在所难免。"

他们这场对谈步步暗示，令人极其不适。

江棠棠听出这些话语里的指向性。换作别人，她早就出言相讥，可

心里还谨记着谢申的交代，况且对方毕竟是长辈。

包厢内煮茗焚香，清淡的香气让她心绪稍稍平静。

谢知行抿一口清茶，不动声色观察她的表情，却听她开口说：“谢爷爷，送您的棋盘是我爸爸的朋友选的，他也算半个行家应该不会买错。不过我是真的不太懂这些，您要是不嫌我笨，以后教教我怎么分辨？”

他微怔，捏在手上的茶杯一时忘记放下。

一旁站着的小陈轻咳一声，顺势抬手掩住不由自主翘起的嘴角。

谢知行放下茶盏，声调愈沉：“有些东西不是教了就能马上学会。”

江棠棠笑颜依旧：“嗯，我不着急，您可以慢慢教。”

眼见谢知行的脸色泛过一阵青白，这下连棋友的表情都有些收不住了。今天按照谢老的要求扮这个恶人实非本意，其实他看眼前这位姑娘蛮不错。谢老爷子就是要求太高，看谁都拿标尺去测算精度。

他审时度势，找个借口恰时退场，连带着小陈也一并出去。

安静的包厢里，谢知行默了半晌，终于开门见山：“棠棠，你要是以我老朋友外孙女的身份让我教你，我当然不会拒绝，但是你现在要以小申女朋友甚至是未来伴侣的身份讨好我，我不接受。”

江棠棠收起笑容，正色道：“谢爷爷，我知道您不喜欢我。只要您说，我能办到的一定尽力去做。”

爱一个比自己优秀百倍的人，从来不是一件容易的事。这个道理她已经有了越来越深的体会。

谢知行看着她，轻叹口气：“棠棠，有些事情不是你努力就能办到。我不是不喜欢你，只是认为你和小申并不合适。你天性欢脱不喜拘束，而他则相反，凡事要求极致完美。”

江棠棠稍稍急声：“可是他从来没有要求过我……”

“哦，”谢知行打断，“所以你就觉得你们这样很不错是吗？可是，凡事论及以后，总是要回归现实。小申需要的不仅仅是一位能哄得他高兴的另一半，那人必须还要能在生活上照料他，在事业上协助他。或许你此刻心里想我这人真是个老古董，但是我的标准从来不会因为任何人而更改一毫。”

江棠棠眼睫微缠，眸光落在茶杯上不发一语。

谢知行看着她这副失落模样，到底还是有些不忍，但话已经说到这

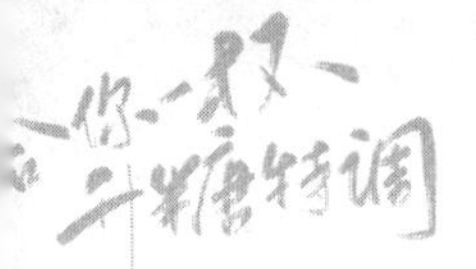

里，干脆一次挑破：“我只是把你们未来势必会遭遇的矛盾提前摊开说。两个生活背景、个性和社交圈截然不同的人，能走到最后的概率远远小于那些门当户对的伴侣。”

他缓了缓语气：“我既不希望我这位故友家的小朋友因此失了她的本真，也不希望我的孙子一时头脑不清楚耽误你。总而言之，我的态度简单明了。

“我不同意。”

谢知行这番话不是恶言相向的羞辱，可分明透着不容辩驳的立场。

他原本是希望她知难而退，可她偏偏不退。明天如果谢申在场，要是知道他这样说免不了又是一场争吵，于是才有今天这刻意为之的“偶遇”。

江棠棠抬眸，眼角发涩，手指在桌下拼命掐着自己大腿，忍住快要奔涌而出的情绪。

谢知行偏过头看窗外，等了等，没等到她开口，又回正目光：“好了，我该回去休息了。谢爷爷知道你不喜欢苦味，让人给你沏的这杯是番石榴茶。这里的账我已经结过，你可以慢慢喝，想清楚我刚才对你说的话。”

谢知行下楼来，等在一楼的小陈和棋友见他身后没跟着人。

棋友问：“那位小姑娘呢？”

谢知行敷衍而过：“还在楼上。”

棋友斟酌着开口：“谢老，我看姑娘人不错，对您也肯用心。年轻人的事情其实……”一看谢知行的脸色越来越沉，他硬生生把后半句话憋了回去，“得，那咱一起回去吧。”

三人从大门而出，谢知行走在前头，刚走没两步侧肩撞上来一人。

他蹙眉看去，只见那中年男人手里扛着煤气瓶正要往街对面的夜排档走，相撞后不耐烦地道：“看什么看，老头子走路不长眼啊？没看见老子搬东西呢？”

谢知行面色不豫，正要开口，被后面的小陈低声劝阻：“算了老爷子，和这种人计较什么。”

谢知行离开后，江棠棠手里捏着杯壁，看着茶杯中泡的番石榴叶一

动不动。

先前已经设想过很多种和谢老爷子正面交锋的场景，刚才那番对话没有想象中的火光四射厉声急辩，却自始至终由他主导。

谢知行只差没有摆明了说，自己根本不想了解自家孙子这个所谓的女友，只想告诉她他们不相配。

2

谢申在相机店的沙发上坐着，等店员把他刚买下的那部相机装好。

今天那位老板不在，是老板儿子当差。他听谢申说自己是从明市特地过来的，便攀谈起来：“你这是赶巧了，在你之前也有个先生打电话过来问这部相机。当时是我接的电话，也怪我业务不精，直接和人说店里没有。”

“后来过了几天忽然想起这事儿，吃饭的时候问了问我爸才知道原来咱们店里还真存着一部，结果隔天给对方回电话他又说不需要了。”老板儿子擅聊，自顾自继续道，“之前明明还问我有没有渠道最好能找到两部，让我们帮忙留意着，说要是只能找到一部也行，他要拿去送人当生日礼物。”

谢申闻言微诧，眼眸快速地缩了下，摩挲着手腕上的珠串未置一词。

店员将相机和配件装好进袋，从柜台后出来递给谢申。

谢申从沙发里起身，接过袋子问正同他侃侃而谈的人：“冒昧问一句，那位先生叫什么名字？”

“他后来说不要了我就把他留的联系方式删了。”老板儿子想了想，“只记得好像姓贺。对，姓贺。”

似是意料之中，谢申弯了弯嘴角：“谢谢。”

“没事儿，应该的。”对方送他出去。

一切顺利，原路返回机场。

过完安检，候机室里。

谢申从纸袋里拿出那只相机的包装盒打开，用手机拍下一角发给江棠棠。

“猜猜看，这是什么？”

那头迟迟未有回复。

或许是她店里有事在忙。航班差不多要开始登机，谢申未作他想，将盒子归位，起身拿起外套往外走。

登机廊桥里前后都挤着人往前行进，狭小空间空气闷热。他却因为想到某人到时候见到这只寻寻觅觅的相机时惊喜的表情，灵台一片清明。

回到明市一落地开机，姜秘书的电话便窜进来。

只听那头在电话接通后急急出声：“谢总，江小姐出事了！”

谢申听完她的简述，拿着手机的那只手一瞬僵住，挂下电话疾步往停车场走，一边打江棠棠手机，还是无人接听状态。他再拨程陆手机，响了几声又断线。

车驶上机场高架，姜秘书又来了电话汇报最新情况。

“我托人打听了，事故原因还在调查，听说应该是那条街上有家商铺用了违规灌装的液化瓶导致的泄露爆炸。江小姐当时正好在那家夜排档对面的茶社里，受到了波及。现在所有伤员都就近送到市三院救治。”她一口气说完，稍稍缓了缓，“谢总，我在三院也有朋友，正在帮忙打听江小姐的状况，您先别急。”

怎么可能不急？谢申握在方向盘上的手都快打战。

他过往的人生里，从未有一刻像现在这样无措。明明一切都在往预想中好的方向进展，上天却突然开了个极糟的玩笑。

窗外夜色簌簌飞过，光影交错乱得和他的思绪一样。

他尽量让自己保持一贯的冷静，可心头那股快要呕到嗓子眼的难受劲根本压不下去。

此刻正值下班高峰期，下高架后开了一段便被堵死在路上。他掌心按喇叭震出急厉声响也无济于事，撸了把头发气得将手重重打在方向盘上。

进了市三院大门，谢申顾不上车停得歪斜，一摔车门就往楼里跑。

住院部十二楼，程陆守在江棠棠病床边心疼得恨不得帮她受这一下无妄之灾：“还疼吗？”

江棠棠摇头，勉强扯出个笑：“还好。”

“什么还好？”程陆眉头皱成一团，“医生都说了，深二度烧伤。

要不是今天那老头找你去茶社，你在店里待得好好的也不会……”

“好了，舅舅，”江棠棠打断他，又说，“你手机借我用下。”

程陆一脸怒容：“不借！我收回白天那话，谢申那臭小子连自己家老头都搞不定，以后还指望他护着你？我告诉你啊，他们家不喜欢你，我还不喜欢他呢！”

他在江棠棠还在茶社逗留的时候给她打过电话，原本是想和她说要晚点回店里，却听出她情绪不对，追问之下才知道是谢知行今天去找过她。

这通电话打到一半，就出事了。

程陆这头话音刚落，就见门口出现了一个高大的身影。

谢申的目光和江棠棠对上，从干涩的喉咙里咽下口气，脚步未停三两步走过去：“怎么样？哪里受伤了？！”

程陆语气凶急：“打你电话的时候你人在哪儿呢？现在知道过来了？”

江棠棠扯了扯他衣袖：“舅舅。”

“干吗？”程陆一下站起，“谢申我告诉你，医生说了棠棠腿上烫伤的地方以后一定留疤。她是个女孩儿，你知不知道这有多严重？你当玩呢？！”

江棠棠急辩：“面积不是很大，而且在大腿上，夏天穿热裤都看不见的。”

程陆两手叉腰：“你别跟我说这些！伤哪儿不是伤？你一细皮嫩肉的小姑娘好端端身上留这么深一个疤，你爸要知道了非打死我不可！”

旁边一床的病人家属啧声：“小声点儿行不行啊，就你们家有病人啊？”说完一把拉起隔帘。

江棠棠看一眼谢申，对程陆道：“舅舅，我好饿，想吃黄桃罐头……”

程陆长吐一口气，知道她这是要支开他：“行行行，我去买！”

等他一走，谢申俯身摸江棠棠的侧脸。

江棠棠分明见他面色烧红，触到自己脸上的指尖却是冰凉，完全不像平日那样。她本能地缩了缩脸，谢申好似意识到，赶紧抽回手。

她却把那只手抓住，又盖回自己脸庞，眼泪终于无法遏制地从眼眶滚出：“申哥，真的很疼……”

她唇色苍白，发丝没有章法地贴在两颊，杏眸里光色暗淡，尽是后怕的惧意。刚才怕程陆迁怒，她就一直忍着，现在独独面对谢申，那些隐忍的痛楚便加倍翻涌出来。

谢申心口一紧，将她牢牢抱在怀里："没事了，没事了。"

江棠棠半坐起身贴在他胸膛上，闻到他身上风尘仆仆的味道，和她滑落到嘴里的泪混到一起，更添苦涩。

情绪积压爆发，她越哭越来劲，声音像被细线割裂："舅舅说打你……电话都打不通……我还以为你，你不要我了……"

谢申轻拍着她的后背，不知是在安抚她还是在安抚自己，不明白她为什么会有这种联想，此刻却分不出任何旁的心思去分析。

他柔声哄人："我因为在飞机上所以关机了，怎么会不要你呢，嗯？"又道，"我们还约好一起去见我爷爷，都到这地步了还能不要你？"

听他这样说，看来是还不知道谢老爷子今天单独找过她。

江棠棠动了动腿扯疼伤口，"嘶"一声倒吸凉气。

谢申赶紧放开她，立起一个枕头给她当垫背。

江棠棠整理一番情绪，半开玩笑："我怕我烧成猪头，你肯定嫌弃死了。反正我们又没有结婚，你想退出还不是分分钟的事儿。"

谢申从边柜上拿下湿巾扯出几张给她擦脸："不瞒你说我最爱吃里脊肉。"

"你才里脊肉呢！"江棠棠抢过湿巾自己擦，把泪痕擦干净才问，"要是我脸真的被烧伤了，你还会和我在一起吗？"

此时此刻她纵然嘴上还能开玩笑，可心里是极度不安和敏感的。那些平常觉得无聊的设想，现在却急迫想要得到答案。

谢申听她问完，一阵沉默。

江棠棠的心越等越沉，嘶哑的嗓子扯出一句："也可以理解。"

"理解什么？"谢申微收下巴，视线与她齐平，"如果真是那样，我会找最好的医生给你做植皮手术。"

他从来不是个会说浪漫话的人，凡事习惯从最实际处考虑。

江棠棠稍稍回魂："那，要是还留下很明显的疤痕呢？"

"那我就把家里的镜子都藏起来。"谢申深而润的眼睛里丝毫没有不耐烦，"反正你看不到自己不用烦心，我看着看着早晚也会习惯。"

江棠棠愣在那儿，不再说话。

不是什么山盟海誓的情话，带来的感动和震撼却实实在在充斥了身体的每一根神经末梢。

够了。足够了。

什么林经理，什么谢老爷子。他们不看好又如何，反正她江氏棠棠这辈子是赖定眼前这个男人了。

程陆去医院超市买回黄桃罐头，又站在门口等了好一会儿才进去。

他把罐头启开，连同勺子一起递给江棠棠："还跟小孩儿似的，一进医院就要吃黄桃罐头。这种东西少吃一点，对伤口恢复没好处。"

江棠棠不接，扬着下巴指向一旁的谢申："你给他。"

谢申了然，伸手要去接程陆手里的罐头："给我吧，她手上没力气。"

程陆冷哼，瞥他一眼又看向江棠棠："凡事靠自己，别吃口东西都要男人喂。你以为这天底下男人都跟你舅一样任你差遣呢？"说着错过谢申的手，径直将黄桃罐头摆到床头柜上，"你自己吃，舅舅还有话要和他去外面说。"

江棠棠扯过谢申一只胳膊护到胸前："不要，你有话就在这儿说。"

谢申看出程陆有气，还只当他是怪自己没及时接电话没有第一时间赶到。他拍了拍江棠棠拽着自己胳膊的两只手："乖，我们就出去一会儿，就在外面走廊。你有事喊一声就能听到。"

江棠棠这才心不甘情不愿地松手："那你们长话短说啊，我一个病人不能自己待的，特殊时期容易产生极端情绪。"

程陆撇嘴："你平常时期情绪也挺极端。"又对谢申冷声道，"走吧。"

白炽灯彻亮的过道上，两个男人各怀心思，为的却是同一个女人。

程陆先开口，直截了当："谢先生，今天这事儿要是棠棠在自己店里出的事，我除了要向肇事者追责，也只能怪我们自己运气不好。"

谢申眉峰紧蹙，听他这样说，这里面还有别的隐情。

程陆继续说："但是相机店离出事那个夜排档隔着那么远的距离，原本根本不会被波及。要不是你家老爷子把她叫去夜排档对面的茶社谈话又把她一个人撇在那儿，她也不至于遭这通罪。"程陆手撑在扶栏上，气势陡然上升，"这是个意外，我不想把责任归结在你家老爷子身上，但也没办法客观到觉得这事情和他一点儿干系都没有。

“是，我们家没你们家那么家大业大，棠棠她没你谢申那么学识渊博履历惊人，但她从小就被我们一家人捧在手心里养大的，没道理养了二十多年送到你们家让你爷爷那么欺负。”

程陆连着发泄一通心中憋闷的话，明知自己这是在迁怒，却又无法克制住情绪。

他看向谢申，只见谢申脸色冷寒，眸光淬冰。

他们两个各站一边，有人从中间走过，感觉到谢申那全身的森然气场被惊得浑身戒备，下意识就往另一侧偏身加快脚程穿过去。

3

谢宅。

盛佩清陪着谢知行在前厅看电视里的养生节目。梁妈切好水果端过来：“瞧瞧这野生猕猴桃多新鲜，小陈他爸爸前两天刚从他们家后山上摘的。老爷子，太太，快尝尝。”

盛佩清挑起一块尝：“真甜。”想了想问，“梁妈，这猕猴桃还有多的吗？”

梁妈：“有，有的是。有些还没软，得再放一放。”

盛佩清点点头：“那你去挑一些个头匀称的，装一篮让小申给棠棠送去。”

谢知行松口约见江棠棠，在她看来就是实质性的进展，于是谈起小姑娘也不再遮遮掩掩。

梁妈笑道：“好嘞，我这就去准备。”

盛佩清又道：“哎，对了，咱老爷子明天不是就要和棠棠见面嘛，那干脆让小陈带着得了。”

“对对对，还是太太周全。”梁妈转身往厨房去。

谢知行见梁妈走远，才沉沉出声：“你还是让小申带吧。”

盛佩清不明所以：“小申他今天不回来，明天让小陈顺路带去不是更方便？”

“哦。”谢知行状似平静，“明天我就不过去了。”

“爸……”盛佩清心有疑惑，也有不好的预感，“您这是……”

谢知行瞥来一眼：“怎么，我的行程还不能自己安排了？我……”

话未说话，身后大门倏地被人重重推开，谢申一身风尘疾步闯进来。

谢知行和盛佩清皆是一愣。

等人走近，盛佩清闻到他身上一股浓重的烟味，讷讷道："儿子，你这是……"

谢知行已经起身，知道他是来兴师问罪，冷着眉眼道："这是抽了多少烟，啊？就这样回来，你还有没有一点规矩了？！"

谢申舌尖碾过前颚，冷冽目光相抗。

"你还和我说规矩？"谢申冷呵一下，转而怒声，"我以前就是太守规矩！"

他呼吸急促，眼底布满血丝，领口还被香烟火星烫出一个焦黑的小洞，哪里还有半分往常一丝不苟的模样。

气氛就像一个吹到紧绷的气球，只要轻轻一戳，就"砰"的一声炸开。

谢知行从未见过他这样，一刹那的惊愣过后便怒目而视："你想说什么？不要以为在外面别人叫你一声'谢总'就能横着走，这个家还轮不到你大呼小叫，成何体统！"

盛佩清把儿子现在这态度和方才谢老爷子的顾左右而言他前后一联系，到底能猜出几成。她自己的儿子自己清楚，不是碰上让他极度恼怒的事情，绝不会如此失态。

她柔声从旁劝解："有什么话和你爷爷好好说，去楼上书房谈好吗？"

谢知行一扬手愤然打断："你看看你儿子现在这副样子，我和他没什么好谈的！"

谢申额角隆起青筋："没什么好谈？还是您今天已经谈够了，嗯？爷爷，我一直以为您虽然平时为人处世严厉陈腐，但好歹行事磊落，可您今天做的事情让我觉得不齿。"

"你！"谢知行腾地抬手指他，指尖不由得发颤，"凭你也敢评断老子？谈个恋爱把脑子和分寸都谈进阴沟里了？"

谢申冷眼逼视："您既然答应和棠棠明天见面，今天为什么趁我不在去和她说那些？分寸？还和我谈分寸？"

谢知行冷声道："那又如何？她是小辈我是长辈，我想什么时候见就什么时候见，难道还要和你报备？你是交女朋友还是养了个女儿，难

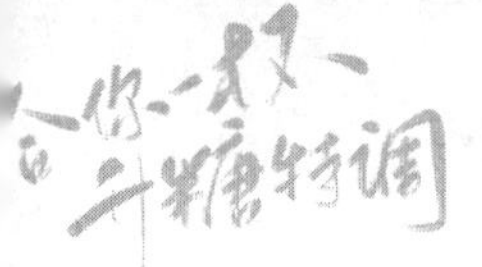

道她和我谈个话还要靠你在一旁指点？”停顿一下，又道，“还有，她一转头就和你告状，这样沉不住气的性子能成什么大事。”

谢申垂在两侧的手攥紧拳头。爷孙之间剑拔弩张的气氛容不得任何人从中缓和，半晌，他怒极反笑，从外套口袋掏出手机打开一个新闻界面，直接往茶几上一丢。

盛佩清拿起来，粗粗游览一遍，看到关键处蹙起眉：“这……这是棠棠工作的地方附近？”

谢知行闻言一怔，从她手里抢过手机。新闻配图只有四张，爆炸火灾现场浓烟滚滚，满目疮痍，而其中一张正是夜排档斜对街受到连累的羽生茶社。茶社门上悬挂的牌匾颤颤巍巍垂在半空，上头布满黑焦几不可辨。

新闻上描述的时间点，正好是他从茶社出来上车后不久。

想起自己走之前，还让江棠棠自己好好待一会儿静思清楚，他不由得心惊，过了不知多久才从干苦的喉腔里挤出声来：“棠棠她是不是出事了，啊？”话出口，才发觉声音都是颤着的。

谢申肩线紧绷，不发一语。

盛佩清也急了，扯他胳膊：“小申你说话啊。”

谢申侧头看她：“妈，棠棠腿上被火烧到，深二度烧伤，现在人还在医院里。”说着又看向谢知行，“这就是您那所谓的分寸，所谓的顾虑周全？就算不顾及她外公和您以往的情分，您这样出尔反尔欺负一个小辈算什么？”

他指骨攥得突出的拳头一拳打在沙发背上：“你当他们江家人稀罕我们谢家这点儿基业？别太把自己当回事！”

“小申！”盛佩清本能地呵斥一声，却无法再往下说。此刻的儿子像是一头暴怒的狮子，周身是她从来没有见过的戾气。她对他生气的原因一清二楚也感同身受，实在无法出言训诫。

谢知行罕见地没有驳斥，两只手掌发抖，一股气闷在心口上不去下不来。

谢申看他良久，所有的愤恨和怨气顷刻间化作一摊死水般的失望。

他不再多说，直接转身离开。

盛佩清心下慌乱，急着步子去追：“小申，儿子！”

梁妈在厨房听到大声吵闹不敢出来打扰，见谢申摔门而出，她抓在厨房门沿上的手指都快抠出洞来："作孽哟，作孽啊！"再往大厅一望，转而惊愕。

一向严酷冷面的谢老爷子，竟默不作声地淌出眼泪，在他沟壑纵横的脸上蜿蜒而下。他望着门外深重的夜色不知在想什么，背脊僵直着一动不动，看了许久终于转身上楼。

梁妈不住摇头，长叹口气："这又是为的什么呀……"

医生交代江棠棠的伤还需要留院观察几天。谢申从谢宅回来的时候，程陆还在守夜，躺在门内展开的简易床上小憩，见他又出现不禁微诧，低声问："你怎么又来了？"

江棠棠已经睡着，谢申放轻脚步走近："你回去吧，晚上我留在这里。"

程陆脾气也发过，刚刚江棠棠睡下的时候他自个儿也冷静想了想，觉得这件事算到谢申头上实则冤枉，再一瞧谢申现在这副样子，很明显是刚跟人吵过架，眼角眉梢全是未消尽的余气。

他胡乱拿手抹把脸："不用，你赶紧回去休息吧。"说着坐起身，"整得跟流浪汉似的，别明早起来把我侄女吓个半死。"

谢申低头看了眼自己身上皱巴的衣服。

程陆到底也是不忍心，把床上原本盖身的衣服拿开，空出个位子："坐吧。"

谢申颓然坐下，静默半刻开口："程陆。"

"行了。"程陆打断他，"跟你家那位老爷子吵架了吧？唉，我也是奇了怪，以前看着还挺和蔼一老头儿怎么……算了算了，不提他。"

他扭头看谢申，认真问："那你呢？旁的先不说，我要明确你的态度和立场。"

谢申敛眸，神色庄重："我的立场很简单，我和棠棠的事情，不需要任何人指摘。以前是我顾虑太多，从今天开始，不会再让任何人介入我们两个。"

"好。"程陆亦郑重，"这是我们两个男人之间的承诺。谢申，你给我记住你现在说的话里的每一个字。往后要再让棠棠因为你受这种

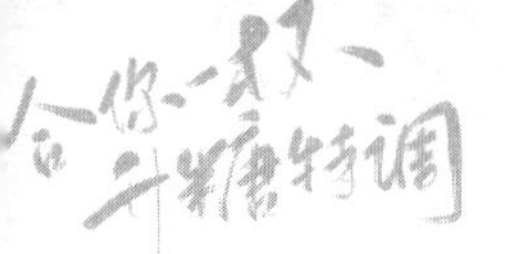

苦，甭管是直接还是间接的，我程陆就算拼了命也要打断你两条腿。”

他这话似是威胁，可往深里一想，全是对至亲之人的担忧和无奈。

谢申执意要留下，程陆也不再多劝，去洗手间冲了把脸拿起衣服穿上往外走，临走前还交代：“她从小就认床，在外边儿睡觉特别不老实，你要是刚好醒着就帮她盖一盖被子。”

说完一想，他自顾自拍了下脑袋：“啧，瞧我这脑子，你还能不知道她那德行？行，那我走了，明天把她换洗衣服什么的带来。”

门被轻轻打开又合拢，只有走廊过道上的光亮从门上方的玻璃窗上透进来，衬得病房里幽暗静谧。

江棠棠眼皮微动，半睁开眼，稍稍适应了一下黑暗的环境，轻轻出声低唤谢申。谢申闻声一怔，往床上看去。

她按开夜灯，另一只手从被子底下伸出，蜷起食指朝他勾了勾。

谢申从外侧走到床头俯下身，将自己一根手指递进她蜷起的食指：“没睡着？”

“嗯。”江棠棠动了动身，“医院的气味我不喜欢，睡了一会儿就睡不下去了。”

谢申：“明天我把你那个香薰机带来。”

“别别，”江棠棠阻止他，“旁边还有一床呢，让他们闻到又要说了。”

谢申抬眸往那边紧闭的隔帘看了一眼：“我让人给你换间单人病房。”

“不用那么麻烦。我小江还没给社会做多大贡献怎么能乱用医疗资源呢？你把那钱省下来折现给我多好。”

谢申想到她腿上的伤也不便乱动，不再劝说，垂眼低眸着：“还要在这儿住几天，你这样一直睡不着怎么办？”

江棠棠认真思考一番：“要不然你给我喂两颗安眠药？”

谢申蹙眉瞪她一眼：“胡闹，你以为安眠药这种处方药是想买就能买到的？”

“这里不是医院吗？”江棠棠一只手钩着他脖颈往下，凑到他耳边帮忙出主意，“你去药房利用美色勾引勾引配药的女医生，还不是手到擒来？”说着食指一收，将他那根修长的手指牢牢裹住，顺带抛出个暧昧眼神。

谢申无言半刻："我看你需要的不是安眠药，是脑科的专家号。"

江棠棠做恍然状："是哦，让专家帮我瞧瞧为什么我这颗脑袋总是发出讯号问我们谢总腿怎么越来越长了？鼻子怎么越来越挺了？男性荷尔蒙怎么越来越爆棚了？"

谢申被她逗得终于弯起嘴角低笑一声。

江棠棠暗暗舒口气，转了正色："你是不是和你爷爷吵架了？"

谢申抿了抿唇线："刚才我和程陆的话你都听到了？"

江棠棠点点头，挪开些身子，让他坐到床侧。

谢申把她露在外面的手藏回被子里："在想什么？"

"想你们都吵了些什么。"她眼睫微掀，"其实这事情真的是个意外，他也不会想到……"

"那他今天去找你也是意外？就像你舅舅说的，爆炸是个意外，但我没法客观到觉得这件事和他一点关系都没有。"

江棠棠默了默，一时间也不知道该说些什么，半晌问："那你准备怎么办？"

"以后我们的事，我不会再让他插手。"他将自己一只手伸进被窝，准确无误捏住她的手，"等你出院，我会给你一个交代。"

"没关系，"江棠棠回握他的手，"反正我已经认定你了，谁都不能把我们分开。我要像章鱼一样吸住你。"

谢宅佛堂里，谢知行已经将自己关在里头整整两个小时。

盛佩清没追上儿子，又见老爷子这样，担心得全无睡意。

她在紧闭的佛堂大门外来回踱步，甫而又轻叩木门："爸，棠棠真的没事。我已经确认过了，她腿上有伤但是没有大碍。您身体还好吧？要不要我去给您拿药来？"

里面依旧没有动静。

盛佩清急得团团转。梁妈也没睡，收拾完楼下，上来跟着她一起想办法。

而佛堂里面，谢知行面对着正中央宝相庄严的佛像，默不吭声站了许久。

莲花底座里的檀香盘缓缓燃着，一圈一圈逐渐变小，白烟萦绕出令

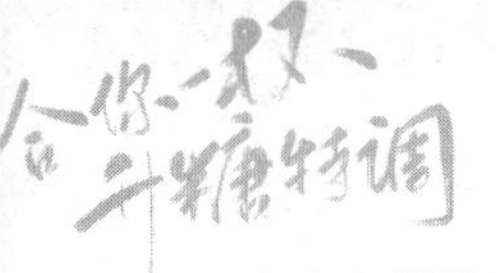

人内心沉静的香气。

他目光虚投在贡品台上，似是自言自语：“我谢知行一辈子行善积德，没有做过一件伤天害理的事情，上天却让我中年丧子，到老了连孙子都叛离。”

“老程，我对不住你啊。”他长吁一口气，“你的外孙女，我非但没有多加照看，反而让她因我受此灾祸。要是她真的……我不知道百年之后还有什么脸面去见你！

“可我又该怎么做，又能怎么做？我已经这把岁数，半截身子埋进土里，本不该再去插手年轻人的感情。可是，小申是我谢知行唯一的孙子，他以后的岁月悠长，肩上扛的责任只会越来越重。

“我怎么能不帮他找一个能为他分担这些的人生伴侣？”

“你怪我自私也好，古板也好。”想起那位故友和往日青年时期的旧时光，他的思绪渐渐缥缈，兀自低声苦涩地笑了笑，“反正你从前没少这样骂我。我不在意人家怎么说怎么看，只要一切往好的方向走，那些无畏的评价又有什么打紧。”

他的声音低沉如深潭水，眸光也不再清明：“可是啊，我现在回头一想，自己是不是真的做错了？还错得离谱。

“谢申他从小到大，我没有给过他一次好脸色，做得不好动辄打骂，做得好也不过冲他点个头算作鼓励。我是怕他轻浮，怕他以后担不住一个集团掌舵人的身份。

“如今想想，这又何尝不是错过了我们爷孙俩最该亲密无间的时光啊……”

他抬手捏了把眉心，却听身后木门被缓缓打开的声响。

盛佩清终于还是忍不住闯进来，实在怕他一个人在里面出什么事，在见到他满眼混浊的眼泪时不禁惊悸：“爸，您……”

谢知行揩了把泪：“没事，我没事。”

盛佩清这才往前走两步，劝慰道：“小申也是因为棠棠受伤一时在气头上冲撞了您，您千万别往心里去。”

谢知行默了默，问：“小盛，你说我是不是真的做得太过分了？”

盛佩清琢磨着他的态度。已经有了不好的经验，她真不敢再擅自认定老爷子态度究竟是否真的松动，斟酌着一时未开口回答。

“我知道。”谢知行自顾自点头，“你心里也早就认为我做得过分，只是碍于我这身毛病和脾气不敢当着我面说。”

盛佩清听他这样说，也稍稍松口：“爸，其实棠棠那小姑娘真的品性不错，跟小申两个站在一起看着也登对。那些什么家世背景个性之类的，其实吧，这些东西说到底是个很复杂的方程式，不是一加一等于二那么简单。两个人在一起能不能匹配能不能长久，能影响到的因素实在是太多了，真的不是我们人为能控制得了的。”

谢知行直视她，似在思索这番话，过了一会儿道：“那你的意思就是我做错了。”

盛佩清轻咳一声：“爸，我肯定没这个意思，但您如果从另一个方面入手这样反思自身，那应该是出于一个智者的本能。”

谢知行解读出她话里的意味：“你就是惯会和稀泥，打马虎眼！”

盛佩清笑：“是，家里有您一位明眼人就行。我不懂什么大道理，只会和稀泥。”

4

住院的日子极其无聊，江棠棠苦中作乐，给每日过来巡房的医生护士偷偷取外号。

她店里的一些网上冲印业务还没完成，程陆留在店里继续工作，空下来的时候就过来看她。盛佩清也带着水果过来探望过她，让她放宽心休养。

谢申这几天都在这里陪床，手上的工作让姜秘书整理好带来，需要他与会的会议推迟到下星期开。

他坐在一旁拿笔记本电脑看文件，一边听某人喋喋不休和他讲解每个外号的灵感来源，间隙抬头：“我真怕那些医生给你换的药里下毒。”

“真的吗？”江棠棠杏眼圆睁，“哎，那你过来帮我舔舔看，试一嘴是不是真有毒？”

谢申合上笔记本电脑：“公众场合，说话注意点。”

“不愿意啊？”她嘟起嘴，“唉，男人就是这么的不可靠。帮我试个毒都不愿意，看来只剩下暖个床的作用了。”

谢申将电脑和文件放到桌上，凑过去压低声腔：“知道在医院里我

不敢拿你怎么样是不是？”

江棠棠微笑面对：“是呀是呀。”

他勾起她下巴，指尖轻轻抚摸：“别忘了，以前我也不会在办公室对你怎么样。”

“你别太看得起我的自制力。”他眼角攀上狡黠，“其实我自己也不太确定能放肆到哪一步。”

江棠棠缩了缩下巴：“我现在可是伤残人士，你别乱来啊，你要是敢怎么样我就按护士铃。”

谢申眉尾一挑：“还想让护士观战？”

江棠棠认㞞：“我错了。我自己舔还不成吗？”

谢申哼笑一声：“那要不要我帮你拉拉筋？”

江棠棠忙不迭摆手：“不用不用，您的玉手是用来挣钱的，哪儿能给我拉筋大材小用呢！”

过了一会儿，另一床病人被家属扶着从外面回来，她才安静下来端起贺晏北带来的书看，看着看着不由得感叹：“贺老师真细心，要注意的地方都给我着重标注好，怕我住院这段时间不拍照手生，连相机都给我带来了。”

谢申削着苹果皮，“嗯”了一声：“你们贺老师做事要是不仔细，我也不会选中他们工作室合作。”

江棠棠若有所思点点头：“也对，贺老师不管对谁对什么事情都特别细致。”她稍稍起身凑到谢申耳畔，“我偷偷告诉你一个小秘密，你不许生气。”

谢申手里动作一顿：“什么？”

江棠棠再凑近一些：“我以前还怀疑过他对我有意思呢。”

谢申耳郭一动，神色莫测。

“我大四的时候不是去他工作室工作嘛，有一回我按照他的吩咐进他办公室找资料，正好翻到他还留着我前一年做的摄影作品册样稿，藏在他办公桌抽屉第一格。”

谢申问：“然后呢？”

“然后我就一联想啊，他好像每次去出差带给我的礼物都比别人丰厚那么一丢丢。我就猜难道贺老师对我……”她稍稍分开些距离，冲谢

申挑眉。

谢申却只顾问："再然后呢？"

"再然后什么，没了啊。"江棠棠两手一摊耸肩，"然后我就回明市了，和他很久没见过，也是那次去你们集团才又碰上。后来想想那肯定是我想太多了。喜欢一个人怎么能憋着那么久都不告诉对方呢，对吧？"

谢申低眸继续削皮："或许有的人没那么敏锐意识到自己那点儿喜欢的苗头。"

"那也太笨了吧？"江棠棠直摇头，"我贺老师那么聪明一个人，怎么可能连这点事都想不明白。说来说去我这人就是太有自信心，别人对我好一点儿我就往歪处想。唉，不应该不应该。"

谢申将削好的苹果塞她嘴里："是不应该。难得见你自省，赏你一个苹果。"

他擦干净手，重新拿回电脑工作，隐在显示器后的嘴角不由得勾了勾。

何其侥幸。

好不容易出院，江棠棠终于呼吸到了医院范围外的新鲜空气，清晨的风吹拂发丝，心神都变得开阔。

谢申给她开了车门，把她的东西放进后备厢绕到驾驶座。

按理说她出院此等大事，程陆是肯定会过来的，结果一早上就给她打了个电话说临时有事，让谢申一个人接她回去。

江棠棠系好安全带："肯定是霖姐的事儿，不然我舅不可能不来接我。"

谢申不置可否，启动车子打方向灯拐出去："午饭想吃什么？"

江棠棠从包里掏出化妆镜涂口红："还早呢，你跑来跑去也挺累的，中午我们就先随便吃一点。"说着从镜子里再看到自己身上的衣服，"哎呀，大喜日子我就想穿红色，你干吗非得让我穿件白的。病号服就是白晃晃的，我都看腻了。"

谢申开上主干道，看她一眼："因为会融色。"

"嗯？"江棠棠拿着口红的手一停，"什么意思？"

谢申面色无异："结婚证的背景色也是红色。"

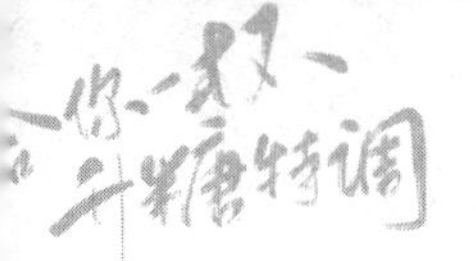

江棠棠吓得花容失色：“你你……你等等，什么结婚证，我我……”

“怎么？”恰遇红灯，谢申停车回望过来，“不想和我领证？”

“不、不是，”江棠棠话都说不利索，“你容我缓缓。”缓了几秒终于稍微理出些头绪，“你是说，今天，我们，去领证？”

谢申微微颔首：“程陆帮我查过皇历，是个好日子。”

这是重点吗？

“原来你连我舅都买通了？可是，你都还没去见过我外婆。”

“等领完证我们就一起去见，我有信心让她满意。哦，还有你爸爸，我们通过视频了，他说他挺忙的，我们这点小事自己决定就行。”

这都是些什么家人啊，就这么悄无声息联手把她给卖了？

黄灯跳过绿灯亮起，谢申重新开车上路：“先把证领了，婚礼还需要从长计议，我妈在这方面有朋友，到时候让她帮我们策划。”

江棠棠抓耳挠腮，脑子还是蒙的，想了半天，终于想起重点来，脑袋猛地一扭。

谢申斜看一眼：“不用担心，你的户口本程陆已经给我了。还有，戒指在你前面的储物格里，自己拿，试试看大小合不合适。”顿了顿，又道，“应该合适，你睡觉的时候我拿棉线测过，首饰店的人教的。”

那我要不要给您鼓鼓掌？

在一片凝滞的静谧中，江棠棠盯着从储物格里拿出的红色丝绒小方盒再次陷入脑子一片空白的状态，一动不动。

谢申用手背贴了贴她侧脸：“傻了？打开看看。”

江棠棠被他温热的皮肤一蹭回过些神：“我不。”

谢申眉峰淡淡一蹙：“怎么了？”

“这里面肯定是一打开就会跳出来吓我一跳的机关！”她自鸣得意地哼哼，“我知道了，你这是要报复我老在病房里对你动手动脚，想耍我是吧？”

谢申微不可见地摇摇头，叹出口气：“你以为我和你一样幼稚？”

江棠棠一副过来人的样子：“你少来。被我识破心虚了吧？”

道路通畅，从主干道进入辅路，谢申缓下车速。冬日暖阳逐渐高升驱散清晨寒气，途经早餐摊，老板娘正掀开一笼小笼包，白色的雾气蒸

腾笼得面庞一片温柔。

天下熙攘，他从前总是行色匆匆，很少有闲心去体味生活里这些细枝末节，却因为认识一个人，渐渐拥有与以往人生截然不同的视角。

而那个人还在副驾驶里喋喋不休：“你别想诓我，我告诉你，你这招是我小学玩剩下的。”

谢申睨她一眼：“我看脑科专家号还是应该继续帮你安排。”

说话间，他将车停进临时停车位。

身旁的江棠棠小巧下巴微微一扬，扭头将手中红色丝绒小盒往他身上一掷：“看看，恼羞成怒了吧？还敢倒打一耙。我才没那么笨，要打开你来开。”

精致的小方盒悬空划了道抛物线，恰如其分地砸进谢申两条大腿间。

他缓缓低下头，脸色不太好看。

江棠棠一瞬心虚：“我不是故意的……”说着赶紧把盒子捞回来。

谢申深呼吸，忍着心头燥意一把抓开她那只乱摸的手，把她脑袋拨正，再往窗外一扭。

他湿热的气息喷洒在她耳郭边：“把你看到的字念一遍。”

江棠棠看着眼前的建筑和上头一排金色大字愣住，半晌念出来：“明市滨江区民政局……”

“很好。”他两只手控着她的头回正，食指指尖敲了敲她捏在手心的红色小方盒，“现在把盒子打开。”

他低沉的嗓音恍若催眠，江棠棠仿佛已经失去自主意识，只得跟着他的引导做。

红丝绒的盒盖“咔哒”一声开启，里面静静躺着一枚梨形水滴钻戒，璀璨光华。

谢申在旁轻声道：“时间比较紧，这一枚是求婚戒指，你先戴着，等我们婚礼之前再一起去挑结婚对戒。”

江棠棠小口吸气，喉头发紧，呆呆地垂眸看着那枚戒指。

良久，她抬头看他，踌躇着说：“可是你爷爷还没同意。”

“他不同意又怎样？”谢申将她左手收进掌心，“他同不同意，我决定的事情都不会改变。”

江棠棠又陷入沉默，手掌轻颤间，钻石切面反射的光芒一刹闪过

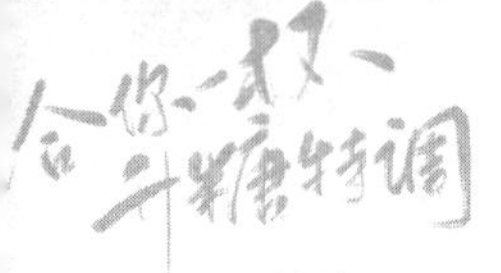

眼眸。

原本对她的态度很笃定的谢申见她没对自己的话做出任何回应，他开始忐忑起来，摸着她头发解释："棠棠，我知道有些仓促，但是我不想再等了。你也清楚我这个人，一旦有了既定目标就势必完成，时间上早一些晚一些都不影响最终结果。"

江棠棠快哭了："可是……"

谢申紧着问："可是什么？"

江棠棠抬头看他："可是没有人像你这样求婚的啊……人家都是烛光晚餐单膝下跪，你怎么像是找我拟定合同？"

谢申怔然，心中大石落下一半，随即笑出声："婚姻本来就是合约，如果你不乖乖地认真履行，我一定……"

江棠棠直了直身："一定怎样？"

谢申将她一把拉进怀里，死死圈住："一定多担待。"

两颗心紧紧依偎，彼此强力的心跳是最好的回应。

谢申大掌托着她纤细的颈项，气息渐沉："火灾那天，我从机场开车出来，一路上想的只有一件事。

"我要见到你，无论怎么样，我只想那一秒就看到你。

"后来那晚从谢宅回医院，我又想，只要你还愿意和我在一起，等你出院我们马上就领证。"

江棠棠动了动，谢申又将她按回怀里："我知道你想说这是一时冲动，但我以前冷静的时候太多，也从来没给我带来过什么快乐。"

他感受到有温热的触感在脖颈滑落，这才放开人，替她抹掉脸颊上的泪水："乖，别哭。"

江棠棠强忍情绪："那你在医院的时候为什么不先和我说一下？"

谢申眉目稍稍舒展："怕你太激动要提前出院。"

"我才没那么猴急呢！"

"是吗，那有的人不是说要像章鱼一样吸住我不放吗？"

"哼哼，我还要朝你喷墨呢！"

谢申挑眉："那我礼尚往来。"

江棠棠听出此间深意，耳朵染上绯红："大胆狂徒，政府机关正门口居然公然开黄腔？"

“还不是跟你学的。”谢申半起身，直接从她身上穿过打开副驾驶的门，“我这辈子算栽你手里了，下车。”

5

婚姻登记处已经有一小拨情侣在排队，两个人领了号等着。

江棠棠还是不太敢相信，趁谢申不注意偷偷捏了把自己的脸：“嘶——”

谢申轻瞥过去，勾了勾嘴角。

很快排到他们，他们交上身份证户口本，换得两本小红本。

谢申穿一身黑色西装，挺括有型，配江棠棠白色外套十分搭调。两人往正红色背景墙前一站，视觉简洁清爽，拍出的照片养眼非常。

最后盖印，红本本手续齐全，宣告一生承诺。

出了民政局回到车里，江棠棠把结婚证拿在手里左看右看：“我就这么把自己给交出去了？”

谢申略略侧身低笑：“是啊，谢太太。”

江棠棠背脊一挺，惊讶地看着他。

谢申捧住她脸往中间挤：“该你了。”

江棠棠嘟着嘴装傻：“什么？”

谢申：“叫老公。”

“不叫。”

“叫不叫？”

“不叫不叫不叫。”

“好吧。”他放开她，从底下捞出一个纸袋，拿出之前去H市买的那部相机。

包装盒一打开，江棠棠就认出来，惊喜道：“是我之前一直找的那只……”

“嗯。”谢申拿在手里把玩，“我送我老婆的，你这么高兴做什么？”

她扯他胳膊，柔柔唤了声：“老公。”

谢申心尖微颤，简直不能更动听。

他忍着笑意，冷面相对：“刚才不是不愿意叫吗？”

“哎呀逗你的，官方都认证你了我还能不承认你呀？瞧瞧我老公，长得出尘绝色，带出去人家都得问这是从哪片九重天上掉下来的仙子让我捡着了？”

她这番阿谀奉承谢申很受用，拿话逗她：“你还真是为了得到自己想要的东西不择手段。”

江棠棠倒进他胸口，轻了声儿：“所以为了我们以后的和谐生活，我决定了，我也要不择手段地让爷爷接受我。”

谢申摸着她脸蛋的手一顿：“棠棠，我说了你不用……”

“你别管。”江棠棠说，“你都有办法让我舅舅认同你，那我小江要是没办法让你爷爷接受我，岂不是代表我比你逊色？如此一来我们婚姻的天秤就倾斜了呀，那是万万不行的。”

谢申被她这套莫名其妙的理论绕得头昏脑涨，没再多说。

离午饭饭点还有一些时间，江棠棠说不想回家，非要跟着他来公司。他正好手头也有前段时间累积没处理的事务，主要还是一些会议要开，便载着她一起回来。

姜秘书有江棠棠的微信，看到她刚刚发出的朋友圈上晒的结婚证第一时间留言祝福，此刻见谢申和她一起过来，碍于总裁办外面还有其他秘书助理，只远远朝她笑着挑了挑眉。

江棠棠收到心意，也冲她挑了下眉毛。

进了办公室，谢申打内线让姜秘书通知所有部门经理开会，挂下电话问江棠棠：“要不要去我的套房里睡一会儿？吃饭的时候我来找你。”

她摇头：“我就要在离你最近的地方。”

谢申笑：“那去我休息室睡，这几天在医院你睡得也不安稳，去补个觉。”

江棠棠想了想，点头。

谢申的休息室装修精简，东西倒是一应俱全，只是床的尺寸比酒店套房小，只容一个人睡。江棠棠在里间浴室洗了把脸，谢申开好暖气，把被子铺平，枕头拍得松软。

江棠棠擦完脸出来：“可是这里没有我的睡衣。”

谢申平常只偶尔在这间休息室小憩，通常都是和衣而睡，连自己的睡衣都没准备。他想了想，从衣柜里拎出件自己的备用衬衫：“穿这个行不行？”

江棠棠晃头："不行，我要穿我那件丝绸的，就是你上回从国外带回来那件。"

那件睡衣她留在他的酒店顶层套房里。

谢申单手叉腰："要求这么多，你还是上去睡吧。"

"婚姻果然是爱情的坟墓。你看看你，人一到手你就嫌弃上了。"江棠棠两手叉腰，愣比他多一分气势，"婚恋专家江教授认为这样的婚姻关系从一开始就站在了悬崖的边缘。"

谢申叉腰的手放下，胡乱抹了把脸："还要拿什么，你一次性说了，我不会帮你跑第二趟。"

江棠棠蹦跶到他身上："还有我那个香薰灯，还有荞麦枕，还有……"

谢申皮笑肉不笑："把整个卧室给你搬下来行不行？"

她适时收口："不用不用，就这几样就好了。"

电梯里，林臻的助理怀里抱着会议资料，另一手按下十楼："林总，我们集团是不是又有什么大动向？谢总很少把会议连着推这么多天，以前就算是出差也会开视频会议。"

林臻从轿厢的镜面瞥她一眼，声音清冷："你要不要亲自去问问他？"

助理一下噤声，垂眸看着手里抱的文件不再多话。

不一会儿，电梯到达十楼，这楼的会议室在办公区相对的另一侧。

她们一前一后朝右边走，经过旁边的电梯，"叮"的一声，那趟电梯门也缓缓打开。

助理眼尖，立马出声喊："谢总。"喊完视线下落到他手上捧的东西上。

一只白色香薰灯，一个圆柱体的橘色小枕头，骨节分明的手指上还钩着一个袋子，里面装的丝绸质地的衣服。

她从叠在上头的那两根细肩带瞬间判断出，那大概……是件女士睡衣。

谢申与她们六目相对，微不可察地垂了垂眸看一眼手里抱的这些东西，轻咳一声以掩尴尬："嗯。"顿了顿，又道，"还有二十分钟才开会，你们来早了。"

助理竟从谢总的语气里听出了被人撞破的窘迫感，怀疑是自己产生错觉，但目光也立马不再有意无意地往他手里的东西上飘，一边解释道：“因为想早些过来做准备。”

而一旁的林臻则相反，一眨不眨地盯着香薰灯和小枕头，还有袋子里若隐若现的丝质吊带睡衣，有一种难以名状的情绪在身体里蜿蜒游走。她极力克制自己不要去联想，但恰恰越是这样，脑海中浮现的画面越是具象，像电影镜头一帧帧地快速来回。

谢申眼风扫过她紧绷的脸部表情，视线又回落到她身边的助理身上，恢复矜淡神色：“那就先进去吧。”说完转身往另一边信步走去。

休息室熄了灯之后一片黑黢黢，只有白色香薰灯在地上发出幽幽的灯光，散出恬淡橙香。在医院翻来覆去睡得难受的江棠棠终于松下心神，闻着被子里保留的原主人的气味安然入眠。

谢申开完两个多小时的会议回来的时候，见休息室房门依旧紧闭，把手上东西往办公桌上一放，继续工作。

没多久，姜秘书打内线进来，说秦笠来访。

秦笠这趟是来送邀请函的，就是月底他们画廊为小尤和其他签约青年画手办的联名画展的入场请柬。

他径自在谢申对面落座：“我正好路过这里，顺便给你送来。到时候你和小棠儿一起来捧捧场。”

谢申接过邀请函打开看了看：“没问题。”

秦笠摸了摸下巴琢磨：“啧，你好像心情不错啊。”转而斟酌片刻，“这怎么和我听说的有些不一样，我听说你和你们家老爷子最近闹得挺凶？”

一个社交圈再大绕来绕去也都是熟人，漏出些风声就能透得天下皆知。

谢申抬眸看他：“难怪你有这个闲情逸致给我送邀请函。”

“别以为我是要八卦，我还不是关心你和棠棠？”秦笠往椅背上一倒，神形松散，“怕你们两个顶不住压力，毕竟你家镇宅那位是真不好搞。”

谢申弯了弯唇，转问：“看到棠棠发的朋友圈了吗？”

结婚证一到手，江棠棠就拍照发出去，但又不让他发，说怕他那些弯弯绕绕的亲友告诉老爷子把他吓得心脏病复发。他正好也想找个更正式的时机宣布，便暂时忍住。

“嗯？”秦笠不懂他为什么突然提这个。

他广交友，微信里加过的人上千，哪有工夫一个个欣赏谁的朋友圈，此刻听谢申忽然这么一问，疑惑地从外套口袋掏出手机。

刚划开屏幕，就听谢申接了个座机电话，继而有人推门进来。他注意力稍转，往后一看是林臻。

林臻走近，对谢申说对于刚才会议上讨论的问题想到些补充建议，说着轻瞥一眼仍旧坐着不动的秦笠。

秦笠肩一耸：“你们聊你们的，当我空气。”又问谢申，“不是什么机密要事吧，需不需要我避一避？”

谢申两手交叠，淡声道：“不用，你说吧。”

林臻这才坐下继续开口，简述完毕，似是踌躇，停顿半晌才道：“听说谢老爷子最近身体欠佳，我托人买了些补品，等会儿拿给你。”

其实那些补品是林母置办的，消息也是林母探听到的。终归是自己女儿，再怎么觉得她死心眼也忍不住为她旁敲侧击谋划一二。

秦笠没给江棠棠备注微信名字，估计她又给自个儿换了昵称，找了半天也没找到，正费劲扒拉着就听到林臻的话。

他闻言一乐：“你有所不知，他们家那老爷子最讨厌吃的就是补品，说什么胡乱进补等于慢性自杀。要不然你还是给我吧，我最近虚得很。”

林臻脸色冷寒：“和你有什么关系？”

“行行行，不给就算了。”秦笠漫不经心敷衍，继续翻朋友圈，兀自道，“我还是找我们棠棠讨两颗糖吃实际点儿。”

说到江棠棠，林臻想起之前看到谢申拿的那些东西，四下看了看，并没有见到她人。

谢申低头看了眼手表，再抬头时回她：“不用了，我爷爷不喜欢吃补品。”

林臻还想说什么，蓦地听见从休息室的门内传来一声闷响，像是什么东西砸到地上。

三人均是一愣，往休息室的门看去。谢申最先反应过来，倏忽起身长腿阔步往那儿走去，一把拧开门把。

江棠棠在楼上套房睡惯了，半梦半醒间闻着被子上熟悉的味道就觉得自己是睡在那张八百标兵奔北坡的大床上，结果毫不客气地一个猛烈翻身直接掉到地上。

她从地上坐起来，被子胡乱裹着下半身，发丝凌乱神情恍惚。

身后门被打开又关上，谢申弯腰伸出两条长臂从她光洁的胳膊下穿过，直接把人拎起来放到床上，顺便捡起被子打开灯："怎么回事，睡个觉也能掉床下？"

江棠棠这才想起来揉头。

她只穿着一件吊带丝裙，露出的大片肌肤白如霜雪，双眼迷蒙着嘟囔："疼……"

引人遐思。

谢申喉结微滚，碍于外面有人才没有动手，正要拨开她头发看看有没有磕肿，背后的门忽然从外面被打开。

他猛地回头，秦笠不明所以地站在门口，还以为是出了什么事。林臻也站在门边，视线和愣怔的江棠棠对上，眉头深拧。

谢申低斥："出去！"说话间已将被子往江棠棠身上一裹，将她包得严严实实。

讲讲道理，不用连头也包住吧？

秦笠在关上的门外连声道歉："小棠儿你放心啊，哥什么都没看到！"

门内传来谢申的冷声："闭嘴。"

林臻肩胛骨拉出道紧绷的线条，头也不回地离开了办公室。

秦笠见她走了也无所谓，继续刷手机，终于刷到江棠棠上午发的那条朋友圈，两张交叠的红本本封面赫然入目。

"你们两个居然领了结婚证？"

谢申从里面出来："怎么，有意见？"

秦笠啧啧感叹："你小子可以啊，做什么事都先人一步。我原以为在结婚这事上我总能在你前头，没想到……"

谢申坐回去："知道为什么吗？"他看着秦笠求知的双眼，一字一顿道，"你的频率太高，转化率太低。"

秦笠觉得自己再待下去唯有死亡一条路，没等他赶人自己就走了。

6

江棠棠穿好衣服出来，谢申按下遥控将遮光帘尽数落下，转了半圈椅子："过来。"

她走过去，坐到他腿上："笠哥他们走了？"

"嗯。"谢申一手圈住她的腰，"饿了吗，去吃饭？"

江棠棠看到他办公桌正中放的一本拍品图录，想要去捞。谢申单手按住书封往前推了推，推到她手底下："刚做出来的样本，你和你贺老师他们上次来拍的那批藏品照片就在里面，看看。"

之前碍于自己不是贺老师工作室的员工，她也没有去要求看成品照，这是第一次看到印刷出来的拍品图。

那天拍摄的基本是字画和玉瓷等器物，贺晏北对拍摄现场光线的把控和拍摄技术都非常到位，江棠棠第一页翻到的西番莲纹青玉香炉，整体通透，质感被表现得淋漓尽致，细如青丝的阴刻线纹路更是清晰可辨。除此之外，每件藏品的足形、年款都用细部图加以阐明。

不同形态质地的艺术品有不同的拍摄手法，光线感空间感甚至阴影都有十足讲究。

她这些日子对这方面有了些钻研，与她从前想象当中的枯燥不同，每件藏品都有它的来历过往，在研究如何将它们展现得更为完整的同时，也在不经意之中了解此间的历史和趣事。

一只瓷碗，一本古籍，想象曾经拥有过他们的人，他们的人生和时代，像是穿越了时光，从取景框里进入另一个世界，又能用手里的快门定格住辗转而来的它们此时此刻的模样。

谢申见她翻看得认真，一时也未出声打断，将近半小时过去才开口："我看你最近都在看这些，是不是有兴趣？"

江棠棠又翻过一页，听到他问便点点头："原先是因为你的工作才想了解的，不过现在是真的感兴趣。我觉得这些艺术品都像是有灵魂的，虽然不会说话，可是当你凝视它的时候，它就像是承载记忆的胶片一样，会慢慢显影，慢慢告诉你它的故事。"

谢申静静听她说完，心有触动。

对他来说，这是他从出生开始就别无选择的事业，是一笔笔的交易和财报上漂亮的数字。经过她这一番解读，突然生出无限意趣和意义。

他沉吟半刻，低笑：“不耍无赖的时候还挺像个文艺工作者。”

“去你的。”江棠棠半侧身瞪他，“我是认真的！”

“我知道。”谢申唇瓣贴了贴她嘴角，“其实我看你们贺老师工作室也很需要人，你既然对这些有兴趣，有没有考虑过去他那儿工作？”

怕她没理解，他又继续说：“我可以和他提让你参与和我们集团的合作项目。”

江棠棠想了想：“你这是以权谋私？”

“我想谋私现在就可以，还需要以权？”谢申掌心一收，把她的腰拢得更紧，“之前听贺晏北说一直想招你进他工作室，我这算是帮合作方招揽个人才吧。”

“那我的店怎么办？”

他将下巴抵在她肩头：“我知道开店是你妈妈生前的心愿，你也替她完成了，现在是时候给你自己规划规划职业生涯。还有舅舅，你不是也说希望他早点去做自己擅长的工作。”顿了顿，又道，“你想想，如果想去，其他的事情我会帮你协调。”

“真的吗？”

“嗯。”

江棠棠扭头捧住他的脸：“你怎么这么好？”

“没办法，舅舅说了，要是对你不好，他要找人砍断我两条腿。”谢申叹气道。

江棠棠眉眼皆是笑意，唇瓣一开，低头含住他柔软的耳垂，舌尖轻挑拨弄。

谢申被她舐得喉咙发紧，掌心揉捏着她软腰的力道不自觉加重。还未等他作回应，那双温软的唇瓣又自顾往他耳后游走，像一团小小的丝绒若有似无地贴蹭片寸皮肤，让他倏地浑身过电似的一凛。

那是他的敏感点。

江棠棠的摸索像是得到了印证，嘴角扬起弧度，越发肆无忌惮地轻舔他耳背。

谢申气息都乱了，头稍稍一偏躲开她的挑弄：“别玩了。”

江棠棠长睫飞翘，盯着他看：“为什么？”又把头埋进他脖颈间，

“我们去休息室，或者顶楼？”

“腿上的伤还没好就忘了疼？”谢申回她。

她的大腿外侧还贴着敷料，依旧需要定时换药。医生说如果不感染，再过一个月左右能恢复，但皮肤肯定无法复原到从前的样子，会留下明显的瘢痕。

虽然幸而伤在不明显的部位，但在医院的时候医生来检查伤口情况时，谢申看到那处的血肉还是心里揪得生疼。

谢申：“约个时间，我们去见你外婆。”

陆小玉年纪大了，江棠棠不敢一下告诉她自己已经领证，只说带男朋友上门让她看看。

程陆操着一颗老父亲的心，也陪同一起回去。

陆小玉听说小外孙女要带男朋友见她，兴奋地问个没完，还把谢申的口味记在纸上，一大清早天还没亮就去菜市场买菜，还要杀院子里养的乌骨鸡。

江棠棠和谢申他们到的时候，老太太正在小院里逮着鸡跑。

那只母鸡受到生命威胁扑腾着翅膀一阵一阵地乱飞，陆小玉在后面费劲地追。

江棠棠和鸡打了个短暂照面：“哟，这不是小飞吗？”

小飞扯出两下叫唤，一转头撞上谢申裤脚。他眼疾手快，俯身一捞单手抓住鸡翅膀拎起来，小飞凄厉的一声惨叫，不停挣扎。

“哟，抓住了抓住了！”陆小玉小碎步跑了几步过来，“棠棠你下回别给鸡取名儿，什么小飞，你看看，它飞得我都快逮不到了。”

程陆乐了：“妈，咱下次还是养甲鱼好，甲鱼不会飞。”

“去去去！”陆小玉抬头一看谢申，顿时喜形于色，“这个就是我们小申吧？长得可比照片上好看多了。瞧瞧这身手，多利落啊。我抓了半天没抓到的鸡让你一下就抓住了。”

谢申不费吹灰之力挣到陆小玉极好的第一印象，笑眯眯道：“外婆，这鸡是要杀吗？”

“对的对的，杀来给你们炖个鸡汤。冬天嘛，滋补的。”陆小玉两眼放光，对他喊出口的“外婆”顺其自然地就接受了。

“我来帮您。”谢申是个行动派，说要杀鸡，就真脱下外套卷起衣袖，露出坚实有力的小臂。

程陆不抢风头，负责帮他递刀。

江棠棠负责安抚小飞：“你看你也初具规模了，你那两个弟弟妹妹还小，身上的肉还得再长长，只能委屈你给我外婆炖汤了。别怕啊，很快的。”

谢申瞥她一眼：“聊好了？”

江棠棠点头：“差不多。”

谢申扣住鸡脖子，利落一划。

程陆配合着他把鸡往热水桶里烫。陆小玉在一旁看得可高兴，眯缝起双眼就差没鼓掌了。

江棠棠看得目瞪口呆，等程陆和陆小玉进里屋，拖住谢申问：“你还真会杀鸡啊，哪儿学的？”

谢申在院子里的洗手池里抹了点香皂冲干净手：“以前上学的时候参加野外生存营，捕捉宰杀禽类也是其中一项，我拿的是第一名。”说完看着她幽幽地一笑。

江棠棠忽然觉得脖子一凉，忙不迭道：“老公老公，我帮您扣袖扣。”

谢申的情况江棠棠早先就和外婆提过。吃饭的时候，外婆感叹：“都是缘分，难得的缘分。小申，你得好好对我们棠棠。”

谢申搁下筷子，淡声却郑重：“您放心，我会尽我所能照顾棠棠。”

“好，好。”陆小玉连连点头，“那你们准备什么时候结婚？”

见她此番态度，另外三人都不再隐瞒，直说了他们两个已经领证了。至于婚礼，还得细细策划，等时间拟订下来再告诉她老人家。

陆小玉简直合不拢嘴：“我们棠棠从小就是个机灵鬼。瞧瞧，这不声不响地就给自己找了个这么好的老公。”说完又顺带数落程陆两句，程陆只得埋头啃鸡腿。

谢申主动解释：“外婆，这次是我决定得有些仓促。关于两家人见面，等我爷爷身体养好些我会尽快安排。”

“不急不急。外婆看得出，你做事稳妥，由你安排再放心不过，替我向你爷爷问好。”

“好。”

这顿饭吃得和乐融融。收餐桌的时候，陆小玉特意拉江棠棠到一旁去说话，留那两个男人干活。

她看一眼正在收拾碗筷倒残羹的两个人，小声对江棠棠耳语：“棠棠，外婆和你说，结了婚不能由着自己性子来，多包容才是婚姻长久的正道，但是啊，像一些家务活，你也别全揽自个儿身上。你是外婆的宝贝，可不能到人家家里每天给他洗碗做饭的噢。要干活你们一起干，不能你一个人全包的。”

江棠棠嗤笑出声：“外婆，您看我像能一个人全包家务活的样子吗？”

“那我不管。”陆小玉嘟囔着，“我等下要和小申说的。”

江棠棠：“说什么？”

陆小玉：“说你对洗洁精过敏。”

这次见面很成功，江棠棠悬着的心也落下一半，只差搞定谢老爷子。他这些日子身体抱恙，一直在家里休养，也不便前去叨扰。

后面几天贺晏北来找她，先是亲口祝她新婚快乐，又提起希望她去自己工作室工作的事情。

江棠棠问：“贺老师，你是不是受人所托？”

贺晏北明白她的意思：“在谢申和我说起之前，我就和他聊过一直想招你进工作室的想法。只是原先碍于你自己开店才没有开口，现在既然你也有这个意愿，那是再好不过。我们现在正是用人之际，你对这方面也感兴趣，岂不是正好。”

先前谢申和她那样说，她心里还是有些不信，怕他利用身份之便给贺晏北施加压力为她开后门。现在亲耳听到贺晏北这样说，又觉得自己是以小人之心度了君子之腹。

以为江棠棠没说话是在犹豫，贺晏北又游说：“在线拍卖平台的项目，看得出来他很在意，也是我们合作的一个侧重。你难道不想帮他一起实现这个愿景吗？”

江棠棠对上他诚挚的眼神，盈盈眉眼往上一翘：“那贺老师，以后还请多多指正。”

贺晏北低眸看她朝自己递出的手，神色一时难辨，静默半晌回握上去：“好，欢迎加入。”

正事谈完，贺晏北才抿一口咖啡：“没想到你这么早就决定结婚。”

江棠棠切一小块海盐蛋糕送嘴里：“没办法，谁让他跪着求我呢。贺老师你有所不知，当初他追我追得可费劲了，我也是勉为其难地答应的。”

“是吗？”贺晏北放下咖啡杯，用搅拌棒沿着杯内壁轻划，“我很羡慕他。”

“嗯？”

“棠棠，你还记得我和你说过摄影最重要的是什么？”

江棠棠想了想：“是光。”

有光才有影，摄影就是光的艺术。

“对。”贺晏北娓娓而谈，“一天里每一刻的光都是不同的，错过了最佳的光线和光位，那这一天就再也拍不到你想要的画面。人生何尝不是这样，既要等光，又要在恰当的时候按下快门，才不至于错过。所以，我很羡慕你们，在彼此最恰当的时机把握住对方。”

有人推门进来，咖啡店玻璃门上挂的铃铛一阵清脆碰响。

他望向窗外。

在黄昏和夜晚的交界处，蓝紫渐变的天光沉静而悠远。

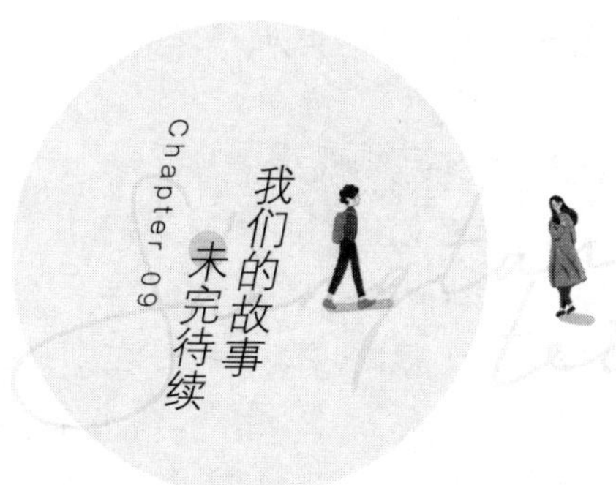

1

这段时间，江棠棠过得前所未有的忙碌，进入新的工作环境接受新的挑战，虽然和贺晏北、徐放他们的合作默契还在，但毕竟这回是正式入职，无论是别人还是自己对自己的要求都要比以前更严格。

谢申比她更忙。随着新一年春季拍卖会拍品征集阶段结束，专家团队开始对藏品进行综合评估鉴定，往后要编著图录。集团上下都愈加高效运转着。

负责在线拍卖平台的闻正安做事老道且极有魄力效率，带领手下团队一路突破不少技术壁垒和难题。

“目前为止的试运行成果比较理想，根据我们的数据记录，有29%的网络竞价客户是集团的新客户。”闻正安向谢申做报告简述，“同时也反映出一些问题，比如前段时间因为规则设置漏洞造成的交易重复，还有公众始终对线上平台的监管力度和公正性存在质疑……”

最重要的，能否带动高端藏家入局才是关键所在。闻正安清楚，谢申要做的不是一个消费交易平台，而是要以此来推动海外文物回流的进程以及向国外输出中国本土的文化艺术。

今年的春拍，他们计划以几场线上特供拍品竞投专场在高端市场投

石问路。

如果成功打开局面，可以想见谢老爷子该有多高兴。

闻正安出去后，谢申拿着烟盒走到朝外的落地窗前稍缓口气。

每个拍卖季都是这样连轴转过来，他倒没什么不习惯，只是和江棠棠两个人结了婚反而聚少离多，多少有些难耐。

不过随着拍品图录拍摄工作的展开，江棠棠来君禾集团的频率明显增高。

今天开完会，谢申特意让姜秘书把后面的工作推一推，然后去楼下摄影部找江棠棠。

江棠棠刚和徐放他们完成拍摄工作，正收拾摄影包和器材，见谢申过来暂放下手里东西，和徐放交代两句便小跑过去把他拉到门外僻静处。

她永远都是这样，无论多忙一双杏眸总是鲜亮莹润，盯着人看的时候不带丝毫敷衍。

谢申笑，将她头发拨到耳后捏捏小巧的耳垂："忙完了？"

江棠棠："嗯，你呢？"

"还没。"他如实答。

江棠棠眨眨眼，忽然凑近他仔细闻了闻："你又抽烟，还不止一根！"

谢申微微一怔。

他没有太大烟瘾，抽烟一般是为了解乏，一忙起来抽的次数反而增多，每回和江棠棠见面之前都会洗干净身上烟味不让她闻出来。今天也是刚好在自己公司，一时忘了这茬。

"今天见客户，才抽了一根。"谢申睁眼说瞎话，"味道重是让他们的烟气熏的。"

江棠棠狐疑看他："是吗？"

谢申点点头："嗯。"

他这一声还没落到地上，江棠棠已经扑到他身上熟门熟路地从西装外套里找出烟盒，指尖拨着小盒里的烟蒂数。

清点完毕，她又翻到外盒底部，指给他瞧："你看，我在你这些烟盒上都做了小标记，你这三天抽了整整四包零两根！"

他抬手摸摸后颈："我分给客户的。"

"那您的客户群还挺庞大哈？"

"嗯，挺庞大。"

他这个摸后颈的无意识动作每次都是在说谎的时候才会做。江棠棠不再接话，吊着眼角看他半晌，赌气似的扭头。

谢申揽她肩膀："我不抽了行吗？"

江棠棠收回视线看他："你骗我。"

"我没想骗你，只是不想让你平白担心。"

"那也是骗，我最讨厌别人骗我。"

她肩头一侧，从他掌心里挣开。

谢申手一空，不由得发虚，嘴唇翕动："下不为例。"

闻言，江棠棠懒懒地朝他挑了下眉，意思非常明显——不是很满意。

谢申踟蹰着，紧抿唇线，半晌压低声音挤出一句："我错了。"

"嗯？什么？"江棠棠五指摊开扩在耳边，假装听不清。

谢申沉下口气："你听到了。"

江棠棠坚决否认："没有，没听到。"

"好。"谢申掐了把眉心，升调，"我错了。"

江棠棠这才舒展眉目："乖。你看我们最近都挺忙的，你下次认错记得干脆点儿哦。"

"你也别得寸进尺。"谢申终于能抱上她，又往角落挪了挪，才亲她嘴唇，"午饭和我一起吃，吃完我带你去个地方。"

谢申带江棠棠来的地方是离君禾集团不远的堇御园。

当年集团新址选成的时候，盛佩清就撺掇他在附近的一处高档别墅区堇御园认筹了一套房子，楼盘开盘后交了全款，不过他也没放什么心思，觉得住集团酒店更方便，没想到现在倒成了现成的婚房。

一楼两层精装修，带前庭后院。

谢申按开指纹锁："进去看看。"

江棠棠被他领着楼上楼下转悠一圈，最后进的是二楼书房，拉开落地窗窗帘，外面视野宽阔。

谢申下巴顶着她的头顶，问："觉得怎么样？"

“好大啊。”江棠棠看着窗外，“溜达下来午饭都消化掉一半呢。”

谢申低笑时鼻息微颤：“哪有这么夸张。要是外婆愿意，可以来和我们一起住，后面的院子也能让她种种花草。”又说，“等空的时候去加上你的名字。”

“这一套房子要花多少钱？”江棠棠微微仰头问他。

这一片住宅区都是闹中取静，金贵得很。别说别墅，连附近小高层的均价都远高于平均值。

谢申收下巴吻了吻她头发：“忘了。”

江棠棠撇嘴：“这还能忘了？你以为是买颗大白菜啊？”

“我老婆这么能吃，一棵白菜哪够喂？”谢申把她扳正，面朝自己，神色郑重起来，“棠棠，我答应外婆要好好照顾你，这里面当然也包括给你一个家。”

江棠棠望进他一双深眸，心中一动：“可是这个家……看上去很贵的。”

谢申笑出声来：“不怕你笑话，以前我挣到钱也不知道往哪里花。你行行好，帮我花一花。”

“不行，我不能这么占你便宜，房产证加名字就算了吧。”

谢申捏她下巴：“什么时候跟我这么客气了，不是天天想着怎么分我财产吗？”

江棠棠静默片刻：“我不想让你爷爷觉得我是贪图你的钱。我要让他明明白白地知道，我小江就是贪图你这个人！”

这番话谢申听得入耳入心，心情不由得大好。

谢宅后院栽植的几株天适樱在盛开一季后落花成泥。这几日天气愈渐暖和，盛佩清见老爷子今天似乎心情不错，坐在院子里晒太阳，手里翻着书。

小陈在一旁讲解：“老爷子，这些，还有这些，都是江小姐他们团队拍的。您看看，拍得多好。”

谢知行曲指抬了抬老花眼镜凑近看：“你又不是摄影师，看得出这拍得好不好？”

“我不是摄影师，但是好歹在您身边做事这么久，总归有点儿眼力见不是？”小陈见他一直停在这一页，伸手要替他翻页，“您往后看，后面还有好多。”

谢知行一把打掉他的手：“干什么，我还没看完呢！”

小陈讪讪收回手：“老爷子，其实江小姐挺有能力的，连您那个老朋友的侄子都夸她悟性高，专业。”

“哼，”谢知行眼皮一抬瞥他，“你倒是知道的不少，怕是有的人特意让你透露给我的吧？”

小陈知道瞒不过他老人家的眼睛，听他现在这语气倒似乎也没太生气，又壮着胆继续说：“老爷子，您一直避着谢总和江小姐不见又是何必呢？一家人哪里有什么隔夜仇的。”

谢知行瞪眼：“你也敢教训我了？”

小陈立马闭了嘴。

谢知行太阳穴微跳，只觉得哪里都不得劲。他是说不见他们，可那臭小子也就真的视他作空气一般，每次回谢宅也不主动找他。

难道真要他一个大长辈低声下气对他们道歉才肯罢休？

他倒偏要看看，谁能耗得过谁。

谢知行将手里的拍品图录往面前茶几上一掷：“不看了！以后别拿这些给我看，碍眼！”

小陈连忙拾起：“老爷子，这可是印出来的第一本。您别摔坏了，回头谢总该心疼。”

“心疼什么心疼？”谢知行腾地站起，摘下眼镜，“不就几张照片，谁拍不都是一样。我……我也没看出有什么特别之处。”

小陈嘟囔：“那您刚才还看那么认真……”

谢知行：“你说什么？”

“没、没什么。”小陈把图录合拢，仔细检查确认没磕到书角才放心，余光瞥到一个身影，惊喜唤道，“江小姐！”

谢知行闻声一愣，回头望去，真的是江棠棠从房里穿堂而出。

盛佩清挽着她的胳膊：“爸，棠棠来看您了，给您带了陈年普洱茶饼，可香了。”

谢知行敛眸，嘴角动了动，想说什么又没说，从喉间发出个单音：“嗯。”

盛佩清和江棠棠对看一眼，微不可察地弯了弯嘴角：“棠棠，我还有点事，你和咱家老爷子聊吧。”说完朝小陈使眼色。

小陈会意，也找个借口遁走。

谢知行背起手，上下打量一眼面前的女孩儿，见她笑吟吟地看向自己，竟也不由自主地松了眉目，但嘴上还是硬着：“找我什么事？”

江棠棠：“谢爷爷，之前一直忙着没来拜访您，您不会生我气吧？”

“气什么？我又没有让你来拜访我。你和谢申两个人如胶似漆，也不用管我这老头怎么想。”谢知行想了想，又补充，“何况，是我身体抱恙不见客，你来拜访也是被我拒之门外的份。”

“啊，是是。”江棠棠笑着应，“我也是一见您身体好转才敢来打扰。”

谢知行睨她一眼，年纪轻轻倒是很会顺别人的话。

他朝椅子微抬下巴：“坐吧，我倒要听听你找我想说什么？”

江棠棠等他重新坐回藤椅才落座：“其实也没什么重要的事，就是想了解下您对我们这次拍摄的图录满不满意？”

谢知行垂眸看一眼被小陈放在茶几上的图录：“没什么满不满意的，你做好你的本职工作，能让君禾现在的负责人满意就行。”

“谢爷爷，”江棠棠入正题，“我是想让您了解，我正在努力朝您期望的方向行进，您能给我一个机会证明自己吗？我知道，在您心里我不是孙媳妇的最优选项，我可能也真的无法完全达到您的预期，但是我会尽我所能。”

长久的不安像是终于踩到一级台阶，谢知行缓下语气，也有话明说：“棠棠，其实这段时间我也好好冷静反思过，或许真的是我一直以来太过偏执。”略有停顿，沉声道，“那次害得你出事，我这心里……有愧啊。”

经过这些时间的冰冻期，他心里那些话找到了得以倾诉的对象。彼此说开了，有些事便心照不宣。

江棠棠笑容清浅：“您不用愧疚，看我这不是好好的吗？有句话叫什么来着，浴火重生。我虽然没重生，但是事业上也是发展得不错呢。”

谢知行不由得抬了抬嘴角，片刻后颔首道：“是还过得去。”

江棠棠试探着问：“那……您同意我和谢申在一起了？”

谢知行睨她：“说得好像我不同意你们就能断了似的。”

江棠棠笑意更浓：“哦对了，谢爷爷，我前段时间花了点小钱买了

两件书法作品，您能帮我看看是不是真迹吗？”

“钱多得没处花？这东西水深，你一小姑娘别让人骗了去。”谢知行埋怨，手却重新拿起老花镜戴上，“拿来我看看。”

江棠棠从包里翻找出两本红本本双手递上。

谢知行往眼前一收一看。

上书大字：中华人民共和国结婚证。

他指尖轻颤，翻开。上面是谢申和江棠棠的合照，大红背景，两个人头贴着头相互依偎，笑得很甜。

江棠棠摸着下巴讨教：“您帮我看看，这是真的吗？”

“你……”谢知行气不打一处来，“你们这是先斩后奏！”

“哎，别别别，您别生气。”江棠棠连忙安抚，“跟您开个玩笑啦，今天是愚人节呢，逗您玩的。这是假的，网上买的。”

谢知行站起身，举着两份红本本扬声：“什么愚人节！有你这样拿假结婚证开玩笑的吗，啊？我这辈子最恨别人弄虚作假！”

他一口气堵在胸口上不去下不来，来回踱步。

现在的小姑娘真是越来越过分，竟然拿结婚这等人生大事视作玩笑逗人开心？

江棠棠一听他这话，连忙回：“爷爷说得太对了，我们做人怎么能弄虚作假呢？所以这个结婚证，它是真的呀！”

“你……你！”谢知行你了半天也没你出个所以然来，又把红本翻到眼前仔细辨认，“你这个小姑娘，还有那个臭小子，你们真是要气死我！”辨认大半天终于抬眸，“这，是真的？”

江棠棠咬唇：“嗯，真的。对不起爷爷，下不为例。”

“下不为例？你们还想有下次？”谢知行抬手点她，“做事毫无章法！你给我过来！”

江棠棠下意识后退两步，一下撞进一个坚实的胸膛。

她回头，见谢申从房里出来，赶紧一个缩身躲到他身后：“老公，救我！”

2

原本江棠棠说要单独和谢知行聊，谢申不同意，但她很坚持，再加

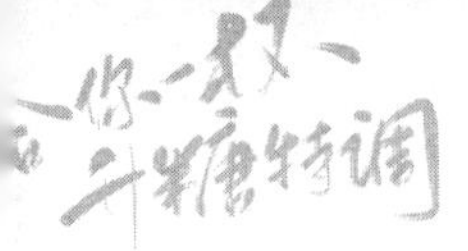

上盛佩清在旁劝，他就留在了内厅等。

不知道他们聊了什么，待他等得不耐烦走出来就看见谢知行一副兴师问罪的模样指着江棠棠。

他眉峰微凛：“爷爷，有什么话不能好好说？”

谢知行好久没听谢申叫自己爷爷，后半句话却似是责怪。

他气焰起：“好好说？都木已成舟还让我好好说？！”说着鞋头一转往谢申侧身而去，冲江棠棠道，“躲什么躲，出来！”

江棠棠拽着谢申后背的衣料拿他当盾牌使：“您先答应不怪罪我我才出来！”

“还敢跟我讲条件？”谢知行气盛，偏偏谢申又把人护得严实，只好掉转枪头指向自己孙子，“你真是越活越回去，结婚这么大的事也不和家里人商量就擅作主张？”

江棠棠从谢申侧腰探出半个头：“这不是找您商量来了吗？”

谢知行跨前一步：“你们这叫商量？结婚证都扯了还商量什么！”

江棠棠扯着谢申衣服往后撤：“爷爷要是不喜欢，那我们明天就去离婚。”

话音刚落，两道沉厉的声音同时响起。

谢知行：“你敢？”

谢申：“你敢？”

爷孙俩下意识对视一眼，又尴尬地挪开各自视线。

剑拔弩张的气氛霎时消弭。

谢知行沉腔沉调教训：“我们谢家没有离婚的先例，以前没有，以后也绝不行！你真是太不懂事，这两个字怎么能随便挂在嘴上？”

江棠棠笑容上了嘴角，从谢申身后出来：“我错了，爷爷。您看我老是行差踏错，必须要有您这样的指路明灯才行，您就是我的百度地图，您就是我的 GPS，您就是……”

“行了行了，说的都是些什么乱七八糟。”谢知行打断，睨一眼谢申，“你可别被她带沟里去，要有定力，不可浮躁，不要听她对你说两句好听的就不知道自己几斤几两。”

这话像是训诫，却又分明是让步。

谢知行虽然嘴上不说，但心里已然明白这就是孙子的套路，故意

冷着他，让他有足够的时间来反复回想反复思索自己从前的种种想法做法。他越想，执念就越减轻一分，越想，愧疚就越多加一分。到最后，剩下的只有盼和解的念头。

这个他曾经用全部心力去培养甚至不惜以最严苛姿态去要求的亲人，如今真是青出于蓝，反倒拿捏起他的心理来。

谢知行又不得不承认，他成功了。

谢申唇畔微弯，声调变得温浅，应声道：“我知道了，爷爷。”

江棠棠附和：“我也知道了，爷爷。”

谢知行：“你知道个什么？”

江棠棠：“我知道我几斤几两啊，四十八公斤二点五两。”

“又胡说八道。”谢知行拼命按太阳穴，“烦得很，烦得很。老程怎么有你这么个外孙女？”

他径自摇头往屋里走，没走几步又折返，瞟他们一眼，弯腰拿回茶几上的图录背到身后。

随着君禾集团春拍圆满落槌，夏至悄然而至。

明市的梅雨季节，空气都是湿润润的。今年的春拍成绩除了维持君禾集团一贯的高水准之外，还有一个亮点令业内乃至圈外人士都纷纷称扬。

集团全新上线的在线拍卖平台，以几场特供臻品专场主题先声夺人。前期调研宣传到位，加上目标明确，藏品上拍后成交成绩相当理想，更有一位在艺术品市场里以“掐尖”闻名的国内顶级收藏家拍得成交额过亿的藏品。

这意味着，高端买家开始关注并投入其中。

而真正为人所称道的是，今年的春拍在线平台其中一场专题拍卖，上拍了一件二十世纪三十年代被海外私人博物馆收购的商周青铜器，经过文物鉴定专家和机构验明，称得上馆藏级别的文物。

这件藏品集团以定向拍卖的方式上拍，最后由省博物馆将其收入馆内永久收藏。

与此同时，君禾集团宣布将本季线上拍卖所得佣金全数捐出，用于促进文物保护和海外文物回流事业。

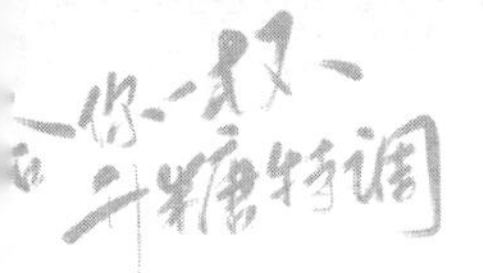

这份魄力与情怀，比过任何造势宣传。

一时间网媒官媒都争相报道，风头无两。

谢知行在知道的一刹那，心中震撼。

自从他退任后就不再插手集团事务，一方面是身体状况不允许，另一方面也是有意为孙子让路。前段时间他就听过线上平台的事，却也只当这是谢申的一步战略，却未曾想他竟然做出这样的决策。

盛佩清也有所触动，语气里的骄傲藏不住："爸，您看，小申真是这世上最懂您的人，还有棠棠，这次她也出了不少力。"

谢知行久久未语，情绪翻涌间眼底早已闪上水色。

他活到这把岁数的所有寄望，都在这个孙子身上实现，而那些坚毅又柔软的情怀，竟也被他们小夫妻和集团所有员工齐力成就。

周六。

今晚君禾集团举行仲夏夜慈善晚宴，邀请集团上下员工以及合作方参加。

姜秘书特地提醒谢申，下午还要参加一个网络访谈节目。

像这样的访谈谢申一般很少应邀，这次是因为这档节目是一位曾经业内有名的策展人转业当制作人后开的，再加上君禾的线上平台刚刚起步，算是一个不错的宣传机会。

谢申起得早，见江棠棠还把自己埋在床里睡得香甜，便径自去楼下跑步。跑了几圈上来冲完澡，卧室床上那个人仍旧在睡梦中，只是姿势早就换了几波，此刻正卧趴着，两手抓着枕头角，一条白皙的大腿半悬空横在床沿。

谢申拿下挂在脖颈上的毛巾擦了擦湿发，望着这个怪异的睡姿无声叹气，上前伸手将她那条腿收回毛毯里。

江棠棠的腿仿佛自带弹簧，又一蹬挂到床边。

谢申一把拍上她屁股："睡没睡相，还不起床？"

"吵死了！"江棠棠扭臀两下嚷嚷。

"快点起来吃饭，我们要出门。"

"出什么门……"江棠棠半梦半醒着嘟囔，"你的采访不是在下午嘛……"

谢申见把她的腿放回无望，干脆用指腹摩挲那片莹润的肌肤，轻轻上下划着："你的记忆被狗吃了？我们上午要去取戒指。"

他说的是他们的结婚对戒，早先耽搁得太久，一个多月前才终于敲定下定制设计稿。裸钻是盛佩清早年在一家国外知名拍卖行投得的，净度和切割工艺都是顶级。她一直收在自己那里，为儿子和未来儿媳妇准备着，终于等到这天。

3

从珠宝店出来，江棠棠还在端详套在自己无名指上的女戒，典雅简约的设计，钻石在阳光下璀璨光华。

走到角落处，她一把拉起谢申的左手，和自己的并到一起，越看越好看。

谢申见她一副满足的模样，嘴角不禁上翘，凑到她耳边问："你刚才是不是太急了，结婚戒指不需要我帮你戴？"

江棠棠一愣，恍然道："那我摘下来，你给我戴……"

谢申摇头，故意逗她："戴了就不能摘。"

"怎么这样啊！领证的时候就是我自己戴的订婚戒指，现在这枚还是我自己戴。不行不行，你要求婚，单膝下跪！"

她把指节间的戒指一撸，取出捏在指尖："快点，我要你求婚！"

谢申抬手戳了戳眉尾，轻笑："好。"

他从她两指间拿过戒指，沉了沉气，眉宇间尽显庄重神色。

"棠棠，以前我一直觉得自己的人生就是一台被设定好程序运转的精密机器，唯一的任务就是去完成既定的目标。

"直到某一天，有一颗小小的螺丝钉掉进了这台机器里。那颗螺丝钉不算太起眼，又很不规则，可是她让那台一直不停运转却不知为何运转的机器卡了一卡。

"一开始那台机器觉得自己的进程被干扰很烦，可是不知道从什么时候开始，他留恋起这种偶尔能让自己心神都停缓放松的时刻。

"那颗小小的螺丝钉一直在机器的肚子里。慢慢地，他就把她当成了自己身体的一部分。

"棠棠，没有人能再把你从我身体里拿走。"他深眸中泛上湿润，

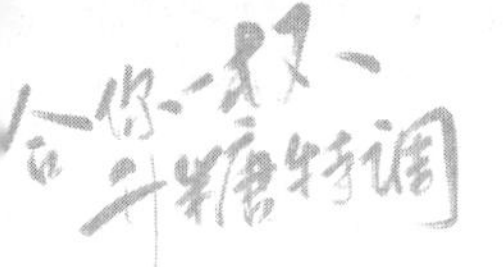

“因为没有你，这台机器就再也找不到自己运转的节奏了。”

江棠棠一颗心都化了水，哽咽着说：“小螺丝钉永远都不离开你……我们一起转，一起生锈被淘汰，好不好？”

谢申重重点头：“嗯。”

他挺了挺背脊，单腿后跨一步，要下跪。

江棠棠连忙拉住他的胳膊不让他做这个动作：“和你开玩笑的。我不要你跪我，只要你以后都对我好。”

谢申微怔，转而低笑：“真不要？机会难得。”

“不要。”她坚定摇头，朝他伸出无名指，“给我戴上。”

谢申垂眸，将戒指缓缓套入她的指节。

下午，江棠棠陪谢申去录节目。

有专业人士把关，访谈稿颇具水准。主持人和谢申大半程聊下来，气氛保持得不错。照顾到节目受众群，谢申尽量用浅显易懂的方式去介绍拍卖行业的种种。

“线上平台乃至整个艺术品市场诚信体系的建设任重而道远，但我相信这是一个好的开端。我们君禾集团也一直致力于慈善事业，更希望能借此渠道让更多国境之外的中国珍宝落叶归根，同时，也向海外世界推广我们中国的艺术文化，尤其是当代优秀的艺术作品。”

他的神色专注而认真。

江棠棠在摄影机后看着，心跳剧烈。

女主持人眼尖，早就发现谢申无名指上戴的戒指，刚才碍于聊专业性话题没有机会问。此刻，她稍作陈述后忍不住探问：“谢总，冒昧问您，您手上的戒指是婚戒吗？”

这是网络同步播出的直播访谈，问一个采访稿里没写的问题，其实主持人心里也没底，但毕竟是这样一位外貌和事业都极其出众的男性，如果能借此机会问出他的婚姻状况，可以算作访谈的一个亮点。

谢申闻言笑了笑，他从进访谈间开始就未作掩饰，坦荡得很，稍稍偏头找了个机位对准：“是。”

女主持听他坦然回答，又乘胜追击：“您的感情生活一直很神秘，不知道您的太太是从事什么职业？”

“她是一位摄影师，这次我们的春拍图录里收录的摄影作品，有一部分就是我太太参与拍摄的。”

“那你们是在工作中认识的？”

谢申望向自己对准的那台摄影机后面站着的人，笑意更甚，半晌回答：“不是，我们从小就认识。”

“那就是青梅竹马，羡煞旁人啊。”连女主持人眼中都流露艳羡神色，“您能不能再和我们观众分享一下……”

电脑前。

尹曼扭头看了看身旁的林臻：“弄了半天人家都已经结婚了！小臻你还在想什么？”

这段时间，林臻被她撺掇着见了几个适婚年龄的男人，每一个都是青年才俊，可每一次结果都不太理想。

林臻每回的托词都是话不投机，其实尹曼清楚，那是因为她还是放不下那个人，从来不肯敞开心扉去接受去面对。

谢申这个男人，在她心里已经不仅仅是爱慕对象那么简单，他已然变成了一把刻度标准的尺子。她一直用这把尺子去丈量其他男人，自然匹配不出一个“恰如其分”。

尹曼敛起神色：“唉，说实在的，像谢申那样的男人，一般女的真吃不消。想想你之前是怎么在他那儿碰壁的，你责怪他那些话，他竟然能绕一圈原封不动尽数还到你身上。这样的心思，往深里想想真是挺可怕的。以你的脾性，就算真的和他在一起了，以后的日子也不会好过。”

“真的，别那么死心眼了。人家都结婚了，你还能怎么样？”她似劝似叹，“你还别说，那小姑娘挺有能耐，居然就把他吃得死死的。我都想跟她讨教一二了。”

尹曼见林臻眼眸低垂，对她的话置若罔闻，不知在想什么。

林臻指尖在桌上轻轻打圈，面有倦色。

其实从闻正安的团队在这次春拍的成绩出来的时候，她就知道自己错了，当初厉声急色地劝阻谢申，如今想来可笑，竟是自己如此短视。

而他要做这件事的初衷，更让她惭愧。

想到自己居然用那样狭隘的心思去揣度那个放在心尖上十年的男

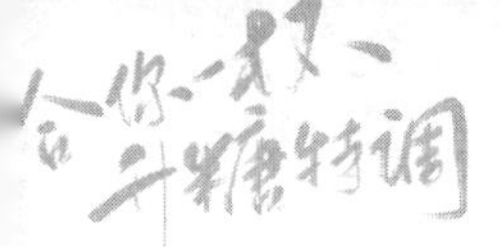

人，她几乎要怀疑自己所谓的爱，是不是真的如她所想那样纯粹。

她停下手里动作，缓缓阖上眼，再睁眼时，心里忽然就有了决定。

她关掉视频，打开邮件界面，打下一封申请调动到北美分公司的书面报告。

或许是时候，再去看一看外面的世界。爱情没有了，总不能连事业上的远见都无法留住。

仲夏夜慈善晚宴在君禾集团酒店最大的宴会厅举行，来得早的嘉宾已经入场。

下午的直播访谈，君禾集团员工基本都看了。没看的人，也早就被同事轰炸。大家都知道了谢总的已婚身份。

其实早前就有总裁办的人透出风声说谢总有女朋友，可那时大家没当回事，权当茶余饭后的闲谈。如今亲眼所见他在访谈里坦言自己的婚姻状况，一时间八卦有之，羡慕有之，更多的还是好奇。

大家都在猜，到底是何方神圣收服了谢总。

总裁办公室里，江棠棠放下帘幕，将投影仪放到谢申办公桌上摆正打开。

还有十分钟晚宴正式开始，谢申不解地看她："什么东西这么重要，非要现在看？"

江棠棠妆容精致，淡扫的腮红衬得面容娇俏十分："今天是你向我求婚的日子，等晚宴结束可能就太晚了，所以我现在就要给你看。"

她按下手里遥控。

降下的白色遮光帘上投影出一张张照片。

谢申怔然，这是……

江棠棠在一旁解说："这是咱妈第一次到我店里，让我帮她冲扫的胶卷。当时她说这是你上小学开学第一天她为你拍的照片，希望我能洗出来送你当生日礼物。"

那卷胶卷年代久远，扫出来的画面偏色已经有些严重，有两张还漏光，好在基本能看清拍摄的对象。

照片张数不多，都是盛佩清当年当日的记录。

明市一小的校门口，一个眉清目秀的小少年背着书包对着镜头微弯嘴角，面容沉静。

教室外面，在一群闹嚷的小朋友里，那位小少年神色淡然地站在旁处。

在窗明几净的教室里，他端坐着，同桌的位置是空的，后排的小男孩正哭成一团。

这些照片，在谢申去年生日的时候盛佩清就送给他收藏了。

而今不同的是，在每一张照片上，江棠棠都用简笔画画上了一个小女孩。

明市一小的校门口，一个眉清目秀的小少年背着书包对着镜头微弯嘴角，面容沉静，一个穿着校裙的小女孩站在校门口对他微笑扬手打招呼。

教室外面，在一群闹嚷的小朋友里，那位小少年神色淡然地站在旁处，小女孩将自己的小手递进他的手心，牢牢牵住。

在窗明几净的教室里，他端坐着，后排的小男孩哭成一团，小女孩坐在他身旁的位子上，正扭头和后排的小哭包说话。

谢申看着白幕上一张张缓缓播放的照片，最后汇集到一起，有清雅的音乐声响起。

浮光掠影，过去与未来交错，竟弥补了缺憾。

江棠棠抱住他，将头埋在他胸口："老公，你看，我可是早就预定了你，你这辈子都是我的。"

谢申眼眸湿亮："好，我是你的，余生都是。"

晚宴会场内，衣香鬓影，气氛正起。

十楼的一间办公室里，空气静谧，只有两个人的呼吸和心跳声相互交织。

不知过了多久，江棠棠才从谢申怀里抽身，她一双杏眸微微泛红，视线和他对上，哑声道："老公……"

谢申指尖抚了抚她眼角："怎么了？"

"我好像……"江棠棠斟酌着开口，"把粉底蹭到你西装上了……"

（正文完）

江棠棠觉得习惯这件事情特别可怕。

年初的时候，谢申去邻省 S 市参加行业年度峰会，时间不长，算上来回路程一共也就三天。

他走的第一天晚上，江棠棠躺在自家卧室大床上，就失眠了。

她这人，虽然睡相根据各位家人反映是比较堪忧的，但好在睡眠质量非常过硬，除非是在完全陌生的环境里，否则基本是一觉睡到天光大亮还不觉得够的。

可是现在要产生“睡得着并且睡得好”这个结果，多了一个关键形成因素，就是必须有老公在旁边。

两个人最初同住的时候，这种感觉还不甚强烈，只是觉得睡觉的时候有个热乎乎的物体抱着的感觉很舒服。后来谢申出差去外地或者国外，她从一开始只觉得双人床一半空空的有些不习惯，到后来会盯着天花板一发愣就是一两个小时。

越是想睡，越睡不着。

峰会的议程紧，此刻夜色深浓，谢申才回到下榻酒店，洗完澡就捞起手机打给江棠棠，哄她睡觉。

说是哄，可基本上都是她在说话。

谢申一手屈肘抵在桌面上拿着手机贴在耳旁，听她在电话那头讲今天工作场合碰到的人和事，一手翻这次峰会的资料，时不时弯起嘴角，无声地笑。

他这个老婆，也不知道每天都是从哪儿挖掘出那么多新鲜见闻，每每说到兴致处，话头密集得让人插不进嘴。现在他不在家，要是再不让她把白天余留的精力彻底耗尽了，那是绝不肯乖乖入眠的。

说着说着，江棠棠问："你在听吗？"

谢申翻资料的手一顿，温声应："嗯。"

江棠棠："那你复述一遍我刚才说的。"

谢申摘下眼镜摆到一旁："不用考验我的听力。倒是你，确定记得住我复述出来的话是不是刚才你自己说的那些？"

江棠棠从床上坐起，两条大腿交叠撑得睡裙裙摆平直光滑，哼哼道："你都没有认真听我说，我听到你在翻书的声音了。"

谢申心道这人耳朵倒是很灵："那也不妨碍我听你说话，一心两用是我上学开始就具备的基本技能。"

学业事业家业，一直以来，他需要承载的就比一般同龄人多出许多，可是每个人都只有二十四个小时，除了合理精准规划时间，还必须练就更高效的办法充分利用自己的头脑。

这一点上，他没有撒谎，确实在看资料，也确实把她说的都听进去了。

但这话进了江棠棠耳朵，那就能解读出另一层意思："你居然一心两用？接下来是不是要朝三暮四了？我才说这么一会儿你就不耐烦了，就敷衍了。我们的婚姻岌岌可危呢。"

谢申揉了揉眉心，直接把她刚才说的那段原原本本复述一遍，末了问："怎么样，这样也算敷衍？"

江棠棠一脸满足，重新仰躺回柔软的床铺里，语调轻快："哇，我老公的记忆力也太棒了吧！这样我是不是就不用怕等你七老八十得老年痴呆，我还得刻个名牌给你挂脖子上？"

未等电话那头作回应，她又紧着道："但是呢，就算你记性好，也不可以对我一心两用。哦对了，今晚有没有收到从酒店房间门缝底下塞进来的那种小卡片呀？"

谢申早就习惯她这种跳脱思维：“没有，五星级酒店没有这个。”

江棠棠笑道：“不一定，你再等等看，没准儿晚点就有人来塞了。”

“好，那我再等等。”谢申说，“晚点要是还没有，我出去换一家小酒店。”

难得他肯接招，江棠棠乐不可支，笑了半天收声，换了个腔调，柔情蜜意轻唤：“老公——”

谢申被她这突如其来的一声叫得全身一酥，撑着镇定道：“干吗？”

“不用这么麻烦的呀，”江棠棠对着手机轻呵一口气，“你喜欢什么类型的，野性小野猫还是清纯女学生，我可以在线学给你听的呀。”

谢申咬了咬下唇，按捺住躁动：“你这是存心让我和你一起睡不着是不是？”

江棠棠：“喵。”

要不是明天他还有主题演讲，真恨不得赶个夜航班回去把那个肆无忌惮逗弄他的人给就地处决了。

没等他这个念头彻底打消，那人还真就自己送上门了。

江棠棠是第二天傍晚抵达 S 市的，同行的还有小 A 和徐放。

三个人入住市中心的凌悦瑞和酒店，小 A 和徐放住一间，江棠棠住单人间。凌悦瑞和是凌悦集团旗下的公寓型酒店，和这次在市内召开的艺术品拍卖市场年度峰会合作方凌悦大酒店相邻而建。

他们这次过来也是公干，本来贺晏北派的是徐放、小 A 和沐迪，可是沐迪家里临时出了点棘手状况没办法出差，江棠棠就自发地顶上了。

徐放还疑惑地说：“平时也没见你这么积极要求出差啊，这次怎么跟来领彩票似的，从下飞机开始一路傻笑。”

江棠棠闻言捧捧脸：“是吗，我笑了吗？可能是呼吸到不同的空气感觉新鲜。”

“怎么，结婚才一年就想呼吸新鲜空气了，小师妹你这心态不够稳啊。”徐放打趣，“这会儿舍得丢下你老公一个人出差了？不会是和谢总闹矛盾了吧？”

“你才闹矛盾呢，”江棠棠瞪他一眼，“山无棱天地合，他也不敢跟我闹矛盾。”

“行行行，算我说错话。你厉害，最厉害。”徐放按亮手机屏幕看

一眼时间，和身旁两人交代，“今天晚上就和客户简单碰个面吃个饭，顺便休整休整，明天上午正式开工。”

这次出差的拍摄项目是与贺晏北相熟的本地同行牵的线，客户方的代表自己也是个摄影发烧友，和他们相谈甚欢，听说江棠棠玩儿胶片，又聊到自己有朋友开了个胶片相机私人博物馆，邀她有空去参观。

席间少了筹光交错的应酬，饭也吃得格外舒心。

饭局结束后，小 A 和徐放说想去附近步行街逛逛，虽然是出差，多少也感受下当地风土人情。江棠棠借口自己困乏了，要先回去休息。

酒店离得近，徐放他们也就没多送，嘱咐她回去后发个信息，就两相散开。

凌悦大酒店每层楼都是要刷卡才能上对应楼层，江棠棠好不容易从姜秘书那里套出谢申住的房间号，又被这个原因限制住上不去，待在电梯里一时想不出办法。

结果天要助她，下一个进来的客人，居然就是去她想上的十九楼。

这头十九楼的客房里，谢申正从浴室出来，手上拿着毛巾擦湿发。

今天的演讲很顺利，接着还有媒体采访，一直忙到刚刚才回房。出了浴室，他照常拿手机拨出江棠棠的号码，那头却迟迟没有接听。

他稍稍拿开手机看了眼时间，平常这个点，她都还生龙活虎，不太可能睡下，又怕她是真睡了，也没有再打第二个，改发了条信息过去。

打好的字刚按下发送键，安静的空间里窸窸窣窣一阵轻微动静。谢申询声垂眸一瞥，一张涂画得满满当当的小卡片从门缝下塞了进来。

他一愣，上前两步俯身捡起。

名片大小的卡纸上，画了个性感女郎，酥胸半露，旁边写着：二十四小时全天候服务，让您享受帝王之尊，欢迎来电。

谢申两根修长手指夹着卡片，背靠到玄关墙上，反复研究了一会儿，看着那串熟悉得不能更熟悉的手机号码笑得眼角飞扬。

门外传来柔声询问：“先生，需不需要特殊服务？”

他依旧维持着靠墙的姿势，稍稍侧身，饶有兴致反问：“多特殊？”

那头静默片刻，答：“特殊服务就……特舒服。”

谢申笑得胸颤，一把拧开门把外面的人放进来，揽住她腰往自己身上带，沉声问：“怎么过来了？”

江棠棠指尖绕着他浴袍上松松系着的腰带把玩：“给你个惊喜呀，怎么样，惊不惊喜？”

谢申收着下巴盯着她瞧：“有没有人和你说过不要随便给老公惊喜？”顿了顿，又上下打量她一眼，“还有，怎么和小卡片上画的不一样？”

江棠棠也不恼，笑嘻嘻凑上去指着卡片上右下角一行蝇头小字：“看见没有？这里写了，图片仅供参考，以真人为准。”

谢申“啧”一声，将卡片并到她身旁对比：“图片过于美化真人形象，不具任何参考价值。”

“你！”江棠棠咬牙切齿，右手一使劲，把他腰间的带子彻底拉开，男人紧窄的腰腹显露无遗，她睁眼说瞎话，“你看看你这身松垮的懒肉，我还没嫌弃呢，你倒先嫌弃上了。”

谢申顺着她的目光低头看了眼：“松垮？”说话间两手一抬，将她挂到自己身上，径直往卧房去，把她丢进绵软的床里，自己单腿膝盖一撑，整个人顺势压下去，“让你试试到底垮不垮。”

江棠棠两臂圈到他脖颈上：“老公，怎么办，现在没有你在旁边，我都睡不着。上一次让我有这种感觉的，还是我外婆以前给我缝的抱抱小狗熊呢。”

谢申告诉自己此刻必须得忽略她拿狗熊和自己老公做类比的事实，轻声道：“以后我尽量少出差，好不好？”

“好的好的。”江棠棠亲他一口，转而又道，“还是不好，这样爷爷肯定要责怪我，说我拖你后腿。”

谢申用鼻尖和她的鼻子厮磨：“那你想不想拖？”

“想……”

“老婆。”

“嗯？”

“我们要个孩子吧。我不在的时候，他能陪着你。”谢申想了想，补充道，“就和你以前那只小狗熊一样。”

“那你在的时候呢？”

“让他自己一边玩去。”

窗外星光闪烁，房里一室温暖。

谢老爷子近日来颇为郁悒。

原本有三两棋艺相当的棋友隔三岔五会找他来下围棋，可最近其中一个跟着女儿女婿移民，另一个前两天又不小心滑了一跤弄得肱骨近端骨折，抬个手都费力，更别说下棋。

数来数去，还剩一个钱老，钱老水平尚可，就是为人惯爱炫耀，家里那点儿事里里外外翻来覆去能说上大半天。一般谢知行不爱找他下棋，这会儿是实在找不到合适的搭子，只好凑合着来。

两位长者在谢宅后院摆好棋局，小陈在旁观战学习。

下了十来分钟，钱老接了个来电，稍稍听了会儿便面露喜色："好好，给我留十本。没有？那五本，五本必须有！"

对面的谢知行目光落在棋盘上分析局势，听他叨叨了一堆把电话挂下，才沉着嗓出声："该你了。"停一刻，又道，"下棋就下棋，讲什么电话。"

钱老笑得眼角纹路深刻："老谢你是不知道，我家大孙子的媳妇这回给那个最近特红的男明星王子期拍的封面，杂志一上市就卖脱销了。这不我让人给我找渠道好不容易才弄到几本，改明儿我送你一本，拍得特别好。"

钱老的孙媳妇是摄影圈里叫得出名号的商业人像摄影师，经常给一些大牌杂志拍摄封面。他一开始不理解这行，觉得不是什么正经工作，后来经常看到她的采访和奖项才渐渐改观，到如今每回提起来，都是满溢的骄傲。

谢知行端了杯茶润嗓，眼皮稍抬：“送我做什么，我又不爱看那些个杂志。”

钱老语调扬起：“我原先也不爱看，更看不懂，但多看多看还真就能辨出好坏。可不是我爱夸自家人，现在市面上各种各样摄影师是很多，但水平也参差不齐。外行人分不出来，可半吊子就是半吊子，跟我们家那种正统军没法比的。你瞧瞧，这期杂志封面要是换别人拍，那肯定没法卖这么好啊。”若有停顿，状似无意一提，“哎，我记得你孙媳妇也是摄影师是不是？”

谢知行听出他这话里的炫耀之意，蹙眉哼声，道：“你别当我不懂这些，那杂志卖得好，是因为封面上的明星够红。现在的小姑娘，都爱跟风，她们哪里懂什么摄影作品的好坏，还不是看到喜欢的明星上杂志就一窝蜂去买。”

钱老不乐意了：“话不能这么说，你看我孙媳年纪轻轻就自己开工作室了。说到这个，老谢你孙媳妇什么时候自己独立出来啊？老在别人那儿做事终归没什么前途。”

他这话一出，气氛立马一紧，从暗暗攀比直接上升到明面上。

坐在一旁的小陈捏捏鼻子，不动声色去观谢老爷子的神色，只见他茶也不喝了，把杯碟磕到桌上，凛若冰霜道：“谁说没前途？把自己的工作做好了，就是成功，就有前途！”

“你以前可不是这么说的。”钱老自觉赢回脸面，接着道，“当然了，要是能力还撑不起来，也不能急于一时，须得多磨砺，拿作品说话比什么都强。”

“你什么意思？”

“别急眼啊，我又没什么意思。”

“哼，看了几本乱七八糟的杂志就当自个儿是行家了。你懂什么？摄影你懂？”谢知行吹胡子瞪眼，朝小陈一扬手，“你，把棠棠拍的那些摄影集去拿来，让钱老好好欣赏欣赏！”

小陈踌躇着，不知道他这是气话还是真要让自己去拿，半晌轻声道：

"老爷子，我不知道摄影集放在哪儿……"

钱老耳尖，笑："老谢，别麻烦了，找不出就算了。"

"谁说找不出？"谢知行冷眉冷眼，冲小陈道，"到我书房，书桌左边第二格抽屉，去拿来！"

小陈应声起身回屋，照他吩咐去书房找，半路碰到盛佩清："太太。"

盛佩清点点头："怎么了这是，咱家老爷子又跟钱老吵起来了？我在里面都听到动静了。"

这俩加起来一百五十多岁的人，要么不见面，一见面就能吵起来，她也习以为常了。

小陈把刚才的场面简述一遍。

盛佩清听完直笑："每回棠棠来，他都不给人好脸色，合着私下偷偷把她拍过的照片都藏书房里呢。我跟你一起上去，看看他都藏了哪些。"

她转头把这事儿声情并茂告诉给了儿子听。

第二天恰逢周六，谢申和江棠棠过来谢宅吃晚饭。

梁妈备了一大桌好菜，色香味俱全，江棠棠吃得可高兴了。

谢申抽了张纸巾："慢点，吃太快不消化。"

江棠棠脸往他那儿一侧，谢申习以为常地帮她擦掉嘴角挂的些许油光。

谢知行自带严肃脸，坐在主位隔着半张桌子对她说："还让人帮你擦嘴，要不要连饭也一勺勺喂进你嘴里？"

江棠棠笑得春风得意："要是爷爷喂，那我是求之不得的。爷爷的手碰过的勺，那就是开了光的勺，舀出的饭都特别香。"

谢知行没忍住，嘴角几不可见地弯了一下，出口却道："又胡说八道，真当自己还是三岁孩子？看看人家老钱的孙媳妇，比你没大几岁，已经自己开了摄影工作室，最关键是个人进度也没耽误，孩子都会叫人了……"

昨天和老钱掰扯半天，对方又拿曾孙炫耀刺激他，算是彻底戳中他的软肋，可把他气坏了。

谢申打断他："爷爷。"

谢知行睨他一眼："你就护，我说她一句跟要了你命一样。"

盛佩清忙打圆场：“爸，棠棠还年轻，生孩子的事儿不急于一时。”

“可我不年轻了。”谢知行叹口气，“你们到我这岁数就明白，日子是过一天少一天。有些事你们是不急，我急。我急行不行？”

大概是近来自己那些老友接连离开或生病，让他越发感受到活过大半生，无论赚得多少钱挣得多高的社会地位，很多事情都还是无法尽在把握。

聚散离合，生老病死，谁都逃不过，谁也不知道什么时候轮到自己。他怕自己的身体不争气，只想在人生的终点之前，亲眼看到谢家的新生代降临于世，听他叫一声自己。如此，即便哪天真的离开，也没有遗憾。

他心里不是不明白，这样的想法，多少是自私的。

桌上霎时一片静默，他重新拿起筷子：“好了，吃饭吧。我管不了你们，也懒得管了。”

谢申伸手抚了抚江棠棠的后背，思忖要不要和谢知行说他们已经在进行造人计划，又怕一时半刻没造出来，惹得他老人家白高兴一场。照他的脾气，没准又要给江棠棠施加更大压力。

思及此，他到嘴的话就咽了回去。

江棠棠轻咬筷头，扭头看了看自己老公，又看看另一旁的婆婆，视线最后落在一脸失落的谢知行身上。

她轻声说：“那个，爷爷……”

谢知行瞧她一眼，面无表情道：“行了，没怪你的意思。”

江棠棠目光虚投到一盘松鼠桂鱼上：“不是，爷爷……”

谢知行顺着她的目光低眸，把自己面前这盘金灿红亮的鱼往外一推，推近她那边：“吃吧吃吧。”

谢申顺势夹了一块丢进她碗里。

盛佩清转移话题：“棠棠，这鱼是爷爷亲自钓的，你喜欢就多吃。”

江棠棠干脆搁下筷子：“爷爷，我是想说……我好像……怀孕了。”

谢申夹菜的手顿在半空，半晌才回过神来，侧肩凑到她耳边低声道：“这种事不能开玩笑。”

以她的个性，怀孕这么大的事不可能对他只字不提，他还只当她是为了缓和气氛开玩笑开过了头。

其实，江棠棠也是临出门前半个小时才知道的。

她的经期一向很准，提前延迟都不会超过一个星期，这次推迟将近半个月都没来，已经隐隐觉得有些不寻常。

这段时间工作忙，她也没多余心思去猜测，直到今天好不容易得空休息，下午出门回来之前路过药房顺便买了两支验孕棒。

结果是，两支都测出了红彤彤的两条杠。

她还想着等晚上回到家再和老公宣布这个好消息，顺便明天去医院再做下确认，但是此刻看谢老爷子这副模样，一时没忍住就当着大家面说了出来。

她直了直背，郑重道："我没有开玩笑，真的是测出来有了的。"

谢申怔然半刻，欣喜道："真的？怎么不告诉我？"说话间掌心已经贴到她小腹上，隔着毛衣轻柔地打圈。

虽是计划当中早晚要达成的目标，但当真的实现时，他才真切地感受到，这种奇妙滋味简直难以言喻。

贴在江棠棠肚子上的那只手，指尖不由自主地微微发颤。

谢知行也从愣神中缓过来，话都说不利索了："棠棠，你……你别拿这事开玩笑啊。爷爷可以容忍你开任何玩笑，但怀孕这个事情很严肃，绝不能拿来胡说。"

盛佩清笑得眉眼神采奕奕，这一老一小两个男人，到底懂不懂女人心思："爸，没有哪个女孩子会拿怀孕开玩笑的。"又责怪儿子，"你怎么回事，自己老婆有了都不知道？"

江棠棠忙为他辩解："妈，我也是今天才知道的，还没来得及告诉他。"

那头谢知行嘴角都快翘到天上了，从未有过的兴奋："好好好，太好了！"转头朝外头喊，"梁妈，梁妈，给我打老钱电话，我现在就得和他说，看他还横不横！"

盛佩清心说：这都什么相爱相杀的关系啊？

等谢知行好不容易平复激动心情，江棠棠柔声细语："爷爷，您不要怕日子越过越少。每个人的日子都是越过越少的，可是陪在您身边的人会越来越多呀。您看，这不就又多了一个？"

她将手心覆在谢申的手背上，低头轻轻地笑，再抬眸时，已见谢知行沟壑布满的脸上，有眼泪纵横。

小包子三岁半时，口齿已经非常清晰。盛佩清说起这个孙子，满满的都是骄傲，直说他比谢申小时候都伶俐。

不仅是口齿清晰，小包子的语言表达能力也相当厉害，只要不是大长句，他基本都能顺溜地说出来，偶尔还能蹦出些让大人都意想不到的四字成语。

只有每次从谢宅太爷爷那儿回来的时候，他才会切换回“幼稚”模式，吃饭又变成“吃饭饭”，睡觉还要说“困觉觉”。

说来也是奇怪，谢申小的时候，谢知行和他讲话是绝不会用这种叠字的，可现在对着软软糯糯的小包子，谢老爷子说话腔调一百八十度大转弯，简直能给儿童节目去配音。

今天是平安夜，窗外纷飞的白雪簌簌而下，江棠棠和小包子两个人在暖气十足的客厅里布置圣诞树。

谢申在外地出差，因为下雪高速封道，只能改走国道，要比原定回来的时间更晚一些才能到家。

圣诞树很高，江棠棠从储藏室把简易梯子拿出来打开，踩上去从树顶开始绕圣诞彩灯。

小包子原本还坐在一堆包装精美的礼物盒和装饰品中间左瞧右瞧，

一见妈妈踩上梯子，小屁股立马一抬站起来噔噔噔小跑两步过去帮忙。

“妈妈，我帮你扶住。”他一双肉肉的手搭在梯子一侧，仰着颗脑袋一脸认真。

江棠棠往下瞧他，笑：“好呀，那你可要扶得牢牢的。”

“好的！”小包子使劲点头，小手攥得更紧，生怕妈妈掉下来。

其实他那点儿力气哪够用的，但是既然他想帮忙，江棠棠都乐意让他去做。这也是她和谢申的共识，所以小包子虽然年纪尚小，但能力所及的事情都是自己做的，自己吃饭，自己铺小床，都不在话下。

挂完彩灯开始挂礼物和小装饰。礼物盒有不少，江棠棠挑了些小而轻的盒子推给小包子，让他踩在垫子上往树上挂。

等一大一小两个人忙活一会儿把圣诞树装饰得满满当当，江棠棠带儿子绕到彩灯的开关处，对他说：“谢小朋友，请亮灯！”

小包子被她引导着按下按钮，咔嗒一声，树上环绕的小圣诞袜和小圣诞树相间造型的彩灯一下亮起，闪耀璀璨星光，更衬得那些礼物盒色彩缤纷。

小包子兴奋得不行，原地蹦跶，扯着江棠棠羊绒裙裙摆欢呼：“妈妈，妈妈，好漂亮！”

江棠棠冲他挑挑眉：“妈妈本来就漂亮。”

小包子眨巴眨巴眼睛：“妈妈，是圣诞树漂亮。”

江棠棠眯眼笑：“那妈妈和圣诞树比，谁漂亮？”

小包子一时难以消化这个跨界类比，艰难转移话题：“爸爸什么时候回来呀？”

江棠棠抬眸看一眼墙上的钟：“爸爸说还有一个小时就能回家了，我们把多余的东西收一收放回储藏室好不好？”

小包子乖巧地点点头，又问：“妈妈，礼物都是我的吗？”

“你可以挑三样。”江棠棠说，顿了顿，又补充，“拆开就不能换哦，看你的运气啦。”

小包子仰头盯着树上挂的那么多盒子瞧：“那、那妈妈拿几个？”

江棠棠把工具箱归置好重新盖上，扭头对他说：“妈妈就拿一个，爸爸也拿一个，剩下的我们带去送给福利院的小朋友。”

今年她升了职，需要更多精力专注在工作上。原来的相机店，虽然雇人照看，但也不像从前那样能兼顾得宜，于是和谢申商量把店关了。至于那些胶片相机，经以前的客户牵头，都捐给了S市一家胶片相机私人博物馆。

一来二去，和馆主熟了，也受邀去参加过几次活动。那位馆主也是个有情怀的人，开私博收入的参观票款悉数捐给福利院和一些慈善机构。

谢申江棠棠夫妇因此带着小包子去过两次福利院，还给那里的小朋友拍照。

此刻，小包子听妈妈这样说，也跟着表态："那我也只拿一个！"

这让江棠棠觉得有些意外。

虽然儿子懂事，但到底还是个孩子，她平时也不太刻意去教他怎么分享，还以为自己说让他挑三样礼物，他会讨价还价。

她蹲下来，拉起小包子的手轻晃："机会难得，真的只拿一个？"

小包子抿嘴思索一会儿，改口："两个……"

江棠棠嗤笑："确定两个？"

小包子又想了想，这下确认了，点点头。

"好。"她拍拍他的脑瓜，"那多出来那个就给妈妈啦！"

"啊！"小包子两条眉毛并到一块儿去，急道，"不是的，妈妈……给小朋友，是给小朋友……"

"哎呀，逗你玩的。"江棠棠捏了把他肉乎乎的侧脸，"走，跟妈妈去厨房拿面团烤小饼干。"

和好的黄油面团半个多小时前放进冰箱冷冻层定型，她准备好模具，计算着时间差不多了，走去冰箱前。

小包子在一旁翘首以待，这个面团他可是也有份揉的。

等江棠棠打开冷冻层，他眼睛忽然一亮："妈妈，冰激凌！"

江棠棠一愣，顺着他手指的角落看。那里放着去年盛佩清送来的虫草，用袋子封住存在冷冻层第一格。他们平时不吃，就一直搁在那儿。此刻袋子封口稍稍松开，从里头掉出一盒冰激凌。

她抽出来看了看，西柚味，夏日限定款。

这个口味是限量的，她当时好不容易买到，藏在最底下那层，结果过几天等例假来完想偷偷吃了的时候竟然不翼而飞了。

当时她怀疑是谢申吃的，可是平时他都严禁自己碰这种生冷食物，也不敢当面对质，只好默默当什么都没发生。

没想到，竟然被他藏在这里。

小包子可高兴了，拉扯江棠棠的衣袖：“妈妈，吃。”

他一双乌黑鲜亮的眼睛一眨不眨地盯着冰激凌盖。平时爸爸都不怎么让他吃这些东西，越是吃不到，越是心心念念。

江棠棠和儿子对看，说：“可是爸爸快回来了……”

“那，”小包子出主意，“快点吃。”

她飞快拿出手机看一眼时间，嗯，还挺充足的，于是转身从橱柜里拿出两支小甜品勺，递给儿子一支。

母子俩跟做贼似的就地品尝起来。

江棠棠席地而坐，靠在冰箱门上，对小包子眨眼：“好吃吧？”

小包子忙不迭回：“好吃，好吃。”

江棠棠再挖一勺送嘴里，一边说：“你是小孩子，少吃点儿，可不能拉肚子。”又想到什么，问，“待会儿爸爸回来，你明白的？”

小包子舔了舔嘴角，一脸了然：“不告诉爸爸。”

江棠棠满意地笑：“乖。”

话音刚落，玄关忽然传来开门的响动。

谢申竟然提前回来了！

他很快换好拖鞋，一边脱大衣一边往里走：“老婆，小包子？”

厨房是开放式的，从外头一眼就能望进来。

母子俩屏息对望一瞬。江棠棠反应极其迅速，把手中小勺子往儿子那儿一推。

小包子低头看一眼，默默把妈妈的勺子和自己的这支叠到一起。

与此同时，谢申已经站定在厨房外面，背脊挺拔，抱臂自上而下俯视老婆和儿子。

半晌，他对小包子弯了弯嘴角：“冰激凌好吃吗？”

小包子挤出一个委屈巴巴的表情：“不好吃的……”

谢申看着他手里半空的盒子，眉尾一挑：“不好吃还吃了这么多？”顿了顿，问，“告诉爸爸，这都是你一个人吃的？”

江棠棠心虚地咽了咽口水。

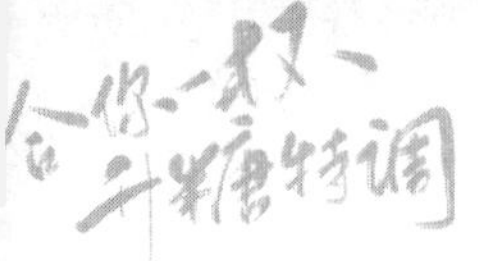

小包子扭头看看妈妈，又抬头看看爸爸，似是下决心：“嗯……我吃的……”

谢申跨进两步，在江棠棠面前蹲下身，抬手，指尖轻轻刮过她唇畔，伸手展示给她看：“本事越来越大，让儿子替你背锅？”

江棠棠脸红：“我错了……”

小包子见不得妈妈受委屈，捏着谢申挂在臂弯的大衣直嚷：“爸爸，我让妈妈吃的！”

谢申拍拍儿子后背：“你让妈妈吃，妈妈就吃，那爸爸让妈妈不要吃，她为什么不听话呢？”说着将冰激凌里头两支交叠的勺子分开，“证据确凿，你们两个还有什么话说？”

最后，没吃完的那半盒冰激凌，被谢申给解决了。

用过圣诞晚餐，小包子拆自己挑的两件礼物。一件是一本儿童绘本，一件是一套玩具医药箱。

医药箱是在江棠棠的暗示之下他挑的，拆出来的时候开心得不行。

小包子满周岁的时候抓阄，在一众物品中抓了个听诊器，再长大一点儿的时候，在图册绘本上看到医院的插图都格外兴奋。

大家都打趣说这孩子是当医生的料。

这套玩具药箱是霖姐送的。

她和舅舅虽然还是没有复合，但这两年关系已经好转不少。两个人不再是年少轻狂的年纪，很多事情不得不慎重考虑。好在程陆够坚持，再加上江棠棠旁敲侧击，总算是让她松缓了态度。

玩闹了一晚上，谢申把小包子抱回自己的小房间，换上睡衣盖好被子。他还不肯睡，拉着江棠棠赖着她讲故事。

他最喜欢听妈妈讲故事，每回都可新奇了。

谢申接了个工作电话出去听，江棠棠坐在床头，把灯光调暗，翻开儿子今天抽中的绘本，给他讲上面画的内容。

等他听得睡着，她合上书，轻轻带上门出来。

谢申正挂了电话，俯身将小包子自己整理好的一盒玩具抬起来，准备放到一旁，听到小房间关门的轻微响动回头，轻缓着声音：“睡了？”

江棠棠走过来：“嗯。”

谢申把玩具盒暂放到桌上，将她下巴抬起，头一低，在她柔软的唇上辗转。

两人于静默处无声接吻。

分开的时候，江棠棠脸红耳热，余光落在桌上的玩具药箱上。

她一时玩心又起，伸手挑开盒盖，拿出听诊器，饶有架势地将诊头贴到谢申胸口，耳挂往自己耳朵里一塞："这位先生，你的心脏好像有杂音呢。"

谢申垂眸："嗯，在骂你。"

江棠棠微微仰头："骂我什么？"

谢申一把搂她进怀里，低笑："连儿子的玩具都要拿来玩，你说我骂你什么？"接着道，"带着小包子偷吃冰激凌的事，我还没和你算账。你说你是不是该罚？"

江棠棠似笑非笑看他："那……你想怎么罚？"

窗外的雪依旧在下，客厅音响里轻快的圣诞歌曲还在继续。

谢申亲了亲她的眉心，凑到她耳畔：

"重罚。"

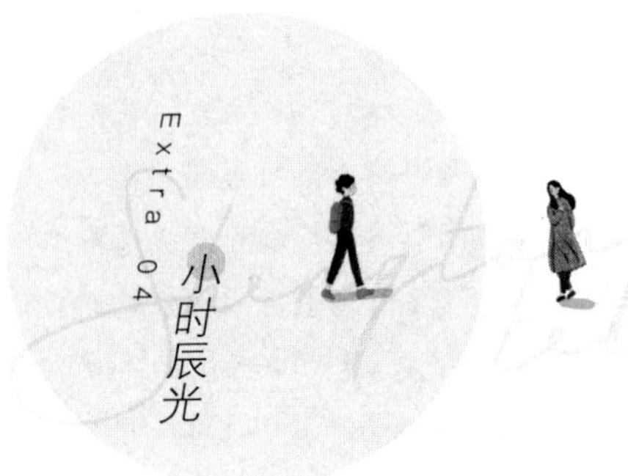

1

夏园。

今天是谢申替江棠棠挡灾被谢老爷子关禁闭的第四天。

秦笠自从得知是江棠棠惹的祸之后看到她总是要趁机捏她脸扯她羊角辫，被程陆看到气得牙痒痒，两人吵了几架，今天才稍算缓和，开始凑堆想办法。

“劫狱”是不行的，被谢老爷子知道还不扒了他们俩兔崽子的皮。

两人受年纪限制，脑力开发得还不够，想了半天也只能想到给谢申带点吃的喝的，改善一下他的“监狱”生活。

“谢申！”

“小申申！”

这天下午，秦笠和程陆在谢申书房的窗下捡了几块石砖叠上，然后爬上去扒着窗沿叫唤，不敢放开声，怕惊动大人，一边喊一边还左右张望确认没有暴露目标，生怕被那凶神恶煞的老头儿抓走一起关起来。

隔着一道雅致的雕镂屏风，房间里面那个男孩子却似乎没有听见，依旧端坐在书案前低头练书法。

秦笠探头探得脖子都快僵了，扭头问程陆：“这样喊他听不到，要

不我们从窗户爬进去？”

程陆仰着颗圆滚滚的脑袋看窗户：“但是这窗太小了吧，钻不进去啊。”

“那你说怎么办啊？”

“再喊再喊。”

“喊了没用嘛，他听不到！”

“我们大点儿声他就能听到了。”

“他是不是生气了不理我们？”

“没有吧……”程陆瞅一眼蹲在地上玩泥巴的江棠棠，心虚地小声说。

“谢申肯定生气了。”秦笠忽然非常笃定自己的猜测，“都怪你妹妹！”

“她不是我妹妹！她是我外甥女！”

“反正就怪她！”秦笠置若罔闻，“你让你妹妹去送！”

“嗨呀，她不是我妹妹！”程陆急躁地抓了把被汗水浸湿后贴着额头的头发，冲江棠棠喊道，“棠棠，起来，别玩儿了！”

江棠棠一脸蒙地站起来，背上背着她的小熊背包，里面是一盒要带给谢申的糕点，身上还斜挎着一只水壶，里头装了冰镇百合莲子绿豆汤，也是要给他的。

秦笠忽然想到什么，跑到树下踮脚折了根树枝，比画着江棠棠的身高，再对比了一下窗户的高度，对程陆说：“嘿，刚好，就让她爬进去！”

“不好吧……”程陆犹豫着。

“那你说还有什么办法呢？再不去待会儿被人发现我们都完蛋啦！”

“唉，好吧好吧！”程陆被他催得心烦意乱，再说多少也有点儿愧疚，只得答应下来。

“棠棠，把你的小熊借舅舅用下。”

程陆转了一圈眼珠子，摆出一副小大人的模样指了指她背后的小棕熊背包。

江棠棠彼时的心智还不足以让她质疑亲舅舅，听话地扒拉下背包递给他。程陆接过小熊背包，眼里闪过一道六亲不认的邪恶之光，扬手一抛，那熊在空中划出一道弧线，完美地完成跨栏动作，四仰八叉地躺在了窗内不远处的地上。

程陆：“棠棠，小熊掉里面了，你不进去拿就没有了哦。”

五分钟后。

程陆:“来,你踩着这里,对,踩着砖头上去,我们扶着你呢不会摔倒的。”

江棠棠努力爬砖中。

程陆:“哎,对对,抓牢啊,怎么不动啦?看看你的小熊熊,就在那儿呢!”

江棠棠望熊止累中。

程陆:“跨过去踩窗下那个台子,嗯对对对,小心点儿啊,慢慢跳,嗯嗯真棒。”

江棠棠小小年纪承受了不该承受的骗局。

八分钟后。

谢申换纸间隙抬头看到屏风后有影影绰绰的人影,皱了皱眉头,站起来朝那处走去,就撞见“翻山越岭”而来的害他在这里被关禁闭的罪魁祸首。

江棠棠矮墩墩的身子斜挎着一只水壶,旁若无人地蹲下捡起地上的小熊背包,而窗外,俩臭皮匠一见到他就挤眉弄眼手舞足蹈地小声叫喊。

“你们怎么来了?”谢申问。

“我们给你送好吃的呀,够意思吧!”秦笠邀功似的抢答,又对程陆说,“让你妹妹把东西给谢申。”

程陆已经放弃抵抗懒得纠正他了,对江棠棠吩咐:“棠棠,把你包里的盒子和那个水壶给那个哥哥,给他。”说着指了指一旁高她一头不止的谢申。

江棠棠看看程陆,再扭头看看谢申,一双人畜无害的杏眼冲他眨巴眨巴,却一动不动。

谢申想起她和狗对吠的画面,心想这孩子确实是不大聪明的样子,只得伸出手对她说:“给我吧。”

江棠棠依旧呆若木鸡中。

窗外的秦笠着急上火,脸憋得通红冲程陆喊:“你妹妹怎么回事啊,傻不拉几的。”

“你才傻呢!”程陆护犊子,“她……她就是不好意思,不好意思嘛。”

“这有啥不好意思的,待会儿被人发现了就完啦!”

“哎呀,你别急嘛,不会的啦!”

“怎么不会啊!”

这两人说着说着又吵起来,音量逐步递增,烦得谢申脑瓜子嗡嗡的,再瞥一眼一动不动盯着他看的江棠棠,也不想要这什么战略物资了,干脆道:“回去吧。”

江棠棠一听这话，好像被按下按钮，忽然起了反应，肉乎乎的小脸一皱，晴转多云。

谢申有种不好的预感：“不许哭。”

“呜——”不好意思，起调了。

“不许哭，别哭。”谢申毕竟也是个孩子，虽然平日里一副小大人做派，真碰着这种场面也瞬间手足无措起来，“你……你哭什么？”

她有什么好哭的，该哭的人是他吧？

江棠棠听到他的灵魂发问，歪了歪脑袋，似乎也在思考她为什么想哭这个问题，但是显然这种深度思考不适合她这个年龄段的小朋友，于是在经过短暂的空白之后，开水壶又“呜——”地酝酿起来。

谢申快崩溃了，场外求助：“程陆，程陆！”

程陆从争吵中回过神来，定睛一瞧：“我的天。”

谢申不敢惊动身旁这小祖宗，无声用口型问：“怎么办？”

“你你你………”程陆赶紧出主意，“你抱抱她，抱抱就好了。”

江棠棠：“呜——”

谢申无语望天花板，朝前侧挪动两步，张开双臂，把这团小祖宗揽入怀里。

说来奇怪，这一抱，怀里的小人儿就消停了，拨开乌云见天日。

他不禁松口气，立马放开，可手臂还悬在半空，那一声令人绝望的“呜——”又响起来。

“抱久点，一分钟，要一分钟。”程陆赶紧补充，“我妈都抱一分钟。”

谢申从出生以来没这么无语过，心不甘情不愿地用还未归回原位的双臂重新圈住江棠棠。

怀里的团子从齿间挤出一个气泡：“Ho……”

就安静了。

太诡异了。

秦笠表示看不懂眼前这场景，趴在窗沿问程陆：“你妹是不是有毛病？我妹妹比她乖多了。”

“别吵了。”

程陆刚要反驳，却听到谢申这样说，一时间都没反应过来，而秦笠这家伙显然很受谢申的指令，就真的不再出声。

度秒如年，谢申抬头望着墙上的时钟，滴答滴答滴答……

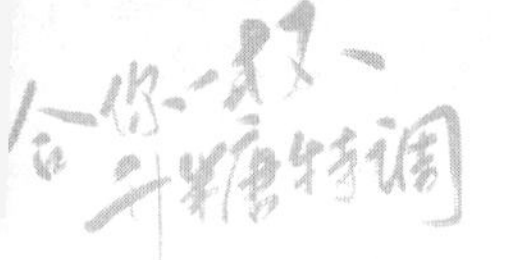

终于走完了一分钟。

程陆也时刻关注着，眼看时机成熟了，立马对他说："好啦好啦，可以啦。谢申你把东西拿了把棠棠递回来嗷，我们这里接着呢。"

谢申把人松开，仔仔细细在那粉嫩细白的脸蛋上确认了一遍，确定眼前人没有再要哭的迹象时，才敢长舒一口气。

这一口气呼出的二氧化碳还没走远，窗外蓦地又出了大动静。

"你们两个在那儿干吗呢？"一道沉厉的声音从拐角处响起。

"坏了，谢爷爷！"秦笠对这嗓音太熟悉了，连滚带爬地从石砖上下来，差点崴了脚，"快跑！"

程陆也被吓得一激灵，跟着一溜烟跑没影了。

谢申听到老爷子的声音，几乎是本能反应般地迅速关上窗户，将江棠棠往屏风后一塞，对她做了个嘘声的动作。

谢老爷子也懒得追究那俩小屁孩，毕竟不是自家孩子，不好惩戒，打开窗户扫视一遍，透过屏风的雕花镂空处见孙子仍旧老老实实坐在案台前练字，让人来把石砖搬掉也就走了。

外头终于回归一片平静。

谢申低头看坐在地上把小熊背包紧紧抱在怀里一脸无辜的江棠棠。

她挎着的那个水壶，经过一番波折，壶底裂了缝，正源源不断地往外渗出绿豆汤汁，而她还毫无察觉。

按理说以他的家教，此刻应该赶紧处理狼藉安慰小妹妹，可是也不知怎的，被这一通折腾得够呛的他忽然就有个邪恶的念头从心里升起。

"喂。"他叫她。

"嗯？"江棠棠应声抬头。

"你看。"他指了指她裙摆下晕开的水迹，"江棠棠，你是不是尿尿了？"

江棠棠茫然地顺着他的指尖低头看，愣了三秒。

三秒后，谢申知道自己起了一个多么愚蠢的念头。

"哇——呜呜呜哇——"

一分钟的疗效轰然坍塌。

2

有句话叫"请神容易送神难"，而最难送的是不请自来的小祖宗。

谢申被关禁闭的这间书房在僻静处，谢老爷子吩咐了人不要过来，也不知道什么时候大人们才能发现丢了个小破孩。

江小破孩儿哭累了，瘫坐在地上蔫蔫儿的。

他到底于心不忍，找来纸巾擦干她身上和地上的汤水，极不熟练地哄着："等会儿你哥哥就会回来接你了，乖乖的。"

江棠棠嘟囔："那是我舅舅……"

谢申故意的，成功转移她注意力："哦，你舅舅比你大不了多少嘛。"

江棠棠闻言点点头："嗯呢。"

"好了，别坐地上了，起来坐椅子。"他两手使劲把她提起来，放到案台对面的椅子里，想了想，又从抽屉里翻找出一张水写布和一支毛笔递到她面前。

如果让她用墨，怕是要一身黑地出去，到时候免不了又是他的锅，用水写布就不怕了。

"你乖乖坐着练字吧，画画也可以。"谢申心有余悸，尽量放柔声音，"就是不可以吵。"

江棠棠瞅瞅他，也不知道听进去没有，小巧玲珑的鼻尖点一点桌沿，两团肉乎乎的粉拳往上伸了伸："哥哥，我够不到哎。"

好吧，矮也不是你的错，于是谢申又满屋子搜罗坐垫，叠一起垫她屁股底下："这样行了吧。"

"嗯。"江棠棠满意地点点头，饶有兴致地拿起毛笔开始不熟练地乱涂乱画。

可算把这位小祖宗伺候妥帖了，谢申回到自己的座位上继续练字。老爷子交代的量，少一撇一捺都得罪上加罪。

十分钟过去，谢申看着对面的人，觉得自个儿太阳穴在突突地跳。

江棠棠涂鸦没多久就开始坐不住了，伸出食指指尖探路似的碰碰这里碰碰那里，还鸡贼地观察着他的表情，只要他一黑脸，那指尖就往回收，伺机再动。

"别动我东西。"谢申警告她。

"哥哥，这是什么呢？"江棠棠指了指一处。

"印章。"他面无表情地回答。

"可以盖盖吗？"

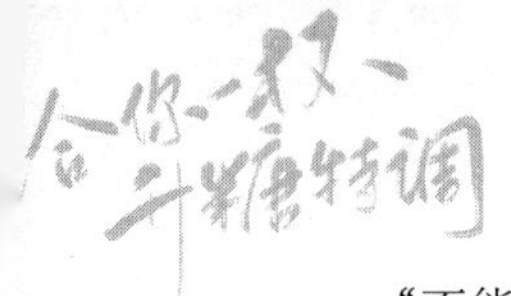

“不能。”

江棠棠也是见过一点点市面的小朋友，才不信他这话，把自己的涂鸦作品往他眼前一递：“盖盖，盖盖。”

谢申烦得要命，拿起印章在红色印泥上压了下敷衍盖上。

江棠棠看着鲜红的印章眉开眼笑，得寸进尺：“还要，还要。”

“盖盖。”

“还要。”

“盖盖。”

“还要。”

“盖。”

“盖。”

也不知从什么时候起，江棠棠鸠占鹊巢，已经从自己的位子上换到谢申跟前，拿了他的毛笔，用了他的宣纸，还不停输出作品让他盖章。

谢申惊觉自己莫名其妙上了一条流水线的时候，桌上已然生产出厚厚一叠盖满章的“名家大作”。

再过一会儿，这种游戏也不够江棠棠玩了，小小的身子缓缓下滑，掉到地上，钻进桌底，仿佛把那里当成了神秘城堡，蹬着两条小短腿好不欢乐。

谢申挪开椅子低头，忍耐着喊她：“江棠棠。”

“嗯？”江棠棠抬起脑袋对上他一双明亮清澈的眼睛。

谢申终于忍不住问：“你是不是有多动症？”

江棠棠思索了半秒，认真反问：“哥哥，什么是动动症啊？”

谢申：“是多动症。”

江棠棠：“动动症是什么啊，哥哥？”

谢申：“是多动症！”

窗外一轮红日渐渐隐到连绵起伏的青山后。

彼时，不满十岁的谢申双眼和那天色一般，黑了。
